U0782294

Yvonne Griggs

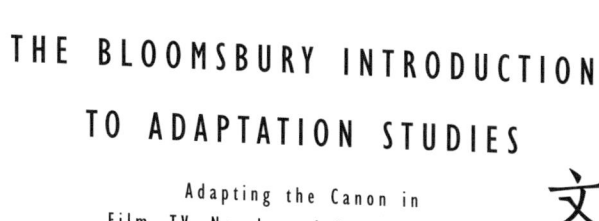

THE BLOOMSBURY INTRODUCTION
TO ADAPTATION STUDIES

Adapting the Canon in
Film, TV, Novels and Popular Culture

文学改编指南

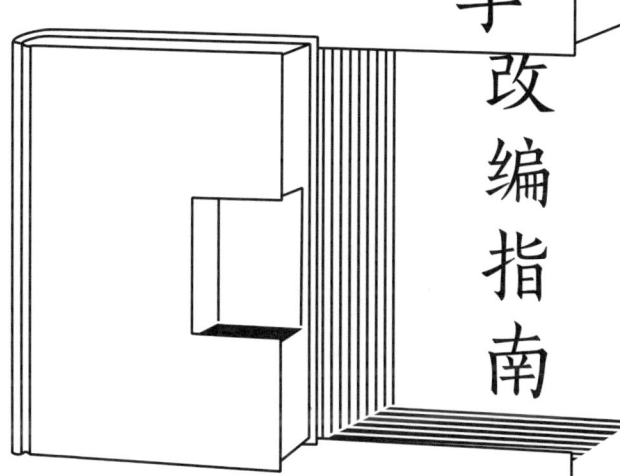

改编电影、电视、小说
和流行文化中的经典

［英］伊冯娜·格里格斯—著

阎海英—译

中国华侨出版社
北京

The Bloomsbury Introduction to Adaptation Studies: Adapting the Canon in Film, TV, Novels and Popular Culture

Copyright © Yvonne Griggs, 2016

This translation is published by arrangement with Bloomsbury Publishing Plc.

Simplified Chinese edition copyright © 2021 Shanghai Sanhui Culture and Press Ltd.

Published by The Chinese Overseas Publishing House

All rights reserved.

本书中文简体版由上海三辉咨询有限公司版权引进。

著作权合同登记号：图字 01-2021-0759 号

图书在版编目（CIP）数据

文学改编指南：改编电影、电视、小说和流行文化中的经典 /（英）伊冯娜·格里格斯著；阎海英译 . ——北京：中国华侨出版社，2021.6

书名原文：The Bloomsbury Introduction to Adaptation Studies: Adapting the Canon in Film, TV, Novels and Popular Culture

ISBN 978-7-5113-8494-2

Ⅰ. ①文… Ⅱ. ①伊… ②阎… Ⅲ. ①文学—改编 Ⅳ. ① I053

中国版本图书馆 CIP 数据核字 (2020) 第 266263 号

文学改编指南：改编电影、电视、小说和流行文化中的经典

著　　者：［英］伊冯娜·格里格斯
译　　者：阎海英
责任编辑：滕　森
特约编辑：孔繁尘　李　姗
装帧设计：COMPUS·汐和
经　　销：新华书店
开　　本：880mm×1240mm　1/32　印　张：13.5　字　数：269 千字
印　　刷：山东临沂新华印刷物流集团有限责任公司
版　　次：2021 年 6 月第 1 版　2021 年 6 月第 1 次印刷
书　　号：ISBN 978-7-5113-8494-2
定　　价：65.00 元

中国华侨出版社　　北京市朝阳区西坝河东里 77 号楼底商 5 号　　邮编：100028
法律顾问：陈鹰律师事务所
发 行 部：（021）64679493-816　　传　真：（021）64679493-808
网　　址：www.oveaschin.com　　E-mail：oveaschin@sina.com

如果发现印装质量问题，影响阅读，请与印刷厂联系调换。

目　录
CONTENTS

前　言

　　当我们指出某部作品是改编作品的时候，我们到底要表达什么意思呢？如果改编作品确实存在，那么这一术语与改编的过程又有什么区别呢？我们在改编什么，又为什么要改编呢？萨尔曼·鲁西迪（Salman Rushdie）曾在《卫报》（The Guardian）上发表了一篇关于他的布克奖获奖小说《午夜之子》（Midnight's Children）的舞台改编剧的文章，在这篇文章中他将"改编"从广义上定义为"翻译、迁移和变形，使一个东西变成另一个东西的一切方法手段"——一个"超越艺术领域进入余下的生活"的过程。鲁西迪指出，它是包罗万象的——是一种贯穿于我们的生活和文学的自然而持续的过程。但是，我们用来描述改编现有叙事之文本的术语存在很多问题，也不容易定义。学术界对文本改编研究的兴趣不断增长，且和文本本身一样不断演变。基于理论和案例研究来探讨改编研究现状的著名且高度复杂的出版物非常多，然而，旨在为读者提供从广义上了解文学改编研究的全面而可行的方法的出版物显著缺失。本研究指南清晰地概述了以往和现在的讨论，向读者全面介绍了改编研究的历史和理论，并提供了一系列实用的方法来评判支撑文学改编以及各种理论应用创新方法的过程。虽然目前大部分的出版物都将文学改编成电影作为讨论的焦点，但是我们在本书中讨论的是一些经典的核心文本，以及它们被改编为电影等其他媒介平台及其他散文和表演形式的"过程"。本书概述了多年来改编研究者们所采取的各种方法，勾勒出改编研究学术的发生过程；更重要的是，在书中的每一节我们都会将这些理论实际应用到特定文本的分析中，从而使我们能够更好地理解改编研究的具体内容及其为什么会成为一个越来越受欢迎的学术探索领域。

致　谢

　　在此我想对三个人表达我的谢意，正是他们孜孜不倦的支持确保了这个项目的顺利完成：我的编辑，戴维·阿维图（David Avital），感谢他的无限耐心和及时指点；我的现任学校领导，艾伦·戴维森（Alan Davison）（新英格兰大学），感谢他在整个写作过程中给予我的指导和鼓励；最后要感谢我的伴侣，罗布·格里格斯（Rob Griggs），感谢他长夜奋战，周末无休。

改编研究及经典著作导论

理论概述

　　作为研究文学和动态影像的一种有趣而便利的方法，改编研究正日益盛行，但目前它仍处于学术理论的构建阶段，始终处在捍卫自身存在的境遇之中。无论在文学系还是电影系，改编研究都经常被视为入侵者，是文化研究领域的一个"笼统的术语"。因此，它不断醉心于提出各种理论"模型"来证明自己是学术讨论的竞争者。这些模型为讨论文本间的关系提供了有意义的框架，但并不能明确解答这种关系的本质。如果将改编研究作为一种学术探究模式追溯其演变过程，我们会发现，和其研究的目标文本一样，这些为分析文本而提出的模型本身也是通过对不同学科的思想进行再加工、重新审视和修正而得来的。改编研究的这种跨学科属性使其具有一定的包容性，表现出对不同学科的生动融合，包括电影、文学、历史学、语言学、创意写作、媒体学、音乐、戏剧、表演艺术、视觉艺术及新媒体；但是其内在的裂痕也可能预示着分裂和利益冲突。过于关注有关价值体系的争论会有损讨论的结果，而忠实性或者所谓的一个文本对另一个文本的"忠实"问题则会导致按"类型"和先人为主的判定对文本进行分级定位。但是近年来，改编研究者们建立了各种讨论框架，让我们摆脱这种繁复的追究，同时在研究过程中我们也会应用其中一些理论来帮助我们探讨一系列特定文本间的关系，包括经典著作和民粹主义文本，并在更广泛的媒介平台上进行操作。虽然"模型"不胜枚举，且没有一个是完美无缺的，但这些模型都足以促发富有成效的讨论。

本研究设计了一系列分析性和创造性的练习来微调我们对理论的理解。但是，现阶段有必要先对改编研究领域的理论发展加以概述。1957 年乔治·布卢斯通（George Bluestone）发表了极具影响力的著作《从小说到电影》（*Novels into Film*），在此之前，针对荧幕改编作品的讨论就主要围绕着忠实性的问题展开；但是布卢斯通指出，"一旦人们放弃语言，转向视觉媒介，改变就不可避免"，并认为"人们没有充分认识到，小说和电影的最终产物代表了不同的审美范畴，二者的差别犹如芭蕾舞和建筑的差别"。他认为"称电影 A 比小说 B 好或差是没有意义的"，因为二者之间并没有具体的对等关系。自 20 世纪 70 年代以来，许多理论家提出了支持这一观点的分类体系，以挑战忠实性讨论的至上地位及其内在假设，即每个文本都具有一种可识别和可转移的"本质"或"精神"。例如，杰弗里·瓦格纳（Geoffrey Wagner）为我们提供了三种类型的"改编"：移植式（文本"被直接搬上荧幕，基本不做干预"）、注释式（"针对"原著，"并有意或无意地在某一方面做了改动"）、近似式（"与原著有了相当大的距离，以至于构成了另一部艺术品"）。此处，对改编作品的衡量是以它们对被改编的"原"文本的"忠实"（或者不忠实）程度为依据的。早在 20 世纪 80 年代，安德鲁（Andrew）就注意到"关于改编最频繁也最令人厌烦的讨论是有关忠实性和转变性的"，以及对"原文本质"的追求等问题。然而，安德鲁等理论家提出的分类法仍不可避免地让我们再一次对忠实性问题产生一些思考，即使这种思考最终只是否定了其存在的意义。从 70 年代初到 90 年代末，盛行的是用比较法来研究改编，因此，人们不断拿改编作品与所谓的"源"文本进行比较批判，源文本被置于讨论的中心，也因而在改编作品话语中享有特权地位。尽管研究者们试图寻求新的途径以使改编研究的讨论不再纠结于忠实性的问题，但是关于源文本和改编作品之间关系的讨论意义如此深远，以致他们也不得不屈服：迈克尔·克莱因（Michael Klein）和吉莉恩·帕克（Gillian Parker）、达德利·安德鲁（Dudley Andrew）、卡米拉·埃利奥特（Kamilla Elliott）及托马斯·利奇（Thomas Leitch）都提出了同样有效的分类法来帮助我们理解，对其中的一些分类体系，我们将通过每一章里的文本分析进行更加详细的探讨。

另一些研究者则采取更为叙事学的方法来研究文学改编，强调识别通过不同媒介转化过来的代码和符号的重要意义，但是同样，这些模型也不可避免地会让我们将"源"文本和它们的改编作品进行比较。法国文学理论家热拉尔·热奈特（Gerard Genette）提出的一些词汇和体系虽然不是直接针对改编实践的，却有助于我们理解一个文本被转变成另一种媒介时的发生过程。热奈特用通俗易懂的园艺学语言表述了这种变化，他将"源"文本称为"前文本"（hypotext），改编叙事 [或者热奈特称为"超文本"（hypertext）]

嫁接其上。文学结构主义者克劳德·列维-斯特劳斯（Claude Levi-Strauss）和罗兰·巴特（Roland Barthes）[他们的思想受到苏联形式主义者弗拉基米尔·普洛普（Vladimir Propp）的早期作品的影响] 等的作品也间接地丰富了文学改编讨论；布赖恩·麦克法兰（Brian McFarlane）在其开创性文本《小说到电影：文学改编理论指南》（ *Novel to Film: An Introduction to the Theory of Adaptation* ）中以巴特的思想为基础，将其作为一种手段来引导文学改编讨论去更深入地思考改编的核心工序。他提出，叙事本质的、可识别和可转移的元素是什么？我们如何将它们转移到不同的媒介中？同样，在《术语评论：小说与电影的叙事修辞学》（ *Coming to Terms: the Rhetoric of Narrative in Fiction and Film* ）一书中，叙事学家西摩·查特曼（Seymour Chatman）将改编实践中的"故事"与"话语"区分开来（或者通俗地讲，将"什么"与"如何"区分开来），在第二章到第四章的一些实践练习中，我们将会应用到麦克法兰和查特曼的研究结果。

莎拉·卡德维尔（Sarah Cardwell）以热奈特的园艺学比喻为基础，将文化改编和生物学适应性进行了比较，发现对后者的观点远比对前者的观点更为积极。她指出，令人遗憾的是遗传学研究中关于改良和进化的假设并没有转移到我们对文化改编的假设上来。她认为，在文化改编中（此处我们可以解读为叙事改编），新形成的改编作品并不被视为进化和 / 或改良的产物，而是被视为"对原著生存的援助"——一种仅仅为了"复兴源文本"的手段。研究者们提出的许多模型本质上都是针对所谓的"源"文本的中心定位，

　　文学改编指南：改编电影、电视、小说和流行文化中的经典

其改编产物也是在传播这个"主"文本，从而不可避免地产生了困扰文学改编领域多年的等级价值判断。罗伯特·斯塔姆（Robert Stam）指出，论述改编研究的话语"带有深刻的说教性，充斥着不忠、背叛、畸形、强奸、低俗化和亵渎这样的用语，每一项指控都带有愤怒的负面情绪"。为了避免简单地以价值判断为基础来研究文学改编，卡德维尔提倡将改编作品视为"'元文本'的渐进发展"，它与先前的改编以及所谓的原始文本都有关系；她并没有将源文本／前文本定义为"改编作品定位的主要部分"，而是将改编作品视为在一组不同的文化指涉中产生的新事物，（这些文化指涉）涉及它自身的产出年代、它自身的产业结构、它自身基于问题的动机以及它自身的叙事累积。

自 20 世纪 90 年代末以来，评论界开始更有意识地思考在文本改编过程中起作用的社会文化和工业的影响力问题。黛博拉·卡特梅尔（Deborah Cartmell）和伊梅尔达·威尔汉（Imelda Whelehan）在他们的《低俗小说》（*Pulping Fictions*）系列书籍和《改编：从文本到屏幕，从屏幕到文本》（*Adaptations: From Text to Screen, Screen to Text*）中，通过收入一种不同类型的案例研究（首先要从它自己的角度来探索，而不是将它作为所谓的"源"文本的附属物）并仔细审视接受和消费改编文本的文化背景，来拓展讨论的领域，从而有意识地改变改编研究的界限。利奇也在不断探索改编研究的界限；在利奇看来，改编电影是一种独立的电影体裁，尽管电影研究者们可能会对这种说法提出异议，但是他基于体裁的改编讨论框架可能会引发有趣的辩论（"Adaptation, the Genre"）。同样，西蒙娜·默里（Simone Murray）将批判的焦点从"审美评价标准"的问题转移到经济和工业意义的问题上来，从而拓展了讨论的范围。琳达·哈琴（Linda Hutcheon）(《论改编》)、朱莉·桑德斯（Julie Sanders）以及斯塔姆近年来进一步重振了有关互文性的讨论，使我们重新认识到，所有叙事都是"一个没有清晰原点的无限循环、转换和变异过程"的一部分。在过去十年中，研究者们在该领域所做的工作如此之多，以至于要确认和识别所有相关学者的研究方法几乎是不可能的，但是通过研究一些主要理论家的思想（并通过借鉴许多其他学者的研究成果），我们将会对这一热门的学术研究领域有一个更清晰的认识。

文学改编作为"创作过程"而非"学术批评"，自有故事讲述以来就一直存在。叙事循环再生，贯穿于我们的文化中，用于讲述这些叙事的媒介也各不相同：但是故事及其在我们的文化中的地位仍然以某种形式存在保持不变。其具体起源可能并不总是明确的，它也可能在文本转变的过程中受到各种影响力的作用而被重塑（包括改编者的创作意图、它的表述和接受方式、其产出年代的社会文化氛围等等），然而故事本身仍在蓬勃发展。改编过程致力于确保故事在其他交流平台、其他政治和文化语境中不断重生；改编研究者们提出的各种分类法为我们提供了一个框架来讨论这些经过修正的叙事，以及在他们的文本修正过程中发生作用的一系列影响因素。它们促进了讨论，使我们远离了陈腐的有关忠实性的讨论，尤其是在有关文学作品改编为电影的研究中，在这里有关等级和忠实性的问题仍然很突出（即使有时被否认），尽管有研究者也曾试图

　　　　文学改编指南：改编电影、电视、小说和流行文化中的经典

改变批判的焦点。"是的，但是它和原著一样好吗？"这样的疑问不断困扰着荧幕改编的相关讨论：即使它仅仅是无形的存在，笼罩但并不主导着学术圈的讨论，但是对 21 世纪的评论家来说它仍然是一个具体的体现，尤其当我们在研究经典文学作品的荧幕改编时。一个文本的改编作品能够和它所谓的经典文本一样好或者比之更好吗？由谁来决定这一点？这又如何，以及为何会成为一个问题？除了我们正在研究的理论，其他的讨论仍然倾向于围绕着案例研究展开，这让罗伯特·雷（Robert Ray）等学者感到非常沮丧，他悲叹由此产生的文本分析方法是一种天然的副产品；尽管如此，这也是一种研究者们不可避免要重复使用的研究方法，且在本研究中我们也有意囊括这一方法来审视为我们的研究提供跳板的经典文本，以及它们与不同的改编作品之间关系。

尽管与改编作品相对应的经典文本并不是改编作品"定位"的唯一来源，但是它在改编作品的"定位"中起着至关重要的作用：每一部改编作品本身就是一个新事物，但是它是从一个复杂的改编过程网中演变而来的，与现有叙事、文化习俗、工业实践以及参与其构建的人的动机息息相关。自电影诞生以来，经典文本与其电影改编作品之间的关系一直都是讨论的中心，且事实证明，在过去的五十年中，对这一特定改编平台的兴趣已经成为改编研究者们理论构建的支柱，以致他们有时候顾不上讨论其他形式的"改编"，也没有充分考虑到这样一个事实，即故事的循环利用作为一种文化实践已经存在很长时间了。本研究追溯了英美经典文学作品中众多经典文本的丰富多样的改编历程；然而，尽管大部分有关文学改编的研究都倾向于围绕着文学作品的荧幕改编展开，但是在这里，我们将探讨经典文本与通过各种媒介平台产生的各种类型的改编之间的关系。在研究与四部核心经典小说相关的改编作品的过程中，我们详细分析了将叙事从页面搬到荧幕和舞台的过程，审视了从事表演、视听媒体工作的改编者们所采用的完全不同的故事讲述技巧。但是，将小说重新改编为小说的改编研究也产生了同样丰富而有趣的调查方法；这些改编者是如何以同样的平面文字媒介来改编叙事以重新定位其文本政治和/或目标读者呢？其原因何在？叙事又为什么会被诸如青少年文学、软色情书籍和绘图小说所挪用呢？

　　　　　　　　文学改编指南：改编电影、电视、小说和流行文化中的经典

定义经典著作及其与改编研究的关系

    在这一类型的研究中，首先要解决的问题之一是由谁来界定经典著作，以及标准经典文本的可识别标记是什么。在传统的经典读物中，享有经典地位的文本都被视为创造性天才的个人作品：它们是某一特定作家的个人想象力的表现——它"体现"了普遍而永恒的价值观，并蕴含着一种被所有读者欣然接受和理解的思维方式。如果从这个传统的观点来看，改编者及其改编作品不可避免地要被问责，并被诟病有所缺失。安然无恙地修正和重写一部"创造性天才的个人"作品看起来似乎是一项不可能完成的任务。然而，这种传统的立场是难以捍卫的，尤其是在当今注重理论的学术氛围里：出于诸多原因，研究者们提出了一大堆的理论（基于种族、阶级、性别、性选择），这些理论挑战了对作家和读者之间关系的传统看法，因此，也挑战了对经典文本和改编文本之间关系的传统看法。我们可能会问，观念如何能普遍适用于来自不同种族背景、阶级体系或性别立场的人们，或者被他们所接受呢？在传统意义上，所谓受经典文本所推崇的"普世价值观"是为了"体现"特定群体的观念，因而不可避免地服务于他们自己所属的往往是精英主义的动机。电影理论家安德烈·巴赞（André Bazin）指出，"有关'作者'和'作品'的个人主义概念"是一个相对较新的关注。例如，在伊丽莎白和詹姆士一世时代（Elizabethan and Jacobean times），这样的概念是不成立的，那时候威廉·莎士比亚等作家擅长"借用"其他作家的思想；"作者"莎士比亚的稳定的"作品"这一概念与这个时代的思想格格不入，且"借用"被视为一种由来已久的公认的创作方法。这种"借用"的做法很显然，按传统的定义来讲，会使我们质疑莎士比亚戏剧——以及许多其他作家的作品——在伟大的文学经典中的地位。文学是个人的创造性才能的最终产物这种"浪漫主义的"观点本身就是 18 世纪末这一特定文学时代的文化副产物。在后现代主义后千禧年的语境下，作者身份的概念本身就存在问题。就像斯塔姆指出的，叙述（stories）一直处于"一个没有清晰原点的无限循环、转换和变异过程"中。无论改编文本是以一种有意识的方式，还是以一种不那么明显或者更为试探性的方法来处理早期文本的思想和叙事，毋庸置疑的，经典文本既滋生又依靠于其他文本的主旨和叙事观念：它们既不是在文化真空条件下被构想出来的，也不是在文化真空条件下被消费的。

分层（layering）作为一种丰富叙事，同时也是向先前的文学和思想致敬的方式，是作家们几个世纪以来一直奉行的一种创作实践。对有些人来说，这种分层带有更多的政治倾向：女性主义批评家艾德丽安·里奇（Adrienne Rich）于 20 世纪 70 年代女性主义思想鼎盛时期创作，她认为这种对早期文本的引用是反驳先辈文本（precursor texts）的思想和地位的一种手段。"修正""回顾""以全新的视角来观察"的行为使作家能够"从一个新的批评角度来解读旧文本"，从而挑战其中所蕴含的思想。然而，桑德斯指出，通过改编经典作品，这种"反话语"不可避免地会"重写经典"：作家的"修正"行为可能会挑战经典著作，但也有助于认可它的地位，即使是以一种"全新和批判的方式"。我们会看到，当我们研究那些，例如，采取不同叙事视角或者将叙事置于另一种社会文化语境或媒介平台中的文本时，改编者不仅会促使我们去研究他们自己文本中所蕴含的思想，还会促使我们去质疑其文学先驱中的思想。苏珊娜·奥涅加（Susana Onega）和克里斯蒂安·古特莱本（Christian Gutleben）认为，在与维多利亚时代经典文本相关的文本转换中起作用的是一个被称为"折射"的"双重过程"——这一过程"涉及了文本如何利用和整合对前文本的反思以及由于改写而产生的对原著的新阐释"。"'折射'假设经典文本和（由其激发的）后现代主义文本之间存在一种辩证的关系"，而并不关注一般的文本交互或者针对互文性。奥涅加和古特莱本没有探讨这些作品之间的互文性以试图理解经典文本中所蕴含的"新产物和旧代码"之间的关系，而是敦促我们不要将二者中的任何一个视为"源"文本，要重视每个文本是如何"阐释另一个文本"的，因而要"消除两个相关文本之间的等级或评价区别——无论其中一个有可能多么经典"。如果我们采用类似的方法来研究一般的改编，将一个文本视为另一个文本的"阅读棱镜"，那么有关评价性的陈腐讨论就会消失了。此外，利奇敏锐地观察到，"每个文本"，无论是经典的还是民粹主义的，"本身就是改编的邀请函"。

这种改编作品成了持续进行的，围绕着造就它们的经典文本所展开的讨论的一部分，但是它们同时也在文学经典中占有一席之地：它们既不为它所消费，也不完全为它所定义，而是向我们展示了围绕着最初的经典文本及其各种改编的其他形式的文化焦虑。文本的经典化就像改编本身一样，是一个持续的过程，反映并与其产出时代的文化和批判思想相互作用。科拉·卡普兰（Cora Kaplan）认为，希腊和罗马文学经典以及《圣经》故事的神话地位现在已经被《简·爱》（*Jane Eyre*）、《大白鲸》（*Moby Dick*）、《大卫·科波菲尔》（*David Copperfield*）以及《红字》（*The Scarlet Letter*）等小说所"取代"：它们为进一步研究与性别、身份、科学进步、宗教信仰以及城市发展相关的持续的文化焦虑提供了肥沃的土壤。布赖恩·A. 罗斯（Brian A. Rose）对此表示赞同，他称19世纪的经典文本为"文化文本"——随着改编而演变的文本，"允许重新定义（卡普兰指出的那种）引发焦虑的问题"。然而，19世纪经典文本的神话性和文化负载性并不是19世纪作品的唯一来源。弗朗西斯·斯科特·菲茨杰拉德（F. Scott Fitzgerald）的《了不起的盖茨比》（*The Great Gatsby*）虽然是20世纪20年代的产物，但是它也可以被看作是具有类似神话意义的"文化文本"：他对20世纪20年代美国的研究已经成为文化上对无处不在的美国梦的追求的代名词，而与之相关的改编作品则不断重新定义着菲茨杰拉德的经典文本中所探讨的"引发焦虑的问题"。改编作品在不同的地理、时间、媒介框架下重构这些"神话"文本的文化焦虑，但是正是它们所表达的这些文化焦虑将它们与经典文本联系在一起，即使被改头换面。

尽管研究者们对哈琴在《论改编》（*A Theory of Adaptation*）中强调的改编的其他形式越来越感兴趣，但是改编研究在很大程度上仍然围绕着经典著作的作者展开，本研究也不例外；然而，经典文本在这里充当了一个跳板，用于探索介于文学高雅艺术和民粹主义主流之间的文本。一些文本公开声明自己与经典先辈文本之间的联系，而另一些文本与经典著作或者任何特定的文本之间的联系则不甚明确；桑德拉·戈尔德拜彻（Sandra Goldbacher）的电影《家庭女教师》（*The Governess*）就是对一个文本进行无意识改编的典型例子：虽然它从未宣称自己与夏洛蒂·勃朗特（Charlotte Bronte）的《简·爱》有任何联系，不过对于熟悉后者的观众来说，它的叙事结构和主题显然是借鉴了勃朗特的小说的。桑德斯将这种文本修正定义为"挪用"而非"改编"行为——它体现了一种"不太明确，却更深入"，而且还能够"促进意义的不断演变发展，以及文本关系网的不断扩展"的"互文关系"。同样，哈琴认为"文学改编，对于了解它的观众来说，涉及一种在我们所了解的作品和我们正在体验的作品之间的概念上的反复"，暗示了一定程度的相互依赖性；此外，哈琴声称，我们对某一特定叙事的体验可能首先集中在以其改编形式讲述的叙事上。例如，对像玛丽·雪莱（Mary Shelley）的《弗兰肯斯坦》（*Frankenstein*）这样的文本的理解，现在回想起来，可能受到了我们观看的它在 1931 年的"改编"电影的影响，但对一些人来说，这个故事首先是通过 20 世纪 30 年代的恐怖电影的形式来处理的，对那些观众来说，或许这个电影文本才被当作"主"文本。

确定方向

现在，我们更倾向于把经典文本视为文化产物而不是天才的个人作品，它们的构建和消费不仅仅依赖作家想象力的迸发。我们可能会问，构建这样一个产品包含了哪些过程；它如何以及为什么可以获得经典的地位；以及它的经典地位会如何影响我们（以及它）与其他相关文本的关系。在我们的研究过程中，我们将通过一系列批判性练习来处理这些问题，仔细研究指定的经典文本，以及与之相关的改编作品。我们应该明白的是，被视为经典的作品主体不是静态的，我们对经典文本的解读以及我们与经典文本的关系在演变，经典文本和与之建立对话的改编作品的关系也是如此。一些评论家反对将改编话语用作一种手段来为研究经典文本提供方便的途径；这种方法可能导致经典著作的地位进一步提升，且本研究无意将改编作为教育者实现简易文学研究的桥梁。经典文本和与之相关的改编作品之间复杂的、相互依存的关系仍是讨论的焦点。

近几年，研究者们竭力使改编研究摆脱此类型研究中惯用的传统组织模式，从而使经典文本成了进一步讨论的中心。然而，本研究对经典著作的关注要求我们运用传统的章节划分。这里，我们集中探讨了英美经典著作中的四部重要作品，每部作品的选取都源于它与丰富多样的改编作品之间的关系。为了建立一个模型，为讨论提供一个可行的框架，各章节围绕三个类别来组织，尽管与所有此类分类体系一样，将某一部改编作品归入某一类别并不排除这种可能性，即它在另一类别范围内也讲得通。[1]"经典的处理"强调追求忠实性，而（以里奇的评论为出发点）被确定为"修正文本"的改编作品则重构了经典文本的主旨和意识形态，那些被称为"激进的反思"的改编作品则势必（有意或无意地）完全背离源文本。在每个部分，我们将会根据被研究文本各自产出的社会／文化／政治／工业环境，在现存的批评研究背景下展开研究。

　　本研究鼓励采用创造性的、过程驱动的方法来探索改编研究，从而也拓宽了改编研究的范围。托马斯·利奇质疑现有讨论对"可读性（readerly）"的强调，转而提倡重视与在研文本间的"可写性（writerly）"互动，在其思想基础之上，我们此处的研究在一定程度上侧重于通过一系列创造性练习来探讨改编的机制。这种方法使我们能够体验到文本从一种媒介转变为另一种媒介，从一种"声音"转变为另一种声音，从一组意识形态转变为另一组意识形态过程中的各种机遇和限制，并且会让我们思考社会／文化／政治／批评以及工业对改编创作的影响，这是对一部现有改编作品进行分析解剖所不能做到的。它为解读经典文本提供了一种不同的途径，为理解源文本及其改编作品之间的关系提供了一种不同的方法：它阐明了（改编的）过程，并且以一种单纯的理论所不能的方式改变了我们与经典文本的关系。

> 将（阅读和写作）这两种活动纳入我们所谓的文本
> 研究的学科中——研究文本如何产生，如何被消费，如何
> 被奉为经典，如何被改写，如何被抵制，以及如何被否
> 定——这种需求为改编研究提供了一个难得的机会，改编
> 研究并非超越文学的读写的化身，而是连接二者迫切需要
> 的桥梁。

本研究旨在通过让读者参与写作活动来建立这些桥梁，这些活动将无疑有助于读者批判性地理解经典文本以及不断围绕经典文本循环和演变的改编作品。我们通过实际应用来研究文学改编的理论，并对文本进行批判性的解读；为此，每一章节都会采取一种特定的研究方法，并通过一系列相关的练习来研究所选取的改编作品。第一章（改编《简·爱》：分析法）采用了分析法；在第二章[改编《远大前程》（*Great Expectations*）：以实践为基础的创新方法]里，研究的重点变为改编过程的相关问题；第三章[改编《螺丝在拧紧》（*The Turn of the Screw*）：总结文本间的共性]集中讨论了采用某一特定叙事形式的文本间的内在联系；最后一章（《了不起的盖茨比》：对分类的界限提出异议）则检验了在改编研究领域所采用的分类法的局限性和使用情况，包括作为本研究一部分的那些分类法。

也许有人会认为，对所谓的源文本的任何强调都不可避免地将

改编作品置于次要的、在某种程度上次等的地位，但是将文学改编作为过程的研究设想了人们预先了解被改编的源文本：虽然我们并不赞同中心本位的改编研究模式，但是如果我们要探索改编作品和它们选择与之对话的文本之间的关系，那么了解我们所研究的经典文本是一个先决条件。对原始文本的意识形态及其同时期的文化／社会政治场景的认识，使我们能够以一种明智且更有意义的方式，来探讨它被转变为其他改编媒介的方式；这并不妨碍对文学改编本身的思考。因此，出于实际原因，我们在每一章的开始都对所研究的经典文本进行了概述，并对迄今为止它所产生的一系列改编作品进行了综述。然后，我们集中讨论了各种具有代表性的改编作品，并运用无疑是有益的分类框架（经典／修正、重写／激进的反思）作为对某一特定类型的改编作品进行归类的方法。为确保研究的比较性，我们将会通过对指定经典文本的两个或三个改编作品进行对比研究来探讨每种分类，且在适当的情况下，我们不但在每一章里对不同类别的改编作品进行了比较，而且也在作为整个研究切入点的四部经典文本的改编作品之间进行了比较，从而进一步说明改编关系的复杂性。

展开讨论：与改编研究相关的练习

什么是"改编"

步骤一

阅读以下从萨尔曼·鲁西迪的《处境尴尬》["A Fine Pickle"，载于《卫报》，2009 年 2 月 28 日] 中节选的文字：

由改编过度引起的问题是整个改编研究主题的核心问题——也就是说，本质问题。"诗乃翻译中失去的东西"，罗伯特·弗罗斯特（Robert Frost）说到，但是约瑟夫·布罗茨基（Joseph Brodsky）反驳道："诗乃翻译中获得的东西"，二者的立场一目了然。我个人一直认为不管我们是在谈论一首诗跨域语言的界限成为另一种语言的诗，或者一本书从页面到搬上屏幕，抑或人类从一个地方迁移到另一个地方，弗罗斯特和布罗茨基二人都是对的。翻译中总是会失去某些东西；然而，也可以获得某些东西。我对改编的定义非常广泛，包括翻译、迁移和变形，即令一个东西变为另一个东西的一切方法手段。在我的小说《午夜之子》中，叙述者萨利姆（Saleem）把泡菜的制作讲述成这样一个改编过程："我接受，"他说道，"腌制泡菜过程中不可避免的变形。毕竟腌渍就是为了不朽：鱼、蔬菜、水果用香料和醋进行防腐处理后挂起来；一定的改变，味道的略微增强，都是小事情，难道不是？其技巧在于改变味道的程度而非种类；且最重要的是（在我的三十零一坛里）要赋予它形状和模样——也就是说，意义。"

本质的问题仍然是改编行为的核心问题：如何将一个东西、一本书或一部电影或一首诗或一棵蔬菜，抑或自己制作出第二个版本，完全独立的、新的东西，然而又带有第一件东西的本质、精神和灵魂，一件和你自己，或你的书或诗或电影或腌渍之前的杜果或酸橙一样的东西。

这是不可能的吗？在我们的艺术和我们的本质中那些无形的东西、我们言语之间的空间、透过事物表面所看到的东西，都会在重组过程中不可避免地被抛弃吗？如果是这样的话，能否用其他的让我们足够满意，甚至足够充实的空间、想象来填补，以便我们不介意该损失呢？从广义上来看待改编，使其超越艺术的领域进入余下的生活的过程就是认为这一词的所有意义都在于解答什么是本质的问题——在一部被改编为另一种形式的作品里、一个适应新家的人身上，以及一个适应新时代的社会中，你保留什么？抛弃什么？什么是可以改变的，以及必须在哪里划出界线？问题总是一样的，但是我们回答问题的方式决定了改编的质量，书、诗歌或者我们自己的生活的质量。

作为个体、群体和国家，我们一直都是自身的改编者，必须不断地问自己，我们的丰富性在哪里：除非我们不愿再做自己，否则我们永远不可能放弃的东西是什么？

关于这点我们可以从翻译他人诗作的诗人、从将纸上文字变为屏幕影像的编剧和电影制片人、从所有那些将一个东西变为另外一种状态的人那里学到很多：当人们能够同时理解和关心旧事物和新事物，能够帮助被改编的事物越过鸿沟，在一种不同的光线下再次闪耀，从而实现新旧事物之间真正的交换，这样的改编才是最好的。换言之，社会、文化和个人的改编过程，亦如艺术改编，如果要成功，需要自由不僵化。死守原文本、被改编的东西、旧方法和过去，都注定会产生无用的东西、不幸、异化、争辩、失败和损失。

步骤二

将鲁西迪作为作家参与改编过程的观察所得作为起点，试着对这些问题做出自己的回答：

- 我们如何定义"本质"和"精神"这样的术语？
- 一个文本的"本质""精神"是否对所有的读者 / 观众来说

文学改编指南：改编电影、电视、小说和流行文化中的经典

必然是一样的？为什么？

- 改编者的目标*应该*是创造被改编文本的"第二个版本"吗？为什么？

- 我们应该如何看待那些没有宣称与某部文学先驱有关联，却与其他文本有着潜在联系的文本？

- 鲁西迪还用了哪些词来描述"改编"？思考这其中的每一个词：它们是否有积极或者消极的含义呢？

- 我们还可以用哪些词来代替"改编"这一术语？列出这些替换词。这些词会让我们联想到哪些含义？它们是积极的还是消极的？为什么？

改编的语言

罗伯特·斯塔姆反对以他视为"说教的方法"来讨论改编作品和源文本之间的关系。阅读以下从斯塔姆的《超越忠实性：改编对话学》（"Beyond Fidelity: The Dialogics of Adaptation"）中节选的文字：

> 论述小说的电影改编的评论性语言往往带有深刻的说教性，充斥着诸如不忠、背叛、畸形、强奸、低俗化和亵渎这样的用语。不忠的言外之意强调维多利亚时代的假正经；背叛让人想起道德背叛；畸形暗示审美反感；强奸让人想起性暴力；低俗化使人联想到等级退化；亵渎暗示对"神圣字眼"的一种亵渎。

步骤一

- 列出斯塔姆认为的一些评论家常用的描述"改编"行为的消极用语；像斯塔姆一样在每个词的后面标注上该词的内涵——例如，"强奸让人想起性暴力"。

- 现在回到你根据鲁西迪的文章列出的词汇表，从中选出六个描述改编的积极用语。这些用语的内涵是什么？（试着像斯塔姆一样用一个词 / 短语来总结，并把它们并列放在一起）。

步骤二

当我们思考影响改编讨论的语言时，我们对改编研究又能推断出什么呢？这又如何帮助和 / 或者阻碍我们对改编作品和改编过程的学术研究呢？

作为文化产物的文学经典

步骤一

在传统的经典读物中，享有经典地位的文本被视为创造性天才的个人作品——是某一特定作家的个人想象力的表现，它"体现"了普遍而永恒的价值观。作家和读者之间的关系可以被绘制如下：

作者产生想法 > 作者在文本中表达想法 > 读者阅读文本 > 读者

发现作者的意思。

为何将我们"置于"文本接收者的位置呢？对我们的假定是什么？这些假定是否合理 / 有依据？为什么？由谁决定一部作品是否值得被奉为经典，原因是什么？

步骤二

相反，如果我们把被奉为经典文学的文本视为文化产物，我们可能会问自己，这一产物的构建包含哪些过程：

- 这一"产物"的原材料来自哪里？
- 作家在这一"产物"的构建过程中扮演了什么角色？
- 读者在这一"产物"的构建过程中扮演了什么角色？
- 文本的意义来自哪里？
- 它渗透着怎样的信仰 / 价值体系？

从早期研究中选一篇自己熟悉的经典文本 [例如，莎士比亚的剧作、托马斯·哈代（Thomas Hardy）、纳撒尼尔·霍桑（Nathaniel Hawthorne）、弗吉尼亚·伍尔夫（Virginia Woolf）的小说]；回答与该文本相关的上述问题。

通过这种更广泛的文化观点，我们对经典著作 / 经典文本的构建，以及文本如何成为经典著作有了哪些了解？

运用二手资料：综合各种观点

有时候很难从改编研究的相关文章中提炼要点，而要将这些要点综合到自己的讨论中同时确保规范的引用就更难了。该练习的设计就是为了帮助你思考处理二手资料的有意义的方法。

步骤一

阅读琳达·哈琴的在线文章，"为文学改编作为文化产物而辩"（"In Defence of Literary Adaptation as Cultural Production"），该文章发表在《媒介与文化杂志》第 10 卷第 2 期（2007 年）。可以通过以下网址获取：http：//journal.media-culture.org.au/0705/01-hutcheon.php

步骤二

提问正确的问题：

- 找出引言部分的关键短语：试着找出四到五个要点。

- 该引言中确立的论点是什么？利用上述回答，用两句话来总结哈琴的"立场"/论点。

- 所提出的讨论点是否只与哈琴在该引言和文章中使用的例子相关，或者你能否提炼出论点并将其应用于你正在研究的其他文本？为什么？

- 通过引用"一个阶段的艺术形式"（见第 5 段）哈琴想要

表达什么意思？为什么哈琴认为这一概念是错误的（见 6—9 段）？找到文章中的支撑语句。

- 哈琴认为是什么导致我们将文学"优先"视为一种艺术形式？她提出了哪些观点帮助我们质疑这种优先行为（见 10—11 段）？

- 根据哈琴，我们"体验"某一给定文本的顺序是如何影响读者 / 观众 / 改编之间的关系的（见 13—15 段）？选取四到五个关键句子，然后用自己的话以一个或两个句子来总结她的观点。

- 查看哈琴在文章结尾运用的类比——"在生物学和在文化中一样，改编都占主导地位"。用一句话概括她的"立场"。

步骤三

回顾他人的观点：

- 读完这篇文章之后，我们可以认为哪些学者与哈琴有着相似的"理论立场"（回顾整篇文章以及本研究文本的第一章找出这些学者）？他们有哪些共同的"立场"？请将它们罗列出来。

- 回顾你的笔记：直接摘选自哈琴文章里的词汇有没有使用引号？在概括她的观点（或者她在文章中引用的其他人的观点）的时候，你确保注明是引用她的观点了吗？你如何做到这一点？

- 如果你打算引用，你必须注意哪些细节以便于能恰当地引用？

注　释

参见最后的练习（"分类法：优势和局限性"：结论），旨在让读者参与与分类系统的功效相关的持续辩论。

参考文献

Andrew, Dudley. "Adaptation". *Film Adaptation*. Ed. James Naremore. New Brunswick, NJ: Rutgers University Press, 2000. 28–37. Print.

Bazin, Andre. "Adaptation, or the Cinema as Digest". *Film Adaptation*. Ed. James Naremore. New Brunswick: Rutgers University Press, 2000. 19–27. Print.

Bluestone, George. *Novels into Film*. Baltimore and London: John Hopkins University Press, 1957. Print.

Cardwell, Sarah. *Adaptation Revisited: Television and the Classic Novel*. Manchester: Manchester University Press, 2002. Print.

Cartmell, Deborah and Imelda Whelehan, eds. *Adaptations: From Text to Screen, Screen to Text*. London: Routledge, 1999. Print.

Cartmell, Deborah, I.Q. Hunter, Heidi Kaye, and Imelda Whelehan, eds. *Pulping Fictions: Consuming Culture Across the Literature/Media Divide*. London: Pluto Press, 1996. Print.

Cartmell, Deborah, I.Q. Hunter, Heidi Kaye, and Imelda Whelehan, eds. *Trash Aesthetics: Popular Culture and Its Audience*. London: Pluto Press, 1997. Print.

Cartmell, Deborah, I.Q. Hunter, Heidi Kaye, and Imelda Whelehan, eds. *Sisterhoods Across the Literature/Media Divide*. London: Pluto Press, 1998. Print.

Cartmell, Deborah, I.Q. Hunter, Heidi Kaye, and Imelda Whelehan, eds. *Alien Identities*. London: Pluto Press, 1999. Print.

Cartmell, Deborah, I.Q. Hunter, Heidi Kaye, and Imelda Whelehan, eds. *Classics in Film and Fiction*. London: Pluto Press, 2000. Print.

Cartmell, Deborah, I.Q. Hunter, Heidi Kaye, and Imelda Whelehan, eds. *Retrovisions: Reinventing the Past in Film and Fiction*. London: Pluto Press, 2001. Print.

Chatman, Seymour. *Coming to Terms: The Rhetoric of Narrative in Fiction and Film*. Ithaca, New York and London: Cornell University Press, 1990. Print.

Elliott, Kamilla. *Rethinking the Novel/Film Debate*. Cambridge: Cambridge University Press, 2003. Print.

Genette, Gérard. *Palimpsests: Literature in the Second Degree*. Trans. Channa Newman, and Claude Doubinsky. Lincoln: University of Nebraska Press, 1997[1982] . Print.

Hutcheon, Linda. *A Theory of Adaptation*. London: Routledge,

2006. Print.

Hutcheon, Linda. "In Defence of Literary Adaptation as Cultural Production". *M/C Journal* 10.2 (2007) n. pag. Web. 12 Jan. 2008.

Kaplan, Cora. *Victoriana: Histories, Fictions, Criticism.* Edinburgh: Edinburgh University Press, 2007. Print.

Klein, Michael and Gillian Parker. *The English Novel and the Movies.* New York: Ungar, 1981. Print.

Leitch, Thomas. *Film Adaptation and Its Discontents: From Gone with the Wind to the Passion of the Christ.* Baltimore: John Hopkins Press, 2007. Print.

Leitch, Thomas. "Adaptation, the Genre". *Adaptation* 1.2 (2008): 106–120. Print.

Leitch, Thomas. "Jekyll, Hyde, Jekyll, Hyde, Jekyll Hyde, Jekyll, Hyde: Four Models of Intertextuality". *Victorian Literature & Film Adaptation.* Ed. Abigail Burnham Bloom, and Mary Sanders Pollock. New York: Cambria, 2011. 28–50. Print.

McFarlane, Brian. *Novel to Film: An Introduction to the Theory of Adaptation.* Oxford: Oxford University Press, 1996. Print.

Murray, Simone. *The Adaptation Industry: The Cultural Economy of Contemporary Literary Adaptation.* New York: Routledge, 2012. Print.

Onega, Susana and Christian Gutleben, eds. *Refracting the Canon in Contemporary British Literature and Film.* Amsterdam and New York:

Rodopi, 2004. Print.

Ray, Robert. "The Field of Literature and Film". *Film Adaptation.* Ed. James Naremore. New Brunswick, NJ: Rutgers University Press, 2000. 38–53. Print.

Rich, Adrienne. "When We Dead Awaken: Writing as Re-Vision". *College English* 34.1 (1972) 18–30. Print.

Rose, Brian A. *Jekyll and Hyde Adapted: Dramatizations of Cultural Anxiety.* Westport, CT: Greenwood, 1996. Print.

Rushdie, Salman. "A Fine Pickle". *The Guardian.* 28 Feb. 2009. Web. 1 Mar. 2009.

Sanders, Julie. *Adaptation and Appropriation.* Abingdon: Routledge, 2006. Print.

Stam, Robert. "Beyond Fidelity: The Dialogics of Adaptation". *Film Adaptation.* Ed. James Naremore. New Brunswick, NJ: Rutgers University Press, 2000. 54–78. Print.

Wagner, Geoffrey. *The Novel and the Cinema.* Rutherford, NJ: Fairleigh Dickinson University Press, 1975. Print.

改编《简·爱》：分析法

夏洛蒂·勃朗特的《简·爱》依然是改编领域一个极具吸引力的部分；自 1847 年首次出版以来，它一直吸引着从事不同媒介工作的改编者，其原著及其不同的改编作品也继续受到 21 世纪读者和观众们的喜爱。这部小说能够保持其相关性足以表明，除了叙事能量，其主旨仍是当代讨论的一部分。它与改编它的文本之间有着复杂的关系，并以多种方式和它们联系在一起，或者通过探讨其性别问题及其性别认同的构建，或者通过其扣人心弦的故事讲述技巧和复杂的人物塑造。对有些改编者来说，它在本质上仍是一个爱情故事——一个拥有果敢的女主人公和忧郁的男主人公的、黑色的、哥特式的爱情故事——但对另一些改编者来说，它则体现了激进女性主义或者后殖民主义的话语，以及对故事中蕴含的更邪恶因素的质问。女性主义和后殖民主义的讨论仍在继续影响着勃朗特的《简·爱》，因此，对该经典文本的这个开篇讨论也渗透着这两种思想。

勃朗特的故事是关于她所谓的"英国上流社会人们"的有节制

的生活，她的主旨突破了当时的维多利亚社会所能接受的范围。她小说中的女主人公们，尤其是简·爱，拒绝按照维多利亚社会的传统行事：她们并不符合被视为女性典范的"家中天使"的形象，在勃朗特的小说中，被置于维多利亚时代女性身上的桎梏不断受到质疑。尽管考文垂·帕特莫（Coventry Patmore）的名诗"家中天使"（"The Angel in the House"）是在《简·爱》出版七年之后出版的，但是它的观点概述了勃朗特生活的时期社会对女性的普遍态度：一个好女人懂得"男人必须被取悦；但是取悦男人是女人的荣幸"。勃朗特通过写作来反对这种价值体系，而她的同代人对她作品的褒贬不一的评价也是可以理解的。虽然有些评论家欣然接受了她的任性、聪明的女主人公们，但是大部分评论家对此感到不安；然而，不管评论界的反应如何，她对维多利亚时代小说女主人公的构建所产生的影响"被认为是革命性的"，她笔下的女主人公不仅"反叛且富有激情……比同时代的其他小说家，例如查尔斯·狄更斯，或者威廉·萨克雷（William Thackeray）笔下温柔、顺从的女主人公更聪明、更果断，而且掌控着她自己的人生"［肖沃尔特（Showalter）］。有人可能会说，《简·爱》本身就是某种挪用，因为它无疑借鉴了19世纪既有的家庭女教师题材中的比喻；但是，虽然勃朗特笔下的简·爱和以往那些女性角色一样，都是在走向成熟的过程中被社会边缘化的受害者，但是她远比传统家庭女教师的原型更积极、更自信。

勃朗特的《简·爱》使得家庭女教师类的小说备受欢迎，有些作家甚至以更直接的方式挪用了简·爱的叙事元素。和许多后

《简·爱》时代的关于家庭女教师形象的故事一样，于 1898 年首次出版的亨利·詹姆斯（Henry James）的《螺丝在拧紧》，在很多方面都借鉴了这一文本，我们对该故事的迷恋从其发行初期一直绵延至 165 年后的今天。在此期间，从 1910 年至 1918 年，诞生了六部无声黑白电影改编作品；1934 年和 1944 年诞生了两部有声黑白电影；从 1956 年至 2006 年，共诞生了六部迷你剧；1996 年和 2011 年诞生了两部当代电影。其他富有表现力的改编作品包括七部舞台音乐剧、一部歌剧和无数的广播剧。尽管如此，受该叙事吸引的改编者基本上都选择以小说的形式来改编或者进一步论述它。那些改编自《简·爱》的著名小说本身业已成了"经典作品"——《蝴蝶梦》（Rebecca）[1] 和《藻海无边》（Wide Sargasso Sea），和《螺丝在拧紧》一样，都在现代文学经典中占有了一席之地——但是散文改编作品的数量越来越多了，尤其是从 2000 年开始。这些改编作品有些选择从勃朗特文本中其他人物的叙事角度来探讨该故事，例如《藻海无边》；像《阿黛尔：〈简·爱〉的隐藏故事》（Adele: Jane Eyre's Hidden Story，2000 年）、《阿黛尔、格蕾丝和塞琳：〈简·爱〉中的其他女性》（Adele, Grace, and Celine: The Other Women of Jane Eyre，2009 年）或者《罗切斯特》（Rochester，2010 年）这样的小说不胜枚举。改编者也似乎专注于通过续写来延长该叙事的生命——从 D. M. 托马斯（D. M. Thomas）的《夏洛特》（Charlotte，2000 年）到安吉拉·卡特（Angela Carter）未完成的手稿，再到《简·罗

---

1 《蝴蝶梦》原名《吕蓓卡》，国内将达芙妮·杜穆里埃的长篇小说和改编的影视作品都译为"蝴蝶梦"。——编者注

切斯特》(*Jane Rochester*, 2000 年)以及《简·爱的女儿》(*Jane Eyre's Daughter*, 2008 年),对简·爱故事的痴迷仍在继续,并且进入了意想不到的领域,例如吸血鬼题材的戏仿作品《吸血鬼版简爱》(*Jane Slayre*, 2010 年),科幻小说《珍娜·斯帝博》(*Jenna Starborn*, 2002 年)以及混合体裁的派生作品,例如贾斯泼·福德(Jasper Fforde)的《谋杀简·爱》(*The Eyre Affair*, 2001 年)。《简·爱》也已经成为 20 世纪和 21 世纪民粹主义哥特式恋爱 / 爱情小说的哥特式原型,作家维多利亚·霍尔特(Victoria Holt)和菲利斯·惠特尼(Phyllis Whitney)的叙事都受惠于勃朗特的开创性文本。

　　然而,将《简·爱》仅仅视为一部哥特式爱情小说既否定了它作为 19 世纪最具影响力的成长小说之一的重要意义,也否定了它对我们理解勃朗特同时代的性别问题的贡献。它是一个与 18 世纪早期的哥特式故事相关联的文本,受到它们"过于丰富的疯狂想象力"的影响,但是它也借助了博廷(Botting)所谓的 19 世纪的"内化的哥特形式",由此"那些壮丽的景观所呈现的忧郁和黑暗成了内在精神和情感状态的外在标识"。勃朗特的故事使用了大量的哥特式比喻:宏伟的城堡般的宅第坐落在昏暗、荒芜、饱经风霜的景致中;一个必备的深藏着黑暗秘密的忧郁的男主人公,各种神秘的事件,一个精神错乱、被妖魔化的幽灵以及一位充满好奇心的女主人公。但是,简·爱并不是哥特式传统中典型的虚弱无力的女主人公:她具有理性思维的能力,并且在接近小说结尾时,逐渐控制了自己的激情,这些都调和了哥特式传统中那些女主人公们过

　　　　　文学改编指南:改编电影、电视、小说和流行文化中的经典

度情绪化的特征。哥特式体裁的超自然元素变成了一种完全不同的高度紧张的精神顿悟的时刻。在真正的哥特式模式下，简·爱和爱德华·罗切斯特都是脱离社会的人物——前者表面上是因为她的社会地位，后者则是因为他过去的罪过——虽然叙事结尾暗示了浪漫的结局，但是他们仍将继续生活在社会的边缘。19 世纪的哥特式作品对人的内在和第二自我，以及对镜像和二重性的关注，对于我们理解这部小说也是至关重要的，该文本在这些方面也已产生了大量的批判性研究，它们继续从女性主义和后殖民主义的角度来探讨主人公和罗切斯特的第一位妻子伯莎·梅森（Bertha Mason）之间的关系。对这一关系的深思也构成了改编者们所探讨的众多方面之一，简·里斯（Jean Rhys）的《藻海无边》就是其中最突出的一个，但是在其更民粹主义的主流改编作品中，《简·爱》叙事中的黑色浪漫主义元素才是被反复挪用的东西，导致了所谓的对该小说性别问题的劫持。继将经典文本改写为吸血鬼体裁作品的潮流之后，电子图书出版商 Total-E-Bound 出版了"秘密的经典作品"（Clandestine Classics）系列之《简·爱》，这部作品是在 E. L. 詹姆斯（E. L. James）的《五十度灰》（*Fifty Shades of Grey*）三部曲的成功和声望的推动下对该小说进行的露骨的改写，它的出版预示着"妈咪色情"经典作品的到来，这些作品里加入了详细的性爱场景，为该小说的主题提供了完全不同又有点令人不安的"解释"，尽管出版商公开宣称，他们设计的所有色情"改造"都"尽可能地接近经典原著"[艾米丽·安德鲁斯（Emily Andrews）]。伊芙·辛克莱（Eve Sinclair）的《赤裸暴露的简·爱》（*Jane Eyre Laid Bare*, 2012 年）

给我们呈现了这部小说的另一种色情演绎，它的首章描述了主人公的思想，此时她一边自慰，一边回忆与住在洛伍德（Lowood）的同性室友性交时的快感。尽管人们很容易忽视这些改编作品，但它们可以说明经典文本与主流文化的互动方式，从而为我们提供了一些后女性主义讨论的有趣论点。

　　无论是放大、削弱还是重塑这部小说的哥特式特性，以使之符合他们自己之后的目的、产出年代和／或所选媒介，改编者们都在不断挪用勃朗特精心构建的叙事模板。《简·爱》的成长小说模式提供了清晰的叙事动力：线性的情节发展和性格成长是该形式所固有的，这使它尤其适合改编成电影或电视。从本质上说，这是一个探索的故事，描绘了在一个既定的社会秩序下女主人公从童年到成年的精神成长过程。叙事围绕着主人公的欲望和社会的期望之间的一系列冲突展开，最终按照传统以主人公的自我评价和能够在那个社会中找到的一个新位置结尾。吉尔伯特（Gilbert）和古芭（Gubar）这样描述简·爱的精神历程：

　　　　一个关于围圈和逃亡的故事，一部十足的女性成长小说，其中女主人公在试图挣脱童年的禁锢，实现成熟的自由这一几乎不可想象的目标时遭遇了诸多问题，表明了在父权社会普通女性都会遇到又必须克服的困难：压迫［盖茨黑德（Gateshead）］，饥饿（洛伍德），疯狂［桑菲尔德（Thornfield）］，以及冷漠［沼泽居（Marsh End）］。

此处，她的普通女性身份与吉尔伯特和古芭对该文本解读中所渗透的女性主义政治是一致的，但是无论我们是否将这一历程看作与性别问题有关或者与宗教精神觉醒有关的历程，简·爱的成长阶段以及在这个过程中她所遭遇的冲突都反映了成长小说主人公既定的叙事模式，使我们能够和她一起经历自我实现和封闭的一刻。小说采用第一人称叙述，这使得我们与这位主人公的关系更加紧密。简·爱讲述自己的故事，这让她在叙事中处于有利的地位，陈志平（Chih-Ping Chen）认为，她在带领读者穿过她的"记忆画廊"的时候，就已经将自己置于"主人和凝视者的男性位置上"了。再次，这种叙事技巧对改编者来说可能是恩赐，也可能是问题：编剧、电影或者电视改编者要面对如何表现叙事声音的问题，因为他们所采用的媒介是通过摄像机镜头这种第三人称的手段来表述事件的，但是它适用于《蝴蝶梦》或者《藻海无边》等散文改编作品的内在化思维过程。

不可否认，夏洛蒂·勃朗特的《简·爱》作为哥特式爱情叙事有着持续的吸引力。但是，这部经典文本所体现的性别问题才是不断吸引某些改编者的地方。围绕这部小说的大量女性主义批评话语已经成为其改编研究的一部分了，而作为强调女性主义问题的文本，它的重要意义也无可争辩。与阶级政治相关的问题仍然是我们理解这部小说中简·爱和罗切斯特的关系的关键，在维多利亚时代背景下，地位卑微的家庭女教师和富有的上层阶级雇主的潜在结合代表了一种颠覆性的越轨行为。作为读者，我们通过女主人公的第一人称叙述了解了她的信念；从最初反叛而直率的孩子到在洛伍德经历种种教训之后成长为一个更加冷静、更加克制的女性，她被塑造成一个不断质疑性别置于自己身上的种种约束的个体，也正是这种对社会边缘化女性的现象的提出和质疑吸引了女性主义批评家的注意：

> 通常女性被认为应该非常冷静：但是女性的感受和男性的感受其实是一样的；她们需要发挥自己的能力，需要有用武之地，和她们的兄弟并无区别；她们遭受着严格的约束、绝对的遏制，对这种痛苦的感知和男性完全一样；她们的身份地位更优越的同胞们狭隘地认为女性就应该安分守己，去做布丁，织袜子，弹钢琴，绣荷包。如果因为她们超越了世俗宣称女性必要的，而学习、践行了更多的事情，而谴责她们、嘲笑她们，不但无知而且欠妥。

尽管以一种冷静、理性思维的声音进行表述，但是这种对普选权的有说服力的呼吁也突出了简·爱的（由此推断，勃朗特的）沮丧；作为一个受维多利亚时代社会期望约束的女性，她的选择是有限的。

围绕该文本的女性主义话语还聚焦于简·爱和罗切斯特的第一任妻子伯莎·梅森之间关系的意义上。在一些试图探讨该小说所体现的性别问题的改编作品中，简·爱与伯莎的关系成了该故事后续重组不可分割的一部分，而这些修正作品又进一步受到了以哥特式体裁的"二重性"比喻为基础的女性主义研究的影响。纯真、无瑕的简，反复被罗切斯特称为"小精灵""小仙女""小妖精""天使"，与淫乱的、野兽般的伯莎形成了鲜明的对比，伯莎不断被称作"肮脏的德国幽灵——吸血鬼"，坐在"后腿上"站起来的"穿着衣服的鬣狗"，这些措辞使她看起来毫无人性。但是芭芭拉·里格尼（Barbara Rigney）等女性主义批评家认为，伯莎·梅森是简·爱的另一个自我，是"简的分身"，创造了一个"扭曲的镜像，反映了简自己危险的'激情'倾向"——一种等同于失去自我和理智的激情，这一点可以通过精神错乱、不贞洁的、被囚禁的伯莎得到证明。随着第二波女性主义的到来，文学上的这个疯女人形象作为"具有反叛精神的女性主义者"在女性主义话语中享有了特权地位；她提供了伊丽莎白·唐纳森（Elizabeth Donaldson）所谓的"持续的文化价值"。如果疯女人伯莎·梅森扮演的是简·爱的另一个自我，那么简·爱扮演的就是"具有反叛精神的女性主义者"：她拒绝受文本中的父权人物的支配——从约翰·里德（John Reed）到布鲁克赫斯特先生（Mr Brocklehurst）再到罗切斯特和圣约翰·里弗斯（St John Rivers）——她重视自己的独立和精神自由，但是通过与伯莎的关系，她也在不断提醒我们被男性毁灭的危险，这或者是因为我们（女性）自己的欲望以及对他们（男性）的"激情"，或者是因为他们（男性）的权利地位高于我们（女性）。然而，后殖民主义的理论家们不断质疑女性主义者对简·爱和阁楼里的疯女人之间关系阐释的含义；卡尔·普拉萨（Carl Plasa）等批评家们认为，通过将伯莎·梅森变成一个"有精神疾病的女性主义者"和"简自己的无意识欲望和不满的隐喻表达"使得她自己作为一个角色被从文本中"删除"了，她的存在只代表了女主人公心理的一个方面而已；将简·爱视为"通用规范"即意味着，用普拉萨的话说，"对作为种族和文化上'他者'的女性历史的某种视而不见"。也可能有人会说，在该文本中简·爱杜撰了伯莎的非人性化；她（简）几乎没有更多地去了解她（伯莎），而是像罗切斯特一样，在提及伯莎的时候使用同样残忍的话语。陈志平指出，她的"女性主义的个人主义"并不足以让她有能力看清"姐妹"伯莎的人性，尽管她们同样都是弱势女性。

改编者们选择通过删除或者不同程度的修改来处理这些解读。一些改编作品，例如罗伯特·史蒂文森（Robert Stevenson）的《简·爱》（1943 年），仅仅是将伯莎·梅森用做情节手段而已；她成了扰乱叙事平衡的原因，她的最终消失则有助于恢复叙事的和谐与秩序。另一些改编作品，例如里斯的《藻海无边》，将安托瓦内特（Antoinette）/伯莎·梅森置于故事的中心，为我们呈现了一个完全不同的叙事角度；或者像 2006 年英国广播公司（BBC）的系列剧一样，通过视觉手段来表明伯莎和简·爱之间的联系。在《蝴蝶梦》中，第一任妻子的出现占据了叙事，即使这个故事是由第二任德温特夫人（Mrs De Winter）从第一人称的角度为我们讲述的，她和简·爱一样的社会地位卑微，也和她一样与年长、富有的男人浪漫结合，却几乎不具备我们在勃朗特故事的主人公身上看到的精神独立。在瓦尔·鲁东（Val Lewton）的《与僵尸同行》（*I Walked with a Zombie*，1943 年）里，伯莎真实地出现了，却被非人性化了，她被监禁的行尸走肉般的生活被构筑为她性越轨的后果。然而，在《家庭女教师》（1998 年），一部后现代女性主义版的《简·爱》中，被性欲化的主人公罗西娜（Rosina）既是简·爱的化身，也是伯莎·梅森的化身。改编作品在它们自己的叙事中也会与其他改编作品产生互文性，通过为业已复杂的叙事模板添加一层又一层的意义，来为新读者们丰富和重塑着这个故事。在本节里，我们探讨了几种具有代表性的改编类型，我们的研究分别针对那些提供了看似"经典"阐释的改编作品、那些"修正"改编作品以及那些对勃朗特的叙事进行了"激进的反思"的改编作品。我们本章的重点是对《简·爱》的改编进行分析，但是对这部经典文本被重构成不同改编形式的创作过程的理解将不可避免地贯穿于我们对每部改编作品的分析解读中。

《简·爱》:"经典"处理(《简·爱》的荧幕改编作品:
1944年、2006年及2011年)

　　所谓的"经典"改编作品与它们所阐释的经典文本的关系如何
呢?对此,普遍的看法似乎是,它们是"忠实的"改编作品;但是,
这些改编作品是否过分关注了文本的忠实性,或者说这些改编作品
是否更注重对叙事的所有时代细节的"忠实的"复制呢?"经典改
编"这一术语已成为对经典文本进行电影和电视改编的一种特殊类
型的代名词——这一类型往往被认为思想意识保守、过度关注视觉
上的华丽效果和时代细节而非它正搬上屏幕的源文本的主旨。作为
20世纪和21世纪的读者和观众,我们从历史的角度来看待这部19
世纪现实主义小说的叙事:小说的作者讲述的是发生在其同时代的
事情,但是对我们来说,这些事情都变成了过去的细节,承载着我
们的历史知识。

　　这种电影和电视作品被归类为"遗产电影"(heritage cinema)
或者"古装剧";按照电影学家理查德·代尔(Richard Dyer)的说
法,它们的"特点是取材于国家文学中的经典文学,背景通常设定

在过去的 150 年里";采用"传统的电影叙事风格,带有'(欧洲的)艺术影片'的节奏和基调;小心翼翼地再现博物馆似的美感、带有时代特色的服装、布景和地点,并以原始的状态呈现出来,灯光设计明亮而巧妙;是一种基于细微差别和社会观察的表演风格"。希格森(Higson)认为,在这些古装剧中,过去被"表现为视觉上壮观的仿制品,吸引了怀旧的目光,从而抵制了这些电影中经常出现的讽刺和社会批判";我们有机会看到经过润色的当时的影像,但是我们也被华丽炫目的视觉效果所吸引,看不到那一时期的政治和小说家的思想动机。由此推断,希格森的评论暗示了,这种类型的改编作品在某种程度上不如它们所改编的经典文本,但是这种观点受到了斯塔姆等理论家的憎恶,他们认为这是一种具有"深刻说教性的"、精英主义的改编方法。这些电影和电视作品还被认为对特定的观众有着特定的吸引力。我们最初视为忠实于源文本的电影和电视作品,往往(虽然并不总是)只是忠实于小说的表面细节而非它的政治内涵,其原因与改编作品自身的当代定位、改编者的特殊动机及其媒介的工业和审美因素等相关,但这并不一定就意味着这种改编作品因而在某种程度上是低劣的。克莱尔·蒙克(Claire Monk)最近的研究表明不存在"凝聚型的历史片观众";相反,"喜爱历史片的观众由重叠、动态的群体组成,他们与商业电影和艺术影片存在着不同的关系,从不同的文化 – 政治角度来理解这些电影"。她的研究结果表明,评论家的精英主义并没有得到这类影片的消费者的认同,因为他们的喜好"完全符合批判性的和进步的观看立场"。同样,那些被 19 世纪经典文学作品的改编电视剧所吸引的观众可能也是如此，虽然关于它们所吸引的观众类型，类似的观点仍在评论界占主导地位。

从 20 世纪 50 年代到 80 年代末盛行的古装剧一直以来都安排在周日晚间连播或者作为圣诞特别节目播出，并被认为吸引了一批保守的、有鉴赏力的观众，他们很享受对文学经典的忠实再现。从 50 年代起，英国广播公司成为"经典"连续剧的主要供应方；它制作了一些被塞尔焦·安杰利尼（Sergio Angelini）轻蔑地称为"经过谨慎处理的著名文学作品，强调文本的忠实性和漂亮的布景"，尤其制作了一些简·奥斯汀、查尔斯·狄更斯以及勃朗特姐妹作品的"同质化版本"。由英国广播公司制作的《简·爱》的连续剧在过去几十年里经常出现：1956 年坎贝尔·洛根（Campbell Logan）执导，1963 年雷克斯·塔克（Rex Tucker）执导，1973 年琼·克拉夫特（Joan Craft）执导，1983 年朱里安·埃米亚斯（Julian Amyes）执导，尽管在 90 年代英国广播公司没有制作任何连续剧，但是英国伦敦周末电视公司（London Weekend Television）制作了一部同样忠实于原著的古装剧《简·爱》[1997 年，罗伯特·扬（Robert Young）执导]。直到 2006 年，英国广播公司才重新制作《简·爱》的改编作品 [由苏珊娜·怀特（Susanna White）执导]，至此，它对经典文本的处理已经发生了巨大的变化。自 90 年代以来，电视连续剧已经不那么忠实于原著了，它们以多种方式不断探索改编经典文本的极限。安德鲁·戴维斯（Andrew Davies）的《傲慢与偏见》（ *Pride and Prejudice*，1995 年）标志着经典作品电视剧改编的一个转折点。在戴维斯的《傲慢与偏见》之后，我们在经典文学作品的电视改编和制作上有了微妙的转变。不但源材料被赋予了更为当代的"解释"，而且拍摄方式也变得更"像电影"；莎拉·卡德维尔指出，90年代的这部经典改编电视剧被评论家们赋予了"更高的地位"，因为它有意识地要"区分"自己和"电视的表达方式"。它没有采用"最常见的电视表达方式——相对快速的剪辑、依赖迅速发展的情感戏（情节剧）等等"，而是使用了更接近于电影的"长、慢镜头和流畅的、'隐形的'剪辑"，"注重服装和背景的细节，以及低调、矜持和'自然主义的'表演风格"。早期经典著作电视改编作品的典型的静态拍摄风格，以有限的时代背景为框架，被屏幕空间内对这些叙事的更自觉的艺术处理所取代。许多改编自19世纪经典小说的当代电视连续剧的制片效果都效仿了电影的制片效果，这些电影改编作品和它们对应的电视剧改编作品之间存在着一种迄今为止前所未有的互文性。怀特的《简·爱》，于2006年上映，延续了这一趋势。

由19世纪小说改编的电视连续剧能够有足够的时间和荧幕空间来阐释经典文本的方方面面，而电影产品则要求更简明地演绎小说叙事及其主题。《简·爱》的最新电视连续剧由桑迪·韦尔奇（Sandy Welch）改编，苏珊娜·怀特执导，在英国广播公司播出，分为四集，时长202分钟，这使其可以不用剪辑主要的情节而完整地讲述故事，这一点非常难得。就叙事动力而言，这部剧"忠实地"演绎了原文本，但是与之前将《简·爱》改编为电视连续剧的改编者们不同，韦尔奇和怀特还从一开始就刻画了文本的社会和性别问题。小说文本的第一人称叙述是通过我们作为观众的"定位"搬上荧幕的：从我们第一次见到简·爱开始，她作为局外人的身份就清晰可见。没有预期的古装剧背景，首先映入我们眼帘的是沙漠中一个小小的身影裹着红色的丝绸出现；这个身影——此时显示为一个孩子——转向摄影机，我们慢慢逼近她的眼睛，透过她眼睛的凝视进入了叙事，这时场景也转变为预期的时代背景。（原著中）比尤伊克（Bewick）的《英国鸟类史》（*History of British Birds*）中地道的英国形象被（影片中）这个简·爱所读的文本上具有异国情调的意象所取代。怀特还通过视觉手段使孩童时期简的"他性"不仅与她的成人自我，而且与她的另一个自我——伯莎·梅森——相结合。她最初将孩童时期的简塑造为具有异国情调的他者（Other），披着红丝绸斗篷，置身于一片与其生活的社会完全不同的沙漠景色中，这与成年的简和被囚禁的伯莎的境况是一样的。红色这一颜色的强烈意蕴及其与红房子（Red Room）（以及后来伯莎的熊熊燃烧的阁楼）的深刻联系成了一种视觉符号，象征着欲望和性觉醒的固有危险性。成年简的朴素的服饰上唯一的装饰是一条红色的领巾[勃朗特在 J. H. 汤普森（J. H. Thompson）为她画的画像中戴的那种，1850 年]，但是通过对服装的这一简单的点缀，怀特提醒我们简此时虽然克制，但依然固执任性、充满热情的天性；同样，在这部荧幕改编的不同时间点观众们会看到伯莎·梅森的红色丝绸围巾在桑菲尔德庄园她所住的阁楼上飘浮，这既提醒了我们处在叙事边缘的伯莎挥之不去的存在，也提醒了我们伯莎作为简"扭曲的镜像"的作用。

图 2.1　年幼的简的截图，出自苏珊·怀特执导的《简·爱》（英国广播公司 2006 年）的开场，图片由英国广播公司提供

图 2.2　桑菲尔德庄园阁楼和伯莎的红色丝绸围巾的截图，出自苏珊·怀特执导的《简·爱》（英国广播公司 2006 年），图片由英国广播公司提供

图 2.3　成年的简带着红色领巾的截图，出自苏珊·怀特执导的
《简·爱》（英国广播公司 2006 年），图片由英国广播公司提供

　　这部《简·爱》电视剧讲述了主人公从盖茨黑德到洛伍德，从桑菲尔德到沼泽居和芬丁（Ferndean）的成长历程，通过在视觉层面上突显独立的简和被监禁的伯莎，它成功地再次刻画了女性性欲望和性妥协的危险性。简与身负残疾的罗切斯特的团聚发生在她取得了经济和精神上的平等之时，这正是成长小说预期的自我实现的时刻，在某种程度上，简找到了自身在社会中的位置。然而，勃朗特笔下的简·爱和罗切斯特最终在芬丁隐居，从而拥有了浪漫结局；他们既没有实现，也不寻求重新融入社会。怀特采纳了勃朗特轻描淡写的美满结局，并赋予了简·罗切斯特所有迄今为止简·爱被否定的一切。电视剧结尾向我们呈现了简现在主持的罗切斯特"家庭"的完美画面；与早期年幼的简被里德（Reed）姨妈蓄意赶出去的家庭画面相呼应并形成

了对比，结尾处，成年的简精心策划家庭肖像，确保家里的每一位成员都包括在其中。小说中"不利于健康的"芬丁被精心修缮的乡间别墅所取代，而且这幅天伦之乐的画像四边也用鲜艳的花朵整齐地装裱着。这种经过美化的结局形式是否意味着后女性主义戏仿，还是用来赞美爱情和家庭和睦，仍有待解释，但是这部电视连续剧无疑是至今为止勃朗特这部小说的所有移动影像改编作品中最政治化的。

对勃朗特故事的开头和结尾的荧幕处理不断地以不同的方式呈现给我们，尽管它们无一例外地给我们展示了预期的浪漫结合，简·爱的成长轨迹却大相径庭，该经典文本的成长小说结构也随之改变了。我们将简·爱视为踏上个人成长旅程的核心人物这种看法在改编作品的结构中往往不如小说的爱情情节重要。《简·爱》的

图 2.4　里德一家合影的截图，出自苏珊·怀特执导的《简·爱》
（英国广播公司 2006 年），图片由英国广播公司提供

图 2.5　罗切斯特一家合影的截图，出自苏珊·怀特执导的《简·爱》
（英国广播公司 2006 年），图片由英国广播公司提供

电影改编作品，和它大部分的电视连续剧改编作品一样，寻求不
同程度的"忠实性"：它们受到制作时代的社会文化焦点、金融和
工业因素以及媒介预期的限制。它们共同的特点是，或多或少都
有点儿过分关注故事中心的爱情，这一点在演员的挑选和电影体裁
层面上有很多的暗示。无论被改编为电视剧还是电影，简·爱的
罗切斯特都一贯被塑造为忧郁、沉闷但无比帅气的男主角，虽然
初次见面时简对他的最初评价是：她说"假如他是一位英俊、英勇
的年轻绅士，（她）就不敢站在那里违背他的意志质问他，并且不
加询问按照（自己的）意愿提供服务"。从奥逊·威尔斯（Orson
Welles，1944 年）到蒂莫西·道尔顿（Timothy Dalton，英国广播
公司 1983 年），从威廉·赫特（William Hurt，1996 年）和托比·斯
蒂芬斯（Toby Stephens，英国广播公司 2006 年）到迈克尔·法斯

　文学改编指南：改编电影、电视、小说和流行文化中的经典

宾德（Michael Fassbender，2011 年），罗切斯特的外形都满足男性大众情人的形象，同时扮演简·爱的演员基本上也都保留了勃朗特笔下娇小、朴素的简·爱形象。当然，在该文本最早期的电影改编作品中也有一些例外，在好莱坞黄金时代，当时的爱情题材电影要求某一特定类型的女主角；在 1934 年的版本中，简·爱由身材高挑、体态丰腴的金发女郎弗吉妮娅·布鲁斯（Virginia Bruce）扮演，在 1944 年的电影中，后起之秀琼·芳登（Joan Fontaine）扮演的简成了典型的爱情电影女主人公，对威严浪漫的男主人公奥逊·威尔斯百依百顺。这样的演员阵容确保能为这部仍被许多人首先视为激情爱情叙事的小说提供更加浪漫的好莱坞式的"描述"；但是，简作为能够冲破逆境俘获爱情的普通女性的魅力被这一改动削弱了，叙事的性别问题变成次要的了，但是对于他们预期的好莱坞观众来说，这些以体裁为主的爱情剧达到了预期的效果。

导演罗伯特·史蒂文森 1944 年的电影表面上是一部爱情片，口号是"每个女人都愿为之死一千次的爱情故事"，而营销海报上则写着"他们的嘴唇知道初恋的狂喜！他们的心知道失意的恐怖！他们的手臂知道胜利的喜悦！"。海报的旁边则是一副彩色图像，画面上身形威武的罗切斯特浪漫地紧拥着被动呆滞（身着暴露的舞会礼服）的简。这种以爱情为中心的营销策略有意回避了史蒂文森对该叙事的哥特式处理，以及电影剧本对小说中年幼的简在洛伍德时遭遇的强调。这部电影也没有在其宣传海报上特别突显其努力试图强调的作为勃朗特小说改编作品的定位。但是，这部电影最初的预告片，即 40 年代在 B 级片和主打电影幕间休息时向电影观众播放的预告片，却强调了它与经典文学，尤其是《简·爱》的关系。然而，它仍被编码为一部专门面向女性的电影：预告片中爱操持家务、阅读杂志的女性成了我们的密码——我们和她一起扫视书架，与此同时画外音给我们列出了其他成功的经典文本的荧幕改编作品，暗示了这会是另一个将小说从页面搬到荧幕的成功案例，一种主要吸引那些既阅读经典文学，又阅读娱乐杂志的女性观众的电影类型。在这个预告片中，我们通过翻动的小说页面进入电影文本。小说中的文字很快转变为荧幕画面，而随着威尔斯和芳登在许多源文本中的关键时刻的出现，它的明星阵容也得以突显。电影的叙事"技巧"使我们确信，我们即将经历的事情与我们对勃朗特小说的了解有着明显的联系。制片人大卫·O. 塞尔兹尼克（David O. Selznick）以忠实为导向的经典作品改编方法是有充分证据的；委任受人尊重的小说家阿道司·赫胥黎（Aldous Huxley）为这个项目的编剧意在确保一定的文学性，虽然将电影剧本写作的任务交给一位在一种完全不同的媒介方面享有盛誉的作家的这种做法受到了质疑。塞尔兹尼克早期对达夫妮·杜穆里埃（Daphne DuMaurier）创作的与《简·爱》相关的小说《蝴蝶梦》（1940 年）的改编同样"忠实"于原著，虽然阿尔弗雷德·希区柯克（Alfred Hitchcock）不顾塞尔兹尼克对忠实性的要求，巧妙地将导演干预渗透到电影文本中。与 40 年代好莱坞将经典作品改编成荧幕作品的常见做法一样，（在这部影片中）源文本以文字的形式出现在翻动的页面上，这不但为这部电影作品带来了声誉，也因此重新确立了文字的权威。史蒂文森对这一策略的反复运用往往破坏了影片借由视觉和听觉手段

　　　　　　文学改编指南：改编电影、电视、小说和流行文化中的经典

阐释叙事的能力，而且由于我们看到的（以及在画外音中听到的）文字是对勃朗特所写东西的拙劣改写，更加重了这一问题。琼·芳登在这部影片饰演主角，这是华丽的 40 年代演员挑选的一个范例——一种吸引观众去欣赏叙事中的纯爱情元素的手段——但是由于她早期在《蝴蝶梦》（希区柯克，1940 年）中出演温顺、卑躬的第二任德温特夫人，这让观众很难将她与勃朗特小说《简·爱》中坚强、独立的女主人公画上等号，继而产生情感共鸣；芳登在电影《简·爱》（史蒂文森，1944 年）中虚幻的画外音与其早期在《蝴蝶梦》（希区柯克，1940 年）中曾扮演温柔、顺从的叙述者是分不开的。

影片对简在盖茨黑德的经历做了快速处理，这使我们很难理解她日后的行为；她对抗不公正的坚定决心并没有通过她与约翰·里德——众多对待她不公的男性中第一个受到质疑的——的争吵来体现，因此，她被关到红房子里时的心理创伤被删除了。她的行为不构成开篇叙事的一部分，我们也无法接触到她的不安心态：相反我们看到的是一个顽皮的孩子被锁在储存室里。然而，史蒂文森的电影花了大量的时间讲述简在洛伍德的经历；通过特别关注简和海伦·彭斯（Helen Burns）之间的关系，这部影片探讨了童年的纯真和脆弱与制度化残酷的并存。然而，经典文本在简的这段历程中向我们展示了独立的坦普尔小姐（Miss Templeton）以及虔诚的海伦·彭斯等坚强的女性榜样作为更克制的反抗典范，史蒂文森的电影却给了我们一位男性英雄作为邪恶的布鲁克赫斯特的对立面。里弗斯医生（坦普尔小姐和圣约翰·里弗斯的合体）成了简的保护者，她从洛伍德逃到桑菲尔德庄园不是靠她自己的行动，而是靠里弗斯。简的独立精神被这样的叙事干预削弱了，但是它们反映了那个时代对强壮的、可靠的男性形象的渴望。利奥拉·布罗什（Liora Brosh）认为三四十年代的电影以"为经济大萧条和'二战'之后经历过深刻的社会、经济以及政治混乱的观众们提供慰藉"的方式来改编 19 世纪的经典作品，暗示了史蒂文森的改编作品受到了其制作年代的限制。这是一部精心设计以呈现最终令人安心的浪漫结合与和谐画面的电影作品，无论这一过程有多黑暗和"哥特式"。布罗什认为，此处简的塑造是受她的母性欲望制约的：我们看到的是"过分可爱的阿黛尔（Adele）[1]"和性欲"源于她对'母性'的渴望"的浪漫女主角。对简·爱的这一重塑无疑否定了小说的性别问题，但即使怀特的改编电视剧探讨了小说文本中的女性主义因素，其结局也是集中表现了家庭和睦的画面，在婚姻幸福的背景下来呈现简。在史蒂文森的改编中，伯莎·梅森只有一个功能：她是一个情节手法，用来引入冲突点和最终的解决方案。在整部影片中，伯莎都没有出现在银幕上；她仍是一个只有屏幕外尖叫的虚幻的声音，也只存在于别人的口中。勃朗特小说中通过纯洁、独立的简和淫乱、被监禁的伯莎并存而蕴含的性别问题在这部 40 年代的片厂电影中无从体现，源文本中的女性英雄被里弗斯医生和罗切斯特这样的男性英雄所取代。相反，布罗什则认为，在史蒂文森的电影中，通过使用镜头角度使我们与镜头外的伯莎的凝视一致，简成了"伯莎凝

1　也有中文译本译为"阿黛勒"、"阿黛拉"。——编者注

视的对象"；她暗示，这种电影摄影技巧意味着她们的相对位置的
"可逆性"——叙事中的电影二重性，因而更激进地表现了小说的
性别问题，并以微妙的方式提供了激进的"颠覆性的反视角来看待
余下影片中的浪漫情节"。尽管如此，这部电影的结尾还是强化了
罗切斯特作为我们的浪漫英雄的形象；从简回到桑菲尔德庄园烧焦
的废墟时费尔法斯太太（Mrs Fairfax）对她讲的长篇大论中，我们
得知了伯莎死亡的事情，但叙述的重点是罗切斯特试图从火海中救
出他的疯妻子时的英勇行为。伯莎仍然扮演着哥特式的黑暗秘密，
史蒂文森的电影通过视觉风格成功地向我们展示了哥特式风貌，但
是她的缺席留给我们的实质上是一种简单的哥特式浪漫。我们无需
去思考简作为一个独立女性的内在成长。沼泽居和芬丁的经历被删
除了：在这部改编作品的后期，只有简成长过程中的那些浪漫的时
刻才被保留。简·爱，作为受虐的孤儿，从她残酷的成长过程中重
生，并获得了可靠而浪漫的结局；和这个时代的许多电影一样，这
是一部在世界还处在危险和动荡的时候给予人们希望和慰藉的改编
作品。这也是一部受到其制作年代的关注点以及 40 年代好莱坞电
影公司运营体系下的媒介预期所影响的改编作品。

杰拉夫第（Geraghty）认为，"经典"改编作品"不仅通过引
用作者的名字"，而且通过包含，尤其是在开场时，该小说及其散
文的多组镜头这种指涉，来与它们的源文本发生联系。在这方面，
这部 1944 年的《简·爱》向它的源文本表示了敬意。但是，在叙
事和主旨层面，该电影文本与原著相距甚远，反而变成了一部民粹
主义的哥特式爱情片。然而，它在视觉上对哥特式的强调——黑白

镜头，明暗对照的灯光设计以及经常使用雾蒙蒙的景象和阴暗的建筑——也使影片背离了与这类经典文本的改编作品相关的古装剧的时代细节。佛朗哥·泽菲雷里（Franco Zeffirelli）1996年改编的《简·爱》在拍成电影时采用了类似的哥特式方法，但与史蒂文森不同的是，泽菲雷里还采用了古装剧的视觉特效。导演凯瑞·福永（Cary Fukunaga）最近的电影改编作品以现实主义的手法演绎了小说中的时间和地点结构，其风格让人更多地联想到乔·赖特（Joe Wright）的《傲慢与偏见》（2005年），而不是90年代流行的古装剧，但是它也打出了哥特式这张牌，而且在很多方面它仍然是一部关注时代细节的影片。正如戴维斯之后的《傲慢与偏见》的改编作品［或者实际上是1946年大卫·里恩（David Lean）之后的《远大前程》的改编作品］都受惠于这位电视先驱一样，福永以及2011年电影剧本的作者莫拉·巴芙妮（Moira Buffini），也都承认他们得益于1944年的《简·爱》；在这部2011年的勃朗特小说改编作品的营销材料中，巴芙妮和导演凯瑞·福永都认为，史蒂文森的电影是迄今为止这部小说最成功的电影改编作品，并且声称有意效仿该电影对小说叙事的哥特式处理。巴芙妮认为这是一部"哥特式惊悚片"，它的爱情是以"美女与野兽"的前提为中心的，全然不顾由带有孩子气的米娅·迈科夫斯基（Mia Maikowski）[1]扮演简以及具有超凡魅力的迈克尔·法斯宾德扮演罗切斯特所带来的暗示；福永认为它既是"一部时代剧，也是一部带有恐怖色彩的爱情片"。对某

1　2011年电影版《简·爱》的女主角简由米娅·华希科沃斯卡（Mia Wasikowska）扮演，此处疑有误。——编者注

些观众来说，文本中的女性主义性别问题仍然是一个互文参照点，不管这些问题是否在《简·爱》的任何一部改编作品中都被有意识地处理过。然而值得注意的是，英国广播公司最新制作的《简·爱》（怀特，2006 年）可以说是迄今为止唯一一部旨在以持续的方式来探讨此类问题的移动影像改编作品。同样是在 2000 年之后的后女性主义背景下制作，福永的电影并没有公开探讨小说的性别问题：相反，与史蒂文森的电影一样，它走的是既定的爱情电影的改编之路。

巴芙妮和福永也许会将他们的电影与他们所谓的 1944 年版电影的声望结合起来，但是这部 2011 年改编作品的叙事结构为我们呈现了一种解读简·爱故事的完全不同的方式。巴芙妮的剧本从简戏剧性地离开桑菲尔德庄园时开始讲述她的故事；我们被带到了一位孤独的、情感矛盾的女主人公面前，经过一系列的倒叙我们得知了是何事将她带到了这一危机点。巴芙妮对叙事动力所做的这一激进的转变归因于她要改编所有她所认为的简的成长过程中的基本要素；与郝胥黎不同的是，巴芙妮承认在故事发展的晚期加入另一组角色确实有难度，但她并不打算牺牲这部成长小说情节中的沼泽居阶段。电影改编作品还会受到播放时长的限制，而巴芙妮通过转变切入点，使影片既包括了里弗斯家，又突出了主人公为什么会到沼泽居的选择性记忆。我们避免了纯粹按时间顺序来分解小说的情节，因而能够效仿小说的第一人称叙述的回顾方式，无须借助画外音等介入手段，客观地评价相对平静的沼泽居过去所发生的事情。因此，小说中的某些关注点不得不让位于其他内容：我们对小说中的盖茨黑德时期的关注较少，用来讲述简和海伦·彭斯之间关系的荧幕时间也不多，坦普尔小姐则再次被从故事中删除了。但是，在荧幕上得以实现的那些记忆确实让我们接触到了一些决定性的时刻：孤独的简和专横的约翰·里德的第一次争吵是以突出暴力场面的方式向我们展开的，而简在洛伍德的经历对其性格成长的影响依旧是核心的叙事动力。

相反，影片将大量的时间用于展示罗切斯特和简·爱之间关系的发展：在巴芙妮看来，他们"只是说服彼此相爱而已"的炉边谈话，以及二人在桑菲尔德庄园花园里阳光下的偶遇，彼时简在作画，而罗切斯特在照顾他的绿植，这两个场景先后上演。其焦点集中在简和罗切斯特之间日益密切的关系上；勃朗特小说所体现的性别问题再一次让位于电影叙事对浪漫爱情的关注，且伯莎在荧幕上的出现时间再次被减至最少。在罗切斯特与简的结婚计划受挫之后，他对伯莎的短暂提及使我们得知了她的存在；虽然福永声称对小说文本中的恐怖元素感兴趣，但伯莎并不是勃朗特小说中的野兽。相反，在这部影片中她得到了精心的照料，罗切斯特对待她的方式也有一种温柔在其中，即使当她变得暴力时也是如此。此处，罗切斯特的英雄地位至关重要，而与性别、后殖民主义以及女性主义政治相关的问题相比这部电影哥特式爱情片的定位则是次要的。这部改编电影的结尾与史蒂文森1944年版《简·爱》的结尾相似：简同样回到了桑菲尔德庄园的废墟，在那里费尔法斯太太向她讲述了罗切斯特如何勇敢地试图将他疯了的妻子从她自己所纵的大火中解救出来，影片再一次强调了其一贯的英俊男主角的英勇精神。史蒂文森的电影具有互文性，强调了每部改编作品对突出源文本的爱情元素的渴望。但是，尽管身体都因大火致残，威尔斯扮演的罗切斯特在影片中保留了他的阳刚之气，而法斯宾德扮演的罗切斯特在影片结尾时被塑造成了一个更加被动的形象。威尔斯大步迈进镜头，看起来仍然像一个威严、浪漫的主角，他主动发起最后一个拥抱，而被动的、完全不修边幅的法斯宾德——至少其角色满足巴芙妮笔下的"野兽"形象——则呆坐着等待，在这个低调凄美的结局中，简主动拥抱了他。勃朗特的"读者，我嫁给了他"变成了主人公们之间一个简洁的交流，影片最后以简的话结尾：

　　　　罗切斯特：我在做梦。

　　　　简·爱：那就醒过来吧。

　　值得注意的是，虽然此处讨论的三部改编作品都被视为"经典"改编作品，但是它们处理叙事的方式大相径庭。尽管福永承认自己受益于早期史蒂文森的电影改编作品，但由此产生的电影文本却拥有完全不同的风格。这部2011年的电影弱化了对颜色的强调，在2006年英国广播公司改编的电视剧中具有重要象征意义，突出了简·爱及其第二自我伯莎·梅森之间关系的红色在福永的电影中完全没有出现。但是，他意识到了要突出盖茨黑德和桑菲尔德庄园之间的视觉差异；前者完全在白光下拍摄，镜头在其屋内所体现的时代细节上徘徊，而桑菲尔德庄园的内部则总是在烛光中拍摄，充满闪烁的阴影，镜头所要表达的情绪胜过了屋内的陈设。在处理桑菲尔德庄园的内景和外景时，他在视觉上突出了暗示神秘性和潜在恐怖的基调与浪漫、开放以及和谐的基调之间的对比。桑菲尔德庄园昏暗的室内依赖的是烛光而不是直接照明，这甚至使得简与罗切斯特在炉边的对话也具有了双面性：壁炉象征性的温暖和安全与投射在他们身上的阴影所暗示的危险性并存。与史蒂文森的电影中经常出现的迷雾笼罩的外景不同，我们可以看到福永电影中桑菲尔德庄园的室外，简在作画，阿黛尔在玩耍，罗切斯特在培育他的绿植，这一切使我们短暂地感受到了和谐。罗切斯特在大橡树底下向简告白这一电影高潮开始是在明亮的日光下拍摄的，背景声是大自然的声音而不是煽情的管弦乐配乐，直到第二天早上我们才看到那是一棵劈裂的树。与大部分改编者不同，福永放弃了这一刻的哥特式戏剧效果，而强调了他们自然结合的感觉，尽管这种结合从一开始就由于某些我们还不知晓的事情注定会失败。

　　尽管这部影片片头呈现的是毫无浪漫感的砂砾，且在处理桑菲尔德庄园的位置时也带有强烈的哥特式色彩，但是影片其余部分对这一历史时期的地理位置和服装的介绍却很多。它也重复使用了这部小说早期的电影改编者们所使用的拍摄地点：哈顿庄园（Haddon Hall）和温菲尔德庄园（Wingfield Manor）在泽菲雷里 1996 年的《简·爱》以及 2006 年的改编电视剧中分别为桑菲尔德庄园及其废墟的拍摄提供了时代场景。这些"经典"改编作品是不是为了让我们联想到古装剧/遗产电影的那种"怀旧的视角"还有待商榷：这三部改编作品都将服装和背景用作 19 世纪某一特定时刻叙事的时间定位的一部分，但是这些电影文本中没有一部是以牺牲自己的电影动机为代价来突出时代因素的。史蒂文森的电影选择了黑白电影胶片以及哥特式风格，这使它首先是一部哥特式的爱情片；怀特的电视剧有它自己的政治目的，因此它选择在叙事的不同点走出古装剧的界限，这尤其表现在简的第一次出现被安排在一片具有异国情调的沙漠景色中；福永对历史时刻的逼真呈现确保了电影的真实性而非我们视为遗产电影内在特征的那种壮观的视觉效果，然而，这部影片的制作仍是出于故事的浪漫爱情动力而非任何明显的对时代细节的关注。这些荧幕改编作品中的每一部都成了一个叙事连续体的一部分，重复且互文化着《简·爱》核心的浪漫爱情故事，永无止境。

《简·爱》：重写文本（《藻海无边》和《蝴蝶梦》）

《简·爱》等经典文本渗透进我们的文化中，进行着杰拉夫第所见的：

> 一种分层过程，它涉及长时间的沉淀累积，对幽灵存在的认可，以及对隐藏在表象之下的背后真相的影射和重复。

简·里斯的《藻海无边》和达夫妮·杜穆里埃的《蝴蝶梦》构成了这种"分层过程"的一部分：它们受到勃朗特的哥特式爱情小说的影响，反过来它们也影响着勃朗特的哥特式爱情小说，通过改编的创造性棱镜来折射和修正其主旨。尽管此处将《蝴蝶梦》和《藻海无边》定义为对《简·爱》叙事的"修正"，但是二者也可以被视为带有"激进反思"的改编作品。与所有分类法一样，将一个文本归于某一特定的类别是有问题的：所有的模型都仅作为讨论在研文本的平台，为我们提供讨论这些文本之间关系的有趣途径。然而，

文学改编指南：改编电影、电视、小说和流行文化中的经典

在此例中，考虑到作者意图和政治动机，它们被确定为"修正性"改编作品。简·里斯从一开始就表明了自己的立场，并指出：

> 夏洛蒂·勃朗特小说中的那个克里奥尔人（The Creole）是一个傀儡——令人厌恶，这一点并不重要，但不是鲜活的人物，这一点非常重要。她的存在是情节的需要，但她总是尖叫、咆哮、可怕地大笑、攻击所有人——在台下。对我来说她一定要在台上。她一定要有一个令人信服的过去，一个罗切斯特先生如此卑劣地对待她而仍感觉心安理得的原因，他认为她疯了以及她理当变疯的原因，甚至她企图放火烧了一切而最后成功了的原因。

为了将叙事的焦点从勃朗特的简·爱身上转移到小说中的伯莎·梅森以及她与罗切斯特的关系上，里斯重新定位了读者，赋予了安托瓦内特（《藻海无边》中她是被这样称呼的）一种可见的、复杂的存在——一种既影响了我们对《简·爱》的理解，又对伯莎在先辈文本中的作用赋予了更大的意义。虽然我们可以把它视为一部前篇，但按照艾德丽安·里奇的说法，它也是一种"修正"行为，使我们能够"从新的批评角度来解读旧文本"，鼓励我们"了解过去的写作，而且是以不同的方式来了解它"，它打破了传统，成为挑战经典文本权威的一种手段。桑德斯指出，里斯渴望"'追随'经典文本"，以"质疑它们在父权和帝国主义文化语境下的基础"，而正是这种渴望决定了她的改编动机。里斯渴望将自己的小说与勃朗特的《简·爱》联系起来，而对于了解《简·爱》的读者们来说，《藻海无边》的结局与这部经典作品的结局确实有着内在联系：在某种程度上，我们仍然依赖于对它（《简·爱》）的认识。但在这种情况下，里斯的前篇不仅仅提供了故事背景：它还是一部改变了我们对经典文本中的人物以及政治观点看法的改编作品，并且成了围绕着勃朗特《简·爱》的女性主义 / 后殖民话语的一个重要组成部分。

达夫妮·杜穆里埃的《蝴蝶梦》起初以连载的形式发表于英国和美国的报纸上，随后于 1938 年作为小说出版发行，它与《简·爱》之间的关系不甚明了：作者从未指出她的小说是对勃朗特文本的改编作品。埃夫丽尔·霍纳（Avril Horner）和苏·兹罗斯尼克（Sue Zlosnik）认为，她"从未提及大部分读者所认为的与《简·爱》的隐晦的互文性"，然而相似的叙事、哥特式的基调以及两部小说中人物之间惊人的类似和鲜明的对比都表明它是与勃朗特的故事相关的文本。和里斯一样，杜穆里埃也突出了这位有问题的第一任妻子的复杂"存在"；在《藻海无边》中，安托瓦内特走到了"台上"，而尽管吕蓓卡在杜穆里埃小说的开头就去世了，但是她作为一种强大而隐蔽的具有颠覆性的力量被写入了该叙事的潜台词中的，（读者）不断审视着叙事者与吕蓓卡的关系。这种文本关注与对《简·爱》的解读有关，它将伯莎视为简的镜像，她的性欲化的、危险的另一个自我，强调了这一概念，即吕蓓卡就是第二任德温特夫人可望而不可即的一切，这让马克西姆（Maxim）松了一口气。《蝴蝶梦》可以被视为桑德斯所说的"挪用"而非"改编"，因为它与《简·爱》的关系"不太明确，却更深入"，但是，就像里斯的《藻海无边》一样，一旦我们读了这本书，它就能够渗入到我们与经典文本的关系中，引导我们重新评估自己对勃朗特小说主旨的理解。

尽管如此，《蝴蝶梦》和《藻海无边》都是具有独立特质的文本：我们不应只把它们看作是与《简·爱》有关联的作品。《藻海无边》也是一部经典文本，在现代经典著作中占有一席之地；虽然杜穆里埃的小说表面上是一部民粹主义的爱情小说，但是它既享有一定的文学地位，也是一部经久不衰的畅销书。这部小说本身也产生了很多改编作品，包括一系列小说［苏珊·希尔（Susan Hill）的《德温特夫人》（*Mrs De Winter*，1993 年）、莫琳·弗雷丽（Maureen Freely）的《另一位吕蓓卡》（*The Other Rebecca*）、莎莉·博曼（Sally Beauman）的《吕蓓卡的故事》（*Rebecca's Tale*，2001 年）、贾丝汀·皮卡（Justine Picardie）的《达夫妮》（*Daphne*，2008 年）］、戏剧、电影和电视剧，其中一些是在小说出版后三年以内出版的。阿尔弗雷德·希区柯克执导了现今著名的荧幕改编作品《蝴蝶梦》（1940 年），与此同时，杜穆里埃将她的叙事重新编写为侦探小说（1940 年），搬上了西区舞台，而奥逊·威尔斯水星剧院（Orson Welles Mercury Theatre）则将这个故事制作成了一部广播剧。该叙事一经发行所引发的诸多兴趣足以证明它在当时的受欢迎程度以及勃朗特的《简·爱》中所探讨的主题的持久魅力。好莱坞制作人大卫·O. 塞尔兹尼克——一个热衷于垄断现有叙事文学声望的制片人——抓住了这一契机，而希区柯克对杜穆里埃的《蝴蝶梦》的电影改编则确保了它作为一部众所周知的哥特式爱情小说在流行文化中的重要地位。这部叙事也在完全不同的文化和电影领域得到了认可；宝莱坞就有几部改编作品［《科阿拉》（*Kohra*，1964 年）、《阿娜米卡》（*Anamika*，2008 年）］，这两部作品为我们呈现的戏剧性爱情故事不是发生在杜穆里埃小说里的中产阶级的英式宅邸中，而是发生在被已故第一任妻子的鬼魂萦绕的东方宫殿内。虽然电视连续剧还在普遍采用古装剧的老形式，但由于 20 世纪 90 年代中期性开放和接受程度的提高，人们有机会以更公开的方式探索该故事的性微妙之处，例如，ITV（英国独立电视台）1997 年的改编作品。最新的改编作品目前正在制作中，将由戴恩·尼古拉·阿塞尔（Dane Nikolaj Arcel）执导，可能会对杜穆里埃小说中所呈现的更模糊的性问题进行类似明确的探索，但这并不能保证梦工厂（Dreamworks）和英国进行式电影公司（Working Title）的当代作品会更加激进，也没有明确的迹象表明它是在改编杜穆里埃的小说，还是在改编希区柯克的电影。

《蝴蝶梦》为我们呈现了一种不同的成长小说，它同样是由一位在某些方面与勃朗特小说的叙述者相似的女主人公从第一人称的视角来讲述的；然而，这个叙述者在其他一些至关重要的方面也充当了简·爱的对立面。事实上可以说，与小说的叙述者相比，已故的吕蓓卡更像勃朗特的女主人公。和《简·爱》一样，《蝴蝶梦》也可以被看作是艾伦·莫尔斯（Ellen Moers）所说的女性哥特式小说（the Female Gothic）——一种"对女性害怕深陷于家庭与身体的隐晦表达"。表面上，它和勃朗特的小说一样，以哥特式的庄园背景作为"幽灵"探访、黑暗秘密和过去犯罪的场所；两部小说的情节同样是围绕着一位社会地位卑微、体型娇小的年轻女性与一位

富有、神秘的年长男人之间的浪漫结合，并通过前者的第一人称
叙述而展开的。同《简·爱》一样，蓝胡子（Bluebeard）的故事
萦绕着整个叙事，胆小却充满好奇心的女主人公潜藏在哥特式的阴
影中，而男主人公则最终被揭示是一位对女性——尤其是对妻子构
成威胁，且有着不可告人秘密的男人。然而，《蝴蝶梦》无论在其
散文还是电影形式上似乎都是一部并不复杂的哥特式爱情小说，论
述着保守的价值观，但是如果人们深入阅读——尤其是把它作为
简·爱叙事的互文文本来阅读的时候——会发现它是对父权社会及
其对女性定位的复杂批判。婚姻（和家庭）制度成为压制女性的手
段，女性在其中要么受到威胁，要么被删除。表面上，是吕蓓卡，
和她之前的伯莎一样，威胁着这个故事中的叙述者的地位，但是在
潜文本层面，我们可以感觉到，马克西姆意欲控制和幼儿化第二任
德温特夫人，正是他对她的幸福构成了最大的威胁。他对叙述者的
"爱"是基于她能够保持童贞和童真，而人们从一开始就质疑在基
于压制女性成熟的欲望而建立的婚姻中能获得什么样的幸福呢？罗
切斯特的所谓危险、淫荡的妻子伯莎被监禁，因为她对自己和他人
都构成了威胁，但最重要的是对他的英式体面感构成了威胁；同样，
吕蓓卡威胁到了马克西姆的男子汉气概，并利用他想要维持完美社
会婚姻形象的愿望来要挟他接受她的出轨行为。但是，勃朗特既赋
予了罗切斯特以先见之明，让他爱上了小说结尾成熟、独立的简，
也在他与第一位妻子的最后交往中赋予了他英雄的地位，因为他试
图将她从吞噬桑菲尔德庄园的大火中解救出来，而杜穆里埃小说中
的马克西姆最终被揭示为谋杀吕蓓卡的凶手，从而向我们表明他才

是婚姻中女性面临的终极威胁。

杜穆里埃和勃朗特一样，也通过融入"其他"女性来迎合我们对女性身份的认知。但是，勃朗特将其叙述者置于舞台的中心，将文本命名为《简·爱》，而杜穆里埃则从一开始就通过小说的标题来强调吕蓓卡的重要性。吕蓓卡绝不只是一个简单的情节手段。鉴于勃朗特对名字的关注及其主人公对即将到来的婚姻可能会使她放弃这个名字的焦虑反应，值得注意的是，在《蝴蝶梦》中杜穆里埃花了大量的时间和精力来解决这个问题：隐形的吕蓓卡的身份和名字巧妙地贯穿于小说的始终。叙述者自始至终是没有名字的；她是一个不知姓名的孤儿，在婚姻中欣然接受成为丈夫的附属物，却总被视为第二任德温特夫人，她反复被人称为"孩子""小女孩"，对强加于自身的家庭责任感到害怕，也对自己的力量缺乏自信，（不同于吕蓓卡）她不敢做"披一身黑缎子，戴一串珍珠项链的……女人"。相反，通过叙事中其他人物的不断提及以及在曼德利庄园（Manderley）遗留的物件上突显她的名字：她的名字出现在她的文具上、枕头上、信件上以及给麦克斯（Max）的铭文上，我们渐渐勾勒出了吕蓓卡的形象。痴狂的丹弗斯太太（Mrs Danvers）将吕蓓卡的居住区像圣地一样保存起来，这与勃朗特笔下被监禁在阁楼中，由矛盾的守门人格丽丝·普尔（Grace Poole）照看的伯莎的形象形成了鲜明的对照；吕蓓卡的"阁楼"证明了她的力量甚至超越了坟墓，而伯莎被监禁却是证明了她的无能为力，象征着她几乎沦为非人类、隐形的形式。且与叙述者不同的是，她（吕蓓卡）不受困于家庭空间；相反，她掌控着他们，即便是在死后。

该文本正是通过对叙述者的哥特式二重身吕蓓卡的重新定位，探讨了杜穆里埃的更鲜为人知的目的。虽然杜穆里埃借着民粹主义爱情小说的名义进行创作，但是其潜台词挑战了 20 世纪 30 年代西方社会对女性地位的公认定义。通过创造幸福婚姻的表象，以及在社交中扮演成功妻子的角色，吕蓓卡得以在私下里追求自己违背当时社会道德或行为准则的欲望。她骑马、驾船出海、独自旅行，还私下向丈夫炫耀自己的奸情；小说也微妙地暗示了吕蓓卡的性取向。霍纳和兹罗斯尼克指出，杜穆里埃本人对她所说的"箱中男孩"综合征的关注导致她创作出了一个"男性化的人物，通过这个人物她得以表达自己对女性的欲望"。吕蓓卡不仅代表了第二任德温特夫人的哥特式二重身，还代表了其创作者的哥特式二重身—— 一位已婚女性，带着孩子，在 20 世纪 30 年代充满禁忌的社会环境下，心怀异常的性欲，却不得不为占主流的保守派观众创作出一部异性恋爱情小说。然而，令人不安的是，由于对社会规范构成威胁，吕蓓卡和她的前身伯莎·梅森一样，最终因为威胁婚姻的神圣而被牺牲。

对于 21 世纪的观众来说，性取向不再受到质疑；相反，在当代读者看来异常的是叙述者与年纪大她很多的恋人之间的关系。梦工厂会怎样处理原著中的这一点，人们还将拭目以待。杰梅茵·格里尔（Germaine Greer）辩称，"女性的性幻想是如此令人震惊，如此具有颠覆性，以致只能以隐秘的方式来书写"，它的主要叙事轨迹包含了"引诱"的假象，将杜穆里埃的叙述者塑造成了"勾引人的孩子"，她的胜利仅仅因为她孩子般的表象。在很多方面，简·爱也是如此: 她是个纯洁、天真、可爱的孩子，代表着他（罗切斯特）迄今为止所结交的那些世俗的、有着强烈性意识的社会女性的对立面 [包括伯莎、塞莉娜·瓦伦斯（Celene Varens），以及喜欢攀龙附凤的布兰奇·英格拉姆（Blanche Ingram）]，也正是这一点引起了他对她的兴趣，而对简来说，他则代表了失去的父亲的形象。但是，杜穆里埃对其叙述者的建构不断强化着她孩子般的特质，马克西姆渴望她在曼德利庄园的舞会上打扮成《爱丽丝梦游仙境》中的爱丽丝也寓意深刻地说明了这一点。他声称"丈夫与父亲的差别并不大"，这同样暗示了他们之间关系的本质。这位叙述者所受到的控制与掌握是简·爱不曾有过的；相比不要再问"任何问题"，否则就会被"罚立壁角"的恭顺、被动的第二任德温特夫人，简·爱与直言不讳的吕蓓卡有更多相似之处。偶尔也会有些台词暗示她因被人这样看待而感到沮丧，她也讲述了曾经多次试图重新定义自己为成熟的女性，但都以失败告终，然而她一直保持着天真、纯洁的孩子形象直到最后一刻，为了挽救婚姻，确认马克西姆对她的爱而欣然牺牲自己的纯真。然而，孩子般的德温特夫人在此刻的成熟并没有改善二人的关系，因为马克西姆对她的欲望是建立在她能够保持天真无邪的基础之上——做一个"永远不穿黑绸缎"的女孩。她的答复也同样有问题：

> 我不想你一个人承受此事。我想和你一起分担。马克西姆，我在一天之内已经长大了。我不再是个孩子了……我会是你的朋友和伙伴，像男孩一样。我想要的只不过如

此而已。

　　承诺的浪漫结局动摇了；叙述者此时所采用的语言体现的不是由相互的性吸引联系在一起的异性恋爱情，而是由秘密条约绑系在一起的共犯，她称自己为"男孩"，也再次提醒了我们贯穿于整部小说中潜在的性向问题。勃朗特的19世纪文本通过对维多利亚时代女性角色的质疑，颠覆了对哥特式主人公的期望，而杜穆里埃的20世纪叙述者则成了这一体裁中受迫害的女主人公的缩影；但是，这位看似受蹂躏的叙述者，虽然与无形的第一任德温特夫人、真实存在的吕蓓卡忠诚的女管家丹弗斯太太，以及沉湎于其孩童般身材的专横的丈夫相比相形见绌，但她最终在这部扭曲的成长小说的结尾成了掌控局面的人，她明确地知道自己是被爱的，却又心甘情愿地承担起隐瞒吕蓓卡被谋杀这一罪恶秘密的罪责。

　　根据改编者弗兰克·麦吉尼斯（Frank McGuiness）的说法，在这部充满秘密和伪装的小说中，潜伏着一个不轻信的叙述者。麦吉尼斯认为，杜穆里埃笔下温顺的叙述者与其说是"老鼠"不如说是"老虎"，并视她为"伪装大师"。她不是一个选择以爱的名义默默掩饰一桩谋杀案的可怜女孩，而是"一个完全出乎读者意料的聪明的女人，她出色地以失败来掩饰自己的成功，将自己伪装成受害者而实际上却是胜利者"。麦吉尼斯的"你越想动摇她，她就越聪明"的说法有一定的道理；2005年，麦吉尼斯在由他改编的该小说的舞台剧本中创造了一个当代观众容易识别的更加活跃的叙述者，让她的对白挑战了丹弗斯太太等人物的主导地位（McGuinness qtd in Sooke）。在杜穆里埃的小说中，她可能依然表现出令人恼火的顺从和畏惧，但是她对吕蓓卡谋杀案的最终反应表明，她仅仅是试图"伪装成腐败和专制的父权社会的无辜受害者"：她的顺从使她战胜了这个体制，也使得马克西姆依赖她的自愿参与掩盖事实。叙述者的故事以一种更容易让人联想到第二任德温特夫人这样的人物可能读的那种低俗小说的写作风格表达出来，这或许又是另外一种伪装；叙述者所建构的"声音"会立刻向我们传达一种不可信的暗示，或者至少是一种怀疑：就像亨利·詹姆斯的《螺丝在拧紧》中的主人公一样，我们的这位叙述者也在装腔作势。

杜穆里埃虽然采用了传统的成长小说结构，却颠覆了我们的预期。我们没有目睹叙述者成长到一个令人振奋的成熟阶段，相反，我们看到的是"天真的孩子"转变为"堕落的女人"；虽然吕蓓卡的消亡也是通过火灾这一类似的情节——她存在的所有痕迹，以及曼德利庄园，这个被鬼魂萦绕的地方，都在这场大火中消亡了——但是，这部小说的结局并不像典型的女性哥特式小说的结局那样轻松愉快：虽然吕蓓卡消亡了，主人公也意识到了马克西姆是恨自己的第一任妻子的，但是他的秘密成了二人共同的负担，这对恋人不得不过着流亡的生活，而读者也会质疑这样一位逮住机会帮助自己丈夫掩盖谋杀罪行的主人公是否具备英雄价值。杜穆里埃最初对结尾的设想与《简·爱》的结尾密切相关，马克西姆遭遇车祸致残，第二任德温特夫人陪伴照顾他一生，并从中获得了力量，但她最后决定不效仿简·爱故事的结尾，这使得我们可以对这段关系的稳定性保留疑问：勃朗特笔下的叙述者在小说的结尾清楚地表露"读者，我嫁给了他"，而杜穆里埃则

　　　文学改编指南：改编电影、电视、小说和流行文化中的经典

选择让读者从一开始就了解最后的婚姻结果，接下来读者看到更多的不是逐渐显露的浪漫爱情，而是其中存在已久的问题。《简·爱》的叙事在很多方面影射了"蓝胡子"的故事，例如它涉及了有着不可告人秘密的丈夫，以及有关前妻的各种谜团的揭示，而《蝴蝶梦》虽然被归类为爱情小说，但它的叙述轨迹既围绕着爱情故事的概念展开，也围绕着揭露马克西姆的蓝胡子似的秘密展开。

杜穆里埃在 40 年代将《蝴蝶梦》改编为惊悚舞台侦探剧时刻意"不忠实"于原著；作为一名意识到需要根据制作年代和媒介来加工叙事的改编者，她牺牲了小说的哥特性，取而代之的是以对话为导向的神秘谋杀案故事，这一故事删除了原文本中潜在的微妙之处，"二战"期间在西区舞台首次上演时却备受欢迎。曼德利庄园——小说中英国没落贵族的象征——此时对于忙于"二战"的观众来说成了"统一、稳定和战胜险恶势力"的象征，这部剧结尾时德温特一家还是住在庄园里而非流亡在外，曼德利庄园也依然完好无损，丹弗斯太太则被适当地驱逐了。然而，由于杜穆里埃的坚持，以及大卫本人对文学声望的不断追求，制片人大卫·O. 塞尔兹尼克在将这部小说改编为 40 年代的好莱坞电影时，旨在创作出一部"忠实"于《蝴蝶梦》原著的电影。鉴于大型电影制作的经费问题——《蝴蝶梦》耗资 128.8 万美元——塞尔兹尼克还将其电影的目标观众锁定为 20 世纪 40 年代的女性观众，致力于创作一部"具有浪漫主义情怀的女性电影"。虽然阿尔弗雷德·希区柯克是英国电影业里的成功人士，但在被指定为这部电影的导演时，他在好莱坞相对还是新人，且虽然后世认为他是该片的电影导演，但实际上他对这部电影的控制是有限的。在协同作业的电影行业内，作者身份的问题不断引发争论：谁拥有最终成片的创作权？有些人可能认为应该是实施干预策略的制片人塞尔兹尼克；也有很多人把《蝴蝶梦》看作是希区柯克的电影，尽管这位导演本人曾声称这并非他的作品；可是，那些参与将杜穆里埃的散文改编成电影剧本的人又如何呢？第一版电影剧本是由菲利普·麦克唐纳（Philip MacDonald）和琼·哈里森（Joan Harrison）共同创作的，但是被塞尔兹尼克否绝了，其后的修订版本由哈里森与希区柯克和迈克尔·豪格（Michael Hogan）合作撰写，但是塞尔兹尼克又聘请了另一位作家罗伯特·E.舍伍德（Robert E. Sherwood）来起草最终的剧本。与其制片人不同的是，希区柯克不愿改编经典小说——他更喜欢执导一些鲜为人知的文本，以便自己可以进行创造性改编。对一位渴望"作者身份"的导演来说，对这部电影缺乏控制权引发了很多问题，但它是希区柯克执导的唯一一部囊括所有奥斯卡奖项的影片，并获得 1940 年度奥斯卡最佳影片奖。这部电影被认为引领了 40 年代哥特式女性电影的潮流，其特点是将婚姻视为一种被谋杀所困扰的制度，它不仅广受好评而且取得了巨大的票房成功。40 年代一大批我们现在归为女性哥特式的电影在其影响下应运而生，包括《深闺疑云》（*Suspicion*，1941 年）、《简·爱》（1944 年）、《煤气灯下》（*Gaslight*，1944 年）、《神秘庄园》（*Dragonwyck*，1946 年）以及《门后的秘密》（*Secret Beyond a Door*，1948 年），这些电影都围绕着一个爱情故事中的落难少女展开，故事情节呼应了"蓝胡子"的叙事轨迹，再一次证明了杰拉夫第所说的"涉及沉淀累积的分层过程"，即"笼罩着"早期叙事的"幽灵存在"的累积分层过程。

然而，尽管塞尔兹尼克下令要"忠实"于原著，杜穆里埃也坚持这部希区柯克版的改编作品［不同于1939年他对《牙买加客栈》（*Jamaica Inn*）进行的电影改编］必须忠实于她的小说，但是希区柯克的《蝴蝶梦》最终还是一部希区柯克式的电影，体现了其导演主创论的思想，只是在这部电影中它以微妙的形式表现出来，而在他的后期作品中则尤为明显。塞尔兹尼克将这部小说的叙述者视为"一个小女孩"，她的"紧张"和"自我意识"让她成为一个令每位读者既"尴尬地厌烦"，然而又"喜爱"的主人公，希区柯克利用了塞尔兹尼克对小说叙述者的这种多少有点局限性的解读，强化了这位叙述者娇小的、孩子般的特征，从而将这部小说定义为哥特式恐怖小说。琼·芳登扮演的叙述者身着校服，行为顺从，俨然一位"卑躬屈膝的"孩子新娘，其受害者身份及其内心对一切女人和成年人事物的恐惧都渗透在其表现中。影片从头至尾夸张地演绎了她作为被迫呆在家里的哥特式女主人公的角色；在希区柯克的电影中，让我们感到哥特式恐惧的不是蓝胡子式的丈夫，而是幽灵般存在的吕蓓卡和痴迷的丹弗斯太太。鉴于1930年海斯电影制作法案（Hays 1930 Production Code）的约束性及其高度的道德标准，影片强化了马克西姆作为浪漫男主角的角色，甚至对其罪行的最后揭露都通过情节修正来加以缓和，法案的指导原则之一即：

> 禁止制作任何可能降低观影者的道德标准的影片。由此，不能把观众的同情导向为非作歹的、犯罪的一方。

因而，吕蓓卡被谋杀变成了过失杀人的行为，她的怀孕也被改成了癌症晚期，从而使马克西姆在法案允许的范围内成为能够拥有浪漫结合的人物，而吕蓓卡则依然是有罪之人，因其越轨行为而受到惩罚。更多的情节修正是为了将马克西姆塑造成一位更易受伤害的英雄；他与叙述者的第一次相遇发生在危险的悬崖边上，看上去似乎想要自杀，其精神恍惚的原因成了小说叙事动力的重要组成部分。他也是一位浪漫的主角，拯救了那位陷入困境的哥特式少女，因为在电影的最后一幕里，影片将第二任德温特夫人与邪恶的丹弗斯太太和她的死敌吕蓓卡的幽灵一起置于熊熊燃烧的曼德利庄园里。

　　除了通过情节删减和增补来进行干预，改编第一人称叙述小说还必须解决一个难题，即如何将小说内在化的东西通过电影的视觉词汇表达出来。电影的现实主义要求通过摄像机镜头进行第三人称叙述，虽然画外音也可以反映小说的第一人称叙述所表达的内心想法，但是电影制片人很少使用这种技能。芳登的画外音一上来就将我们带入故事中，但是很快我们就进入了倒叙。希区柯克没有让她的叙述"声音"无处不在，而是将叙述者重新定位为自己故事中无能为力的闯入者。一有机会就强调她娇小的身材：甚至门和把手的高度都似乎能够显出她的矮小，以此营造一种爱丽丝在仙境中的形象，这也与马克西姆希望看到她在曼德利庄园舞会上装扮成爱丽丝的样子相呼应。希区柯克还放大了叙事的哥特式特征，影片采取黑白拍摄，光线暗淡，电影画面中充斥着阴影和暗角，同时利用摄像机角度和镜头来强化幽闭恐惧的气氛，尤其当镜头焦点对准叙述者本人或者当叙述者和丹弗斯太太在一起时。正如琼·芳登的表演刻画了女主人公温顺的性情，使她看起来像个受害者，朱迪丝·安德森（Judith Anderson）扮演的丹弗斯太太在镜头内外都表现出一种超俗的品质，看起来似乎不知从何而来，却又总是出现在令人不安的特写镜头里。希区柯克对丹弗斯太太用吕蓓卡的丝绸内衣奚落叙述者那一时刻的处理微妙而有力地探索了小说所表现的带有同性恋欲望的性骚扰，在当时这类事情还不能公开讨论；影片还增加了丹弗斯太太鼓励备受折磨的叙述者自杀的一幕，为故事又增添了一层危机感，也使希区柯克得以有机会实现他想要的恐怖力度。和马克西姆一样，叙述者在曼德利庄园的两种邪恶力量（吕蓓卡和丹弗斯太太）的共同作用下被推到了自我毁灭的边缘，这让他们的浪漫结局成了一种一旦我们读懂杜穆里埃小说背后的潜台词就不可能期待和赞同的结尾。在马克西姆忏悔自己罪行的场景中，叙述者瞬间成熟：头上的发箍和两件套毛衣不见了，取而代之的是更有女人味的松散的卷发和黑色外套，瑟缩的肢体语言和扭曲的面部表情也随之消失。然而，虽然（叙述者）有着明显的转变，但是在整部影片中我们没有看到任何迹象表明她是麦吉尼斯所说的，潜伏在杜穆里埃小说潜文本里的，且在结尾时以胜利者的姿态出现的那位睿智的女性（McGuinness quoted in Sooke）。

　　不管我们将该叙事核心的爱情故事看作是对女性俄狄浦斯情节的挪用，还是如塔妮亚·莫德尔斯基（Tanya Modleski）[1] 所暗示的，对恋父情结的挪用，希区柯克的电影都清楚地向我们展示了马克西

1　此处疑为 Tania Modleski 的误写。——编者注

姆在这段关系中所行使的父权控制以及在代表"母亲"形象的吕蓓卡被摧毁之前，叙述者无法在曼德利庄园的家中定义自己的身份。希区柯克插入的"投影"场景及其对船屋坦白场景的处理也引发了很多学术上的争论。虽然电影的第三人称叙述模式使希区柯克能够在屏幕上为我们呈现吕蓓卡这一人物形象，但他选择不这么做。她的荧幕形象依然是通过他人的回忆以及（庄园里的）物品来实现的，包括曼德利庄园里保存完好的她的厢房，以及厢房里和其他房子里她的私人物品，很多物品上都带有她名字的缩写，并以特写的形式进行拍摄。例如，在影片结尾时，随着摄影机推进到她床上的枕头时，镜头聚焦在她燃烧的名字缩写上，此时她被置于舞台的中心。最后这一幕重申了吕蓓卡的存在，强调了她在这个故事讲述中的意义；在整部电影中，她一直萦绕在画面的边缘，"潜伏在影片的盲区"。虽然当我们看到影片的结尾时，故事有一瞬间变成了由男性主导的追求真理和秩序的犯罪惊悚片，但是最终主导影片的还是隐形的吕蓓卡，而不是参与恢复父权秩序的男性或者在《简·爱》和杜穆里埃的小说《蝴蝶梦》中作为小说最终焦点的那对浪漫结合的夫妇。

　　这两个场景的对比显示了这部影片在构筑叙述者和吕蓓卡时采取的完全不同的方法。二者都在女性主义学者中引起了激烈的批判性辩论。在马克西姆向现任妻子展示她被他惩罚的一些照片——给鹅喂食以及像孩子一样咯咯地笑——这一投影场景之前，叙述者曾试图重塑自己的形象：我们由时尚杂志的页面转向叙述者的身上，她效仿杂志上的模特，"披一身黑锻子，戴一串珍珠项链"，看上去像极了她丈夫厌恶的那种女人。他对她的谦卑纵容使她得到了预期的赞许，但这掩盖了他想要控制她的形象的欲望，我们很快就看到了他为她的凝视而构筑的投影图像。玛丽·安·多恩（Mary Ann Doane）认为，她"来的时候希望成为马克西姆的一道奇观"，却"沦为观众——观看马克西姆更喜欢的图像的观众"，这时，我们目睹了她质疑马克西姆权威的最初迹象，但是他"阉割"了她的凝视，他站在投影图像前，完全忽略了她的存在。通过增加这一场景，希区柯克得以通过电影速记的方式创造了渗透于杜穆里埃的哥特式爱情小说中的男性威胁感。叙述者成了穆尔维（Mulvey）所说的"作为供男性（主动）观看的（被动）素材的女性形象"，但是此处最有趣的是，她将这作为一种变得更有女人味儿的手段；而马克西姆并没有如其所愿像注视一位成熟女性那样注视着她，这里的潜台词才是最令人不安的。

相反，有着成熟女性魅力的吕蓓卡却始终置身于男性凝视的范围之外。她一直都是无形的，因而不会被设定为"性对象"（sexual object），"色情场景的主旋律"（leif-motif of erotic spectacle）。莫德尔斯基认为，"在《蝴蝶梦》中，这位美丽、迷人的女性不仅从未出现在影片视野内，实际上她还在叙事中被设定为无所不在"，从而将她置于权力之位。这一权力在马克西姆坦白因过失而将她杀死的那一场景中得以体现；吕蓓卡虽然不在现场，但是通过跟随马克西姆一起回忆事发当天吕蓓卡的活动，借由摄影机的追踪，我们感受到她的存在，因为她控制着马克西姆和我们的视线。多恩则认为，由于马克西姆才是事件的叙述者，他模仿吕蓓卡的声音，告诉我们他对事件的看法，因此马克西姆才享有最终的控制权，他通过"构建一个甚至不需要她在场的故事"来"刻画"她的"缺席"，从而绑架了女性的权力：即使当这位隐形的、致命的性感尤物占据了舞台中心，舞台的操控者仍然是男性。然而，尽管我们最初是通过现任德温特夫人的倒叙进入这个故事的，但是在电影的结尾我们并没有再听到她的旁白；相反，我们最后看到的画面是吕蓓卡熊熊燃烧的床以及被火焰吞噬的刻着她名字缩写的枕头。此刻，吕蓓卡的消亡才是舞台的中心。虽然马克西姆可能被重塑为英雄，从毁灭曼德利庄园和吕蓓卡的大火中拯救出他的落难少女，但是这一哥特式的浪漫情节被这位亡妻强大的存在感所取代，以至于我们不得不思索她是否真的能够不存在。希区柯克成功地放大了文本所表达的恐惧性，超越了它的浪漫主义倾向，预示着40年代好莱坞女性哥特式电影周期的出现。

虽然里斯的《藻海无边》有意表现勃朗特《简·爱》中被边缘化的伯莎，但其结局更加矛盾。尽管里斯成功地把安托瓦内特带到了"舞台上"，赋予了她一个可信的过去，并合理地解释了她为什么会变疯，但是小说结尾安托瓦内特还是改名为伯莎，并被监禁在桑菲尔德的阁楼里。她称自己是"那个鬼……那个披头散发的女人……四周围着一个镀金画框"，暗示着她不仅受困于镜框之中，而且其中折射的镜像使她成了一个自己几乎不认识的人。卡罗琳·罗迪（Caroline Rody）认为安托瓦内特的叙述最终导致了对《简·爱》的"主文本的反抗"，而黛博拉·金梅（Deborah Kimmey）则认为此处的"镀金画框"是作者对同样框住和遏制里

　　　　　文学改编指南：改编电影、电视、小说和流行文化中的经典

斯叙事的经典文本的含蓄指涉，暗示了正如安托瓦内特的意义最终由罗切斯特来定义，这部小说的意义在于它与勃朗特的"主叙事"的关系。金梅认为这种关系是有害的，但里斯则从一开始就有意强调其故事的相互依存性，以及她不仅想呈现自己的故事，还想重新定义我们对于它之前的那部"宏大的主文本"的看法的愿望。作为一个持有特定意图的改编者，里斯采取了具有颠覆性的积极的方式来处理这部经典的先辈文本，她将勃朗特笔下的"阁楼里的疯女人"作为小说的第一人称叙述者，把故事的背景重新设定在了偏远的殖民地，通过借鉴后殖民主义和第二波女性主义对"主文本"的评论，将它所体现的政治改写为二者共同作用的结果，从而从不同角度对《简·爱》进行了探究。虽然安托瓦内特的外表发生了变化，她也被监禁了，但还是有一种推论，那就是，像吕蓓卡一样，这个"其他"女人掌管着她最终的命运：她梦见大火在桑菲尔德庄园蔓延开来，从这个预言性的梦中醒来后，她说"至少我知道自己为什么被带到这里，知道我自己要做什么了"。一些研究者将这句话理解为最后的、有力的反抗行为，由此推断她会烧毁桑菲尔德庄园及其代表的父权和殖民力量；但是，另一些研究者则认为这句话代表了一种绝望的自我毁灭的行为，这种绝望源于其狱卒似的丈夫，因而强调了令人不安的帝国和父权制统治。无论哪一种解读占上风，安托瓦内特的话都是对作者的修正主义改编策略的有力呼应：里斯将令人厌恶的伯莎带到了"舞台上"，从而改变了我们对所谓的"主叙事"的看法。

改编者们根据自己的意图重塑勃朗特笔下的伯莎·梅森：无论

是隐藏在改编作品的叙事潜台词中，还是作为自己故事的第一人称叙述者，她都表现为一种意识形态意义的建构。即便好莱坞主流电影以不符合浪漫情节的名义将她从影片中删除，她的缺席还是引发了很多争论。里斯将我们带到了《简·爱》故事发生之前的叙事：这是一部关于安托瓦内特·梅森的成长小说。小说采用倒叙的方式讲述，且结尾含糊令人深思，这不同于此类小说以往简洁的结尾——这类结尾通常会重申当时的社会现状，并将叙述者重新投入其中——完成了她的人物弧光（character arc）。里斯叙事的分散性与成长小说情节要求采用现实主义结构模式的准则恰好相反；安托瓦内特的叙述占主导地位，但作家同时赋予了其不知姓名的丈夫叙事的声音，如其所愿让我们能够理解（尽管这种理解不一定合理）他为何会如此对待自己的妻子。但是，这一次拥有叙事权的是安托瓦内特，简·爱成了那个被从情节中删除的人物。罗切斯特也享有了一定的叙事空间来讲述他自己的故事；然而，安托瓦内特入侵了他的故事，强化了她的作者权力（authorial power），她早前的话语，如楷体字部分所示，劫持了他的话语权：

> 我看到她眼睛里流露出恨意。是我把这恨意逼出来的。和恨意一起的还有她的美。她只是个女鬼。灰白色日光下的女鬼。除了绝望什么也没有了。你说让我死我就死。*你说让我死（如果不相信的话）那么你看着我去死。*

尽管如此，在第三章当安托瓦内特无法继续控制叙述权的时候，她变疯了，这暗示着有权力叙述自己的故事对生存是至关重要的。通过探讨这些问题，里斯不但强调了女性主义问题的重要性，而且强调了后殖民主义的意义：简·爱能够维持自己的叙述权，但是作为文化"他者"的安托瓦内特不能；让其失声的正是象征着帝国主义的罗切斯特。

文本中的吕蓓卡是一种无形而神秘的力量，而安托瓦内特则随着故事的展开被她的丈夫系统地重构和削弱了；简·爱象征着女性的抗争，她公然对抗一切试图重新界定她的男性，而安托瓦内特则无力反抗她丈夫对她身份的系统性攻击。里斯还参与了有关叙事所有权重要性的讨论，且和勃朗特一样，她也关注人物名字的意义。安托瓦内特的丈夫，起初与《蝴蝶梦》中看似软弱无能的叙述者一样，是不知姓名的，如此一来我们就将他视为叙事中的次要人物了，但是随着故事的展开我们看到他的叙事逐渐从软弱无力转为占主导地位。和简·爱一样，安托瓦内特意识到"名字很重要"，她丈夫拒绝叫她的名字会导致她失去自我；她看见"安托瓦内特带着她的香味……她漂亮的衣服以及她的镜子一起飘出了窗外"，留下她一人质疑自己的身份。正是罗切斯特对安托瓦内特的简化改名给他带来了心理上的胜利。简·爱和罗切斯特之间主仆关系的影射也被写入了《藻海无边》，只是在该书中这种主仆关系因殖民地背景和19世纪30年代白人种植园主阶级社会地位下降而更加突出。安托瓦内特的丈夫扮演着奴隶主的角色，给买来的奴隶重新起名。在勃朗特生活时期的英国，白人种植园主阶级因为与奴隶制的关系而被视为是不道德的，但是基于名字的意义以及为奴隶"商品"重新起名的殖民地习俗，里斯能够增加一个讨论的内容：通过制造对安托瓦内特——故事里被遗弃的种植园主阶级的代表——的同情，来批判帝国主义，强调其虚伪的道德立场。

与简·爱不同，这部小说中的主人公的"他性"不是简单地由其阶级或者性别造成的。相反，里斯所要强调的是她的文化"他性——一种与那位不知姓名的丈夫的自我意识和国家意识相矛盾的"他性"。她拥有一双"长长的、黑色的、带有异域风情的眼睛"，是"带有纯粹英国血统的克里奥尔人"；然而（在白人看来）她既不是"英国人也不是欧洲人"。她的美以及他所谓的她的情感过度（emotional excess）都增加了他对她的"异化"感，但实际上是他自己在殖民环境中的异化加剧了这一问题。那是一个同样与过度化相关的地方——在那里"一切都太……太蓝、太紫、太绿"太"自然、不染尘嚣，带着异域的、令人不安的神秘的美"，但是这种"美"是"不真实的"，"像梦一样"。这个虚伪的罗切斯特和伯莎·梅森一样处于相对无能为力的地位，和她一样身处异国他乡，但是他也和简·爱一样有着相对卑微的社会地位。里斯强调了他对把富人家的小儿子当成可以在婚姻中进行撮合的商品这种体制的不满；他说到，与认为女性才是通过婚姻买来的购置物这一普遍观点相反，是安托瓦内特花了"三万英镑""买下了（他）"，这让他感觉到为了摆脱作为小儿子的依赖性，他"出卖了自己的灵魂"。他和布兰奇·英格拉姆以及杜穆里埃笔下的吕蓓卡一样，是一件包装商品。作为 20 世纪 30 年代的女性，吕蓓卡不得不在公众面前呈现一种假象，以便实现自己的私欲，但是作为一名 19 世纪的男性，安托瓦内特的丈夫能够更直接地进行控制，因为一旦结婚，她和她的财富都将成为他的：他变成了陈志平所说的"殖民主义制度下帝国主义的监护人"，焦虑不安地想要控制他不能理解的东西。经典文本中深沉而神秘的罗切斯特结果是一位有故事的复杂人物，这个背景起初将他塑造为一个"受害者"，而后则证明他代表着男性权威和殖民力量。无论我们多么同情他的"处境"，最终都不可避免地意识到，他对待安托瓦内特的行为是自私的，而这种自私则是源于他作为欧洲白人男性的身份。

安托瓦内特的情感"过度"还延伸到了她的性开放，此处被她的丈夫重新定义为反常的行为，然而这是她不受欧洲约束的又一个例子。她不符合他心中的英国女性形象：她更像是一个"妓女"而不是"天使"，因此，"没有一位得体的英国妻子，他无法想象自己如何成为一名得体的英国丈夫"。维维安·哈洛伦（Vivian Halloran）认为，他对她的排斥更多的是为了维持"（他的）先天或者后天习得的英国人作风的纯粹"。她被认为缺乏"英国人作风"——这种缺乏，反之，又与经典文本中所认为的对女性如此有危险以致她们精神失常和被监禁的那种性欲过剩有关。里斯在这里要强调的是在 19 世纪欧洲制度的束缚下，自然性欲与一般女性而非妓女相关，是如何被重新定义为反常行为的。

《藻海无边》的荧幕改编作品不多：1993 年澳大利亚的改编作品无论在票房还是评论界都是个败笔，相比之下，2006 年英国广播公司的改编作品则获得了更多的褒奖。它在当时还相对默默无闻的英国广播公司第四频道播出，是英国广播公司第一频道主频道每周日晚黄金收视时段播放的高成本制作片《简·爱》（2006 年）的姊妹篇。这样的安排表明了对勃朗特这部有重要影响的文本进行传统类型的古装剧改编仍然能够吸引很多观众，而对这部叙事的后殖民修正主义解读，即使以类似的古装剧形式来表现，也只能吸引一小部分观众。将 19 世纪现实主义文本改编成古装电视连续剧的吸引力似乎是无穷无尽的。但是，里斯的文本也受益于一部风格迥异的《简·爱》的改编电影。里斯互文化了瓦尔·鲁东的《与僵尸同行》中的女僵尸形象，通过将叙事转移到殖民地背景下，以及在文本中多次引用活死人的做法，"将一个性感的、混血僵尸女人的故事与帝国主义统治的叙事联系了起来"。安托瓦内特·梅森与影片中僵尸化的杰西卡·霍兰德（Jessica Holland）有着明显的相似之处，且两个故事都发生在西印度群岛的异国"他乡"，而非哥特式的乡村别墅里。《藻海无边》里到处都暗示了安托瓦内特的最终昏迷状态。她丈夫对她的描述将她塑造成一个僵尸"玩偶"，她的微笑"钉在她（苍白的）脸上"，她的眼神"迷茫"；他称她是"他们中的一员"，"行走，说话，尖叫或者试图杀人，而后消失"，而其他人则排着"长长的队""等着接替他们的位置"。两个文本都提到了巫术（Obeah），突出了这些看似截然不同的叙事之间的联系。安托瓦内特的丈夫从《闪耀的小岛王冠》（*The Glittering Coronet of Isles*）上读到，"僵尸"的定义是"一个看上去还活着的死人或者活死人"，并将这一形象与他妻子等同起来；然而，他并没有意识到她从危险的异域"他者"变为呆滞的、可操控的僵尸这一过程中自己所扮演的角色。在这两部叙事中，有着性意识的妻子们因为她们的僭越行为而受到了惩罚，她们被视为道德败坏或性反常，而丈夫们则获得了父权统治的地位以及相对的幸福。妻子们起初被监禁，而后则被消除，以便丈夫们能获得解放。

《简·爱》：激进的反思（《与僵尸同行》和《家庭女教师》）

　　但是我们如何将一部现实主义的、以女性为中心并以爱情作为其部分叙事轨迹的成长小说改编为一部低成本预算的 40 年代恐怖电影呢？鉴于瓦尔·鲁东的电影《与僵尸同行》中使用了完全不同的通用平台，这一转变当然可以被视为"激进的"，但对里斯这样的作家来说，不可否认它能够在多个层面上让人联想到《简·爱》，且这部影片与勃朗特的小说以及杜穆里埃的《蝴蝶梦》之间的主题联系也被有意识地写进了鲁东的电影文本。用瓦格纳的话来说，这部影片是一部"类比"而不是基于"借用"的改编作品，而且它的确向我们展示了这里所说的对经典文本的叙事模板的"激进反思"。而在桑德斯看来，这就是一种挪用，因为它"影响了从信息来源走向全新的文化产物和领域的更为决定性的过程"：作为一个"被挪用的"文本，它与《简·爱》这样的文本之间的关系并没有被"明确地表示或者承认"，而是呈现在一个"远非直观的语境中"。同样，桑德拉·戈尔德拜彻的《家庭女教师》（1998 年）与勃朗特的小说也有着微妙的关系，但这种关系是通过它探讨女性身份和阶级问题

　　　　　文学改编指南：改编电影、电视、小说和流行文化中的经典

的方式来暗示的，而非公开认同它是"改编"自《简·爱》的电影文本。它利用家庭女教师这一修辞，对这一时期女性的地位做了新维多利亚式的修正。如此一来，它像改编任何一个特定的故事一样改编了历史，但是戈尔德拜彻对勃朗特的经典文本所关注的核心问题的"挪用"，对于熟悉这部19世纪小说的观众来说，仍然是这部电影的潜文本中一个可以辨认的部分。

对鲁东来说，《简·爱》《蝴蝶梦》和他的电影之间的联系已经在一个非常基本的层面上被写进了《与僵尸同行》的叙事中，但是对雷电华电影公司（RKO）的高管们来说，它们还远不够清晰明了。表面上这仍是一部B级恐怖电影，为了资金的快速周转而仓促制作，但是它的日益风靡及其作为开创性恐怖文本的重要性都为它提供了超乎公司想象的更广泛的观众平台，且它与上述经典文本的联系也使它又多了一层吸引力。40年代初，鲁东加入了雷电华电影公司，彼时的雷电华电影公司已经与塞尔兹尼克合作，成功制作了很多经典文本的荧屏改编作品 [《双城记》（*A Tale of Two Cities*，1935年）、《古堡藏龙》（*Prisoner of Zenda*，1937年）、《飘》（*Gone with the Wind*，1939年），以及《蝴蝶梦》（1940年）]。他到雷电华电影公司的举动预示着他将拥有更大的影片制作控制权，但也随之伴有非常具体的约束：雷电华电影公司制作的皆是低成本影片，每部影片的最高投入只有15万美金，时长75分钟（受其B级电影地位的约束），且影片名字的设计耸人听闻，这样做的目的是为了突出影片的恐怖感以便吸引40年代喜欢恐怖片的青少年观众。僵尸电影最早可以追溯到20世纪30年代制作的影片《白色僵尸》

（*White Zombie*，1932 年），此后日益盛行，在此基础上，雷电华电影公司将这一相当具有局限性的标题《与僵尸同行》交给了鲁东，期望他能够根据当时的杂志《美国周刊》（*American Weekly*）上的一篇文章，为他们制作一个衍生的僵尸故事。伊内兹·华莱士（Inez Wallace）的标题为"与僵尸同行"的文章是一篇同样耸人听闻的报道，讲述了作者在海地遭遇"僵尸"的故事；鲁东被要求采用常用的僵尸电影的叙事模式，即当妻子企图离开他的计划曝光后，险恶的种植园主将她变成了僵尸。剧本的初稿由柯特·西奥德马克（Curt Siodmark）执笔，采用环球电影制片厂成功的常用恐怖电影模式，但是在编剧阿德尔·雷（Ardel Wray）的帮助下，鲁东将刻板俗套的初稿改成了一个更为复杂的故事。他的目的是为了"使它成为高水平的恐怖电影"，为此，他将注意力转向了两个经典故事，它们更容易让人联想到女性哥特式和爱情小说而非环球或者雷电华电影公司制作的那种程式化的恐怖电影。然而，如果像罗宾·伍德（Robin Wood）所认为的，这部恐怖片将其恐怖定位在"为了保存家庭单位而压抑性"的"家庭中心"中，那么《简·爱》和《蝴蝶梦》在一定程度上都可以被解读为"恐怖"叙事。

希区柯克的《蝴蝶梦》以及许多《简·爱》的荧屏改编作品都是主要通过运用黑色电影风格来表达故事的哥特式恐怖，而鲁东则基于僵尸恐怖电影模板的叙事起点，巧妙地将《简·爱》和《蝴蝶梦》中更复杂和更令人不安的主旨融入表面上看来低成本的哗众取宠的主流电影中。尽管鲁东只是一位 B 级恐怖电影制片人，但是他和希区柯克一样也享有所制作影片的作者"所有权"：虽然现在电影业里将导演（导演而不是编剧）视为最终电影文本的作者已是常规，但是在鲁东与雷电华电影公司合作期间所制作的所有电影都被视为他个人创作的作品——"这在好莱坞是罕见的，也表明了鲁东是一个极有能力之人"。剧本的修订最终成就了风靡一时的经典之作，它虽然采用了僵尸电影的模式，但通过借鉴《简·爱》和《蝴蝶梦》中的重要关注点，增添了复杂的主题意义。在受父权制限制的婚姻和家庭中，女性的身份和地位问题是这部影片想要暗示的部分内容。鲁东在构筑杰西卡这一角色的时候又增加了一层复杂性：她是一位不忠的妻子，与自己的小叔子有染，因此对家庭犯下了双重罪。作为这部影片中的伪伯莎·梅森，她不仅被监禁在相似的"阁楼"里，而且被监禁在自己僵尸化的身体里。伯莎的疯狂和"野兽般的"形象被僵尸化所取代，这种僵尸化让她更无力，因为杰西卡保留了她以前的美貌和由此产生的凝视。她仍然是电影镜头凝视的焦点，但是受困于僵化的身躯，她甚至无法像勃朗特文本中疯狂的伯莎或者杜穆里埃文本中积极主动的吕蓓卡一样做出反应。叙事发展到一定程度的时候，她变成了塑像，而这些令人不安的意象则预示了里斯的《藻海无边》中的一些瞬间，当时安托瓦内特的丈夫称她为玩偶，而她则将他的行为等同于巫术。与伯莎和吕蓓卡一样，杰西卡象征着发生在那些道德败坏的危险女性身上的事情，但是由于失去了灵魂和行动的能力，她成了三人中最令人不安的范例。虽然她在整部影片中真实的存在，但是她的"存在"不如杜穆里埃笔下的"坏妻子"，也不如希区柯克影片中没有现身的荡妇。然而，虽然在一些影片中伯莎被简化为情节手法，但是由于这是一部僵尸电影，杰西卡成了影片的核心人物：她必须待在舞台中心，即使她在舞台上的作用与一具尸体无异。虽然她被关在哥特式的"阁楼"里，但她的存在并不是秘密，她的越轨行为也是众所周知的。

虽然《与僵尸同行》被作为纯粹的恐怖片进行宣传，但实际上从一开始故事中就嵌入了爱情线索；当一对夫妇漫步海边的画面进入镜头，贝特西护士温柔的画外音伴着惆怅伤感的管弦乐响起时，即使开场片段再模糊也暗示了影片中所体现的爱情。直到这对夫妇走近，我们才看到贝特西护士身边巨人般的僵尸卡勒富尔（Carrefour）。此处除了与女主人公轻松走在一起的卡勒富尔这一形象，没有使用其他常用的恐怖电影技巧。僵尸类电影通常的叙事焦点并不包含爱情：它往往讲述的是压抑的婚姻关系中丈夫对不贞的妻子实施简易判决，将其变成僵尸。但是，在这个故事中，我们最终得知"监禁"妻子的不是丈夫，而是这个家庭的女家长：兰德夫人（Mrs Rand）认为自己才要为这个背叛家庭的儿媳妇的僵尸化负责，而保罗·霍兰德（Paul Holland）则扮演了影片爱情情节里神秘且无辜的英雄角色——一个不顾妻子的通奸行为及其僵尸状态，依然关心她的英雄。与罗切斯特或者马克西姆相比，他的角色没有太大的发展，但是他受周围环境异化的方式再一次映射了里斯《藻海无边》中复杂的男主人公。影片开场的画外音暗示了贝特西将会是故事的叙述者，尽管这并没有自始至终保持下去，鲁东在影片的结尾再次满怀期待地将画外音交给了一位岛民，让他来做一个总结性的，带有道德意味的评论。当她（贝特西）的想法被霍兰德"看透"时，她的叙事声音也会受到干扰。在他们去圣塞巴斯蒂安的旅程中，他质疑她对该岛的看法：当他们驶入圣塞巴斯蒂安的时候，贝特西看到的是加勒比海的美丽，而保罗看到的则是它的衰败。《藻海无边》中里斯的男主人公与保罗的感情是相呼应的，且和贝特西护士一样，当安托瓦内特的声音在关键时刻渗透到他的话语中时，他也无法保持对第一人称叙述的控制权。鲁东的电影和里斯的小说之间的关系展示了改编者如何不断互文化经典文本以及那些对经典文本进行激进改写的文本，这种互文化或者是叙事、人物塑造、时间和地理位置上的，或者是意识形态上的。鲁东对暗示恐怖形式的家庭女教师的比喻做了进一步的互文引用；在影片开场的倒序中，贝特西正在面试加勒比海的一个神秘岗位，这恰恰与亨利·詹姆斯的小说《螺丝在拧紧》中的面试场景相呼应。

　　然而，虽然这两部叙事都笼罩着神秘的色彩，但是相比詹姆斯笔下情绪多变的家庭女教师，贝特西护士则被描绘成一个更为直率和头脑冷静的人。贝特西是 20 世纪 40 年代的现代女性，能够实现勃朗特笔下生活在 19 世纪英国的简·爱可望而不可即的很多自由。虽然她不是家庭教师，也不是伴侣，而是一名护士，扮演着护工的角色，但是与简·爱或者杜穆里埃笔下的叙述者相比，她能够对自己的生活行使更大的控制权，而且看起来更老于世故。这部影片没有采用成长小说的形式，因为它不是一个关于"成年"的故事。贝特西的角色来讲述杰西卡的故事，但她同时也是故事中爱情故事的女主角，贝特西和简·爱的相似之处表明：二人都被塑造为具有冒险精神、勇敢、道德高尚的人物，并且最终都获得了浪漫的结局。

　　虽然这部僵尸电影以压抑和恐怖为题材，但它也可以被解读为一种论述当代美国的不安及其为在海地（当时被美国占领）等地方实行扩张主义和帝国主义设计而进行歪曲辩解的文本。通过将这些文化中的巫术活动定义为"野蛮的"，美国可以将自己的干涉主义策略合理化为"教化使命"的一部分。如同 19 世纪欧洲帝国的建造者一样 20 世纪 40 年代的美国将扩张主义目标看作道德使命。但是，鲁东的电影和里斯的小说为我们呈现了一副关于海岛生活的截然不同的画面；《藻海无边》中的克里斯托芬（Christophine），虽然与巫术有关，却代表了理性的声音和相对的恻隐之心，而（在当时的背景下）鲁东为我们呈现了对岛民的非种族主义的描述，对他们来说，崇拜巫术和崇拜基督一样合理：没有人认为巫术仪式和邪恶有关。相反，它们是海岛生活结构的一部分，这些仪式本身与这一信仰体系的日常现实形成了鲜明的对照，正如阿尔玛（Alma）告诉贝特西护士的一样，岛民们会在孩子出生时哭泣，而把死亡作为一种解脱来庆祝。他的电影文本由一系列二元对立构成——迷信 / 科学、善 / 恶、黑 / 白、基督 / 巫术、死 / 生、成长 / 衰败，而且它们之间的界限总是模糊不清。主题上的二元对立也在视觉上得以体现。坐落于地中海郁郁葱葱的异域风景中的华丽的种植园房子取代了笼罩在大雾中的哥特式乡村别墅，同时，鲁东不仅通过使用高反差布光（low key lighting）和阴影来增强哥特式恐怖效果，创造了我们现在所称的黑色电影，而且通过呈现各种屏幕影像，使之与这些场景中的人物对话形成鲜明对比来增强哥特式恐怖效果。例如，当贝特西说到自己房间有多美的时候，屏幕上的图像与其评价正好相反：巨大的门框显得她极其矮小，阴影洒落在她身上，切断

　文学改编指南：改编电影、电视、小说和流行文化中的经典

了她的影像，整个场面充满了危险的气息。影片中也有很多镜头显示空荡荡的房间内部，暗示着孤独；通往种植园房子的大门与曼德利庄园的大门很像，影射了吕蓓卡幽灵般的存在。鲁东也以其独特的恐怖技巧而闻名——"鲁东式行走"（Lewton walk）——影片中贝特西领着杰西卡穿过甘蔗地时，成功地运用了这一技巧；当她们靠近巫术仪式的时候，没有任何非剧情声（non-diegetic sound）的、延伸的横向跟踪镜头使这一时刻充满了紧张的气氛。电影结尾所呈现的奖励与惩罚与《简·爱》和《蝴蝶梦》中的类似：那些违背道德的人被消除，而那些被视为道德高尚的人则相爱结合，因而韦斯利（Wesley）和杰西卡为让路影片的爱情插曲而牺牲。在这部叙事中，与杰西卡一样违背道德的韦斯利最终成为"（她的）兽躯的看守者"。但是，为了与鲁东二元对立的模糊性保持一致，我们也可以将这一结局解读为浪漫结局，因为他们最终在死后结合，而韦斯利的行为则可以视为一种自我牺牲的浪漫行为。

鲁东的《与僵尸同行》是一部低成本的恐怖片，是新出现的僵尸题材电影的一部分：它与《简·爱》和《蝴蝶梦》的关系是隐性而非显性的。尽管这部影片现在被视为一部具有深远影响的邪典恐怖文本，并出现在本科阶段的电影研究课程中，但在上映时，这部影片不可能吸引那些预先已经了解上述两部小说的观众。琳达·哈琴总结到，一个文本要被定义为"改编"必须是"对某一特定艺术作品的延伸、有意、公开的修改"；受此定义的约束，鲁东的电影并不符合改编作品的要求：由于鲁东的介入，该影片可以以一种"延伸、有意的"方式来处理经典文本，但它并不是"对某一特定艺术作品的公开的修改"。那么，这是否意味着这部影片就不是一部改编作品了呢？而那些被影射的经典文本是否只是蕴含在这一不同文化产物中的交互文本呢？更重要的是，这个问题重要吗？奥涅加和古特莱本令人信服地指出，我们应该关注的是叙事作品中的"文本对话"，"从语用和语义上分析两个（或几个）文本，将其中一个作为另一个的阅读棱镜"，以避免在将像《简·爱》一样的经典文本与像《与僵尸同行》这样一部对 19 世纪的经典哥特式爱情小说进行激进的重塑，使之完全成了"其他"东西的影片，或者像《家庭女教师》一样同样对文化定位有着不同解释的新维多利亚式影片做比较时固有的那种内在等级和评价差别。这两部影片都没有宣布它们与任何先辈文本之间的关系。此外，编剧兼导演桑德拉·戈尔德拜彻也没有暗示她与任何特定文学先驱之间"延伸、有意的"联系：她的想法源于她虚构的一个维多利亚时代女人的日记。但是对古装艺术片这一艺术形式的消费者来说，大量的经典叙事贯穿于该文本中，"影射"并"重复"着戈尔德拜彻的故事的方方面面；无论是否有意为之，这些其他叙事都成了杰拉夫第所说的"随着时间沉淀累积的分层过程"的一部分。《家庭女教师》是对勃朗特《简·爱》的"表层意义的影射或重复"，它（有意或无意地）重写了后者的爱情情节并利用了它大量的中心思想。这部影片的爱情情节，围绕着一位年轻的、没有性经验的"家庭女教师"与其年长的、神秘的雇主展开，这不仅与《简·爱》和杜穆里埃的《蝴蝶梦》中的核心关系相呼应，而且与乔治·艾略特（George Elliot）的小说《米德尔马契》（*Middlemarch*）中的多萝茜娅（Dorothea）和情感愚钝的卡索本（Casaubon）的核心关系相呼应。这部影片也在一定程度上利用了它的标题；虽然它没有直接引用勃朗特的故事——像《简·爱》和《蝴蝶梦》一样分别以女主人公或其反面人物的名字来命名影片——但是任何对"家庭女教师"的引用都会在这部艺术片的观众心里唤起诸多意象和叙事线索。

然而，这部影片不仅改编了维多利亚时代的现实主义小说，也改编了那个时代的历史，通过它的女主人公的"声音"表达了 20 世纪的情感，向我们展示了不同版本的维多利亚时代的女性，构筑了科拉·卡普兰所说的"过去与现在之间的虚拟关系"。《家庭女教师》的拍摄追随了 20 世纪 90 年代将 10 世纪的作品改编为电影的流行趋势——《小妇人》（*Little Women*，1994 年）、《理智与情感》（*Sense and Sensibility*，1995 年）、《淑女本色》（*The Portrait of a Lady*，1996 年）、《玛莉·雷莉》（*Mary Reilly*，1996 年）、《华盛顿广场》（*Washington Square*，1997 年）——然而与大部分这类影片不同，这部影片并非改编自某一部特定的小说。相反，它在很多方面引用了简·坎皮恩（Jane Campion）的《钢琴课》（*The Piano*），二者都呈现了一种对维多利亚时代事物的新看法，是"对否认性欲是与生俱来的权利的过去的一种虚构的修复"；两部影片中的女主角都声称自己有性好奇的权利，这与维多利亚时代女性应有的行为模式形成了鲜明的对比。她们既不是天使也不是妓女，而是有着性欲的女人；在这一点上，戈尔德拜彻和坎皮恩都将我们带入了一个充满想象力的地方，超越了与维多利亚时代相关的已知的、有历史记载的事实或小说。这种新维多利亚式文学"改编"某一特定的历史年代，利用过去，重新聚焦历史的镜头，以便突出边缘化的声音。它试图纠正、修改、折射、改写和重拾那些被历史话语所压制的声音，并构建对维多利亚时代小说中悄然具有颠覆性的女主人公的社会批判。

凯蒂·米歇尔（Kate Mitchell）则认为，他们的目的不是为了"理解维多利亚时代的过去"而是"将它作为一种文化记忆，重新载入，并以富有想象力的方式重新创造"而不是"修改或理解"。约翰·福尔斯（John Fowles）的《法国中尉的女人》（*The French Lieutenant's Woman*）和里斯的《藻海无边》是我们现在所说的"新维多利亚式"文学最早的范例，且这两部作品和《家庭女教师》一样都渴望将那些因为性别、阶级、种族或者文化而被边缘化的女性置于叙事前景中。戈尔德拜彻的罗西娜和简·爱一样都渴望得到知识上的平等对待，尽管当时存在着社会和性别歧视的问题。评论家艾伦·A.斯通（Alan A. Stone）贴切地将罗西娜称为"'来自未来的'家庭女教师……宛若被时光机器带到了简·爱的世界里"。她进入了一个记载自己性成熟和经验成熟的叙事，随着她得知自己情感上受到伤害和性压抑的情人愿意在精神上和智力上背叛自己时，她慢慢地走向了一种后现代主义的认识，即要成为一名成功、有为的女性，必须远离预期的浪漫结局。在帝国主义背景和维多利亚时代社会道德的约束下，性好奇让伯莎、安托瓦内特，以及罗西娜这样的女性无法成为19世纪现实主义小说的女主人公，并且使得她们与每个文本中性压抑的男性都有冲突。为了追求知识——文化知识和性知识——罗西娜自愿进入囚禁伯莎·梅森、安托瓦内特·科

　　　文学改编指南：改编电影、电视、小说和流行文化中的经典

斯韦以及杰西卡·霍兰德的阁楼，但是与以往叙事中因为性出轨而受到惩罚的"发疯的"幽灵不同，经验和知识的获得让她得以解放和逃脱。她还在另一个层面上与里斯的安托瓦内特相一致：二者都是文化上的"他者"。作为一名生活在伦敦下等区域的西班牙系犹太人，罗西娜和安托瓦内特一样经历了一种截然不同的成长和人生观。戈尔德拜彻在将罗西娜的故事搬到寒冷偏远的斯凯岛（the Isle of Skye）上笼罩着神秘色彩的"乡村别墅"和"阁楼"之前，先将她置于繁忙的伦敦中心温暖而充满活力的犹太文化中。她所属的犹太文化的热情活力与卡文蒂森（Cavendish）家的情感冷漠形成了鲜明的对照，当罗西娜将自己乔装成信仰新教的家庭女教师时，她变成了勃朗特小说中"朴实的简"，虽然私底下她仍然保持着自己的真实身份和外表，释放心中与"家"相关的欲望。虽然安托瓦内特的文化"他性"与吕蓓卡违背道德的性欲上的"他性"在她们和丈夫的关系中构成了威胁，但是罗西娜的"他性"是公认的，而对于观众来说，它并不怪异，也不是一种威胁。

这种共同的"他性"表明了我们所探讨的不同改编作品之间有趣的相似点，但是这部影片核心的最引人入胜的"文本对话"在于它关注了许多这类文本共同关注的主题。由于该影片的部分叙事动力集中在摄影术的出现上，因而它将自身定位为一部在本质上与摄影和电影凝视相关的叙事。鲁东在他的恐怖片中向我们展示了传统的男性凝视，镜头徘徊在杰西卡怪异但依然美丽的身躯上，而戈尔德拜彻则颠覆了传统的男性凝视，将罗西娜拍摄的一张卡文蒂森的裸照置于镜头的中心，从而让她来控制我们的视线和我们的看法——这一控制再次与《简·爱》的其他改编作品相呼应，它可以与希区柯克的电影《蝴蝶梦》中的马克西姆在如今臭名昭著的投影场景中操纵现任妻子影像的方式相媲美。但是此处，权力掌握在女性的手中。卡文蒂森对其影像被"控制"的反应充分说明：这预示着他们恋情的结束。通过引入这一线索，戈尔德拜彻不仅将她的影片与《简·爱》的众多改编作品联系在一起，而且还将它与同样关注女性性欲和凝视重置问题的坎皮恩的《钢琴课》联系在一起。这两部影片都没有呈现历史剧传统的怀旧凝视：两部影片中的镜头都没有停留在乡村别墅和具有摄政时期风格的餐厅上。相反，这些后女性主义电影试图反思与凝视本质有关的东西；它们质疑穆尔维的凝视本质上是男性的观念，将赤裸的男性——有时是脆弱、赤裸的男性——置于画面中。在坎皮恩的带领下，戈尔德拜彻还与我们就电影的偷窥特征的本质展开了辩论：从缝隙中偷窥的眼睛的镜头，将那具了无生气的构造体置于我们的凝视之下，影射了围绕着迈克尔·鲍威尔（Michael Powell）的《偷窥狂》（*Peeping Tom*，1960年）的争议，这部电影发行之初，因为其推论——电影作为一种媒介就是不正当的偷窥——曾在电影业引起强烈愤慨。通过将罗西娜的故事与摄影的出现（从而与电影）联系起来，媒介本身的意义在整个影片中得以强调，并且与罗西娜的最终解脱联系在一起了：她成了一名成功的摄影师，无论经济上还是情感上都有能力拒绝卡文蒂森。尽管这部影片在某种程度上仍是一部爱情片，借鉴了其他的爱情叙事，但是它避免了浪漫的结局，罗西娜成功地独立了。在19世纪的故事背景下，她实现了勃朗特笔下的19世纪女主人公可望而不可即的那种自由。《家庭女教师》，与坎皮恩的《钢琴课》一样，对维多利亚时代的文学进行了激进的重塑，斯塔姆宣称这种重塑能够"解压"这些19世纪现实主义叙事中的"性和政治"，提供"一种女性主义性解放的动力"，从而以错时疗法（anachronistic therapy）或者改编修复（adaptational recuperation）的方式来"释放这些小说、人物甚或作者潜在的女性主义精神"。

分析文本：与《简·爱》/《简·爱》的改编作品相关的练习

彻底的批判性阅读：《简·爱》

步骤一

阅读以下《简·爱》的节选，第 140—141 页（企鹅出版社，1980 年）

我想再说几句，谁要是高兴都可以责备我，因为当我独个儿在庭园里散步时，当我走到大门口并透过它往大路望去时，或者当阿黛勒同保姆做着游戏，费尔法克斯太太在储藏室制作果子冻时，我爬上三道楼梯，推开顶楼的活动天窗，来到铅皮屋顶，极目远望与世隔绝的田野和小山，以及暗淡的地平线。随后，我渴望自己具有超越那极限的视力，以便使我的目光抵达繁华的世界，抵达那些我曾有所闻，却从未目睹过的生气勃勃的城镇和地区。随后我渴望掌握比现在更多的实际经验，接触比现在范围内更多与我意气相投的人，熟悉更多类型的个性。我珍重费尔法克斯太太身上的德行，也珍重阿黛勒身上的德行，但我相信还存在着其他更显著的德行，而凡我所信奉的，我都希望看一看。

谁责备我呢？无疑会有很多人，而且我会被说成贪心不知足。我没有办法，我的个性中有一种骚动不安的东西，有时它搅得我很痛苦。而我唯一的解脱办法是，在三层楼过道上来回踱步。这里悄无声息，孤寂冷落，十分安全，可以任心灵的目光观察浮现在眼前的任何光明的景象——当然这些景象很多，而且都光辉灿烂；可以让心脏随着欢快的跳动而起伏，这种跳动在烦恼中使心脏膨胀，同时又以生命来使它扩展。最理想的是，敞开我心灵的耳朵，来倾听一个永远不会结束的故事。这个故事由我的想象所创造，并被继续不断地讲下去。这个故事还由于那些我朝思暮想，却在我实际生活中所没有的事件、生活、激情和感觉，而显得更加生动。

说人类应当满足于平静的生活，是徒劳无益的。他们应当有行动，而且要是他们没有办法找到，那就自己来创造。成千上万的人命里注定要承受比我更沉寂的灭亡；而成千上万的人在默默地反抗他们的命运。没有人知道除了政治反抗之外，有多少反抗在人世间芸芸众生中酝酿着。一般都认为女人应当平平静静，但女人跟男人有一样的感觉。她们需要发挥自己的才能，而且也像兄弟们一样需要有用武之地。她们对严厉的束缚，绝对的停滞，都跟男人一样感到痛苦，比她们更享有特权的同类们，只有心胸狭窄者才会说，女人们应当只做做布丁，织织长袜，弹弹钢琴，绣绣布包，要是她们希望超越世俗认定的女性所应守的规范，做更多的事情，学更多的东西，那么为此去谴责或讥笑她们未免是轻率的。（黄源深译，译林出版社，1994 年）

步骤二

现在重读第一段，并提问自己以下问题：

- 简·爱在这段开场白中采用了什么样的语气？
- 她对词汇的选择反映了她怎样的心理状态？
- 此处使用的句型结构反映了她怎样的心理状态？

简·爱不断强化她的论点。

- 她如何做到这一点？
- 她使用一个巧妙安排的反问句的作用是什么？
- 诸如"坚韧、悄无声息、孤寂冷落、景象、起伏、欢快的、膨胀、扩展、生命、想象、创造、生动、生活、激情、感觉、朝思暮想、生活中"这些词为她此处的话语增加了怎样的基调？
- 简·爱如何将她在此处的说话语气从开头几段充满激情的"声音"转变成富有逻辑和理智的"声音"？

- 她如何——又是出于何种目的——扩大辩论范围，使之涵盖她的男性同伴？
- 节选段结尾处提出了哪些性别问题？
- 这样的话语在文本发行之初是否被看作是激进的？为什么？

控制凝视

步骤一

观看希区柯克版《蝴蝶梦》的这两个片段：

- 叙述者和投影场景
- 马克西姆坦白的场景

思考下列与每个场景相关的事项：

- 场景调度
- 摄像机移动 / 位置
- 镜头位置
- 灯光
- 音响
- 表演

作为这些场景的观众，我们是被如何定位的？关于屏幕上呈现的关系，上述每个事项都告诉了我们什么？（例如，叙述者 / 马克西姆和吕蓓卡之间的关系）

步骤二

在《视觉快感与叙事电影》[《银幕》(*Screen*) 杂志，1975 年] 一文中，劳拉·穆尔维(Laura Mulvey)提出了"窥淫癖"(scopophilia) 这一术语——指以另一个人作为性刺激的对象来观看所获得的快感。穆尔维认为好莱坞经典电影中的女性被建构为被动的男性欲望的对象，在男性窥视的目光下，女性要么被塑造为"妓女"，要么被塑造为"圣母"。许多批评家（以及后来的穆尔维）都反对这种认为只有男性才能从女性的"被看性"上获得快感的观点，但是穆尔维的理论却在 20 世纪 70 年代女性主义的背景下引起了关于女性电影形象的富有意义的批判性讨论。

步骤三

现在来探讨一下对我们所关注场景的两种女性主义批评，并且：

• 用你自己的话总结每位作者提出的要点；

• 确定你是否同意这些作者提出的所有 / 部分观点，并给出你的理由。

叙述者和投影场景

[玛丽·安·多恩，《被捕捉与吕蓓卡：女性缺席的铭文》，《女性主义与电影理论》，康斯坦丝·彭利(Constance Penley) 编，纽约：路特雷奇出版社，1988 年版，第 202—204 页]

家庭录影的片段描绘了一个投影过程，构成了对剧中女性观众的攻击。在这一场景之前，影片还描述了与时尚杂志上的固定形象相关的女性欲望。在投影场景的序幕中，时尚杂志的页面缓慢翻动，此处的镜头是不定的。《蝴蝶梦》没有使用将该女性视为观众的固定拍摄，相反，画面很快淡化，出现了她先前曾允诺马克西姆她永远不会效仿的形象——"披一身黑缎子，戴一串珍珠项链"的女人形象……女主人公走进影院，希望成为马克西姆眼中的奇观，却被贬至观众的位置——马克西姆更想留住的那些照片的观众，那些是他们蜜月时拍摄的照片……马克西姆在这个场景中处于主导的地位——他控制着灯光和投影……芳登喂鹅的照片否定了她用黑色晚礼服为自己塑造的形象，而马克西姆的双筒望远镜则使他即使受电影画面的限制也能掌控凝视……。马克西姆突然走到芳登和屏幕之间，用他的身体挡住了画面，同时有效地阉割了她的目光。他以自己取代了屏幕，用咄咄逼人的目光回望着观众，把芳登的目光转向了自身。从她的眼睛里——她脸上唯一一处被投影仪反射的光束所照亮的部分——可以清楚地看出这种画面切换的激烈重组所引发的绝对恐惧。此外，当他最终走出投影光束，打开灯的时候，所显示的正是他自己再次举起望远镜的影像。

马克西姆坦白的场景

[塔妮亚·莫德尔斯基（Tania Modleski），《知道太多的女人》（*The Women who Knew too much*），伦敦：路特雷奇出版社，1988年版，第52—55页]

在传统的经典叙事形式下，任何男人都不可能控制（吕蓓卡），（因为）这个性感的女人从未出现过。我们没有男人看向女人的反转镜头结构……在《蝴蝶梦》中，这位美丽、迷人的女性不仅从未出现在影片视野内，实际上她还在叙事（diegesis）中被设定为无所不在……丹弗斯太太说她是回来监视着这对新婚夫妇在一起的……吕蓓卡自己潜伏在电影的盲区……她从未被"驯化"。

改编，这种体裁？

托马斯·利奇提出了探讨改编作品的另一种方法。利奇认为，改编作品可以被定义为属于一种特定的体裁，带有特殊的定位标识，而不是研究它们与所谓的源文本之间的关系。

利奇指出四种"鼓励影迷们去体验改编作品"的标识或者"线索"，即使他们对其出处一无所知：

时代背景／强调服装和时代细节；

突出其改编定位，有时在片名中列出源文本的作者以试图"确定自己的改编定位"；

与"痴迷作者、书籍、文字"相关的"历史沉迷";

使用"完全与众不同的"幕间标题作为"提醒观众"其改编作品定位的手段。

步骤一

问自己如下问题:

- 我们是否像看待恐怖电影、西部电影、浪漫喜剧电影或者公路电影等这些受产业驱动产生的体裁标签一样将改编视为一种体裁?
- 如果不是,我们是否仍能够在如此商业化的电影媒介中合理地使用这一术语?
- 是否有可能论证这些有着不同起源／作品类型的作品的共同标识? 当代／民粹主义文本的改编作品呢? 翻拍／前篇／续集呢?
- 利奇提出的这一体裁与古装剧或者遗产影片等已经确立的体裁有何不同?

步骤二

观看本节中所探讨的所有《简·爱》的"经典"范例的营销预告片。

现在请回答:

- 它们的介绍有何不同？每部预告片的焦点是什么？

- 在多大程度上可以将它们归为利奇所说的"改编"体裁这一类的电影作品？

- 这其中的每一部电影还可以归为哪类体裁？

参考文献

Aizenberg, Edna. "*I Walked with a Zombie*: The Pleasures and Perils of Postcolonial Hybridity". *World Literature Today* 73.3 (1999): 461–466. Print.

Andrews, Emily. "Reader, I ravished Him ⋯ ". *Mailonline. Daily Mail Australia*, 17 Jul. 2012. Web. 5 Feb. 2013.

Angelini, Sergio. "TV Literary Adaptation: From Page to Screen". *BFI Screenonline*. Web. 20 Feb. 2013.

Bansak, Edmund G. *Fearing the Dark: The Val Lewton Career.* Jefferson, NC and London: McFarland and Company, 1995. Print.

Botting, Fred. *Gothic*. London and New York: Routledge, 1996. Print.

Brontë, Charlotte. *Jane Eyre*. Harmondsmith: Penguin, 1980 [1847]. Print.

Brooke, Michael. "The Hays Code". *BFI Screenonline*. Web. 8 Feb. 2013.

Brosh, Liora. *Screening Novel Women: From British Domestic Fiction to Film.* Houndmills: Palgrave MacMillan, 2008. Print.

Buffini, Moira. *Jane Eyre: Screenplay* (2nd draft, 6 Mar. 2008). The Internet Movie Script Database (IMSDb). Web. 5 May 2012.

Cardwell, Sarah. *Adaptation Revisited: Television and the Classic Novel.* Manchester: Manchester University Press, 2002. Print.

Chen, Chih-Ping. " 'Am I a Monster?' : Jane Eyre Among the Shadows of Freaks". *Studies in the Novel* 34.4 (2002): 367–384. Print.

D' Monte, Rebecca. "Changing Form: Stage, Film and TV Adaptations of Daphne du Maurier's *Rebecca*". *Adaptation in Contemporary Culture: Textual Infidelities.* Ed. R. Carroll. London: Continuum, 2009. 163–173. Print.

Doane, Mary Ann. "*Caught* and *Rebecca*: The Inscription of Femininity as Absence". *Feminism and Film Theory.* Ed. Constance Penley. New York: Routledge, 1988. 202–204. Print.

Donaldson, Elizabeth J. "The Corpus of the Madwoman: Toward a Feminist Disability Studies Theory of Embodiment in Mental Illness". *NWSA Journal* 14.3 (2002): 100–119. Print.

Du Maurier, Daphne. *Rebecca.* London: Victor Gollancz Ltd., 1988 [1938]. Dyer, Richard. "Heritage Cinema in Europe". *Encyclopedia of European Cinema.* Ed. Ginette Vincendeau New York: Facts on File Inc., 1995. 204–205. Print.

Dyson, Jeremy. *Bright Darkness: The Lost Art of the Supernatural*

Horror Film. London: Cassell, 1997. Print.

Focus Features. "*Jane Eyre*: A Passionate Adaptation of a Classic Novel". Web. 5 Jan 2011.

Focus Features. "Unlocking Charlotte Bront's *Jane Eyre*: An Interview with Screenwriter Moira Buffini". Web. 15 March 2011.

Geraghty, Christine. *Now Major Motion Picture: Film Adaptations of Literature and Drama.* Lanham, MD: Rowman and Littlefield, 2007. Print.

Gilbert, Sandra M., and Susan Gubar. *The Mad Woman in the Attic: The Woman Writer and the Nineteenth-Century Literary Imagination.* 2nd ed. New Haven, CT: Yale University Press, 2000 [1978]. Print.

Greer, Germaine. "Mad About the Girl". *The Guardian* 28 Jun. 2006: Culture. Print.

Halloran, Vivian Nun. "Race, Creole, and National Identities in Rhys's *Wide Sargasso Sea and Phillips's Cambridge*". *Small Axe* 21 (2006): 87–104. Print.

Higson, Andrew. "Representing the National Past: Nostalgia & Pastiche in the Heritage Film". *British Cinema and Thatcherism.* Ed. Lester Friedman. London: UCL Press, 1993. 109–129. Print.

Horner, Avril, and Sue Zlosnik. *Daphne du Maurier: Writing, Identity and the Gothic Imagination.* Basingstoke: Macmillan, 1998. Print.

Kaplan, Cora. *Victoriana: Histories, Fictions, Criticism.* Edinburgh: Edinburgh University Press, 2007. Print.

Kendrick, Robert. "Edward Rochester and the Margins of Masculinity in *Jane Eyre and Wide Sargasso Sea*". *Papers on Language and Literature* 30.3 (1994): 235–256. Print.

Kimmey, Deborah A. "Women, Fire, and Dangerous Things: Metatextuality and thePolitics of Reading in Jean Rhys's *Wide Sargasso Sea*". *Women's Studies* 34.2 (2005): 113–131. Print.

Leitch, Thomas. "Adaptation, the Genre". *Adaptation* 1.2 (2008): 106–120. Print.

Mitchell, Kate. *History and Cultural Memory in Neo-Victorian Fiction: Victorian Afterimages.* London: Palgrave Macmillan, 2010. Print.

Modleski, Tania. *The Women Who Knew Too Much: Hitchcock and Feminist Theory.* New York: Methuen, 1988. Print.

Moers, Ellen. *Literary Women.* London: Women's Press, 1978. Print.

Monk, Claire. *Heritage Film Audiences.* Edinburgh: Edinburgh University Press, 2012. Print.

Mulvey, Laura. "Visual Pleasure & Narrative Cinema". *Screen* 16.3 (1975): 6–18. Print.

Onega, Susana and Christian Gutleben, eds. *Refracting the Canon in Contemporary British Literature and Film.* Amsterdam and New York:

Rodopi, 2004. Print.

Patmore, Coventry. "The Angel in the House". *Victorian Web*. 2 Jul. 2009.

Plasa, Carl. *Critical Issues: Charlotte Bront?*. Houndmills: Palgrave Macmillan, 2004. Print.

Rhys, Jean. *Wide Sargasso Sea*. Harmondsmith: Penguin, 1985 [1966] . Print.

Rich, Adrienne. "When We Dead Awaken: Writing as Re-Vision". *College English* 34.1 (1972): 18–30. Print.

Rigney, Barbara. *Madness and Sexual Politics in the Feminist Novel: Studies in Bront?, Woolf, Lessing, and Atwood*. Wisconsin: University of Wisconsin Press, 1980. Print.

Sanders, Julie. *Adaptation and Appropriation*. Abingdon: Routledge, 2006. Print.

Showalter, Elaine. *A Literature of Their Own: British Women Novelists from Bront? to Lessing*. London: Virago Press, 2003. Print.

Smith, Andrew, and Diana Wallace. "The Female Gothic: Then and Now". *Gothic Studies* 6.1 (2004): 1–7. Print.

Sooke, Alistair. "Still Haunted by the Ghost of Rebecca". *The Telegraph* 24 Jan. 2005. Print.

Stam, Robert. "Beyond Fidelity: The Dialogics of Adaptation". *Film Adaptation*. Ed. James Naremore. New Brunswick, NJ: Rutgers UP, 2000. 54–78. Print.

Stone, Alan A. "On Film: Governing Passion". *The Boston Review: A Political and Literary Forum*. Dec. 1998.

Wyndham, Francis, and Diana Melly, eds. *Jean Rhys Letters, 1931-1966*. London: Andre Deutsch Ltd., 1984.

影片目录

I Walked with a Zombie. Dir. Jacques Torneur. Prod. Val Lewton. 1943. DVD.

Jane Eyre. Dir. 1934. Christy Cabanne. DVD.

Jane Eyre. Dir. Robert Stevenson. 1944. DVD.

Jane Eyre. Dir. Campbell Logan. 1956. BBC.

Jane Eyre. Dir. Rex Tucker. 1963. BBC.

Jane Eyre. Dir. Delbert Mann. 1970. DVD.

Jane Eyre. Dir. Joan Craft. 1973. DVD.

Jane Eyre. Dir. Julian Amyes. 1983. DVD.

Jane Eyre. Dir. Franco Zeffirelli. 1996. DVD.

Jane Eyre. Dir. Robert Young. 1997. DVD.

Jane Eyre. Dir. Susanna White. 2006. DVD.

Jane Eyre. Dir. Cary Fukunaga. 2011. DVD.

Rebecca. Dir. Alfred Hitchcock. Prod. David O. Selznick. 1940. DVD.

The Governess. Dir. Sandra Goldbacher. 1998. DVD.

The Piano. Dir. Jane Campion. 1993. DVD.

改编《远大前程》：
以实践为基础的创新方法

查尔斯·狄更斯的《远大前程》自连载以来就引起了改编者们的广泛关注。和他的许多叙事作品一样，这部小说在当时很快就被改编成了电影，而作为 2012 年狄更斯 200 周年诞辰庆典活动的一部分而制作的一系列《远大前程》的改编作品既显示了这部小说经久不衰的名气，也表明了其普世主题的持续相关性。《远大前程》自 1860 年 12 月至 1861 年 8 月连载于作者创办的周刊《一年四季》（*All Year Round*）上，其首次刊登在第 36 周连载部分，这是狄更斯的第十三部小说，也是他第三部采用第一人称叙述者的重要作品，传记作家彼得·阿克罗伊德（Peter Ackroyd）认为，这部小说是迄今为止狄更斯最具有自传性质的小说。本章对这部经典文本的开放式讨论在一定程度上贯穿着围绕这部小说的后殖民主义话语及有关其持续商品化的争议，但此处以及本章结尾部分的一系列实用练习同时也为研究《远大前程》的改编作品提供了更多的"写作"方式。

狄更斯在创作《远大前程》的时候已经是一位知名的杰出作家了，他有能力对我们现在所谓的名人文化进行自我推销；他有着忠实的粉丝基础，他们迫切等待着他的故事并且渴望参与讨论这些故事的发展。狄更斯的连载小说甚至在它们完成之前就会产生很多戏剧改编的派生作品，创造了所谓的"博兹小瀑布"（The Boz Cascade）或者"狄更斯洪流"（The Dickens Deluge），从而也证明了他受欢迎的程度和他的"名人身份"。杰伊·克莱顿（Jay Clayton）称，狄更斯"从来不反对将自己的事业商业化"，且始终"明白（以他的故事为依托的产品的）宣传价值"：他的《远大前程》（或者更确切地说是其标题所蕴含的意义）被广告商、札记作家、时装连锁店、约会网站等众多 21 世纪的媒介产品和形式所引用。在当代，它已经成了一种带有文化意味的用语，而具有宣传意识的狄更斯无疑会赞许这种别出心裁的挪用行为。科拉·卡普兰将当前流行的"新维多利亚式"文本——那些既改编过去，又改编 19 世纪现实主义小说文学世界的文本——归因于"狄更斯及其作品的流行传播"：米歇尔·法柏（Michel Faber）的《绛红雪白的花瓣》（The Crimson Petal and the White）、萨拉·沃特斯（Sarah Waters）的《指匠》（Fingersmith）、简·哈里斯（Jane Harris）的《观察结果》（The Observations）等小说及其作品中复杂的情节和鲜明的现实主义色彩都得益于这股狄更斯式的潮流。

琳达·哈琴将我们的后现代主义改编兴趣与"习惯改编几乎一切东西"的维多利亚时代人们的改编兴趣进行了比较。那时，未经授权的"借用"很普遍：在 19 世纪三四十年代，版权法只涉及与舞台相关的作品，小说家几乎不受保护。虽然对狄更斯作品的即时借用增加了这位民粹主义作家的"热度"，但最初他也试图通过举办自己颇受欢迎的公共读书会来朗读这些文本，以及提供证据证明某些戏剧公司的"盗版"行为来遏制这种做法。为了能保留一些控制权，狄更斯于 1861 年发行了《远大前程》的舞台剧；无论是由狄更斯创作，还是受其委托，《远大前程：三个阶段的戏剧》(Great Expectations: A Drama in Three Stages) 与小说不同，得到了版权法的保护。然而，在这部小说的最后一部分发行之前，英国和美国仍然出现了不少于四部的流氓作品。按照纳塔利·尼尔（Natalie Neill）的说法，这些维多利亚时代的改编作品是"新兴大众文化"的"表现"；作为流行小说，狄更斯的故事成了有利可图的商品，因而在"高度商业化的维多利亚时代早期的娱乐世界"里经常被挪用。狄更斯作品的舞台剧现在依然很受欢迎，虽然与《尼古拉斯·尼克尔贝》(Nicholas Nickleby)、《雾都孤儿》(Oliver Twist)、《大卫·科波菲尔》(David Copperfield)、《匹克威克外传》(Pickwick Papers)、《圣诞颂歌》(A Christmas Carol) 这些文本的舞台改编剧相比，《远大前程》舞台剧的成功是有限的。狄更斯的很多小说都被改编成了音乐剧；这些改编音乐剧以狄更斯创作核心的戏剧性感伤为基础，帮助塑造了大众对他作品的看法。然而，《远大前程》显然是他最不感伤的小说；它没有过多表现情感（那种狄更斯大部分散文所体现的情感），这在一定程度上解释了为什么它的舞台剧在当代无法获得很大成功。最新由乔·克利福德（Jo Clifford）改编的《远大前程》戏剧，于 2013 年在伦敦西区的沃德维尔剧院上演，但很快就被停演；由德克兰·多尼兰（Declan Donnellan）和尼克·奥曼罗（Nick Ormerod）改编，英国皇家莎士比亚剧团（RSC）

出演的 2005 版《远大前程》也没有获得普遍好评，相反，该剧团于 1980 年出演的《尼古拉斯·尼克尔贝》则备受赞誉。

从电影发展早期至今，挪用现有叙事作为电影制作的支柱是维多利亚时代戏剧实践的延伸，而非好莱坞金融家们所确立的一种趋势。狄更斯小说的电影改编在无声电影早期占据了主导地位：有 100 多部无声电影被制作出来，而在此之前，很多都是以幻灯片的形式（Magic Lantern Show）来展现的。20 世纪 20 年代，伴随着有声电影的到来，"泛滥成灾的"改编接踵而至；30 年代，大卫·O. 塞尔兹尼克的作品[《大卫·科波菲尔》和《双城记》（1935 年）]获得了商业上的成功，预示着好莱坞电影时代的到来。第二次世界大战后，随着《远大前程》（1946 年）、《尼古拉斯·尼克尔贝》（1947 年）、《雾都孤儿》（1948 年）、《吝啬鬼》（Scrooge，1951 年）、《匹克威克外传》（1952 年）的上映，人们对狄更斯小说的兴趣再次燃起。《远大前程》不断吸引着从事影视业的改编者们。迄今为止，这部小说已经有七次被改编为电影，其中三次比现在著名的由大卫·里恩（David Lean）执导，英国西尼古尔德（CineGuild）制片厂出品的改编电影还要早：两部无声的改编作品（1917 年和 1921 年）是在电影出现的早期制作的，而另一部则在 1934 年上映，由环球电影制片厂（Universal Studio）制作，其反响并不热烈，被布赖恩·麦克法兰认为是带有"传统的、无力的好莱坞决心"的"一成不变的电影拍摄"。但是只有里恩的西尼古尔德制片厂的改编作品被认为是对狄更斯《远大前程》小说最具有影响力的电影改编，所有的电影——过去的、现在的以及未来的——都以它为衡量标准；事实上，迈克尔·约翰逊（Michael Johnson）称，在"批判的潜意识"里，它比原著更具有吸引力。

在这种情况下，我们与该故事的关系完全可以建立在最初以改编形式，即电影，而非经典文学作品的形式来感受它的基础之上。如此一来，常常被提及的所谓"源"文本和它的改编作品之间的母／子关系就缺乏了可信性，因为经典文本受到了其改编文本的"困扰"，"它的存在影响了我们正在直接感受的文本"。同样，我们对里恩之后的移动影像改编作品的探讨不可避免地要以里恩的改编作为衡量标准；从动画版本（1947 年、1983 年）以及 80 年代尤为流行的电视连续剧（1959 年、1967 年、1974 年、1981 年、1983年、1986 年、1999 年、2011 年）到故事片，其中一些是对狄更斯小说的细读（1971 年、1975 年、2012 年），而另一些作品的叙事则与狄更斯的小说在时间、文化或地理意义上相差甚远，例如蒂姆·伯斯塔（Tim Burstall）的《远大前程：鲜为人知的故事》（*Great Expectations: The Untold Story*，1986 年）或者阿方索·卡隆（Alfonso Cuaron）执导的 1998 版的《远大前程》。除了卡隆的电影，《远大前程》的其他荧幕改编作品，无论是电影还是电视剧，都在小说的同时代时间框架内运作，因而可以被归为古装剧，即通过展现所有的时代细节来呈现过去。然而，尽管狄更斯的故事中会有一些舞会和马车的镜头，但是其背景与我们对这一体裁的期望相矛盾：荒凉的旷野、破落的萨提斯庄园（Satis House）和肮脏的伦敦街道取代了郁郁葱葱的乡村和一尘不然的乡村别墅，且在视觉上主导整个屏幕的是小说的哥特式联想。改编作家迈克尔·伊顿（Michael

Eaton）认为狄更斯是"'英国遗产'这一概念的核心"，但是他对这一遗产的描绘让我们对维多利亚时代有了不同的认知，也为遗产电影增添了不同的元素。

乔斯·马什（Joss Marsh）指出，狄更斯的小说"衍生出的电影改编作品比其他任何作者的都要多"。他（狄更斯）把电影视为一种表达媒介，因而了解他与电影的这种关系对于了解他的作品如何以及为什么如此频繁地被改编为电影至关重要。马什和前人艾森斯坦（Eisenstein）一样，认为"狄更斯的叙述模式与电影先进的故事讲述技巧（包括剪辑、摄影和构思）之间的关系比任何其他作者和电影之间的关系更为密切"。狄更斯的作品长期以来都被认为具有很强的电影性，且"自从艾森斯坦将他奉为电影叙事鼻祖以来，他的作品几乎成了神话"。艾森斯坦在他的开创性文章《狄更斯、格里菲斯和我们》（"Dickens, Griffith, and The Film Today"）中，不但赋予了狄更斯"电影叙事鼻祖"的头衔，而且将诸如平行剪辑、镜头分类和叠化等电影技巧的取得也归功于狄更斯，他认为这些技巧创造的电影语言与狄更斯散文化的语言有着相似的视觉效果。《远大前程》（2012年）最新改编剧本的作者大卫·尼克斯（David Nicholls）谈及狄更斯和电影之间的关系时说，电影作为一种媒介显然是转化他的故事的最佳选择，因为它"利用了狄更斯（散文中）提到和描述的相同效果"，使改编者能够"在阅读书籍的同时看见镜头"。他引用了小说最后章节里对马格维奇（Magwitch）紧张而刺激的追捕这一段，认为该场景具有爱森斯坦和格里菲斯等电影制作人所认同的蒙太奇特征：

就在说话的一霎时，没有听到一声他对桨手的吩咐，他那艘船便向我们冲过来……我来不及思考，就看到那艘小船上的舵手一把抓住了他要捉拿的犯人的肩，两条小船在潮水中被冲得直打圈子。轮船上的水手们也都一齐奔向船头，你争我挤地都想站到前面。真是说时迟那时快，我们船上的犯人一跃而起，蹿到捉拿者的后面，一把扯掉那个畏缩着坐在舱里的家伙身上的斗篷。立刻便暴露出一张脸，就是那张多少年前那另外一个犯人的脸，而且这张脸因恐惧变得苍白，整个人向后倒下去。只听到轮船上的人们一声惊叫，河里扑通一声，溅起一片浪花，我感到我们的小船直向水下沉去。

这段文字的电影特质毋庸置疑：它既适用于荧幕上的视觉实现，也适用于尼克斯最终的电影改编中所采用的动作镜头。正如尼克斯所言，狄更斯的确向我们展示了"一种散文故事脚本"，它带有自己的"内在能量和节奏"：我们确实能够"在同一时刻读到并看到它们"。卡米拉·埃利奥特则引用了里恩的《远大前程》的开场来说明她的观点，她认为如果我们投入这种"电影小说的神话"，尤其是围绕着狄更斯小说的神话，那么不可避免会得出这样的推论，即电影是"对小说中仅仅是希望的种子的辉煌实现"。这部小说的文字，无论多么生动，在书页上都是静止的，但是里恩通过使用电影媒介中他可以使用的视觉和听觉符号使小说开场片段的演绎充满了活力。可是，即使里恩恭敬地呈现了狄更斯的散文，将镜头聚焦于出现在页面上的文字，并通过匹普（Pip）的开场旁白来突显这些文字，但真正让观众感兴趣，继而使电影文本同时具备"文化和具象优势"的是翻动的书页的"手翻书动画"特征以及直接淡入墓地场景的画面。狄更斯扮演着"家长的"角色，但他的主导地位并不明显。这部经典文本与它的改编"产物"之间的关系显然是复杂的。虽然用来讨论这种关系的语言仍然围绕着家谱和"亲子关系"的问题，但此处大家公认当故事被改编成另一种媒介时，它们就会进化和成长，而不是复制和停滞。

像《远大前程》这样的故事里总是蕴含着童话比喻。狄更斯的故事讲述了一个受虐待、失去母亲的孩子由于仙女"教母"的干预而获救：它既是对"迪克·惠廷顿（Dick Whittington）传奇故事的维多利亚式演绎"，也是一部"男版灰姑娘的故事"，其中郝薇香小姐（Miss Havisham）是"女巫"、马格维奇是"恶魔"，而艾丝黛拉则是"海妖"。它与狄更斯本人"会有出息的"过去有着惊人的相似之处，他对"自我分析和自我认识"的尝试也被编入了小说文本的主旨之中。虽然《远大前程》这部小说影射了一些童话故事，但是无论它的结尾修改得多么积极，真正吸引古今改编者的仍是小说阴暗、自省的一面。尽管如此，还是有一些衍生作品运用了小说文本的幽默意图：贾斯泼·福德的《迷失的情节》（*The Well of Lost Plots*）是他"下周四"（Thursday Next）系列小说的第三部，其中介绍了一位顽强独立的郝薇香小姐；由于《傲慢与偏见与僵尸》（*Pride and Prejudice and Zombies*，2009 年）取得了超越其他小说的成功，谢莉·布朗宁·欧文（Sherri Browning Erwin）紧接着于 2011 年又出版了《远大"前"程：关于爱情、雄心和狼人的经典故事》(*Grave Expectations*: *The Classic Tale of Love*, *Ambition and Howling at the Moon*)，书中将匹普和艾丝黛拉改编为狼人，将郝薇香小姐改编为复仇的吸血鬼。讽刺作家特雷·帕克（Trey Parker）和马特·斯通（Matt Stone）也在他们风靡一时的青少年电视剧《南方公园》(*South Park*)中推出了一集《远大前程》的缩短版讽刺片。还有众多改编作品探索了该故事的主题和人物，其中许多将叙事焦点从匹普身上转移到了艾丝黛拉身上 [苏·罗伊（Sue Roe）的《艾丝黛拉：她的前程》(*Estella*: *Her Expectations*，1982 年 ）、阿拉娜·奈特（Alanna Knight）的《艾丝黛拉》(*Estella*, 1998 年 ）和《郝薇香小姐的复仇》(*Miss Havisham's Revenge*，2012 年 ）]，转移到马格维奇身上 [彼得·凯里（Peter Carey）的《杰克·马格斯》(*Jack Maggs*，1997 年 ）、托尼·莱斯特（Tony Lester）的《马格维奇三部曲》(*Magwitch trilogy*，2010 年—2012 年 ）]，或者转移到郝薇香小姐身上 [多米尼克·阿根托（Dominic Argento）的歌剧，《郝薇香小姐之火》(*Miss Havisham's Fire*，1979 年 ），卡罗尔·安·达菲（Carol Ann Duffy）的诗集《卑鄙时刻》(*Mean Time*)中的"郝薇香"（1998 年 ）]，同时，还有无数关于郝薇香小姐化身的电影，包括《日落大道》(*Sunset Boulevard*，1950 年 ）中的诺玛·丁斯莫尔（Norma Dinsmoor）以及贝蒂·戴维斯（Bette Davis）在《兰闺惊变》(*What Ever Happened to Baby Jane*，1962 年 ）中饰演的简·哈德森（Baby Jane Hudson ）。

　　学者们对狄更斯作品的兴趣在其 200 周年诞辰庆典时达到了

巅峰；2012 年 7 月举行的"另一个狄更斯：维多利亚和新维多利亚语境"（朴茨茅斯大学文学研究中心）以及 2013 年 2 月举行的"改编狄更斯"（德蒙福特大学文学改编中心）等学术会议以及各种期刊专刊的发行都是这一事件的标志。罗纳德·弗雷姆（Ronald Frame）的《复仇小姐》（*Havisham*）也在狄更斯 200 周年诞辰庆典的时候出版发行，这是一部虚构的经典文本前传，于 1998 年首次被改编并在英国广播公司第三频道播出，而后又两次被改编为荧幕作品。作为 2011 年圣诞节目的一部分，英国广播公司播出了一部三集改编电视剧，紧随其后的便是迈克·内威尔（Mike Newell）根据《远大前程》改编的电影（2012 年）。在狄更斯 200 周年诞辰的时候，《远大前程》受到如此多的关注，这足以证明无论在维多利亚时代还是在当代，这部作品都具有持久不衰地吸引和娱乐观众的能力。

勃朗特的《简·爱》关注的是和当时英国女性地位相关的问题，因而不断吸引着女性主义学者的注意，而狄更斯的《远大前程》主要关注的则不是女性主义问题，而是人道主义问题。它侧重的是"绅士"的概念，而非"家中天使"，因而不可避免地涉及与阶级有关的问题，以及与财富和地位的腐败权力有关的问题。狄更斯同时代的红衣主教纽曼（Cardinal Newman）认为，绅士是"从不制造痛苦的人"（Landow）；它不是由阶级决定的，而是由行为决定的，这正是叙事发展过程中匹普必须汲取的教训。他的成长故事围绕着一个清晰构筑的历程展开，即逐渐成为一个不仅仅基于阶级定义的"绅士"。匹普最初的动机是获得财富和地位以便得到艾丝黛拉的"爱",最终却是一个自我发现的历程。狄更斯为我们展现了一些天性善良的人物,他们按阶级来看不能被视为"绅士":乔·葛吉瑞(Joe Gargery)和郝伯特·朴凯特(Herbert Pocket)在维多利亚时代的社会眼中都不具备成为绅士必要的财富,但他们是"绅士"行为的缩影。罪犯马格维奇和康佩森(Compeyson)的背景进一步说明了"绅士"在社会中的地位和行为之间的差异;通过这个题外故事,狄更斯强调了一种制度的不公正,这种制度根据罪犯的阶级地位来区别对待他们。他把粗俗的来自工人阶级的马格维奇描绘成两者中更仁慈的,最终更"绅士"的人。

匹普未能认识到这一点,这使他成了一个颇为冷漠的主人公,但由于故事是由成熟的、反思的匹普讲述的,因此叙述者对自己行为的担忧从一开始就有了铺垫,在小说的结尾他获得了自我认知,成了一个更具有人性的个体。虽然该叙事的核心是爱情情节,但是相比成长为"绅士"的历程,匹普的恋情仍然是次要的。爱情也许在此提供了动机,但它并不是小说主人公匹普的最终归宿。匹普说"对自己的家感到羞愧是一件最为不幸的事";自始至终他都在与读者分享自己的负罪感和挫折感,并指出自己将如何"最终确定对老乔以及铁匠铺的不满消失了,确定自己有希望成长为乔的搭档,并有希望和毕蒂(Biddy)交往——此时顷刻间一些有关郝薇香往事的混杂记忆像毁灭性的导弹一样袭击了他,再次扰乱了他的思绪"。通过第一人称叙述的方式,狄更斯能够传达匹普的自我怀疑,他对自己行为的不断评价使他深受读者的喜爱,让我们能够原谅他在走向成年的不同阶段的缺乏判断力和不当行为。尽管他的行为有不当之处，但他温和机智、富有幽默感的表达方式确保了观众的共鸣。

狄更斯笔下的女性角色通常要么是艾瑟·萨默森（Esther Summerson）这类极其纯洁的"家中天使"，因为坚忍克己而获得回报；要么是邪恶的漫画式人物，最终受到惩罚被消除。但是，在《远大前程》中，狄更斯笔下的女性更加复杂了：没有了中心的"天使"形象，古怪的郝薇香小姐和冷酷的艾丝黛拉比他早期小说中的女性要复杂得多。这个故事中的大多数女性角色——乔·葛吉瑞夫人、莫莉、郝薇香小姐、艾丝黛拉——颠覆了人们对当时的"家中天使"的传统期望，但是她们每个人仍然被束缚在"家庭的"空间里。只有毕蒂和克莱拉·朴凯特是维多利亚时代的传统女性，她们最终的婚姻地位只是对她们一生坚忍克己的回报。乔夫人被困在家庭角色中，这使她大为光火：她不仅是一个地位卑微的铁匠的妻子，还要不情愿地扮演孤儿的侄子的母亲，和郝薇香小姐（以及勃朗特笔下的伯莎·梅森）一样，她是一个因为不顺从而最终被从叙事中消除的女人。

虽然郝薇香小姐在故事中扮演着关键的角色，但她并不是整个故事中的显眼人物；她可能在开场部分占据了主导地位，但是当匹普在伦敦实现他的期望时，她所扮演的角色就没有那么突出了；而他与文本中的其他男性——乔·葛吉瑞、郝伯特·朴凯特、贾格斯（Jaggers）、文米克（Wemmick）、本特利·朱穆尔（Bentley Drummle）以及马格维奇——的关系才是叙事轨迹中最核心的部分。然而，她是一个经常出现在他故事中的角色，而她在故事中的价值仍然是处理该文本的改编者们关注的焦点。狄更斯笔下的郝薇香小姐嘲弄了婚姻：她是贞洁的僵尸新娘，其使命是摧毁男性追求者的心，但是这里被摧毁的是郝薇香小姐本人，且小说中凡违背维多利亚时代社会准则的女性无一幸免都遭遇了暴力的结局。她被视为"维多利亚时代小说中最邪恶、最壮观的新娘"，众多"邪恶而反常的专横女人——郝薇香小姐、乔夫人以及马格维奇的放荡情妇——她们最终或者被打至屈服，或者被写成无关紧要的人物"中的一个。银幕上的郝薇香已经成了这部小说民间传说的一部分。与其选角、服装和表演相关的问题往往主导着学术界和影评人的话语。最近的两部改编电影，分别由吉莲·安德森（Gillian Anderson）（2011 年，英国广播公司）和海伦娜·伯翰·卡特（Helena Bonham Carter）（2012 年）主演郝薇香小姐，引发了关于哪一种表演最能反映狄更斯的臭名昭著的"女巫"的激烈争论，但不管每个演员的表演有什么优点和缺点，郝薇香小姐都依然是匹普永远存在的怪诞的"仙女教母"。吉莲·安德森形容她是"一个以不同的形式出现在我们生活中的标志性人物"，我们对电影屏幕上郝薇香的扮演者以及服装等相关问题的关注已经成为我们判断一部作品成功与否的重要标准了。按照乔治斯·勒蒂西埃（Georges Letissier）的说法，"她的形象具有一种记忆持久性"，这"反复重申了她在电影改编作品中的核心地位"，而她的外貌则不断颠覆着人们对传统遗产电影的期望，表明了"对传统古装剧所代表的一切的复杂的视觉摈弃"。

　　郝薇香小姐和乔夫人都扮演着童话故事里继母的角色，两人都有自己的残忍之处。郝薇香小姐对艾丝黛拉的情感虐待与操控和乔夫人对匹普的身体暴力不相上下。由这样一位精神异常的养母抚养长大，艾丝黛拉在情感上变得与人疏远，她特立独行的行为以及对浪漫爱情观的排斥使她不太可能成为小说的女主人公，更不可能成为新娘，然而婚姻仍是她唯一的生活选择；她与粗暴的本特利·朱穆尔的婚姻进一步说明了在这部文本中不顺从传统的女性会受到怎样的惩罚，但是在这件事上狄更斯也的确赋予了艾丝黛拉一定的控制权。嫁给朱穆尔的决定是艾丝黛拉自己做出的；当匹普恳求她不要"让郝薇香小姐带她走入这致命的一步"时，她非常生气并向他保证这是她"自己的行为"。在最初的结尾中，艾丝黛拉在与本特利·朱穆尔的第一次婚姻的暴力中幸存下来，嫁给了一位乡村医生：她永远不会是维多利亚社会的"天使"，但她最终安全而保守地融入了这个团体，而匹普也的确注意到她"受到鼓舞试图去理解他过去的情感"，虽然并不能完全感同身受。然而，在布尔沃-李顿（Bulwer-Lytton）的强烈要求下，狄更斯修改了小说结局以确保观众满意，修改后的结局未必是匹普故事自然和必然的结论，但它的确传递了一种匹普和艾丝黛拉浪漫结合的可能性。狄更斯一直试图取悦他的读者，他愿意为之让步，甚至创作出更加保守的结局：匹普说，当他牵起她的手，他"看到他的影子与她的结合在一起"，暗示着从此刻开始他们将永远在一起。为实现这个理想的浪漫结局，冷酷的艾丝黛拉似乎克服了前半生所受的影响，现在能够回报匹普的爱了。

改编者们总是被郝薇香小姐和艾丝黛拉这两个不安的人物所吸引；她们不像毕蒂和克莱拉·朴凯特，很少被从改编叙事中删除。年久失修的萨提斯庄园及其时间在其中静止了的破败屋子所造就的哥特式背景加上恐怖新娘的出现尤其为电影改编者提供了丰富的视觉细节来讲述匹普的故事，它的哥特式倾向或者通过黑色电影（film noir）镜头的形式重现，例如1946年里恩制作的电影；或者通过利用重生和衰落的意象来重现，例如阿方索·卡隆的《远大前程》，在这部影片中萨提斯庄园变成了破旧的佛罗里达州大宅院，巧妙地命名为失乐园（Paridse Perduto）。同样，狄更斯的对话总是享有通常只为莎士比亚的诗句所保留的尊重。例如，小说第一章里，匹普、郝薇香小姐和艾丝黛拉之间的对话通常会被完整地复述。当艾丝黛拉说匹普是"一个乡下干苦力的孩子"，他"把丁钩叫作 J"的时候，抑或当郝薇香小姐告诉她，她"可以让他心碎"的时候，我们作为知晓故事内容的消费者，已经做好翘首企盼这些台词的准备了。改编者们如要删除乔的"真有意思"（what larks）这句台词也是在冒险：这句话虽然滑稽，却抓住了他的人性，即使在最悲观的改写本中也会出现。

　　夏洛蒂·勃朗特借助笔名匿名创作，而狄更斯则竭力突出他的作者身份，因此《远大前程》的改编者们不断致力于解决与作者身份的重要性和将自身写进叙事的重要性相关的问题。传记作者彼得·阿克罗伊德声称，《远大前程》是"一部（狄更斯）通过改写过去以消除其影响的小说"：在鞋油厂做工以及父亲负债导致全家人被关在马绍尔西监狱（Marshalsea Prison）这些令他不安的童年记忆萦绕着整个文本。改编者彼得·凯里（《杰克·马格斯》）和劳埃德·琼斯 [Lloyd Jones，《匹普先生》（*Mr Pip*）] 对《远大前程》

进行了实验，他们回归作者身份的概念，并将重写过去作为一个重新定义和肯定的过程。作为后殖民主义作家，他们质疑作者身份的意义，强调故事讲述及其治愈能力的重要性。和简·里斯的安托瓦内特一样，凯里的杰克·马格斯撰写自己的过去，通过书写自己的经历与自己的心魔搏斗，既恢复了个人历史的所有权，也恢复了殖民历史的所有权，同时发展了狄更斯对19世纪英国的悲观看法。凯里和里斯一样重新定位了他的读者，这不断影响着我们对先辈文本的看法以及我们与先辈文本的关系。琼斯的《匹普先生》对原文本的后殖民化进一步突出了改编者们挑战经典"源文本"及其作者权威的方式。后殖民主义对恢复那些因身处殖民边缘而不得不沉默的人的经历的兴趣，在该文本早期的电影改编作品中也有所体现：1986年由澳大利亚广播公司（Australian Broadcasting Corporation）赞助制作的《远大前程：鲜为人知的故事》就详细讲述了马格维奇被流放以后的经历。该故事也预示了凯里对狄更斯小说中这个饱受争议且并未展开描述的人物的兴趣。在后殖民主义的改写中，马格维奇和里斯的安托瓦内特一样，不再是情节机制，而是中心叙事声音。虽然安托瓦内特最终被淹没在以前的叙事结果中，蒂姆·伯斯塔（澳大利亚广播公司作品的导演）和凯里创作的结局却是颇为乐观的，他们的主人公从罪恶的过去中振作起来，并且获得了回报，而免于被从故事中删除的命运。

后现代主义作家如凯里、琼斯和凯西·阿克（Kathy Acker）通过改编狄更斯的《远大前程》，发现了桑德斯所说的"一种有用的元小说方法，用以反思他们自己的创作冲动"。作为后现代主义者和女性主义者，凯西·阿克在她的半自传体同名小说（1982 年）中挪用了狄更斯的《远大前程》；她的作品都是挪用经典文学的仿作，虽然她的小说通过标题和开场白表明了它是一部与狄更斯的叙事相关的文本，但是她对该故事进行了重新创造，使之变成了完全不同的东西，继而挑战了既定的文学形式。她公开反对作者原创性的观念，并且和凯里的小说人物马格斯一样，她用自己的作品作为自我肯定的工具，反过来又让我们质疑我们自以为已经知晓的早期故事的合理性与真实性。她的故事与《远大前程》之间的关系是试探性的，也是推测性的，但是它破坏了人们公认的叙事所有权以及原创性的观念，并由此提出了有关经典文学作品与在完全不同的文化背景下改写它的文本之间的关系的有趣问题。《远大前程》这部小说为我们呈现的是一种保守的意识形态，并未涉及像阿克这样的改编者所关注的女性主义问题；然而，阿克通过劫持它的标题，并以自己完全不同的创作意图入侵它的叙事空间，挑战了它的保守主义。

达纳·希勒（Dana Shiller）指出，这位维多利亚时代的作家"对情节设计有着无拘无束的热情"，并声称今天的新维多利亚式小说之所以受欢迎，在一定程度上是因为这种形式同样关注于复杂情节的揭示。《远大前程》被视为一部"情节设计黄金时期"的小说，充满了复杂而可信的巧合，故意曲解或误导的信念，这些都为他的故事增添了神秘的色彩。例如，郝薇香小姐选择不反驳匹普认为她是他的神秘资助者的想法，匹普故意拒绝接受艾丝黛拉没有"爱"的能力，而贾格斯的出现则让人相信故事中有关艾丝黛拉的出身和收养等问题的更加离奇的情节。在一个不太擅长讲故事的人手中，这些巧合可能会变得矫揉造作，但是狄更斯将错综复杂的情节天衣无缝地编织进他的叙事结构中，它们构成了故事自然结果的一部分。狄更斯故事的连载性使之有必要在匹普的经历中融入某些结构元素：每一集都必须提前行动，解决上一集提出的问题，并提出新的难题，使我们进入一个扣人心弦的时刻，翘首企盼下一集的叙述重点。《远大前程》的结构非常适合电影叙事模式，因为这个故事可以分成不同的三幕——童年和获得"前程"；实现前程；以及上述前程的破灭。

尼克斯认为，这部作品体现了剧本写作手册"行话"中提到的所有要素，包括"三幕、一个引发事件、一系列障碍、第二幕结尾的危机"。每一部分（或幕）都朝着戏剧高潮的时刻发展，并导致最终的结局。它的故事设计采用了叙事理论家茨维坦·托多洛夫（Tzvetan Todorov）认为的适合电影媒介的简单的因果叙事结构。我们始于托多洛夫所说的一段短暂的"平衡"期，它确立了故事世界中的现状，然后是对这种平衡的破坏；叙事的其余部分则讨论了这种破坏的后果，并致力于恢复秩序或"平衡"。主流电影的经典故事设计反映了主导 19 世纪写作的经典现实主义文本的故事设计。二者都采用了托多洛夫定义的因果叙事模式，但是 19 世纪现实主义小说复杂的情节设计为故事的展开增添了多重层次，同时又不失其终结叙事和恢复秩序的终极目标。编剧大师罗伯特·麦基（Robert McKee）将经典设计（或原型情节）定义为：

围绕一个主动主人公而构建的故事，该主人公为了追求自己的欲望，经过一段连续的时间，在一个连贯而具有因果关系的虚构现实中，与主要来自外界的对抗力量进行抗争，直到以一个绝对而不可逆转的变化来结束的闭合式结局。

它是一种模范叙事，由必要的"一系列具有因果关系的事件"组成，并涉及"一连串既影响被引起事件，又受到被引起事件影响的人物"。麦克法兰在其开创性文本《小说到电影：文学改编理论指南》中提出了一种理论方法来探讨将文学作品改编成电影时起作用的过程。以叙事学家罗兰·巴特的论述为出发点，麦克法兰指出，所有的故事都是由"基本功能的连接"构成的，这些功能"提供了叙事中不可缩减的梗概"，或者说是叙事的"关键点"（hinge points）。改编者们主要通过利用这些关键点，使改编后的故事或多或少可以看出是对某一特定故事的重构。因此，注重对源文本的忠实性的改编者会将源文本中大部分的所谓主要叙事"关键"点都融入其改编作品中，以表明该改编作品与其"源"文本之间的联系，而那些不甚寻求与先辈文本之间明确关系的改编者则会较少地纳入其叙事元素。麦克法兰指出，《远大前程》"结构复杂"，它的"叙事线索多样，因而主要的基本功能也是多样的"。他找出了不少于54 个"叙事关键点"（或"主要的基本功能"），每一个"都与该叙事中的其他事件和行为有着因果或时间联系"。然而，虽然有像大卫·里恩一样的改编者选择紧密遵循这种叙事模式，但是也有阿方索·卡隆等其他改编者选择使用较少的直接叙事关联点，来表明它与狄更斯的故事有着截然不同的关系。麦克法兰在卡隆的电影中只找到了该小说54个关键点中的19个，虽然这一点仍值得商榷，并且与阿克的改编一样，这部影片通过保留标题《远大前程》，以非常直接的方式表明了它与这部小说的关系。其他改编者，例如凯里、弗雷姆或达菲选择从不同的角度，且往往是从不同的时间或地理位置来讲述该故事。各种排列数不胜数，而这正是使改编过程如此有趣的原因。

叙事学家将叙事（narrative）与叙述（narration）区分开来。西摩·查特曼把叙事定义为故事，与"叙事表达的内容"相关，而叙述或者"话语"（discourse）则与"该表达的形式"相关。俄罗斯形式主义者则将其定义为法布拉（fabula）（叙事/故事）和休热特（suzet，叙述/话语），但是无论我们使用什么术语，改编者都是通过叙述——故事讲述的方式而非内容——来对我们接收故事的方式做出重大改变，尤其是在一种不同的媒介中操作时，比如电影，它具有额外的视觉和听觉意义系统。然而，即使在相似的意义系统中工作，改编者也会以不同的方式来使用这些符号以产生截然不同的创作结果：剧作家的创作工具与编剧的创作工具不同，虽然二者都为最终依赖视觉、听觉、语言和行为交流手段的表演创造了书面文件；同样，诗人也采用了与小说家不同的表达方式，对读者有着不同的期望，这就好像短篇小说作家在不同的范围下创作一样，尽管长篇小说和短篇小说在形式上具有许多共同特征。查特曼认为，正是叙事的"可移植性"提供了"最有力的理由来论证叙事确实是独立于任何媒介的结构"，从而确保了它们可以不断被重塑和改编。然而，决定一部改编作品是否能够成为一个独立文本的却是改编者在其所选的媒介中转化这种可移植叙事结构的巧妙方式：重要的不是讲述的内容，而是讲述的方式。

《远大前程》虽然在结构上符合电影的经典设计，但要定义其电影类型并不那么容易：它不像《简·爱》这样的小说，被改编成电影时，常常以爱情片的形式出现，因此不太适合主流的通用模板。我们可以将它视为一部教科书式的情节剧，因为它涉及了各种家庭情况（无论这些家庭情况看起来多么复杂和困难），而且故事本身也确实聚焦于在走向自我认识和融入社会的过程中不得不遭受痛苦的主人公的个人情感；但是，《远大前程》在一定程度上也是一部疑案小说，一部爱情小说，一部讽刺性社会评论，一部哥特式恐怖和惊悚小说。在狄更斯的叙事中，总有一个更广阔的世界在起作用，而他的主人公也总是会与那个世界产生交集。匹普成了我们的典型人（Everyman），通过他，我们体验到了维多利亚时期英国社会的不公。此外，他的经历仍然吸引着改编者及其观众，因为它不仅是某一特定历史时刻的产物，更具有普遍性：社会不公继续存在，渴望追求更美好的事物——无论是爱情、社会地位或者社会责任感——仍然是我们人性的重要部分，正因为如此，一个像《远大前程》这样的故事自开始连载以来才会一直吸引着作家们的兴趣。

《远大前程》:"经典"处理(《远大前程》的荧幕改编作品:
1946 年、2011 年及 2012 年)

《远大前程》历来在荧幕上都得到了经典的处理;虽然有些荧
幕改编者刻意以不忠实和不敬的方式使用小说的结构、人物和主
题,但总的来说,对狄更斯经典文本的所谓"忠实"一直都是故事
片和电视剧改编者的主要目标。然而,尽管所有这些"忠实的"改
编作品都采用了预期的时代背景,但是作为时代的产物,每部改编
作品又都坚持自己的社会文化意图。最受欢迎的《远大前程》的
电影改编作品仍然是 1946 年由英国西尼古尔德制片厂制作的影片,
该影片由大卫·里恩执导,并在"二战"后的英国战后国家建设时
期发行。它是时代的产物,虽然这部影片探讨了维多利亚时代英国
的阴暗面,没有规避狄更斯小说所体现的道德复杂性,但是它最终
给我们呈现的还是一个讲述希望和重生的成长故事。里恩的电影为
衡量这部小说的其他改编电影设定了基准。这部影片在英国电影协
会(BFI)列出的 20 世纪 100 部最好的英国电影中位列第五,它本
身也成了一部经典的电影文本,且自 40 年代发行以来一直被各种

电影和电视改编作品所借鉴。40 年代是英国电影的"黄金时代"，在这一时期，里恩这样的导演比 40 年代之后的导演拥有更大的创作自由和财政自由，而 40 年代之后，电影制片人则不得不与日益增长的电视竞争。

从 1945 年到 1949 年，里恩为西尼古尔德制片厂执导了五部电影，全部都是改编自文学名著，包括《远大前程》和《雾都孤儿》（1948 年），这两部影片都反映了战后英国复兴时期的社会动荡。但是，像盖恩斯伯勒工作室（Gainsborough Studios）在 40 年代制作的许多电影一样，它们也采用了哥特式风格，呈现了"一种英国版的好莱坞黑色电影"。据此，拉斐尔·塞缪尔（Raphael Samuel）认为，维多利亚时代喜剧化、感伤的狄更斯被"黑暗的狄更斯"所取代——一个由 20 世纪的"高雅评论家们"创造的狄更斯，"（他们）试图让小说摆脱感伤的大众口味"以便"使它们融入现代主义的经典作品之中"。和莎士比亚一样，狄更斯无疑也被认定为高雅艺术作家，而他的作品因为位于经典文学之列则不得不在某种程度上被舍弃其民粹主义本质。虽然（里恩的）这部影片试图通过《远大前程》非常乐观的结尾场景来呈现一种净化重生的时刻，但影片的整体基调仍然是悲观的。如果我们继续探讨 21 世纪的改编作品就会发现，虽然最新的改编作品都侧重于小说的爱情情节，而非它所表现的社会不公、道德困境或者它潜在的喜剧性，以致有研究者认为这部小说借由爱情电影这一完全不同的手段，正在回归其情节剧和民粹主义的"根源"，但是改编者对《远大前程》所体现的社会阴暗面的关注仍是十分明显的。

里恩的电影一开始就向小说致敬：狄更斯的话语在视觉上和听觉上占据了主导地位，通过匹普为我们朗读小说书页的画外音得以凸显。和其他 40 年代经典故事的电影改编者一样，里恩对这部经典文本也采用了恭敬的处理手法。埃利奥特指出了电影开场时里恩在处理从页面到荧幕的改编过程时所使用的复杂的视觉效果；狄更斯的文本仍然存在，但是书面文字的静态性被"电影的动态动画过程"所取代，而随后场景中占主导地位的视觉能量则"展示了影片的视觉和听觉活力"。里恩的《远大前程》的开场所产生的影响如此之大，以至于它已经成了荧幕改编作品改编的一部分了——可谓后来电影和电视剧改编的模板，无论是卡隆 1998 年的电影，还是最新发行的 2012 年的改编电影，或者基本同一时期内（1999 年和 2011 年）英国广播公司出品的各种改编电视剧，以及《南方公园》的剧集（都以它为模板）。它成了一部自身也被"挪用"的电影文本。在里恩的电影中，匹普和马格维奇之间具有深远影响的首次相遇发生在空旷的沼泽地，伴有无人照看的墓地，被风吹得吱嘎作响的树和光秃的绞刑架，这种阴森诡异的哥特式基调慢慢影响了后来这一场景的视觉化。然而，尽管塞缪尔声称，40 年代的改编电影淡化了狄更斯作品的幽默感，但是里恩对墓地相遇场景的描绘确实融入了狄更斯作品中同样的幽默元素。这是一种低调的幽默——一种不可避免要被该场景的黑色基调盖过的幽默——但是当匹普被倒拎起来摇晃的时候，他要求放自己下来的礼貌请求却带有一定的喜剧色彩。虽然最初引导我们进入该场景的旁白叙述出自一位回顾往事的成年人，但摄像机镜头定位于少年匹普的视角。里恩与后来的荧幕改编者不同，他的确在这里，以及匹普第二次与马格维奇相见之前的时刻融入了狄更斯散文的幽默性，彼时他（匹普）的想象力通过路上跟他搭讪的吓人的会说话的奶牛表现出来。

　　由于40年代电影的时长限制，里恩将这个成长故事浓缩成118分钟，但他并没有舍弃巴特所说的叙事关键点。影片的大部分时间都花在了小说的前半部分和匹普的成长岁月（大约45分钟），他抵达伦敦以及与马格维奇的重逢则占据了剩下的播放时间。40年代还有许多改编经典文本的电影改编者同样关注成长岁月和童年纯真这样的话题：例如，1944年史蒂文森的《简·爱》花了大量的时间讲述简在洛伍德的经历。狄更斯和勃朗特的孤儿故事引起了战后40年代电影观众的共鸣；里恩的《远大前程》和史蒂文森的《简·爱》都利用隐忍的孤儿形象来象征从"二战"创伤中恢复过来的国家的希望和复兴。匹普从儿时的纯真发展到具有成人意识的成长经历仍然是里恩的精简叙事的重点。然而，叙事的精简不可避免地要删除某些情节点，同时要求影片只能聚焦于一个中心爱情故事。因此，在影片中，匹普和毕蒂之间的关系不存在童年时期的爱情基础：没人争夺匹普的爱；同时，为了符合观众对电影的期望，里恩的电影结局浪漫，且远不如狄更斯小说中所暗示的那样复杂。郝伯特·朴凯特和匹普之间的关系也不是那么重要。里恩的匹普似乎是一个更讨人喜欢的主人公，不需要太多管教。他是电影叙事中典型人的角色，我们选择与他同行：他愿意看到自己的错误，并且比狄更斯小说中的匹普当初看起来更愿意接受马格维奇。

　　但是，在雷吉娜·巴雷卡（Regina Barreca）看来，这部电影"最有趣的关系不是男人之间的关系，而是女人之间的关系，是艾丝黛拉和郝薇香小姐之间的关系"。乔夫人在叙事的早期就被从情节中删除了，她的自然死亡缓和了该故事传统上对女性的残酷处理。同样，莫莉的角色也没有得到充分地发掘。相反，里恩更关注艾丝黛拉和郝薇香，她们的身体和精神影响在这部影片中被放大。郝薇香小姐在视觉上占据了主导地位，而且就像里恩的开场场景已经成为该故事电影改编传统的一部分一样，玛提亚·亨特（Martitia Hunt）饰演的郝薇香小姐也成了后来的荧幕郝薇香的原型。最近，饰演郝薇香的演员吉莲·安德森和海伦娜·伯翰·卡特都谈到了她们最初对饰演这个角色的担忧，因为她们都觉得自己太年轻了，不足以胜任故事中臭名昭著的老太婆的角色。然而，郝薇香小姐历来都是由同龄女性饰演的。亨特在饰演里恩的郝薇香小姐时只有 40 多岁，而夏洛特·兰普林（Charlotte Rampling）在 1999 年英国广播公司的改编电影中出演该角色时也才 50 岁出头。事实上，狄更斯笔下这位古怪的隐士被抛弃时只有 27 岁，因此，她第一次与匹普相见时应该是 40 多岁。那么我们怎么会认为郝薇香小姐是位老人呢？她不只是狄更斯富有想象力的散文的产物，更是狄更斯的语言和里恩对她的电影表现的形象结合。服装设计师索菲·迪瓦恩（Sophie Devine）的工作对我们认识郝薇香小姐也很重要；里吉斯（Regis）和威恩（Wynne）指出，此处对郝薇香的哥特式过激行为的强调削弱了古装剧贯有的怀旧倾向及其"干净的"风格。狄更斯的散文描写通过电影的视觉能量渗入人心：当我们思及郝薇香小姐时，我们将她想象成亨特饰演的永恒的、诡异的哥特式"女巫"，而且我们

　　　　文学改编指南：改编电影、电视、小说和流行文化中的经典

在思考后来电影中的郝薇香时，不仅会将她与狄更斯描写的形象相联系，还会与里恩的电影文本产生的"他者"相联系。后来的荧幕改编作品不断丰富着我们对这一角色的认识，无论她是通过电影或电视的视觉效果、舞台表演，还是意象散文和诗歌来实现的。

　　和郝薇香小姐一样，在公众的想象中，艾丝黛拉也被视为故事的核心人物。她是那个激励匹普想要成为绅士的情人。在里恩电影的宣传海报上，匹普和艾丝黛拉深情凝望对方的浪漫形象占据了主导地位，环绕他们的是描述故事中其他关系的不同人物形象（争吵中的康佩森和马格维奇，亲密的艾丝黛拉和郝薇香小姐，充满恐惧的匹普以及马格维奇或者睁大眼睛惊讶的少年匹普）。海报的标语强调了这部小说[1]与其源文本的紧密联系。它"出自查尔斯·狄更斯杰作的生动篇章"，且形容词"伟大的"反复出现：它标榜自己是对这个故事的"忠实的"改编。但是，为了将自己塑造成一部令人心动的爱情剧，身着现代露肩晚礼服，为英俊的男主人公所倾倒的温柔恭顺的艾丝黛拉形象占据了舞台的中心，显得极不协调。海报上不合时宜的服装表明这部影片并没有被它的推广者视为古装剧，尽管它的宣传重点是爱情，但它确实将自己作为"爱情剧"以及充满"悬念"的"惊悚片"和"冒险"电影的混合体进行销售。它不仅仅是一部爱情片。简·西蒙斯（Jean Simmonds）的表演恰到好处地表达了郝薇香小姐养女的早熟性格。里恩着重强调了郝薇香小姐、艾丝黛拉和匹普之间关系的形成时期。郝薇香小姐和她所

1　原文为小说，此处疑有误，应为电影。——译注

照料的人之间关系的扭曲性被强化，以增强匹普的可爱纯真，并与这部改编电影中匹普和乔之间的率真和友情形成鲜明的对比。里恩的郝薇香小姐在艾丝黛拉身上培养了一种无法与他人进行情感交流的能力，并占据了特权的"男性"地位，精心策划了匹普和艾丝黛拉之间关系的跌宕起伏，尽管艾丝黛拉还是保留了她活泼的个性。她以一种尚未被后来者所匹敌的轻蔑口吻说着狄更斯小说中所写的台词，她对青年匹普的虐待进一步迎合了他作为观众心中那个麻烦不断的典型人的形象。然而，早期场景中骄傲、任性、迷人的艾丝黛拉被成年后变成了她恩人的拙劣模仿一样的艾丝黛拉所取代；她回到了在郝薇香小姐丧生的那场大火中幸存下来的萨提斯庄园，在那里，她等待着同样的命运。郝薇香小姐和梅森·伯莎一样，是阻碍浪漫结局的最后一道障碍，她也被大火所吞噬：燃烧的女巫形象代表了非传统的女性"他性"的形象，不免在这些文本中盛行。

直到此刻，艾丝黛拉似乎都被描绘成"他者"，但是备受争议的结尾场景颠覆了这一看法，此时匹普被塑造为归来的英雄，从倒塌的阁楼中救出了他的"公主"。这一结尾被许多学者视为背叛了叙事的必然结果。此处，匹普是积极主动的，而艾丝黛拉虽然早期被描绘成一个无力回报匹普的爱情，并最终掌握了自我的人，在这里却扮演了爱情体裁中被动的落难少女的角色：考虑到叙事一致性的问题，里恩的结尾镜头中匹普和艾丝黛拉手牵手从萨提斯庄园的黑色废墟中逃出来，走到阳光下，这一暗示性的浪漫结合可以被视为有缺陷的。然而，就像狄更斯一样，里恩也在顺应他所处时代的政治和观众的期望。匹普是一个孤儿，他浴火重生，并取得成功，如此他便象征着从第二次世界大战的恐怖中崛起的英国的希望和重生。和许多批评家一样，迈克尔·克莱因和吉莉恩·帕克总结，里恩电影的寓意是"女性是柔弱的，需要一个男性来告诉她们该做什么"，但是从第二波女性主义价值观的角度来评判里恩的电影或许是不公平的，因为它是此类关注出现之前那个时代的产物。此外，这是一部在 40 年代背景下突出其他问题的电影，且作为改编作品它对这些问题也做出了回应。至此，通过使用高反差布光来放大阴影，将角色与他们周围广阔的环境联系起来，例如开场场景中，或者匹普第一次拜访萨提斯庄园时，或者通过凸显场景——尤其是与郝薇香小姐在一起时——的凌乱、幽闭恐怖性等，里恩强化了该叙事的黑色、哥特式特质。相比之下，结尾处的镜头则突出摆脱影片的总体黑色式框架，当匹普和艾丝黛拉从萨提斯庄园的"灰烬"中走出，迈向更加光明的未来时，我们感受到了战后的乐观主义情绪。

由 19 世纪现实主义小说改编的电视剧一直都是以温馨的迷你古装剧形式呈现，在周日晚间的最佳收视时段播出，且面向女性观众。然而，电视文本与其观众之间的关系正变得越来越复杂；卡德维尔认为，许多当代的历史剧不再为我们呈现完全处于当时历史背景下的遥远的过去形象，而是通过"对现在的不断肯定"既"肯定又重塑我们与过去的关系"。狄更斯《远大前程》的改编作品不断蓬勃发展，这是因为这部小说能够让我们在过去和现在之间进行对话，在 1945 年的改编电影中，里恩顺应当时的价值观和政治背景对结尾所做的乐观主义修正就证明了这一点。电视剧改编也涉及一个类似的对话过程，因而往往会与里恩的电影结尾产生同样的负面评论。最新为英国广播公司制作的《远大前程》的改编电视剧（2011 年）总体上也遭遇了差评，一些人痛惜这部电视剧缺乏幽默感（Singh），而另一些人则质疑它的"肥皂剧"特征（Lott）。然而，这些评论都没有意识到这部作品是如何通过"现在"的镜头与过去进行"对话"。批评话语并没有质疑在面向 21 世纪观众的改编过程中所做的修正，而是将重点放在了对小说原作所做的改动上，因而再一次回归了关于"忠实性"的老生常谈的问题上。当代小说家霍华德·雅各布森（Howard Jacobson）称，这是"一部愚蠢的由三个部分组成的对《远大前程》的诽谤之作，旨在证明如果狄更斯还活着，他会为《东区人》（Eastenders）撰稿的说法"。编剧莎拉·菲尔普斯（Sarah Phelps）的修正是否"女性化、简·奥斯汀化以及性欲化"了经典文本（Lott），对其造成了不利影响，仍存在争议，但是这些修正提供了有趣的途径来讨论当文本从页面搬上荧幕，从个人的阅读体验变成 2011 年圣诞节期间打开电视机观看这部迷你剧的六百万观众的观影体验时，会发生什么。

这部剧的片头虽然具有传统的遗产剧风格，但是与大部分《远大前程》的荧幕改编作品一样，狄更斯散文的黑色、哥特式特质在此仍占主导地位。萨提斯庄园永远笼罩在雾中，而沼泽地仍象征着匹普最初的恐惧和不祥预感。铁匠铺被塑造成一个同样阴暗且有可能充满麻烦的地方而非避难所，同时，在匹普家中发生的那些可怕的幽默时刻也被删除了。（电视剧）开场的广角镜头，伴随着诡异的配乐和某种物体在水中移动的剧情声（diegetic sound），强调了环绕在铁匠铺周围那片潮湿沼泽地的广阔性，确立了这部改编剧以重生、复兴和诱捕概念为基础的整体视觉模式。当镜头移到墓地场景时，一棵吱嘎作响的树的声音占据了主导地位，呼应了里恩改编作品的音频特性，但是这一开场片段也与阿方索·卡隆1998年改编的《远大前程》的一些因素互文化。和后者改编作品中的罗伯特·德尼罗（Robert De Niro）一样，雷·温斯顿（Ray Winstone）从浩瀚的海洋深处浮出水面，但是德尼罗的出场进行了经典的恐怖处理，而温斯顿饰演的马格维奇的出场却让他从一开始就被塑造成一个更加脆弱、善解人意的角色。对洗礼和出生的视觉暗示，至少在潜意识层面上，影射了他与匹普的相遇将会带来某种改变。菲尔普斯的剧本强调了匹普和马格维奇的人性，也探讨了处于叙事中心的阶级问题；在这部改编作品中，匹普除了给马格维奇提供了他要求的锉刀外，还主动给他带了食物，而正是这一简单的善举一直伴随着这位后来又被抓获的罪犯。涉及匹普和马格维奇的场景都拍摄得极其细微：我们目睹了马格维奇遭遇的不人道待遇，以及匹普看到他腿上的铁镣被重新焊上时的担忧反应。当马格维奇问匹普他的名字时，摄像机给了他一个特写镜头，凸显了这一刻对他的意义。他们之间未来联系的可能性从一开始就清楚地显示出来了。

随着片头字幕的滚动，荧幕上满是蝶蛹和蝴蝶的形象，这意味着故事中的人物——当然是匹普，从工人阶级的孤儿到富有的绅士——将会有一个自然的演变。然而，这种拙劣的视觉表达手法却被同样占主导地位（也同样有分量的）封在玻璃罩内没有生命的物体形象所淡化：被收集，被忽视，被遗忘。郝薇香小姐与匹普第一次见面时，装在玻璃罩里的动物、昆虫和鸟类标本凌乱地堆放在整个场景里（mise-en-scène），在视觉上艾丝黛拉和郝薇香小姐与萨提斯庄园里这些萎缩的战利品是一致的。镜头反复定格在艾丝黛拉手抵玻璃凝视窗外的画面上；郝薇香小姐在后面的叙事中再现了艾丝黛拉的这一姿势。蚕蛹和蝴蝶形象所暗示的新的开始——对孤儿艾丝黛拉、准新娘郝薇香小姐和匹普来说——不断被诱捕的意象削弱。它刻意营造的视觉意义可能缺乏微妙之处，但是这一象征主义的手法为凸显匹普人生经历的周期性提供了一种视觉手段。它也有助于引入与女性物化相关的女性主义问题，通过当下的视角来"肯定和重新审视"我们与狄更斯的叙事之间的关系。

通过由吉莲·安德森来饰演郝薇香小姐，这部作品一下子表明了它的意图，即把她重新定位为一件美丽的东西，而不是童话故事中像女巫一样的妖魔；因此，安德森可以把该角色扮演得"更像熟女而不是老妪"（Wollaston），然而她所呈现的郝薇香不但反复无常、超脱世俗而且非常复杂。第一次出现时，她悄悄地走进画面，赤着脚，喃喃低语，声音缓慢而高亢，带着匹普走进那间堆满她兄长收集并锁在玻璃柜里的标本的房间。这些标本成了新增对话的重点：郝薇香小姐告诉不知所措的匹普，男人试图将美作为一种奇观保存下来，可一旦他们拥有了它就会忽略它。她质疑这种控制和占有的合理性。剧本为她扭转这种残忍性的宏伟计划，即将艾丝黛拉，她称之为完全属于她自己的美丽物件——"（她的）宝石、（她的）奖品"——变成男性的毁灭者，提供了背景。在这部改编作品中，她拥有一种强大的、令人难忘的荧幕形象；萨提斯庄园和铁匠铺之间的剪辑通过她的画外音串在了一起，她说道："你眼界开阔了，回不去从前了。"后来，当成年的匹普回到萨提斯庄园拜访艾丝黛拉时，我们听到从画面外传来她的声音，暗示着此时她在掌控着叙事。然而，她变得越来越焦虑和精神错乱；她无法呼吸，抓挠着双手直到双手出血，摄像机前的她身体每况愈下，与早期蝴蝶破茧而出的画面形成了鲜明的逆转。此时，匹普和艾丝黛拉都摆脱了她的控制。她的死被解释为故意的自杀行为——或许当她选择烧毁艾丝黛拉的回信，放弃从大火中逃生的时候，这也是最后的自我肯定或疯狂的行为。

再一次，狄更斯的女性人物在从页面到荧幕的转变过程中占据了中心位置，而且就像在除托尼·马钱特（Tony Marchant）的《远大前程》（1998 年[1]）以外的所有荧幕改编作品中一样，虽然这部电视剧早期关注的是女性能动性的问题，但最终还是朝着爱情高潮的方向发展。虽然叙事中的黑色元素被保留了下来，例如奥立克（Orlick）对乔夫人的暴力攻击，但是相互冲突的恋爱角色被删除了：毕蒂并没有成为争夺匹普爱情的潜在对手，乔仍然是单身。任何淡化中心爱情的事情都被避免了，反而一有机会就加以强化；插入匹普和艾丝黛拉脱去衣服在河里嬉戏的场景作为他们"舞台之吻"的前奏也确实让这部作品有了不必要的"性挑逗"的嫌疑。（Lott）然而，通过这段插曲，菲尔普斯提供了一个难得的不受约束的快乐时刻，让我们看到如果匹普和艾丝黛拉没有受到教养的束缚会发生怎样的事情。在经典文本的基础上增加一些"性欲化"的

1　此处疑有误，应为 1999 年。——编者注

场景也是有先例的：安德鲁·戴维斯根据简·奥斯汀的《傲慢与偏见》改编的电视剧中私自加入的"达西（Darcy）湿身"的片段曾饱受争议，现在却备受期待，而且已经成了许多改编经典文本的当代作家们争相效仿的手法，以此来反映电影出品年代的文化准则而非其维多利亚时代的前身。和里恩电影中一样，萨提斯庄园在那场大火中幸存下来，当匹普归来的时候，艾丝黛拉再次出现在窗口，与早期诱捕的意象相呼应。但是，在这部改编作品中，匹普不再是拯救她的英雄：相反，艾丝黛拉自己走出了萨提斯庄园的废墟。预期的浪漫结局得以实现，但是菲尔普斯的结尾也反映了当时的后女性主义价值观。

匹普与本特利·朱穆尔的友谊（尤其是他们一起去逛妓院）是另一个值得商榷的叙事增补，但是这是一种突出匹普的文化移位（cultural displacement）的手段；他和朱穆尔之间不靠谱的友谊与文米克和郝伯特·朴凯特之间温暖而坦诚的友谊形成了鲜明的对比。文米克在与匹普的一次争吵中大声喊道"我不认识你是谁！"，而也正是文米克和郝伯特·朴凯特说服匹普帮忙保护他的资助者，马格维奇。他的这一善举使他开始认识到真正的绅士意味着什么，匹普又回到了他的旅程的起点。剧集开头在建立匹普与马格维奇之间的关系上花费了大量的精力，对匹普选择帮助这个逃犯的方式做了细微的改变，这使得匹普从冷漠的"绅士"转变为仁慈、孝顺的"儿子"看起来更加可信。叙事的关键点得以保留，但是在故事设计中增加了像这样的小修改，而在将故事通过视觉媒介展现出来的时候，摄影机则至关重要，因为它引导着我们的凝视，通过一系列近距离的反应镜头，向我们展示了开场时刻对匹普和马格维奇二人的影响。

　　迈克·内威尔的《远大前程》在英国广播公司的迷你剧播出后不久就上映了，这或许可以被视为一种营销失误，即便是在狄更斯200周年诞辰庆典之际也是如此。这两部改编作品都是传统的古装剧体裁，因此，在类似的市场上两次销售同一类型的荧幕产品总是困难的。从评论反应或票房收入来看，这部电影并没有取得巨大成功。2011年的改编电视剧被诟病不忠实于狄更斯的小说，而这部改编电影则被严厉指责过于依赖这部小说，让我们再次回到了评论家们对所谓的源文本的关注上。结论是，无论荧幕改编者如何处理这部经典文本，最终的作品都会被判定为失败的：要么太虔诚，要么太激进。许多英国评论家对内威尔电影的主要批评是，它试图保持对原著的忠实，却没能确立自己的特征；它被无情地称为"名著学习指南式的改编"，提供了对源文本的"走马观花之旅"，就像"敞篷的观光巴士尽职地缓缓穿过所有熟悉的景色"。这部电影在美国的反响也同样平淡无奇；它再次被指责太过于虔诚，狄更斯的"神圣文本"充当了"拐杖"，而它本可以且本应该"受益于富有想象力的荧幕阐释"。这两部最近的荧幕改编作品都没有融入狄更斯散文语言中的幽默寓意，而且两部作品与里恩的经典改编电影相比都相形见绌，但是马克·柯莫德（Mark Kermode）为内威尔的改编辩护，他热切地说到我们有必要不再执着于里恩的电影，他认为对该故事的改编只能有一个经典版本这既没必要，也无益处；在柯莫德看来，内威尔的改编成功且坦然地迎合了观众的情感，标明自己是一部"哥特式的浪漫情节剧"。

内威尔的电影受到了这部小说早期荧幕化身的影响，但是为了捍卫自身，它的确试图带我们超越在它之前的改编作品的规定范围。尽管很多研究者声称这是一部缺乏新意、枯燥乏味的对经典文本的复制品，时长只有128分钟，采用的叙事转折点和对话也都在意料和预期之中，但是它完美地融入了许多有趣的对《远大前程》早期荧幕改编的互文式影射，并且使用了一系列倒叙，从视觉上表达了小说中的说明场景。匹普和马格维奇第一次相遇的背景就参考了里恩1946年的电影，而且和里恩的电影一样，狄更斯的滑稽的奶牛也出现了，尽管没有带来喜剧效果。这部影片还与朱利安·杰拉德（Julian Jarrold，1999年）执导的、在英国广播公司播出的曾荣获英国电影与电视艺术学院奖（BAFTA）的电视电影改编作品有很多相似之处；二者都是采用广角平移镜头来拍摄风景，在拍摄匹普直接跑进摄像机镜头之前频繁切入尖叫的海鸥的意象。里恩采用画外音作为一种电影手法，将匹普定位为叙事中的典型人，内威尔和杰拉德则较少依靠插入手法，而更多依靠视觉手法来确定匹普作为文本的主要"声音"：他对镜头的直接凝视将他置于即将展开的故事的中心。和在它之前的所有40年代后的改编作品一样——包括阿方索·卡隆对这个故事的现代演绎——这部影片也具有黑暗的哥特式风格，匹普初次到萨提斯庄园时首先呈现的便是那必不可少的高耸大门，这里一直通向衰败的萨提斯庄园内杂草丛生的花园。然而，内威尔对维多利亚时代伦敦肮脏的临时街道的视觉呈现，包括贾格斯律师事务所的手绘标识以及挤满了人、泥泞和垃圾的街道，确保了这部电影远非一部经过粉饰的古装剧。反观 2011 年的改编作品，第一幕还是黑色的基调，第二幕则莫名其妙地发生了变化，呈现出一幅被粉饰过的伦敦形象，没有了预期的肮脏和污垢，且莫名其妙地转变成了迄今为止一直避免的遗产剧风格。

有时候这部作品也会借助于不必要的繁复的视觉表达手法：匹普抵达伦敦时，一身醒目的白色华服与周围肮脏的环境形成了鲜明的对比，以一种远非微妙的方式突出了他的社会移位（social displacement）和天真。这与内威尔宣称的意在关注匹普性格中的人性和他的文化隔离感是一致的，然而他的匹普从一开始就不想做铁匠：他渴望摆脱工人阶级出身的束缚，这使得他并不具备里恩和狄更斯作品中的孤儿的童心，后来匹普和本特利·朱穆尔之间的竞争再一次聚焦于匹普对阶级问题的过度关注上。他辩称，狄更斯笔下的成年匹普在叙事的中间部分同样是一个令人反感的人物，要求电影观众与一个讨厌的典型人产生共鸣并非易事。我们必须要关心他，以便追随他的经历。狄更斯笔下的匹普的不当行为和态度成了他自己批判性评论的焦点，通过使用第一人称叙述，从一个回顾往事的成年人的视角表达出来；而对荧幕改编者来说，如果不借助插入式旁白，就找不到简单的或持续可行的手法来替代这种故事叙述。电影本质上依赖于故事表达的视觉和听觉模式。有意思的是，在这部作品中为匹普使用旁白的冲动被压制住了，但是它仍被用作介绍郝薇香小姐和马格维奇背景故事的手段。通过引入倒叙片段，详述她的过去以及她与幼孩艾丝黛拉的早期关系，内威尔向我们提供了郝薇香小姐的动机。通过使用旁白以及对过去事件的荧幕再现，内威尔无须借助过多的阐述，就出人意料地增添了故事的背景。当倒叙中年轻的郝薇香小姐将艾丝黛拉抱到她的新娘面纱下时，（我们）最初的推断是她想保护她，但是她的旁白与荧幕上这种如子宫般安全的意象相矛盾：我们被告知她"被艾丝黛拉的美貌所吸引"，觉得不得不把她的美貌作为自己复仇的武器。通过同样的倒叙视觉效果，马格维奇也被赋予了格外的荧幕时间和背景故事，而在每一种情况下，观众都能够更深入地了解郝薇香小姐和匹普的囚犯资助者的性格，且如预期一样，他们的人性备受关注，但是这样做的危险是这些神秘的人物会失去他们的神秘性，同时也暗示了伯翰·卡特和拉尔夫·费因斯（Ralph Fiennes）的出演决定了要为他们安排更多的荧幕时间，无论这样做会增加叙事的动力，还是会有损叙事的节奏和自然发展。

与柯克（Kirk）2011 年的作品一样，赋予郝薇香小姐旁白能够让她直接掌控叙事。匹普的故事在一定程度上因为一些人物而黯然失色，这些人物虽然对文本及其错综复杂的情节至关重要，但这并不是它想要关注的重点。但是，自 40 年代玛提亚·亨特出演郝薇香小姐以来，这种常见的对荧幕郝薇香的关注已经成了电影界对这个角色的回应的一部分了。通过由海伦娜·伯翰·卡特出演这位遁世的女资助者的角色，内威尔突出了这部叙事的哥特式特征。伯翰·卡特因为出演电影《玛丽·雪莱的弗兰肯斯坦》（*Mary Shelley's Frankenstein*，1994 年）、蒂姆·波顿（Tim Burton）的动画电影《僵尸新娘》（*Corpse Bride*，2005 年）和《理发师陶德》（*Sweeney Todd: the demon Barber of Fleet Street*，2007 年），常被人们与哥特式

文学改编指南：改编电影、电视、小说和流行文化中的经典

联系起来。她给这一角色带来了一种古怪，又超凡脱俗的风格。郝薇香小姐像蜡像复活一样出现的极夸张的开场镜头表明了伯翰·卡特将会重演僵尸新娘，虽然开场如此，她所表演的郝薇香却是一个可信的、受伤的个体，而非吉莲·安德森在 2011 年的迷你剧中所表现的心理崩溃却同样令人信服的郝薇香。小说中的童话比喻也被编入了这部电影文本中，其中很多是出于伯翰·卡特的坚持：她拿着魔杖般的单片镜，缠结的长发上挂着星星，她的结婚礼服上缝有天使的翅膀，且像狄更斯小说中描述的一样，她的脚上只穿了一只鞋子。关于长发公主（Rapunzel）和灰姑娘（Cinderella）等童话故事，以及她是匹普的仙女教母这类扭曲的影射比比皆是，但是影片也有意识地试图确保她的人性。

尽管如此，内威尔的电影却并没有实现他所宣称的意图，即要制作一部凸显匹普人性的改编作品，反而成了一部爱情剧：这部《远大前程》是狄更斯小说的荧幕改编作品中为数不多的能够成为YouTube 影迷网站推出的众多古装爱情剧中的一部。小说的其他荧幕改编作品更加突出了故事中的爱情元素，但是在这部影片中叙事弧（narrative arc）则以一种更为集中的方式建立起爱情高潮。匹普和艾丝黛拉之间的初始关系被建构为从一开始就对彼此感兴趣；匹普与郝伯特·朴凯特的打架变成了一件保护艾丝黛拉荣誉的事情，当郝薇香小姐告诉他不要再来萨提斯庄园时，一直冷漠的艾丝黛拉哭了。他们成年后再次见面时，尼克斯的剧本中增添了一段对话，在这段对话中，艾丝黛拉质疑了匹普的错误信念，即他是将会"迎娶公主"的"儿童故事中的骑士"；在后来的一次遭遇中，当艾丝黛拉在与朱穆尔的争吵中转而维护匹普的名誉时，她表明了自己对他的爱意，却坚持她必须按照郝薇香小姐的要求去做。这个成年的艾丝黛拉比小说或者其他荧幕改编作品中常规的艾丝黛拉更可爱；荷丽黛·格兰杰（Holliday Grainger）饰演的艾丝黛拉不像一个冷美人，而更像是一个卖弄风情、喜欢戏弄人的人，她与匹普的对话就像公主在与她英勇的王子对话一样，尽管她否认这些角色的合理性。她对男性的鄙夷之情（由郝薇香小姐培养出来的）没有延伸到他的身上：她告诉他，她会"欺骗所有的男人，除了（匹普）"。当匹普得知她与朱穆尔订婚时，他以一种更容易让人联想到好莱坞爱情剧的方式宣称他对她的爱永远不会变，这一幕最终以二人的接吻结束。

因为要迎合爱情剧体裁的传统手法，这部改编作品可能淡化了小说对社会工程与遗传之间关系的复杂关注，但是就像柯莫德所认为的，对 21 世纪的观众来说，它的确就是一部爱情情景剧。所有的爱情线索完美地结合在一起：乔和毕蒂虽然贫穷，但彼此相爱；艾丝黛拉和匹普最终也团聚了。剧中没有提及她在与朱穆尔的前一次婚姻中所遭受的暴力，匹普也以非常浪漫的方式向她告白。尽管如此，为了符合 21 世纪观众的后女性主义期望，艾丝黛拉被赋予了控制叙事结果的权力：是艾丝黛拉请匹普来的，也是艾丝黛拉主动牵起匹普的手；最后的镜头停留在他们手牵手的特写上，暗示了从现在开始他们再也不会分开了。和狄更斯以及这部文本的大部分其他荧幕改编者一样，内威尔和尼克斯打的也是爱情这张牌。唯一没有采用这一浪漫叙事结果的例外是 1999 年托尼·马钱特的电视剧本。马钱特的艾丝黛拉是迄今为止所有荧幕艾丝黛拉中与原著描述最为一致的；她的人物弧光将我们带到狄更斯最初设想的那种不可避免的结局——在这个结局中冷漠的艾丝黛拉与地位卑微、身无分文的匹普不可能实现浪漫的叙事结尾。艾丝黛拉并没有在萨提斯庄园残留的废墟中垂头丧气，被动地等待着故事中穿着闪亮铠甲的骑士。匹普返回萨提斯庄园时，这里正被艾丝黛拉慢慢修复，最后的镜头重返童年时候，他们天真地玩着扑克牌，暗示了这两个受伤的个体能够分享的是友谊，而不是爱情。马钱特的结尾巧妙地将我们带回他们初次相遇时相对纯真的时刻，突出了匹普成长旅程的环状特征，并暗示了没有人能完美地摆脱过去的阴影。此处没有童话般的结局，也没有像里恩的电影结尾所暗示的社会复兴。不同于其他荧幕改编作品中以及狄更斯最终决定发表的艾丝黛拉，马钱特的艾丝黛拉，就像经典文本的叙事弧引导我们预期的那样，是一个虽然坚强，但骨子里受到了伤害的女人。

《远大前程》的经典荧幕改编作品皆将叙事置于狄更斯的当代时间框架下；因此，它们在某种程度上属于古装剧，且面对现代的电影观众和电视观众，它们往往凸显爱情故事。尽管如此，它们确实不同于普通的遗产剧，尤其是它们的黑色基调以及哥特式、黑色电影般的视觉风格。经典文本的"经典改编作品"保留了它们自己的特点。虽然本节所探讨的每一部经典改编作品都不可避免地会被拿来与里恩的改编作品—— 一部在日益增多的经典荧幕改编作品中已经占据一席之地的改编作品——做比较，但是它们都被视为对源文本的一种新的回应；反之，民粹主义文本的荧幕改编作品及其电影或电视化身则一直被称为"翻拍"。这是由于所改编的源文本的经典地位，还是由于改编作品本身的质量问题还未成定论，但是"经典改编作品"受人尊崇，且享有改编自民粹主义叙事的电影和电视作品常常无法享有的荧幕特点。与作品定位相关的精英主义问题，如这是一部高雅艺术作品，还是一部主流通俗文化作品等，往往决定了人们对它的评论，以及评判它作为一部改编作品时所使用的语言。一部经典荧幕改编作品即使具有民粹主义的倾向，也能够保有其"高雅艺术"经典之作的定位。

《远大前程》:重写文本(卡隆的《远大前程》和《杰克·马格斯》)

现在被视为英语文学经典一部分的那些故事逐渐渗透到了集体意识中:莎士比亚的某些剧作、奥斯汀的小说,勃朗特姐妹、狄更斯或亨利·詹姆斯的作品都以某种形式为人们所知,且不论这些知识是通过仔细阅读书面作品收集到的详尽的知识,还是通过一些其他的改编过滤器例如电影、广告看板上的文化指涉、歌词等汲取的模糊的知识。这些故事,像神话和童话故事一样,成了文化景观的一部分。那些巧妙利用这些故事的各个方面以创造出一个具备不同意识形态、叙事角度或者文化/时间/地理背景的新作品的改编都以差异作为出发点。对这样的改编者来说,忠实于前文本是次要的,而挪用这一文本的某些元素则要以能够服务于新创造的故事为条件。

阿方索·卡隆的《远大前程》通过引用狄更斯的著名叙事的标题,从一开始就表明了它的忠诚;由于以这种明显、直接的方式引用先前的叙事,这部电影作品不可避免要被拿来与原小说以及在它之前和之后出现的经典改编作品做比较。在故事设计方面,这部电影与狄更斯的《远大前程》的叙事模式和人物弧光非常接近。它采用了预期的主角：匹普/费恩（Finn）、艾丝黛拉、郝薇香小姐/丁斯莫尔小姐（Miss Dinsmoor）、马格维奇/勒斯蒂格（Lustig）、乔·葛吉瑞。但是，卡隆的电影并不依赖于它与狄更斯的文本或者在它之前出现的经典电影改编作品之间的关系：它有自己的文化、时间、地理和电影背景。它的主旨虽然与经典文本的主旨相呼应，但主要还是由它作为一部发生在 20 世纪晚期的美国的故事这一特征决定的：与阶级以及跨越阶级界限大致相关的问题仍是中心问题，同样作为中心问题的还有主人公对一位无法获得的女人的强烈的爱，但是卡隆导演和米奇·格雷泽（Mitch Glazier）编剧并不关心忠实性的问题，尽管因为使用《远大前程》这个标题，人们都期待着它能忠实地反映这部小说。或许因为如此，观众的反应总体上是负面的，票房收入也同样惨淡。

格雷泽的剧本和这个故事的许多电影改编作品一样以爱情为中心，同时，由于它的演员阵容以及被作为一个爱情"欲望"故事来进行宣传，所以尽管卡隆拥有执导艺术片的资历和独特的电影风格，这部影片还是注定会成为主流消费品。卡隆有意通过详细引用受海湾渔业衰败所影响的渔民的困境来保留有关阶级问题的讨论，但是考虑到影片宣传和制作方面的问题，这一想法最终被掩盖了。这些考虑在影片拍摄期间继续影响着叙事动力；格温妮丝·帕特洛（Gwyneth Paltrow）作为新兴明星商品获得了更多的荧幕时间，而她的角色不怎么讨人喜欢的性格特征也因观众对试映的反应而被柔化了。受经济利益驱动而对影片进行干预是在业界预期之内的，但是在这部影片中这种干涉所产生的影响并不利于这部作品的特性，由于这些干预，这部影片的目标观众并不明确。在宣传材料中，它首先以一个爱情故事的形式呈现，口号是"让欲望成为你的命运"，视觉资料则凸显了帕特洛的明星身份；尽管从它的标题可以推断出这是一部古装剧，但是它的时间定位意味着它并不是一部遗产电影。与阶级相关的问题必然不再那么重要，因为这个故事被重新设定在据称没有阶级的当代美国社会。此处，叙事的重点放在了当前对名人文化的关注上；就像帕特洛饰演的艾丝黛拉不再那么刻薄一样，匹普／费恩成了更加积极主动的电影典型人，其成名至少在一定程度上是他自己艺术努力的结果。

就故事设计而言，这部电影确实非常接近狄更斯的叙事模式。然而，通过建构一个积极主动的主人公——他的世界观通过自己对这个世界的视觉化传达出来——这部改编作品表明，作为一种表达模式，它首先关注的是通过视觉手段来讲述故事。对制作人卡隆和电影摄影师艾曼努尔·卢贝兹基（Emmanuel Lubeski）来说，电影的叙述模式非常重要，与其他改编自《远大前程》的电影不同，这部影片的大部分叙述都是在不借助对话的情况下完成的。就像小说的第一人称叙述让我们能够听到匹普自我反省的声音一样，费恩所画的画面让我们清楚地了解了他的心理。与里恩呈现小说翻页的特写镜头不同，卡隆将镜头聚焦在费恩翻动的素描簿上，暗示了此处重要的是这个男孩通过视觉形象所呈现的世界观：它在影片中相当于小说的第一人称叙述，同样是一种贯穿始终的"声音"。电影旁白的手段并不是必需的，但费恩仍然被赋予了旁白。这一旁白由大卫·马梅（David Mamet）编写，并在电影制作过程中添加进去，它本可能是一种唐突的附加物，让观众对主角的定位变得更加吃力，但此处，我们听到的话语的作用远不止如此。费恩说，他"并非要讲述事情是如何发生的"，而是要告诉你他"记忆"中的样子，表明这部改编作品有意通过选择性"记忆"，从一个不同的、非常特殊的角度来重新创作这个叙事。这概括了改编者每次处理一个现有故事的改编时的做法：他们选择、塑造、编辑并以适合于他们目的的方式来"讲述它"而不是按照以前文本中"故事发生的方式来讲述它"。与众多新维多利亚式小说一样，记忆的行为变得非常重要。对卡隆来说，这部电影与其说是他所谓的"纯粹的改编"，不如说是一部"精心制作的作品"。

为了向美国文学经典致敬，卡隆的主人公被命名为费恩而不是匹普，引用了马克·吐温的标志性儿童主角哈克贝利·费恩，而非狄更斯的代表性孤儿：二人都象征着他们的叙事发生地的不同文化，这位当代电影中的孤儿，与他的美国小伙伴一样，对自己周围的环境感到很自在。卡隆颠覆了该叙事传统的黑色开场，将费恩置于一片开阔的湿地中，这片湿地对于他，就像哈克贝利·费恩一样，是一个熟悉和自在的地方，在那里，记忆与周围环境的听觉和视觉符号的联系，就像与任何一个特定的故事的联系一样紧密。影片开头字幕呈现了铅笔画，通过对费恩和他的素描簿的剪辑，从一开始就表明这是他的记忆，且他的记忆以一种类似于电影媒介而不是散文的动觉方式运作。从这个意义上说，它是一部对散文和电影空间之间关系的本质提出了质疑的智能化的改编作品。虽然一些评论家认为这是对狄更斯小说的一次"通俗改造",沉溺于"视觉上的异国情调",损害了叙事的清晰性,但它恰恰是一部使用视觉资料作为其中心表达模式的电影;卡隆指出,电影摄影及其饱和色彩"或许过于程式化",但是通过我们的所见与通过故事事件和对话一样都能够实现叙事的清晰性。荒凉的沼泽地变成了开阔的水域,阴冷的教堂及其墓地被影片远景镜头中的自然意象所取代:与匹普不同,费恩平静地生活在他的世界里,通过绘画与之交集。当他凝视着水面,快速画出自己的所见时,他的世界彻底改变了;当囚犯勒斯蒂格从水中钻出时,他的世界观被彻底粉碎了。在费恩的眼中,他就是恐怖电影中的恶棍,而对于熟悉的观众来说,这一幕通过罗伯特·德尼罗的出演和他身着囚服的形象,影射了马丁·斯科塞斯(Martin Scorseses)令人不安的惊悚片《恐怖角》(Cape Fear)。卡隆让观众通过荧幕上的视觉资料来参与构筑意义的行为:鱼和鸟的图画在整个叙事过程中反复出现,在潜意识层面提醒观众这一切就像费恩"记得"的一样,从而将我们带回到他最初对家乡水域和天空的凝视中,以及勒斯蒂格闯入他视线时那改变他一生的时刻。大量的视觉资料成了这部电影的一种风格,但它们也不断提醒着观众,这个故事是通过费恩来传达的:在影片中这等同于第一人称叙述。萨提斯庄园改名为天堂乐园(Paradise Perdito),而与这一场所相关的黑色哥特式意象,无论是狄更斯笔下的,还是里恩电影中的,抑或二者兼而有之的,在卡隆的电影中都被肥沃的原始大自然所取代。费恩到达庄园的场景再次影射了里恩的电影,华丽的雕花铁门隐约出现在镜头中,花园里同样是杂草丛生,凌乱不堪,荒野中透着异域风情，暗示了费恩心中的困惑。卡隆随后将镜头切换到充斥在这一腐朽环境中的昆虫，以及雕刻着费恩想象中的鱼和鸟的生动画面的小路上。这种梦幻般的状态与以往《远大前程》叙事中哥特式的、超脱尘世的状态遥相呼应，但是它是通过与新兴艺术家费恩的思想相关的华丽的、强大的、色彩饱和的视觉资料来实现的。影片的绿色色调与作为艺术创作者的费恩相呼应，通过这一联系暗示，我们的所见都是透过他的眼睛传递的：从开场时的绿色背景，片头字幕的闪烁和摇摆，到艾丝黛拉和丁斯莫尔小姐的绿色主题服装。

费恩的凝视至关重要：它自始至终影响着我们的观影。艾丝黛拉成了他绘画凝视的对象——他的创作灵感和他寻求超越现状的理由。摄像机镜头在她身上徘徊，她的身体被分割、放大、固定在由费恩构建和控制的框架内，如此一来，她的作用在某种程度上被简化为由男性凝视定位，并为了男性凝视而存在的性欲化对象。帕梅拉·凯兹（Pamela Katz）指出，在制作过程中，艾丝黛拉在格雷泽剧本中的画商身份被删除了，这使得她在电影文本中只剩下了性的功能，因而降低了她的"现代性"。相反，她被塑造成一个只具有装饰功能的上流社会的女性，从而使得这个艾丝黛拉远不如40年代荧幕上的艾丝黛拉强大。作为明星，帕特洛在荧幕上的亮相时间增加了，这暗示了她是畅销商品，必须被充分利用。然而，她所扮演的冷漠、情感空虚的荧幕形象正是通过这种物化被成功表达出来，从后女性主义的视角来看，她的力量在于她能够在自己认为合适的情况下使用自己的身体。任何性方面的挑逗——即使是在孩提时代——都来自艾丝黛拉，或者为她所制止：她鼓励费恩为她作画，并选择赤身裸体地站在他公寓的拱形窗户边。在这些时刻，是艾丝黛拉在主导着费恩和观众的凝视，这促使迈克尔·K.约翰逊（Michael K. Johnson）认为，这部电影没有单纯地将艾丝黛拉作为男性凝视的对象，而是"鼓励观众去质疑电影（以及费恩）表面讲述的以男性为中心的故事，从而引发对它的一种女性主义解读"。在一定程度上，她愿意被人凝视确实会促使观众思考自己面对这幅画面中被色情化的身体时的立场——继而思考自己面对其他以"艺术"形式呈现的绘画和电影画面时的立场。是否这个艾丝黛拉能够担得起这些说法的分量仍存在争议，但是她代表了 20 世纪末以及 21 世纪初的后女性主义者对性和被动追求财富的态度。或许她在影片中最不令人信服的一面就是她对爱情的最后默许；然而，这一叙事瑕疵在狄更斯的小说，以及大部分的荧幕改编作品中也都存在。

这部影片对其他女性角色的处理无可厚非。费恩的姐姐是一位 20 世纪晚期的普通女性，她与狄更斯笔下的人物不同，她能够也确实选择了离开一个不尽如人意的婚姻环境。她性格中的黑色幽默风格被删除了，但同时被删除的还有她被人暴力致死（的情节）。同样，郝薇香小姐的替代者诺拉·丁斯莫尔（Nora Dinsmoor）身上那些令人不安的报复性元素也被去掉了。她是一个同样古怪的隐居者，但是她的怪癖是以不同方式表达出来的。郝薇香小姐了无生气，被已经腐朽了的她婚礼当日的残余物包围着，取而代之的丁斯莫尔小姐则非常活泼，她手持香烟，跳着舞，既为她的两位观众表演，也控制着她的两位观众。虽然她的处境相似，她对周围环境的忽视也导致了同样的衰败和时间的停滞，但是她的人物塑造仍有一定的生命力。花哨的小丑般的妆容和不断更换的服装从视觉上呈现了一个被锁在过去、久远年代的女性，但是她并不那么像巫婆。安妮·班克罗夫特（Anne Bancroft）把她饰演得古怪但并不险恶，想要通过艾丝黛拉报复男性的欲望也不是那么明显：在这部叙事中，艾丝黛拉——现在是她的侄女，而不是被收养的孤儿——似乎从一开始就掌握着自己的命运，呼应了这部电影的营销口号"让欲望成为你的命运"，这是费恩和艾丝黛拉的中心前提。在这部影片中，丁斯莫尔在某种程度上起到了衬托艾丝黛拉的美的作用：她代表了老年女性的身体，因而也代表了另一种恐惧，一种在注重形象和商品文化的当代背景中更为明显的恐惧。里吉斯和威恩指出，"狄更斯的失败新娘的原始概念"往往被电影制作人用来表达"在健康和美貌被作为理想标准呈献给电影观众的时代，女性特质的失败以及老年女性身体的丑陋"。他们以比利·怀尔德（Billy Wilder）的《日落大道》（*Sunset Boulevard*，1950 年）中的诺玛·戴斯蒙德（Norma Desmond）为例，称这部影片挪用了狄更斯和里恩的郝薇香小姐作为一种批评手段，批判那种对待被认为不再具有利用价值的老明星的做法，他们认为，卡隆的丁斯莫尔正是这三者的结合体。卡隆通过对郝薇香的特别塑造，并通过将怀尔德的诺玛·戴斯蒙德改为他的诺玛·丁斯莫尔这种并不微妙的换名方式，互文化了怀尔德的电影。然而，丁斯莫尔离开天堂乐园的能力，以及她最后对费恩的道歉，都破坏了她的神秘感，而这部作品也再次默认了一个不言而喻

文学改编指南：改编电影、电视、小说和流行文化中的经典

的愿望，即让角色更有吸引力，不那么疏远。最终，狄更斯笔下丑陋的老太婆在这部改编作品中显得苍老、脆弱、无害，最重要的是，显得多余了。

　　其他女性角色例如毕蒂和莫莉也被视为多余的：为费恩安排另一个潜在的情人会有损他对艾丝黛拉的执着追求，同时，因为故事的情节不再关注阶级问题，所以揭露艾丝黛拉父母罪犯身份的讽刺性转变也被删除了。但是，这部影片也确实提出了一些当代电影中有关女性特质的有趣问题。推动叙事发展的是费恩对他的缪斯女神艾丝黛拉的情欲迷恋，而不是费恩从孩提时代的天真到成年自我认识的历程，因而，它的资助者（预期的和已知的）角色变成了次要的。作为艺术家，费恩不需要小说中的郝伯特·朴凯特或者文米克提供的友情，而丁斯莫尔和勒斯蒂格的介入虽然提高了他实现自己艺术目标和获得艾丝黛拉的能力，但似乎只是有助于实现这个理想目标，而不是实现这一理想目标的唯一手段。这里，叙事形式是由"欲望"和"命运"决定的：费恩对艾丝黛拉的强烈欲望，以及他作为艺术家的命运。费恩作为影片中的典型人，人们期望他能够以狄更斯小说中未经事的匹普所不能的方式来掌控自己的命运。费恩的成名靠的是他自己的能力，外加机遇；他没有单纯依靠未知的资助者的帮助来改变自己的前程，而是作为一个可靠的、积极进取的20世纪的匹普呈现出来。卡隆的浪漫结局可以预料，这或许令人感到失望，但是好在它能够将各条叙事线索巧妙地结合在一起以达到其预期的结尾，且与其他同样削弱了中心女性角色可信度的同类结尾并无差别。

在狄更斯的小说和与之相关的改编作品中都充斥着所谓的幸福结局。然而，尽管彼得·凯里的《杰克·马格斯》[1]以同样乐观的基调结尾，但是它此前的叙事过程与我们所知的《远大前程》的叙事过程却相去甚远。1998 年的改编电影是协同实践的最终产物，其结果是由任何一个创造性作家都无法控制的众多因素决定的；它的主题和叙事形态在电影制作过程中会根据实际情况和资金情况而发生变化，任何一个"改编者"——无论是导演、编剧、摄影师还是明星演员——的既得利益，在该合作项目的整体需求面前都变得次要了。例如，卡隆想把狄更斯对阶级问题的关注转移到对当代美国墨西哥湾沿岸地区挣扎求生的渔业社区的关注上，这一想法就被放弃了；它仅仅成了费恩早年生活的背景，而影片对阶级问题的探讨则聚焦于主人公如何借由名人文化崛起。但是，此处凯里作为狄更斯《远大前程》的唯一改编者，他有着非常明确且不受约束的意图。他的改编属于一种"回顾的、用新的眼光来审视问题的行为"，这是由他后殖民主义作家的立场决定的。就像简·斯迈利（Jane Smiley）在她的小说《一千英亩》（*A Thousand Acres*）中感到有必要重新审视莎士比亚的《李尔王》以便赋予文本中饱受争议的姐姐们发言权一样，凯里也有着改写他的先祖们的叙事的冲动，《远大前程》中被边缘化、被定罪并被强行流放的马格维奇便是其中的代表。凯里承认，像大多数读者一样，他也将马格维奇"解读"为狄更斯想象中的黑暗的"他者"，但也表达了他发现自己处于这一立

---

1 国内译为《杰克·迈格斯》（上海译文出版社，2010 年）。——编者注

场时的沮丧。在他的改编作品中，凯里誓言要"扮演（马格维奇的）拥护者，给予马格维奇一些温柔的同情"，就像狄更斯给予他的孤儿主人公一样。

许多澳大利亚早期的小说都来自英国，因此大英帝国的作家构成了澳大利亚文学遗产的一部分，但是安东尼·J.哈塞尔（Anthony J. Hassell）指出，20世纪晚期在后殖民语境中创作的作家们渴望"改造和重写那些构成他们第一个元叙事的英语故事"，以便"用澳大利亚自己的话语重构它的神话"。严格说来，凯里创作的这个故事不仅仅是改编作品：它是对"先祖们"的虚构历史的回顾，是一个作者对另一个已逝作者的挑战。它成了他的"《藻海无边》：一种后殖民主义对母体文化的反击行为"。狄更斯的"马格维奇"被置于凯里叙事的中心位置，以呈现另一种被经典文本所压制的"历史"，但在他努力记录自己故事的过程中，凯里的马格斯也成了后殖民主义作家努力打造一种超越殖民主义"父文化"的文学特征的象征。它既是一部关于写作行为、文字力量、作家角色的小说，也是一部有关狄更斯《远大前程》中的边缘化人物的隐藏叙事的小说。和其他新维多利亚式小说一样，凯里的《杰克·马格斯》也赋予了那些在之前维多利亚时代现实主义小说中保持沉默的人物以话语权，但是此处凯里的修正意图是由他同样渴望质疑写作的重要性以及故事的所有权问题所激发的。

虽然凯里的故事没有遵循狄更斯小说的叙事轨迹，但他有意模仿狄更斯的写作风格和维多利亚时代现实主义小说对复杂情节的运用。它将叙事置于与《远大前程》相同的时间框架内，开篇就明确指出，"准确地说，那是 1837 年 4 月 15 日的六点钟，那双深陷的眼睛望向多佛马车的窗外，看到了……他的旅馆的招牌，金牛"。和凯里的另一部新维多利亚式小说《奥斯卡与露辛达》（*Oscar and Lucinda*）一样，这部小说有意识地希望通过词汇选择、句子结构和直接面对读者的方式来模仿维多利亚时代现实主义叙事的写作风格。虽然与匹普长达数年的成长跨度不同，该故事仅仅发生在三周的时间里，但是通过叙事视角在过去、现在和未来之间的转换，凯里不必诉诸经典文本的第一人称叙述就揭示了其主人公从孩童时期到成年时期以及未来的生活。通过这部改编作品的标题，凯里自伊始就表明该故事的叙事视角经过了重新调整：和许多维多利亚时代的小说一样 [例如，夏洛蒂·勃朗特的《简·爱》《雪莉》（*Shirly*）和《维莱特》（*Villette*），或者狄更斯的《大卫·科波菲尔》《雾都孤儿》和《尼古拉斯·尼克尔贝》]，标题使用主人公的名字向读者传达了包含其中的旅程的本质和焦点。但是，狄更斯的《远大前程》为我们呈现的是一个按照预期形式发展的成长故事，详细讲述了主人公如何从天真的孩童成长为有自我认识的成年人，而在《杰克·马格斯》中凯里则颠覆了传统的结构，马格斯的旅程始于成年人的天真，通过回顾过去童年的现实以及自己与出生国的过往关系，最终达到自我认识。这一旅程让他意识到，他对英国和帝国的怀旧看法是错误的，而正是通过写作的行为，马格斯的立场才从成人的误解转变为清晰的认识。

狄更斯的故事是由成年匹普讲述的，他能够进行成熟的反思，而凯里的主人公只是断断续续地掌控着叙事，起初几乎没有能力去评价和反思自己的过去。他是不情愿的、谨慎的，但是通过他作为作家的犹豫不决的行为，以及他沉重的笔管和无形的墨水，马格斯最终接受了自己的过去，并按自己的方式记录下这些事件。他通过写作塑造自己的存在——他知道这种存在并不依赖于他与原籍国的关系，也不依赖于他对自己是"该死的英国人"的感觉。正如卡隆的费恩通过绘画塑造自己的存在，马格斯让自己见形于页面上，尽管他的做法并不带有狄更斯笔下的主人公那种作家信念和自信。通过将马格斯塑造为作家这一手法，小说对他的生活进行了深入的探索，但叙事并不局限于只有第一人称叙述者才知道的事情。相反，默西·拉金（Mercy Larkin）和珀西·巴克尔（Percy Buckle）等人物的背景故事构成了凯里的复杂情节的内在组成部分——这一情节包含了与狄更斯的小说中一样形形色色的、古怪的人物。

尽管如此，凯里笔下的每一个人物都是从历史的角度来书写的，他对性和阶级的探讨受到 20 世纪晚期的观念和价值观的影响。凯里能够直截了当地探讨性的问题，这是作为维多利亚时代作家的狄更斯所不能的。该故事超出了维多利亚时代小说家的创作范围，他们受缚于当时的道德价值观，同时也反映了当时的道德价值观。凯里还探讨了维多利亚时代英国的阴暗面，放大了狄更斯对阶级、社会的不公正现象以及流放的残酷性等问题的揭露。总的来说，狄更斯小说中所探讨的有关社会不公正的主题在这部小说中都被再次提及，但是凯里对这些问题的描述更直接、更令人不安。此处，对巴尔克的描绘随随便便就上升到了"绅士"的地位，而下层阶级的犯罪行为——如马·布里顿（Ma Britten）的活动——则构成了这部叙事极其复杂情节的内在组成部分。小说第 19 章主要讲述默西·拉金的故事，它结构清晰地展示了默西如何从一个辛勤工作的父亲的女儿一步步走向堕落。狄更斯对孤儿困境的关注也成了凯里故事的一部分：马格斯回忆了自己的成长经历，他是一个被人从泥沼中救出来的孤儿，和他的"初恋"苏菲娜（Sophina）一起被迫成为入室行窃者的帮凶，但是凯里对维多利亚时代被遗弃的孩子的困境的探讨更令人不安，也更形象生动。

然而真正支撑这部元小说改编作品的结构和思想的动力是凯里对"作者身份"的探究。彼得·阿克罗伊德为狄更斯撰写的传记在这里被用作交互文本，增添了这部改编作品的叙事复杂性：托拜厄斯·奥茨（Tobias Oates）充当了小说中的伪狄更斯。他们的生平有很多相似点，他们都曾做过报社记者，是新兴作家，也都曾做过业余催眠师，尤其对犯罪头脑感兴趣。通过将狄更斯生活的某些方面小说化，凯里能够探索作家和他的主题之间的关系，被讲述的故事和未被讲述的故事之间的关系。在改编的过程中，他让读者转变他们对作家和小偷的传统看法：马格斯这个小偷成了小说的作者，奥茨这个作家反成了小偷。当马格斯第一次来到奥茨家时，厨师警告他要提防她雇主的窥探欲：他会"把你当成一只幸运的蝴蝶，他必须把它钉在木板上"因为他是"一个一定要知道你整个人生故事的作家，否则他会因此而死"。奥茨作为作家，以别人的生活故事为素材——他是位"制图师"，拥有绘制和创造他人叙事的权利，但是马格斯发誓他"不会容忍它，这种被小说窃贼奥茨'盗窃、掠夺'的感觉"。相反，作为奥茨的（因而也是狄更斯的）故事中饱

文学改编指南：改编电影、电视、小说和流行文化中的经典

受诟病的对象，马格斯学会了讲述他自己的历史，成为他自己的"制图师"。

本节探讨的这两部修正主义改编作品都是以迎合改编者目的的方式来"讲述故事"——并非按照狄更斯的经典文本中"故事的发生方式"，而是按照新编故事的意图来讲述的。《远大前程》的荧幕改编作品总是围绕着哥特式、郝薇香小姐的视觉潜力，以及匹普和艾丝黛拉之间浪漫关系的可能性展开，但是凯里的小说回到了狄更斯最感兴趣的主人公与文本中的男性（郝伯特·朴凯特、文米克、朱穆尔）的关系上。虽然马格斯与默西的最终结合同样是一个浪漫的结局，给了马格斯一个狄更斯小说中这一角色不能得到的幸福结局，但是《杰克·马格斯》关注的重点实际上是马格斯和奥茨之间的关系。凯里放大了其叙事的现实主义的一面：原著中巫婆似的郝薇香小姐和萨提斯庄园被浪漫化的衰败等童话故事比喻被马·布里顿家中的恐怖所替代，她和塞拉斯（Silas）一起充当着孤儿们的"恩人"。和郝薇香小姐一样，马·布里顿操纵着这些孤儿来达到自己的目的，她的行事方式更直接，结果却同样令人不安：她是经典文本中的郝薇香小姐和乔夫人的致命组合。这部小说中没有直接对应艾丝黛拉的人物：苏菲娜是马格斯的初恋，但是最终成为他的妻子和拯救者的却是务实的默西·拉金。这部小说最终以突破马格斯故事限制的乐观主义结尾。狄更斯的小说以匹普和艾丝黛拉的结合结束，而凯里的故事则提供了勃朗特的《简·爱》中所采用的那种结尾，故意将马格斯的叙事置于殖民地背景下，并说明了这位主人公在他新的祖国所取得的成功——成了商人和顾家的男人，在那里，他的死亡是生命的自然过程的一部分。他不再是一个被边缘化的"他者"，起着情节手段的作用，当他存在的目的达到了，就会被从叙事中删除。相反，布赖恩·麦克法兰认为，马格斯集中体现了"英勇的男性气概"，并且"重塑了"澳大利亚的"男权主义精神"。然而，凯里的元小说并没有像传统的荧幕改编作品那样来"维护"或者"重塑"经典文本；相反，它挑战了其中的殖民主义权威。

《远大前程》:激进的反思(《匹普先生》和《南方公园》的"匹普")

　　"影响远离信息源这一更为决定性的过程"的改编作品往往都会对所选的经典文本进行激进的重新定位。虽然《南方公园》的剧集"匹普"和劳埃德·琼斯的小说《匹普先生》[1]都通过它们的标题直接表明了它们与狄更斯的《远大前程》之间的关系,但是这两个文本都没有满足人们对于这样命名的故事可能包含什么内容的预期期望。《南方公园》的主创们从根本上改变了狄更斯的《远大前程》的文化定位,他们在一部面向青少年观众的电视动画片中,挪用这部经典文本作为讽刺意图的模板。然而,尽管它在文化层面上对狄更斯的叙事进行了彻底地重新定位,将其从狄更斯式的高雅艺术变成了民粹主义的青少年文化作品,但是这部《南方公园》的短剧中比许多被贴上"经典"或者"修正主义"标签的改编作品中有着更多的与一般经典文学作品,尤其是《远大前程》的思想相关的联系和有趣的探索。同样,在《匹普先生》中,劳埃德·琼斯并没有把

1　国内译为《皮普先生》(人民文学出版社,2010 年)。——编者注

《远大前程》作为故事模板，而是作为他自己叙事的一个组成部分：它对我们理解小说的主人公至关重要，在琼斯的故事背景下，它几乎具有《圣经》般的地位—— 一种鼓励读者去质疑的地位。它在此处的作用有两点：它为玛蒂尔达的成长故事的展开提供了叙事道具，但是与《南方公园》和《杰克·马格斯》一样，它也让读者去思考她/他在面对英语文学经典作品时的立场。

作为作家，琼斯专注于在他的叙事中找到具有说服力和可信的"声音"，而不是与情节相关的东西。他"抗拒"自己作品中的情节主线，但也承认《匹普先生》是一部"关于故事"的小说。这部小说的最初萌芽并非始于任何与狄更斯的《远大前程》相关的东西，而是始于"那间空房间"里以具体形式表现出来的抽象概念，现在这成了小说中的一个片段，直到第153页才出现；它的墙上涂满了沃茨先生（Mr Watts）和格雷斯（Grace）的字迹，他们写下了"奇怪的清单"，指出他们在文化上的对立观点。但是，这种抽象概念逐渐演变成了一种对故事讲述行为的探究，即在一个具有琼斯所说的构成叙事的"支流"或者"讨论要点"的叙事中，"与伟大的西方传统的口头竞争"。他问道："什么是故事？它是如何发展的？"在一定程度上，答案是通过《匹普先生》中的狄更斯的故事来探究的。虽然故事的背景由19世纪中期的英国转变为20世纪晚期饱受战争摧残的布干维尔岛，在时间、地理和文化上都发生了变化，但是《远大前程》为故事的展开提供了类比和识别点而非叙事框架。从小说的儿童叙述者玛蒂尔达的角度来看，它象征着近乎《圣经》般的故事，给人以希望、延续性和逃避的可能性。它被改编进

　　　　文学改编指南：改编电影、电视、小说和流行文化中的经典

玛蒂尔达的故事中，起着生存机制的作用，是沃茨先生在非人道的时代所使用的人性化的工具，是一种看得见的、神圣的财产，受到沃茨和整个社区的保护。这部经典文本并不是以改编本身的形式出现的，但是它在琼斯小说结构中的运用对玛蒂尔达故事的发展具有重要意义。虽然《匹普先生》中有许多古怪的人物，但是这些人物与狄更斯的《远大前程》中的人物并没有明显的相似之处。格雷斯像示巴女王一样，坐在手推车上，由她的"丈夫"沃茨先生推着四处转悠，她是琼斯笔下最离奇的郝薇香式的人物了，而德洛丽丝（Dolores，玛蒂尔达的母亲）则无疑兼具了充满爱心的乔·葛吉瑞和刻薄的乔夫人的品质，但是此处并没有在经典改编作品中发现的那种直接关联。预期的地标也没有出现：沼泽地被布干维尔岛的热带地貌所取代，萨提斯庄园也没有直接的对应物。尽管如此，格雷斯和沃茨为他们的"咖啡色的孩子"所准备的"空房间"与萨提斯庄园之间可能会有些相似之处；时间静止，两处"房间"的居住者各自沉湎于失去爱人和孩子的痛苦中；就像被抛弃的郝薇香小姐一样，没有孩子的格雷斯成了社区里的古怪人物，"跟大白鹅一样没脑子"、沃茨的"示巴女王"，手里拿着一把太阳伞，坐在手推车里，由他拉着前行。

该叙事沿用了《简·爱》和《远大前程》等19世纪现实主义小说所运用的传统的成长故事模板，同样采用第一人称叙述，但是勃朗特和狄更斯从一开始就确保他们的叙述者的评论是出自一个回顾从童年到成年成长经历的成年人，而在《匹普先生》中这些经历都是通过孩子玛蒂尔达的眼睛来讲述的，直到小说的最后章节，叙事的声音才转变为玛蒂尔达的成人视角。这种叙事策略保持了主人公的童心；故事中没有任何自我反省的成人评论来评判孩子的天真。相反，我们和玛蒂尔达一起经历了对绝大多数读者来说将会是充斥着游击战恐怖的未知的童年：故事的发生不依赖于成年人的思考，这使得琼斯能够创造出其儿童叙述者的真实的"声音"。当孩子玛蒂尔达在 19 世纪英国孤儿的故事中，而不是在她的同乡岛民的口头故事中寻求慰藉时，（小说中）对她认知的局限性没有成年人的反思，对她在这一阶段对匹普故事的一些误解也没有评论。相反，她将自己的经历与匹普的经历紧密结合起来：

> 在某一刻我进入了故事里。我并未被分配给一个角色——完全不是这样，我也不存在于页面上，但是我就在那里，我的的确确就在那里。

随着叙述转向成年的玛蒂尔达，不但语气有了明显的转变，小说叙述者和狄更斯故事之间的关系也发生了明显的变化。《远大前程》不再被看作是一个新的开始的标志物；它在文化、文学和字面意义上都变成了一个多余的道具。年轻的玛蒂尔达对狄更斯的崇敬之情消失了，取而代之的是她意识到"那个如此有力地描写孤儿的男人"并不是一个模范父亲，他的小说在当代英国也没有得到同样的尊重，相反，在那里它们被无情地商品化了，变成了商店的招牌、咖啡馆的名字、水果和蔬菜店。她指出，"四处可见，狄更斯都是一个店主。一个餐馆老板、一个卖二手货的商人"。

文学改编指南：改编电影、电视、小说和流行文化中的经典

还是博士生的玛蒂尔达意识到，自己对这个故事的理解是建立在谎言之上的，而与狄更斯笔下的匹普不同，她能够重返"家园"。从结构上讲，这两部小说都围绕着一个类似的成年人的觉悟时刻展开，但是匹普认识到的是"绅士"的真正价值，而玛蒂尔达意识到的是她自己的文化遗产的真正价值，并开始写下自己对事件的看法：

> 一天清晨，我醒来，掀开被子……走到书桌前。我正被催促着去做一件我已经搁置太久的事情。我从"狄更斯的孤儿"里抽出最上面的那张纸，翻过来，写道："每个人都叫他波沛（Pop Eye）"。

然而，这两部小说及其主人公都关注了人性的问题以及有缺陷的"英雄"：沃茨先生、狄更斯先生、德洛丽丝。琼斯以他的小说为载体，来探讨故事讲述的重要性及其人性化的潜力，然而他也形象地描绘了战争的阴暗和恐怖，玛蒂尔达的母亲德洛丽丝及其老师沃茨先生的死亡推动叙事与早期脆弱却更和谐的乡村生活场景形成了鲜明的对比。

鉴于玛蒂尔达故事的特殊性，它可能被视为一种"生活写作"或者所谓的"见证"文学，但是由于这是一部由来自西方文化背景的成年白人男子所写的小说，任何关于它作为见证文学具有合理性的说法都是局限于它作为文学奇喻的用途。与凯里的《杰克·马格斯》一样，作家狄更斯成了故事中一个有意识的存在；此处，沃茨先生成了伪狄更斯，他模仿这位作家的公众读书会，并根据听众的反应进行改编和即兴创作。例如，他编辑了奥立克的暴力行为，因为他的听众已经被暴力包围了。直到后来，玛蒂尔达才意识到文本中的台词被作为叙事保存者的沃茨有意修改了。通过这样的干预，沃茨最初被设定为一个可以任意控制语言的人。与琼斯和狄更斯一样，他代表了白人男性的权力。通过强调西方文学可疑的特权地位，及其对叙事的殖民化，琼斯期望他的读者能够质疑这种所有权的合理性。尽管玛蒂尔达声称"你不能摆弄狄更斯的作品"，但这正是沃茨先生所做的。"沃茨先生"声称玛蒂尔达"重写了狄更斯先生的名著"。但是，在琼斯故事的第 79 页，沃茨已经给他的学生读完了《远大前程》，而正是在此之后，以及随后文本"丢失"以后，沃茨对文本所做的事情将读者带入了一个不同的意识形态空间。

当沃茨敦促孩子们去回忆故事的片段时，他将话语和故事的控制权交给了它的听众，请他们来改编它。玛蒂尔达业已承认，作为一名听众，她发现"狄更斯的问题在于它是一个单向对话"，"没有回应"，但是沃茨让玛蒂尔达和她的小伙伴们以集体回忆的形式来重建它，并在每一个被回忆起来的片段上记下每位贡献者的名字，从而使他们能够"回应"经典文本，并表明自己对它的权威。就像费恩在卡隆 1998 年的改编电影中所强调的那样，他并非要讲述故事是如何发生的，而是要告诉你"他记忆中"的样子，玛蒂尔达和村民们被鼓励按照自己的方式来改编故事。沃茨提到，在重述故事的时候，保留故事的"主旨"很重要，但是玛蒂尔达也指出，他"添加了一两句自己的话"，暗示了所有的改编作品都是对某一特定文本的选择性改写，无论这一特定文本是通俗小说作品，还是所谓的经典文学作品。随着小说的发展，沃茨改编了自己的人生故事，讲述了玛蒂尔达所描述的"《远大前程》的太平洋版本"，他个人的"孤儿叙事"，旨在"娱乐叛军，阻止暴力"；他分了几个晚上来讲述这个故事，从而既延缓了不可避免的暴力，又模仿了狄更斯的连载故事讲述方式，这又一次提醒读者他在琼斯文本中的伪狄更斯的身份，但是这个"狄更斯"，与凯里任性的"制图师"托拜厄斯·奥茨不同，他愿意交还叙事的"声音"。诺里奇（Norridge）指出，沃茨先生"采取了'殖民统治者'的文化决定立场"，坚持自己的"话语权"；当这位唯一留下来的白人男子能够在经典文本的文字和他与之分享的社区之间斡旋时，他确实掌握了对文本的控制权，然而通过鼓励玛蒂尔达和她的同乡岛民们去回忆那些被遗忘的片段，他将这一权力移交给了他们，并在每一个被找回和被修改的部分都写下了他们的名字。在小说中的某些时刻，叙事的权力还转移给了村民和他们的口述传统，这些段落在文本中的生命力表明了来自其他文化的其他故事讲述模式的重要性。每个人都被邀请成为故事的讲述者，包括吉尔伯特（Gilbert）的叔叔或者梅布尔（Mabel）的婶婶以及不情愿的德洛丽丝。玛蒂尔达说到，"令我们这些孩子吃惊的是，我们开始听到我们的妈妈、叔叔和婶婶们带到沃茨先生课堂上来的各种片段"。沃茨非但没有扼杀岛民们的故事，反而充当了他们借助自己的口述传统来讲述故事的催化剂。

诺里奇道出了许多批评家的顾虑，她问"劳埃德·琼斯的叙事中是否存在一种初期帝国主义的形式"——在某种意义上，琼斯正"通过不完美的沃茨先生这个人物形象将白人男性的凝视写进文本"，但是文本的结尾坚决拒绝了这种调解式的"凝视"：玛蒂尔达清楚地意识到了她的老师以及她的文学"英雄"狄更斯的缺陷，小说结尾揭示了二者都是骗子，沃茨的合法妻子琼（June）的故事被曝光，而玛蒂尔达的研究则揭露了她的文学英雄的不仁慈的一面。玛蒂尔达最终通过书写自己的故事，学会了"回应"经典作品，故事结尾她不但牢牢掌控了叙事的声音，而且牢牢掌控了话语权。儿童时期的玛蒂尔达和匹普之间仍存在很多相似的经历：他们最初对各自的照顾者，德洛丽丝和乔，以及他们的文化渊源的局限性都不屑一顾，然而，与文化上支离破碎的匹普相比，玛蒂尔达最终被置于一个更安全的地方。"匹普就是我的故事"，她总结道，"虽然我是一个女孩，一个有着闪亮夜空般肤色的女孩。匹普就是我的故事，明天我将尝试匹普的失败之处。我将努力重返家园。"约翰·蒂姆（John Thieme）认为，后殖民主义的文本"与它们的互文本之间存在一种相互作用而非被动的关系，提供能够动摇小说权威基础的多重叙事线索"。琼斯的《匹普先生》模仿了这种"动摇"的过程，质疑了"小说的权威"并最终将它置于那些自身经历正在被叙述的人手中。它作为文学作品本身的成功正是取决于这一点，而不是取决于它与它所涉及的经典文本之间的联系。

作家特雷·帕克和马特·斯通虽然不是从"后殖民主义的"角度来创作，但是他们在"匹普"中以讽刺的方式处理了狄更斯的《远大前程》，同样也动摇了这部受人尊敬的小说（的权威地位），让我们不禁质疑作者的权威和对经典作品的崇敬。他们在电视动画片中将该经典文本用作讽刺意图的模板，从而彻底改变了狄更斯的《远大前程》的文化定位。不出所料,《南方公园》的这一集在该剧的粉丝群中并不受欢迎,在22分钟的播出时间里,大多数时候节目内容和粉丝之间都无法产生"互动",在很多层面上疏远了他们。粉丝们每周收看该剧不是为了思考他们与西方文学的关系,在很多方面作家帕克和斯通都错估了《南方公园》的能力,以为它能够接纳这种对经典文学作品的巧妙讽刺。与《辛普森一家》(*The Simpsons*)等动画片不同,《南方公园》吸引的观众主要是男性青少年,对他们来说,这一集中的很多讽刺参考点并没有价值。观众与文本之间的关系既不是"互动的"也不是"多重线索的",而只是一个由两部分组成的故事:该剧集的大部分时候既具有讽刺性,又力求忠实于原著,但它的结尾部分回归了传统的《南方公园》模式,因而不可避免地动摇了叙事的连续性和可信性,并最终使观众又回到了《南方公园》系列的创意世界中。它呈现了一种"经典改编"和"激进反思"的刻意的奇怪组合,虽然"匹普"没有提供琼斯改编作品中所实现的那种对经典文本的复杂"回应",但是它确实通过在结尾处回归自己的叙事根源来表现对叙事所有权的否定。尽管它在核心观众中没有取得成功,但作家帕克和斯通通过这一剧集在文化层面上对狄更斯的叙事进行了深刻而激进的重新定位,展现了流行文化对高雅艺术的评论以及我们对它的态度。与许多标榜为"经典的"或者"修正主义的"改编作品相比,他们在该剧中对有关《远大前程》的想法做了更有趣的探索。

有很多方法可以使《南方公园》这样的系列片与狄更斯的作品联系起来,尤其是当它试图强调文化势利的缺点时。杰弗里·斯康斯（Jeffrey Sconce）指出，"和所有从事大众媒体工作的商业艺术家一样，狄更斯也不免会受到一些民粹主义者的抨击，指责他虚伪的贵族品位和优雅，即使他可能只是无意间促成了维系这种阶级关系的意识形态"。作为一部由众多剧集组成的电视系列片，《南方公园》反映了狄更斯小说的连载发行模式，而它以动画的形式来讲述故事也展现了一种视觉感受，在一定程度上，这种视觉感受在狄更斯最初出版的使用插图的故事中也可以找到。它在当代也取得了类似的成功；它是美国喜剧中心频道收视率最高、播放时间最长的系列片，无数次赢得艾美奖。虽然狄更斯的作品现在被定位为"高雅艺术"，但是它和莎士比亚及奥斯汀的作品一样，弥合了文化鸿沟，为改编者们提供了同样具有文化价值的通俗叙事模板；在此例中，改编者们建立起了他们的民粹主义作品与《远大前程》的民粹主义根源之间的联系，却将后者的文化价值变成了它的讽刺意图的支柱。此处所用的讽刺针对了几个群体和假设。这一集不同寻常的叙述者在开场白中道出了许多讽刺性的事情：

　　大家好，我是一个英国人。多年来，匹普这个角色一直是美国电视节目《南方公园》中的重要角色。然而，许多美国人并不知道匹普是从哪里来的。他是查尔斯·狄更斯的永恒的经典之作《远大前程》中那个游手好闲的可爱的英国小人。因此，今晚，《南方公园》的制作者们同意暂停他们的常规节目，转而将从头到尾完整地呈现这个赫赫有名的狄更斯故事。事实上，看完这个节目后，你将会

如同读过"克利夫笔记"（Cliff Notes）文学作品导读一样

了解这部永恒的经典之作。（《南方公园》，第4季，第14集）

在塑造这个被授权为一群文化无知的美国观众传递故事的"英国人"时，该叙事不仅讽刺了美国文化的冗余及其对"英式风格"的刻板看法，而且讽刺了英国人，继而讽刺了英国文学盲目的文化优越感。尽管如此，这部讽刺作品的影响范围确实超越了国界：它认为，后现代社会体现出一种将文化简化到"易于理解"（bite-size）状态的心态，这一评论针对的是每一个人。引用"克利夫笔记"作为某种有意义的格言来理解一部"永恒的经典之作"，呼应了艾米·海克林（Amy Heckerling）的《独领风骚》（*Clueless*，1995年）中的台词，剧中的主人公雪儿（Cher）展示了她对莎士比亚的《哈姆雷特》的卓越知识，但这些知识不是她从对该剧的研究中收集到的，而是由于"准确地记住了"她的"梅尔·吉布森（Mel Gibson）"的版本。它对改编行为进行了有趣的评论——这一评论让我们重新思考我们与经典源文本之间关系，以及我们对经典源文本的评价。该剧集的叙事结构本身就是以所谓的简化的或者至少是经过筛选的经典文本为基础，因为它既是一部狄更斯小说的改编作品，也是一部里恩1946年电影的改编作品，许多观众对《远大前程》的知识都来自观看里恩的电影，而非阅读狄更斯创作的这部重量级经典巨著。此外，它声称在22分钟的浓缩节目中能够让我们对这个文本有明确的了解，这也损害了狄更斯故事的声望，虽然接下来的内容几乎包含了这个故事所有的主要叙事关键点。

然而，这些主要的叙事参考点都被最大限度地精简化了，且在叙事内容和视觉风格方面，也是模仿里恩对该故事的电影演绎的套路。匹普与马格维奇的初次相遇，以及郝伯特·朴凯特教授匹普绅士礼仪的场景都参考了里恩的电影。尽管体现《南方公园》对话风格的粗俗语言与对里恩电影的视觉效仿产生了冲突，但后者的存在在视觉上被强化了。该剧集的时间框架仍然是狄更斯式时间框架（如里恩所设想的）和当代时间框架的奇怪组合。匹普是南方公园的常客——在剧中是一个经常受到欺凌和迫害的外国交换生；他在这一集中的人物塑造和服装设计都保持不变。但是，这一集一反《南方公园》可预测的常态：剧中没有了常见的演员，也没有提及时事问题；虽然剧中保留了该剧集特有的政治错误、粗俗和暴力，但是它们出现的次数变少了。视觉上，这一集维持了公认的《南方公园》风格中表现年轻角色的方式：匹普、艾丝黛拉和郝伯特看起来像《南方公园》中的"孩子们"，而成年人则被描绘得更现实、更细长，类似于里恩电影中的演员和服装。例如，这个郝薇香的飘逸的外表与玛提亚·亨特苍老的外表相呼应；虽然她最初扮演的是一向怪诞的仙女教母，对话台词直接取自狄更斯的小说，但是后来她变成了一名疯狂的科学家，设计了一台创世纪机器来帮助她追求永恒的青春，从而使该叙事远离了源文本的现实主义传统，进入了科幻小说幻想的领域。

引用诸如此类的当代文化关注点确实给这一集增添了当代特色，而刻画一个暴力的、冷漠的、杀害兔子的艾丝黛拉也同样如此，她是对后女性主义的一切事物的戏仿。通过这样的表现形式，这一

文学改编指南：改编电影、电视、小说和流行文化中的经典

剧集的作者们还突出了在狄更斯的修订结尾中以及在大部分荧幕改编作品中所描绘的浪漫结局的虚伪性。尽管不太可能会有浪漫的结局，但是考虑到艾丝黛拉在这一版本以及所有其他版本中的人物弧光，这一剧集和它之前的改编作品一样，以匹普和艾丝黛拉的结合剧终；早期她因为"他 17 岁，有一辆车"而对斯蒂夫（Steve）所产生的兴趣消退了，她最后出场时，戴着婚礼面纱，与匹普一起手牵手。在对情节的一次不经意的总结中，叙述者强化了这个"美满的结局"：

> 从此以后，他们都过着幸福的生活。除了朴凯特，他死于乙型肝炎。（合上书，把书放在膝盖上）查尔斯·狄更斯的《远大前程》就这样结束了。我们希望你们现在对匹普，甚至（举起书）对所有像这本书一样的文学名著，有了更深刻的理解。（再次放下书）下次再见，我是一个英国人。晚安。（《南方公园》，第 4 季，第 14 集）

这一充满讽刺意味的"永远幸福"暗示了一种极不可能的童话结尾，它随后即被不经意提及的郝伯特·朴凯特的死所削弱；叙述者最后的重点又回到了他所读的"杰作"上。他的《南方公园》论断，"查尔斯·狄更斯的《远大前程》就这样结束了"给那些熟悉《远大前程》的人传递了最后的讽刺，但是对《南方公园》的粉丝们来说，这是一个误判的讽刺，不太可能得到赞赏或承认。《南方公园》的其他剧集也或多或少地挪用了文学作品，但是没有一集曾采用过"匹普"中所实验的这种旁白。"护戒使团再临双塔"通过名字上的联系，恶搞了 J. R. 托尔金（J. R. Tolkien）的经典著作《指环王》（*Lord of the Rings*），并包含了一些戏仿《哈利·波特》（*Harry Potter*）的场景；尽管如此，与《远大前程》不同，这两部作品都为《南方公园》的粉丝们所熟知，前者通过主流荧幕改编作品被熟知，而后者则作为伴随观众成长的儿童文学读物被熟知。

虽然这一剧集仍遵循匹普的成长旅程，但它称不上是一部成长小说，因为在叙事的过程中，对匹普的成长的处理方式肤浅而疏远。小说的第一人称叙述声音被存在于狄更斯文本和《南方公园》世界之外的叙述者所取代，那个理解了绅士的意义，能够自我反省的匹普被完全替换了。反之，这位"绅士"叙述者成了小说中的匹普所渴望的东西的戏仿；他对故事的进展提供了客观的、插入式的评论——通过不断提醒观众从内容和视觉风格上看这不是该系列片的一贯风格，从而刻意维持了《南方公园》世界和狄更斯的文本之间的鸿沟，并谦逊地暗示如果观众要理解它的基本情节，就需要给出一个评论。与该系列片的一贯做法相反，这位叙述者不是动画人物；他的外表和他的作用一样，与《南方公园》的模式格格不入。通过叙述者所在房间的场景调度，从视觉上强化了一种牵强而刻板的"英式风格"的感觉；盾徽、白兰地酒杯、带有皮钮的扶手椅营造了一种绅士俱乐部的氛围。同样，从《南方公园》的视觉化叙事到被叙事者拿在手里、掌控着的经典文本的重复剪辑可以看作是对高雅艺术的文化指涉，它影响着动画中故事的讲述，使叙述者和语言凌驾于改编作品的动画形象之上。就像琼斯的沃茨先生一样，英国演员马尔科姆·麦克道威尔（Malcolm McDowell）也是西方白人男性权力的象征，操纵和导演着这个故事，来帮助那些知识不够渊博，因而不够强大的观众；他也成了一个伪狄更斯，创作和执行着文本。沃茨和该叙述者最终都失去了对各自观众的叙事控制权；然而，琼斯笔下的人物是努力让这一点得以实现，而"匹普"里的故事则是无意中脱离了叙述者的掌控，进入了《南方公园》充满机器人猴子、暴力和骚乱的世界。必备的郝薇香和马格维奇的去世依然发生了，但是他们的去世是依照该剧的理念而非叙述者手里的经典文本的内容来设计的。他的"查尔斯·狄更斯的《远大前程》就这样结束了"的论断被荧幕上自始至终所呈现的内容削弱了。尽管故事末了由他来总结，但是故事情节早已摆脱了他的叙述的限制，进入了可辨识的改编源头。叙事的能力最终取决于这部改编作品的通俗文化根源。

《匹普先生》和"匹普"展示了改编作品与现有文本相结合的多种方式；其改编者的"远离信息源的决定性过程"在"源文本"和改编作品之间确立了一种不同的关系，一种与经典主义或者修正主义改编者的做法同样有效，同样深刻的关系：有些人甚至可能会认为，这些激进的新尝试会与先辈文本产生一种更具有挑战性、因而更有趣的对话。

一种创新的以实践为基础的方法：与《远大前程》/《远大前程》的改编作品相关的练习

从"前文本"到"超文本"

步骤一：遗传模型

文学理论家热拉尔·热奈特运用丰富的园艺学语言来探讨改编作品和源文本之间的关系。他把源文本称作"前文本"（hypotext），把改编作品（或者挪用）称作"超文本"，它嫁接于源文本，模仿源文本，并将源文本转变成不同的形状和形式。

请看下图：第一张图显示的是嫁接了树枝（即改编作品）的树干（即源文本）；图二显示的是嫁接之前，每一个（树干/源文本和树枝/改编作品）都是独立的实体；图三表明成功嫁接的最终产物。

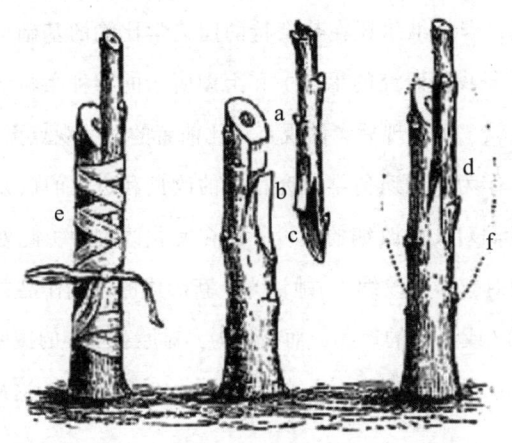

- 该过程的每个阶段表明了源文本和改编作品之间什么样的关系？记下一些想法供将来参考。

步骤二：卡德维尔和文化改编

在《重温改编：电视和经典小说》(*Adaptation Revisited: Television and the Classic Novel*）一书中，莎拉·卡德维尔认为，这种遗传模型的建立有助于我们了解源文本和改编作品之间的相依性；因此，与一些理论家不同，她倡导把探索这种相依性作为理解新文本演变过程的一部分。

- 把改编作品／超文本看作是其源文本／前文本的进化延伸，有什么好处呢？

但是，卡德维尔还在热奈特的园艺学比喻的基础上，将文化改编（即我们研究的重点）和上图所示的那种生物学适应性进行了比较，并发现后者的观点远比前者的相关观点更为积极。她指出，作为我们遗传学研究特征的改良和进化的假设并没有转移到我们对文化改编的假设上。在文化改编中（此处我们可以解读为对叙事的改编），她认为，新形成的改编作品并不被视为进化和/或改良的产物，而被视为"对原著生存的援助"——一种仅仅为了"复兴源文本"的手段——卡德维尔认为这是一种消极的态度。

- 为什么卡德维尔这样的改编学者会认为改编是"对原著生存的援助"这种观念是消极的？
- 与将改编作品视为"对生存的援助"相关的问题有哪些？这一研究方法表明了改编作品的什么功能？
- 生物学适应性呈现了一种直观的模型，但是当我们考虑文化改编的时候，还有哪些其他因素会发挥作用？（想一想可能会影响改编作品产生的其他因素。）

卡德维尔并不是说源文本/前文本构成了"改编作品定位的主要部分"。相反，她将改编作品视为在一组不同的文化指涉中产生的新事物，（这些文化指涉）涉及它自身的产出年代、它自身的产业结构、它自身基于问题的动机。

步骤三：过程

- 确定一个你愿意改编的现有叙事（可选自任何媒介）。

- 你打算如何将你改编故事的想法嫁接到现有叙事上？（把上面插图中的绷带看作将它缚在现有叙事上的想法。）

- 你认为与现有叙事相关的要点是什么？（例如，你会保留哪些情节要点／人物结构／主旨？）

- 你自己的动机（与诸如你的性别、种族、阶级相关的）会如何影响你做出的选择？

- 还有哪些文化因素会发挥作用？（即将一物嫁接于另一物上的简单的"生物学"以外的因素：例如，你会为了确保你的改编作品是"流行的"，而改变体裁吗？例如，你会改变主人公的性别吗？性取向呢？阶级呢？例如，你会针对不同的目标受众吗？）

探索故事设计

故事讲述者以不同的方式构建他们的故事，虽然很多人仍坚持采用经典的故事模板。反过来，改编者也可以选择用多种方式来处理他们所选故事设计的结构特征；然而，不管怎样，故事的叙事框架仍然是确定的，要么完全复制（所谓的"忠实的"改编），要么选择性改编（从不同的叙事角度来重写／专注于某个特定的时刻），要么作为讲述不同故事的跳板（前传／续集）或者作为原文的影射（挪用）。

步骤一

改编过程中首要也是最基本的步骤之一是识别罗兰·巴特所说的故事的"叙事关键点"。布赖恩·麦克法兰在狄更斯的《远大前程》中确定了 54 个叙事关键点。列出你所认为的这部小说中的叙事关键点。

步骤二

在列出的这些关键点中，你觉得哪些适合于做进一步的创造性探索？找出三个发展方面，并问问自己：

- 每个方面涉及哪些人物？
- 每个方面受到哪些背景的支配？
- 每个方面的主旨是什么？
- 你如何改编你所分离的这些故事点，这样做的目的是什么？
- 你会选择使用哪种媒介？为什么？
- 你的写作意图是什么？（例如颠覆当下的"政治"？例如提供一个边缘人物的视角？例如改变当时的时间 / 文化参数？）

步骤三

正是通过叙述——故事讲述的方式而不是内容——改编者能够对我们接收故事的方式做出重大改变。确定《远大前程》的叙事结构中具有改编可能性的地方以后，请选择其中一处做进一步的探索。现在想一想，鉴于你选择的表达方式（短篇小说、剧本、诗歌、戏剧……），你会怎样处理这个叙事点？

你将如何：

- 通过语言／图像／音频特性来增加／处理该场景的描述性能量？
- 增加或者创造一种不同的背景基调，来润饰或者颠覆被改编文本给定的内容？
- 创造叙事的"声音"？
- 增加这一处的声音特质——如果这么做，是基于什么目的？
- 详述人物塑造的外貌？
- 将之前／之后的内容与这一处的内容结合起来？
- 将不同的关注点引入该场景？
- 处理人物对话？

对于上述的每一项／任何一项，请验证你的选择：

- 例如，你为什么希望把对话削减到最低限度？是因为你在写改编剧本，而其中人物的动作可以通过荧幕上看到的动作来传达吗？或许是在你所写的诗歌片段或者短篇小说改编中已经使用了一个生动的比喻来代替了谈话及其目的？在为舞台、电视或电影改编而写作时，歌曲或配乐能取代对话吗？

改编过程

步骤一

下面的这首由卡罗尔·安·达菲创作的诗改编自狄更斯的《远大前程》中的一个角色。在你读这首诗的时候，请想一想：

- 达菲选择强调的郝薇香小姐的身体特征
- 达菲呈现郝薇香小姐精神状态的方式
- 她选择关注的故事内容
- 她用语言传达意义的简洁方式

"郝薇香"

> 亲爱的甜心混蛋。从那以后没有一天
> 我不希望他死。我如此用力地祈祷这件事
> 以至于我的双目变得犹如深绿色的鹅卵石般僵硬，
> 我的手筋强健足以扼杀（他）。

> 老处女。我身上散发着臭味，牢记这一点。（我）整
> 天躺在床上对着墙尖叫着不……；衣服
> 泛黄了，我打开衣柜，颤抖着；
> 那面旋转镜，落地的，她，我自己，是谁这么

对我的? 深褐色的诅咒(旧伤口)无法用语言来描述。

有些夜晚好些, 那个迷失的身体伏在我身上,

我的舌头在它的嘴巴和耳朵里灵活地进出

直到我突然咬下去醒过来。爱情是

白色面纱背后的仇恨; 红色的气球在我脸上爆炸。

砰。我在婚礼蛋糕上刺了一刀。

给我一具男尸来度过漫长的蜜月。

不要以为只有心灵会破碎。

(选自《卑鄙时刻》, Anvil 出版社: 伦敦 1993 年)

步骤二

琳达·哈琴认为, 改编作品提供了:

- 一种对可识别的其他作品的公认的换位;
- 一种创造性和解释性的挪用 / 挽救行为;
- 一种对被改编作品的延伸的互文处理。

根据这些说法, 来思考"郝薇香"。它是否成功地:

- 以一种可识别的形式实现了换位?
- 以某种方式挪用或者挽救了经典文本?
- 对"源"文本进行互文处理?

证明你的答案是正确的。

步骤三

请思考我们一直在考虑的分类法。根据杰弗里·瓦格纳（Greoffrey Wagner）的分类系统，你会如何对"郝薇香"这样的改编作品进行分类？证明你的选择是正确的。

- 移植式——文本"被直接搬上荧幕，基本不做干预">尽可能直接转化的文本
- 注释式——"针对原著，有意或无意地在某一方面做了改动">为符合改编者的"动机"而修正的文本
- 近似式——"与原著有了相当大的距离，以致构成了另一部艺术作品">以文本为出发点

［杰弗里·瓦格纳：《小说和电影》(*The Novel and the Cinema*)，卢瑟福，新泽西：费尔里·狄金生大学出版社，1975 年）

步骤四

道格拉斯·拉尼尔（Douglas Lanier）提出了另一种方法来处理改编作品与源文本之间的关系。他提出了以下基于叙事处理的叙事分类：

- 外推叙事>情节素材来自"主"叙事中提及但未做发展的事件

- 内插叙事＞新的情节素材与原始情节相吻合

- 重新激发的叙事＞新叙事保留了源文本的基本情节线索／情境，但是改变了人物的动机

- 重写叙事＞新叙事始于源文本的人物／情景，但是改变了情节

- 重新定位的叙事＞从不同角度讲述的叙事

- 混合叙事＞叙事要素或人物来自两个或更多的（源文本）。

[道格拉斯·拉尼尔：《莎士比亚和现代流行文化》（ *Shakespeare and Modern Popular Culture* ），牛津：牛津大学出版社，2002 年]

现在请考虑：

- 你认为拉尼尔的哪种叙事模式最好地描述了"郝薇香"和《远大前程》的关系？为什么？

- 它还能与拉尼尔提出的其他叙事模式相一致吗？为什么？如何？

步骤五

现在请从《远大前程》中选择一个不同的人物，并设计你自己的改编。首先，请想一想能够吸引你，并能为叙事的进一步发展提供有趣途径的人物。以下是一些建议：

- 像郝薇香一样的"黑色"女性人物（例如莫莉、艾丝黛拉、

乔夫人）

- "黑色"男性人物（例如马格维奇、贾格斯、本特利·朱穆尔）
- "善良的"人物（例如乔、贝蒂、郝伯特·朴凯特）
- 边缘人物 [例如文米克、老年 P（Aged P）、潘波趣先生（Mr Pumblechook）、奥立克]

你如何受到其中一个人物的启发而创造一个不同的改编作品，记下你的初步想法。请想一想：

- 你会采用的叙事模式（参照拉尼尔）；
- 你会保留 / 删除的叙事关键点；
- 它的时间 / 文化定位（即不同 / 相同的地点？不同 / 相同的年代？）；
- 你会选择的媒介（例如舞台表演独白、漫画书、青少年小说、短篇小说、电影剧本、电视剧本？）；
- 你所选的媒介将如何影响你的决定；
- 你的目标受众是谁 / 那将如何影响你的方法。

如果时间允许，回过头，重新完善你的想法，并至少写出你自己改编作品的开头章节 / 对白 / 场景等等。

参考文献

Acker, Kathy. *Great Expectations*. New York: Grove Press, 1983. Print.

Ackroyd, Peter. *Dickens*. London: Minerva, 1990. Print.

Barreca, Regina. "David Lean's *Great Expectations*". *Dickens on Screen*. Ed. John Glavin. Cambridge: Cambridge University Press, 2003. 39–44. Print.

BBC TV blog: Gillian Anderson. "*Great Expectations*: Falling in Love with Miss Havisham". *BBC. Co. UK*. 27 Dec. 2012. Web. 5 Jan. 2013.

Bonham-Carter, Helena. "Helena Bonham-Carter Interview with Hilary Oliver – *Great Expectations*". *YouTube*. YouTube, LCC, 26 Nov. 2102. Web. 3 Feb. 2013.

Brooks, Peter. *Reading for the Plot: Design and Intention in Narrative*. Cambridge: Harvard University Press, 1992. Print.

Cardwell, Sarah. *Adaptation Revisited: Television and the Classic*

Novel. Manchester: Manchester University Press, 2002. Print.

Carey, Peter. *Jack Maggs*. London: Faber & Faber, 1997. Print.

Chang, Justin. "Review: *Great Expectations*". *Variety*. Variety Editions, 11 Sept. 2012. Web. 5 Nov. 2012.

Chatman, Seymour. *Coming to Terms: The Rhetoric of Narrative in Fiction and Film*. Ithaca, NY and London: Cornell University Press, 1990. Print.

Clayton, Jay. *Charles Dickens in Cyberspace: The Afterlife of the Nineteenth Century in Postmodern Culture*. Oxford: Oxford University Press, 2003. Print.

Collin, Robbie. "Review: *Great Expectations*". *The Telegraph*. 29 Nov. 2012: Film Reviews. Print.

Dickens, Charles. *Great Expectations*. Harmondsmith: Penguin, 1965[1860]. Print.

Duffy, Carol Ann. *Mean Time*. London: Anvil Press Poetry, 1993. Print.

Eaton, Michael. "Dickens on Film". *bfiscreeenonline.org.uk*. Web. 9 Oct 2013.

Eisenstein, Sergei. "Dickens, Griffith, and Film Today". *Film and Literature: an Introduction and a Reader*. Ed. Timothy Corrigan. 2nd ed. London and New York: Routledge, 2012[1999] . Print.

Elliott, Kamilla. "Cinematic Dickens and Uncinematic Words". *Dickens on Screen*. Ed. John Glavin. Cambridge: Cambridge University

Press, 2003. 113-121. Print.

Fawcett, F. Dubrez. *Dickens the Dramatist.* London: W H Allen, 1952. Print.

Genette, Gérard. *Palimpsests: Literature in the Second Degree.* Trans. Channa Newman, and Claude Doubinsky. Lincoln: University of Nebraska Press, 1997[1982] . Print.

Hassell, Anthony. "A Tale of Two Countries: *Jack Maggs* and Peter Carey's Fiction". *Australian Literary Studies* 18.2 (1997): 128-135. Print.

Hitfix. "Alfonso Cuaron Remembers Lessons Learned on 1998 *Great Expectations*". *Hitfix.* 18 Sept. 2014. Web. 28 Oct. 2013.

Hutcheon, Linda. *A Theory of Adaptation.* London: Routledge, 2006. Print.

Jacobson, Howard. "*Great Expectations* has been Ruined by the BBC". *The Guardian.* 6 Jan. 2012: Culture. Print.

Johnson, Michael K. "Not Telling the Story the Way It Happened: Alfonso Cuaron's *Great Expectations*". *Literature Film Quarterly* 33.1 (2005): 62-78. Print.

Jones, Lloyd. *Mr Pip.* London: John Murray, 2008. Print.

Kaplan, Cora. *Victoriana: Histories, Fictions, Criticism.* Edinburgh: Edinburgh University Press, 2007. Print.

Katz, Pamela. "Directing Dickens: Alfonso Cuaron's 1998 *Great Expectations*". *Dickens on Screen.* Ed. John Glavin. Cambridge:

Cambridge University Press, 2003. 95–103. Print.

Kermode, Mark. "*Great Expectations* Review/Interview: Mark Kermode and Simon Mayo". *Radio 5 Live. YouTube*. YouTube, LCC, 30 Nov. 2012. Web. 17 Oct. 2013.

Klein, Michael and Gillian Parker. *The English Novel and the Movies*. New York: Ungar, 1981. 204–223. Print.

Landow, George P. "Newman on the Gentleman". *Victorian Web*. 19 Oct. 2009.

Lanier, Douglas. *Shakespeare and Modern Popular Culture*. Oxford: Oxford University Press, 2002. Print.

Letissier, Georges. "The Havisham Affair or the Afterlife of a Memorable Fixture". *Etudes Anglaises* 65.1（2012）: 30–42. Print.

Lott, Tim. "A Prettified Pip, and a BBC That Wants to Condescend to the Past". *The Independent*. 30 Dec. 2011: Independent Voices. Print.

Marsh, Joss. "Dickens and Film". *The Cambridge Companion to Charles Dickens*. Ed. John O. Jordan. Cambridge: Cambridge University Press, 2000. Print.

Maslin, Janet. "*Great Expectations* Film Review; Tale of Two Stories, This one with a Ms". *The New York Times*. 30 Jan. 1998: Arts. Print.

McFarlane, Brian. *Novel to Film: An Introduction to the Theory of Adaptation*. Oxford: Oxford University Press, 1996. Print.

McFarlane, Brian. *Charles Dickens' Great Expectations: The*

Relationship Between Text and Film. London: Methuen Drama, 2008. Print.

McKee, Robert. *Story: Substance, Structure, Style, and the Principles of Screenwriting*. London: Methuen, 1999[1998] .

Mukherjee, Ankhi. "Missed Encounters: Repetition, Rewriting, and Contemporary Returns to Charles Dickens's *Great Expectations*" . *Contemporary Literature* 46.1(2005): 108-133. Print.

Neill, Natalie. "Adapting Dickens' 'A Christmas Carol' in Prose". *Victorian Literature & Film Adaptation*. Ed. Abigail Burnham Bloom and Mary Sanders Pollock. New York: Cambria, 2011. 71-88. Print.

Nicholls, David. "Adapting *Great Expectations* for the Screen". *The Guardian*. 17 Nov. 2012: Culture. Print.

Norridge, Zöe. "From Wellington to Bougainville: Migrating Meanings and the Joys of Approximation in Lloyd Jones' *Mr Pip*". *The Journal of Commonwealth Literature* 45.57(2010): 57-74. Print.

Powell's Books Blog. "Ink Q&A with Peter Carey". *Powells Books. com*. 15 Feb. 2008. Web. 3 Jun. 2009.

Random House of Canada. "Author Lloyd Jones on *Mr Pip*". *YouTube*. YouTube, LCC, 7 Dec. 2007. Web. 5 Jan. 2009.

Regis, Amber K. and Deborah Wynne. "Miss Havisham's Dress: Materializing Dickens in Film Adaptations of *Great Expectations*". *Neo-Victorian Studies* 5: 2(2012): 35-58. Print.

Rich, Adrienne. "When We Dead Awaken: Writing as Re-Vision".

College English 34.1 (1972): 18–30. Print.

Samuel, Raphael. "Dickens on Stage and Screen". *History Today* 39.12 (1989): 44–51. Print.

Sanders, Julie. *Adaptation and Appropriation*. Abingdon: Routledge, 2006. Print.

Sconce, Jeffrey. "Dickens, Selznick and South Park". *Dickens on Screen*. Ed. John Glavin. Cambridge: Cambridge University Press, 2003. Print. 171–187.

Shiller, Dana. "The Pleasures and Limits of Dickensian Plot, or 'I Have Met Mr. Dickens, and This Is Not Him' ". *Neo-Victorian Studies* 5: 2 (2012): 84–103. Print.

Shoard, Catriona. "*Great Expectations* Film Review: 2012". *The Guardian*. 12 Sept. 2012: Culture. Print.

Singh, Anita. "BBC Left Out the Humour, Says Writer Andrew Davies". *The Telegraph*. 31 Jan. 2012: Culture. Print.

Thieme, John. *Postcolonial Con-Texts*. London: Continuum, 2001.

Urban, Cinephile. "So What'd You Expect: Dickens?" *Urban Cinephile*. 3 Jan. 1999. Web. 6 Jun. 2010.

Woodcock, Bruce. *Peter Carey: Contemporary World Writers*. Manchester: Manchester University Press, 1996.

Wollaston, Sam. "TV Review: *Great Expectations*; Fast Freddie, the Widow, and Me". *The Guardian*. 28 Dec. 2011: Culture. Print.

影片目录

Great Expectations. Dir. Robert G. Vignola, Paul West. 1912.

Great Expectations. Dir. Stuart Walker. 1934. VHS.

Great Expectations. Dir. David Lean. 1946. DVD.

Great Expectations. Prod. Dorothy Brooking. 1959. VHS.

Great Expectations. Dir. Alan Bridges. 1967. VHS.

Great Expectations. Dir. Joseph Hardy. 1974. DVD.

Great Expectations. Dir. Julian Amyes. 1981. DVD.

Great Expectations. Dir. Alfonso Cuaron. 1998. DVD.

Great Expectations. Dir. Julian Jarrold. 1999. DVD.

Great Expectations. Dir. Brian Kirk. BBC. 2011. DVD.

Great Expectations. Dir. Mike Newell. 2012. DVD.

Great Expectations: *The Untold Story*. Dir. Tim Burstall. 1986. DVD.

"Pip", *South Park*: Episode 14, Season 4. Dir. Eric Stough. DVD.

改编《螺丝在拧紧》：
总结文本间的共性

亨利·詹姆斯是一位多产的作家，其作品跨越 19—20 两个世纪。在这一章，我们将会仔细研究我们正在探讨的 19 世纪经典文本的关注点是如何随着时间的变迁而演变的。虽然詹姆斯的早期小说遵循了 19 世纪的现实主义传统，但他的后期作品脱离了现实主义写作模式的形式和内容，表现出复杂的情节设计，并有意识地试图为当代生活树立一面镜子。詹姆斯专注于人物的心理以及他们对事件的感知，引领了 20 世纪早期现代主义文学的意识流风格。与查尔斯·狄更斯的作品很容易从经典平台过渡到流行文化不同，詹姆斯是一位与"高雅艺术"美学相关的作家—— 一种"商品化的……（高雅文化的）定位象征"。那么，这会如何影响改编者对其叙事的处理方法呢？一方面，詹姆斯的高雅艺术美学的"象征"定位限制了改编者，并可能导致一种特殊的改编反应：即过分强调其小说的美学和怀旧的可能性。例如，"莫谦特－艾佛利"（Merchant Ivory）电影公司对詹姆斯 [《欧洲人》（*The Europeans*，1979 年）、《波士顿人》（*The Bostonians*，1984 年）、《金碗》（*The Golden Bowl*,

2001 年）]和 E. M. 福斯特（E. M. Forster）[《看得见风景的房间》（*A Room with a View*，1985 年）、《莫瑞斯》（*Maurice*，1987 年）、《霍华德庄园》（*Howard's End*，1992 年）]等作家作品的电影改编导致了大量电影文本的出现，许多学者认为这些电影文本沉湎于视觉美学，而没有对叙事中丰富的主题进行严谨的探究，尽管这两位作家所创作的皆是令人深思的社会批判而非保守的时代剧。这种古装时代剧处理方式是詹姆斯作品的荧幕改编作品的总体特征，虽然并非所有的改编作品中都充斥着大量的时代细节。《螺丝在拧紧》的荧幕改编作品呈现出更广泛的改编反应：它是詹姆斯的所有小说中最常被改编的一部，无论是被搬上荧幕还是被改编为其他形式；与他的大多数小说不同，它具有主流的、民粹主义吸引力。

《螺丝在拧紧》是 1898 年分为四部分出版的两篇小说之一；《两个戏法》（*The Two Magics*）由体裁截然不同的两部作品组成——一部是鬼故事，另一部则是名为《卡沃茵别墅》（"Covering End"）的喜剧。然而，也许有人会说，如果我们把《螺丝在拧紧》理解为对其出版年代所流行的哥特式鬼故事和感觉派文学（sensationalist literature）的戏仿，那么它们的体裁差异就不那么明显了。詹姆斯有意使他的意图在各个方面都含混不清；他给读者（以及日后的改编者）留下了一系列可能的选择：其叙述者可靠吗？它是严肃之作，还是戏仿之作？以及我们如何"解读"小说中被编码的、潜在令人不安的信息？他厌弃地称之为"在本质上是一部滥制品，一部诙谐之作（a jeu d'esprit）"，这种说法掩盖了这个一百多年后仍然被人们阅读和反复利用的故事的复杂性。如果恰如他在自己故事集的序言中所言，这是"一个独创故事，纯粹而简单，一个在艺术上未加斟酌的故事，一部为了吸引那些不易被吸引之人的消遣之作……那些疲倦的、幻想破灭的、挑剔的人"，那么将它定义为戏仿确有一定的可信度。考虑到更多的民粹主义和美国读者群，詹姆斯将《螺丝在拧紧》系列卖给了《科利尔杂志》(Collier's Magazine)。它受到了评论家和公众的一致好评，一些熟识的读者能够理解作家对哥特式鬼故事的讽刺性处理以及故事中所使用的过分耸人听闻的手法，从而将它解读为戏仿故事，（而另一些读者则将它）解读为令人毛骨悚然的邪恶故事。

　　但是，詹姆斯在这个故事中巧妙地加入了一些令人不安的内容，以致如果我们把它当作一部简单的"滥制品"、一部"消遣之作"，或者一个令人恐惧的恐怖故事来看，则回避了其探讨维多利亚时代的世纪末焦虑的能力。詹姆斯通过谨慎的暗示和精心设计的模糊性来提出这些焦虑：他极力使自己置身于故事中更令人不安的可能性之外——其对不正常的维多利亚时代的家庭和道德的批判、对性越轨行为的暗示以及对维多利亚时代对童真的痴迷和这一时期强行将女性构建为天使或恶魔的解构。他说到，在确立了一种"有预兆的邪恶"之后，无论这种"邪恶"会以什么形式出现，读者都应该"思考这一邪恶，独立思考之"；因此，读者要注意（或不注意）故事中的一些影射。詹姆斯认为，正是"这种从已经看见的东西揣摩出从未见过的东西的能力、探索出事物含义的能力""构成了经验"，在这个故事中，读者被鼓励做出自己的推论。以此为借口，詹姆斯能够提出一些在当时背景下无法以任何明确的方式来处理的问题。

《螺丝在拧紧》本身就是现有叙事线索的织锦，詹姆斯挪用了这些叙事线索并按照典型的鬼故事的框架做了修改。故事的萌芽源于玛丽·里基茨（Mary Ricketts）的故事［坎特伯雷大主教爱德华·怀特·本森（Edward White Benson）给詹姆斯讲述的］。但是，它也借鉴了一些既定的比喻，包括流行的煽情小说（sensationalist novels）和维多利亚时代的家庭女教师叙事，以及广受欢迎的哥特式故事、鬼故事和童话故事。詹姆斯的故事并不是改编自某一特定的文本，但其内容受到了以前故事的影响，它是与性欲以及维多利亚社会的道德模糊性等问题有关的世纪末焦虑的历史标志。该故事（以及詹姆斯对这个故事的处理）也受到了新兴的弗洛伊德精神分析研究以及当时人们对通灵术的痴迷的影响。虽然公众对招魂术的兴趣在19世纪90年代开始减退，但詹姆斯利用了其活人可以与死人沟通的观念，通过幽灵这一媒介来探讨性越轨行为和暴力等禁忌问题，这些幽灵可能会现身，也可能不会现身，可能代表着主人公不稳定的精神状态或者那个时代的焦虑，也可能不是。

故事所使用的叙事框架也增加了其内容的不稳定性。事件是通过几种叙事声音来讲述的。故事开头是一位性别不明的匿名叙述者，（她／他）为道格拉斯（Douglas，一位同席的客人）的故事讲述营造了气氛：他的故事是如此令人不安，以致它被保存在"一个锁着的抽屉里"，"很多年了，从未拿出来过"。故事随后转入朗读家庭女教师的回忆录上，这似乎也是由道格拉斯来完成的，虽然在被讲述的叙事中并没有他的声音。相反，它是通过家庭女教师的第一人称叙述声音传达给读者的，且直到故事结尾，叙事都在她的掌控之中。故事开头出现的匿名叙述者在故事的结尾并没有再出现，这使得家庭女教师成了文本中权威的叙事声音。然而，这位匿名叙事者业已表示，我们所读到的是"后来（她／他）自己认真誊写的手抄本"，标题也是由她／他命名的，而并不是由家庭女教师的前任雇主道格拉斯小心保护并锁起来的她的手稿。这代表了另一层叙事干预，它有可能导致误传和曲解。家庭女教师的手稿被称为"回忆录"而不是自传，这同样暗示了叙事的不可靠性；尽管回忆录被视为事实而非小说，但作为一种形式，它缺乏自传那种文学声望。与《远大前程》和《简·爱》不同，它不以讲述其主人公成年故事的第一人称叙述：它和这两部成长小说叙事一样使用亲密的第一人称叙述，但是作为回忆录它涉及了某一特定时刻的心理状态，并且自始至终从成年人的角度来讲述，描绘出看似是其主人公的身世，而非建立一个自我认知和个人成长的时刻。简·爱和匹普从一开始就被构建为可靠的叙述者，即使最初有些天真——他们拥有并讲述自己的故事。然而，在《螺丝在拧紧》中，这位不知姓名的家庭女教师高深莫测，像她讲述的故事一样神秘。鉴于这样一个故事和这样一个主人公的无限可能性，它为改编者提供了大量的机会。

《螺丝在拧紧》的构建中运用了大量的哥特式比喻和童话故事影射，但是詹姆斯巧妙地颠覆了这些比喻的特征。伯莱庄园（Bly）提供了必要的笼罩着神秘色彩的偏远乡村别墅，象征着道德上存疑的殖民财富，但是詹姆斯并没有以通常的哥特式方式来描述它。他笔下的家庭女教师受到她所阅读的《奥多芙的神秘》（*The Mystery of Udolpho*）等哥特式文本的影响，期待见到一个被大雾笼罩的、"可怕的忧郁"的地方，但是当她在一个带有"夏日清爽气息"的"晴朗的日子"来到这里时，看到的却是有着"开阔明亮的正面""敞开的窗户""新窗帘"和"艳丽夺目的花朵"，"白嘴鸦在金色的天空中尖叫盘旋着"的房子。与桑菲尔德庄园或萨提斯庄园不同，伯莱庄园不是一个充满阴影和腐朽的地方，但是它精心打理的外观，至少在日渐不安的家庭女教师看来，是一种假象。哥特式爱情小说中有着不可告人秘密的忧郁的男性也短暂地出现在故事的开头；她的雇主是哈利街（Harley Street）的"黄金单身汉，这样的人物以前从来没有出现在这个来自汉普郡（Hampshire）的紧张、焦虑的女孩面前，除非在梦里或在一本老小说里"，她想象他是她的王子，最终会到伯莱庄园的童话塔楼来带走她。然而，这位家庭女教师对社会地位比她优越的人的吸引并不是相互的，这段关系仅仅只是一种浪漫的幻想；家庭女教师最初构建的灰姑娘似的叙事被更加黑暗的故事所取代，她的雇主成了专制而神秘的蓝胡子的代名词，而她则变成了越发好奇的"妻子"，试图寻找伯莱庄园的秘密。詹姆斯称他的故事是"一个童话故事，纯粹而简单"，而琨特（Quint）和泽茜（Jessel）是"妖精和精灵，小鬼和恶魔，……引诱他们的受害者出来看他们在月光下跳舞"，但是故事的毁灭性结尾颠覆了它的童话元素。琨特和泽茜代表了哥特式故事中妖魔化的幽灵而非童话故事中的妖精和小鬼；然而，就像故事中幻想的"浪漫"一样，他们的出现可能只是家庭女教师精神不稳定的表现。《简·爱》中被妖魔化的幽灵伯莎·梅森是真实存在的，但是我们无法知道这位

家庭女教师所看到的幽灵是否也是真实的：相反，她自己可能会被理解为妖魔化的幽灵，很容易让人联想到哥特式疯狂。哥特式的超自然元素成了与精神相关的问题，而非仅仅与幽灵相关的问题，而这一体裁对人物的内心世界和第二自我，对镜像和二重身的关注也通过泽茜这一人物得以探讨，她是家庭女教师的伯莎·梅森式的第二自我，展现了其压抑的性欲望。

　　詹姆斯运用鬼故事的模板以避免主导 19 世纪现实主义小说的婚姻情节。虽然其年轻、脆弱和敏感的家庭女教师的第一人称叙述充斥着她对自己能力和勇气的大胆断言，但是她过于戏剧化的语言和夸张的说法暗示了她越来越不稳定的精神状态和作为故事叙述者的不可靠性。不像简·爱那样冷静、独立，她是哥特式传统中典型的、自我戏剧化的、柔弱的女主人公，表现出"过于疯狂的想象力"。詹姆斯夸大了她的过度情绪化，并确保她是故事中唯一一个看见泽茜和琨特鬼魂的人，从而暗示了她的"疯狂的想象力"可能是她精神错乱的证明。但是，正是通过她所扮演的在一个没有维多利亚社会等级结构的房子里的家庭女教师的角色，詹姆斯对维多利亚时代的价值观和态度提出了最激进的批判。作为家庭女教师，她没有固定的住所；她成了"'不正常的'女性"，与那些不得不通过劳动或者卖淫谋生的女性同样糟糕。她有偿去做那些构成这种"规范"的中产阶级母亲们免费做的事情，这使得她"险些与妓女的形象一样"，并让她陷入了引发焦虑的身份危机，不确定自己是"家中天使"还是"堕落的、恶魔女人"。泽茜是对家庭女教师自身的"社会性隐身"（social invisibility）的"极度夸张的"表现，但是与简·爱的第二自我伯莎·梅森不同，她还代表着与性欲相关的危险。她是家庭女教师有可能变成的"堕落的女人"。然而，尽管社会地位和性别如此，但是由于雇主对伯莱庄园和他的大家庭缺乏兴趣，詹姆斯的家庭女教师处于不寻常的控制地位。她在家中充当起了代理"母亲"和父权制父亲的角色，但是这两个角色之间的界限模糊，她无法满足任何一方的期望。虽然琨特扮演伯莱庄园主人的行为逾越了阶级界限，而她作为"主人"的地位则是得到了雇主的认可，但是这构成了一种类似的僭越情景：她缺少该角色应有的社会地位且她是一位维多利亚时代的女性。尽管她把自己塑造成道德高尚的勇敢卫士——"不可思议地掌舵"着"漂流之舟"的船长——实际上她却变成了一个过度保护的、专横的、日益疯狂的母亲式的人物，不确定自己的身份。《简·爱》和《螺丝在拧紧》之间能够找到许多相似之处，这使人更加相信詹姆斯是在创作一部戏仿作品的说法———部针对当时社会对家庭女教师叙事和一切哥特式事物之迷恋的戏仿作品。爱丽丝·霍尔·佩特里（Alice Hall Petry）进一步发展了这一假设，她声称詹姆斯对《简·爱》的借用是蓄意"破坏勇敢的英国家庭女教师这一文学传统"，他的家庭女教师是"对简·爱的高度戏剧性的模仿"。两部文本共同的哥特式特征——充满秘密的乡村别墅，同样神秘和性感的主人，必定被故事的女主人公击败的隐藏的幽灵——表明这两个文本都是不断演变的叙事连续体的一部分。詹姆斯是否有意挪用勃朗特的小说还未有定论，但是在一定程度上它成了他故事结构中的另一条故事线索，一条对熟悉《简·爱》的读者来说非常重要的线索。犹如《螺丝在拧紧》出自各种现有比喻和叙事线索交织的文本网，其改编作品，以及某种程度上《简·爱》的改编作品，都构成了其复杂起源的一部分。它是布赖恩·A.罗斯所说的"文化文本"——随着改编而演变的文化文本，"允许对引发焦虑的问题重新定义"。自出版以来，詹姆斯的这部薄薄的中篇小说以其编码的信息和潜层能量一直持续吸引着读者大众、学者和改编者的兴趣。根据爱德华·雷奇亚（Edward Recchia）的说法，这部"内在化的戏剧""不但基于外部事件，而且基于心理上的微妙变化，而詹姆斯发展这一戏剧的方法与其说在于被讲述的故事，不如说在于故事的讲述；与其说在于叙述者所说的内容，不如说在于她讲述的方式"。正是叙述（或故事讲述的"方式"）而非叙事（或故事事件）使得这部作品如此引人入胜和复杂，特别是在改编者看来。尽管如此，改编者可能会以多种方式来"解读"詹姆斯散文中的模糊性，虽然在其詹姆斯式形式中，推动叙事发展的是家庭女教师的心理揭示，但对许多改编者来说最吸引人的是其鬼故事的特性。

与詹姆斯作品的其他荧幕改编作品不同，《螺丝在拧紧》没有被莫谦特－艾佛利电影公司改编，但它是詹姆斯的故事中最常被改编的一个，自50年代末以来出现了10部电影和电视改编作品以及许多部分挪用它的电影。狄更斯被誉为一位作品可以轻松搬上荧幕的作家，而詹姆斯的作品则被很多人认为"无法拍成电影"。导演雅克·里维特（Jacques Rivette）认为，他的作品"可能无法拍成电影"，因为他的故事可以被"简化……但永远不能直截了当地"搬上荧幕。然而，尽管《螺丝在拧紧》的散文具有内在化的性质，且以电影这种现实主义媒介来呈现鬼魂亦非常困难——鬼魂或许只是主人公的幻觉——但这个故事仍不断吸引着电影和电视制作人的注意，他们以各种方式处理这些问题，既有"直截了当的"（literal）也有"简化的"（diagonal）。一些荧幕改编者采取了直截了当的方式，将复杂的故事转化为符合恐怖体裁模板的鬼故事；另一些改编者则探讨了詹姆斯散文中所蕴含的心理复杂性，但大部分改编者仍保留了故事中的时代细节。然而，尽管 19 世纪文本的电视改编作品通常以连载的形式呈现，《螺丝在拧紧》却被制作成电视电影《噩梦经典》（*Nightmare Classics*，1989 年）系列剧的一部分，或者一次性戏剧（one off drama），这再一次强调了它在内容和风格上不同于其制作时代特有的杂乱无章、情节复杂的现实主义小说。与大多数 19 世纪文本的改编处理方式不同，它的叙事在被挪用为电视连续剧时采取了截然不同的形式：《黑暗阴影》（*Dark Shadows*，1966 年—1971 年）以哥特式肥皂剧这一完全不同的体裁呈现了一个伪琨特——琨汀·柯林斯（Quentin Collins）。

1959 年由英格丽·褒曼（Ingrid Bergman）主演，约翰·弗兰克海默（John Frankenheimer）执导的电视真人秀很快被杰克·克莱顿（Jack Clayton）的《无辜的人》（*The Innocents*，1961 年）盖过了风头——这部电影，和大卫·里恩的《远大前程》的荧幕改编作品一样，现在也被视为一部经典电影。70 年代审查制度解禁后，由于当时恐怖片的流行以及该文本中所呈现的探讨性越轨行为的可能性，人们对这部中篇小说的兴趣重新燃起。最臭名昭著的电影改编作品要数迈克尔·温纳（Michael Winner）的《夜行人》（*The*

Nightcomers, 1971 年），由马龙·白兰度（Marlon Brando）饰演琨特，这部影片成了这部中篇小说故事情节的前传；它利用文本中对性越轨行为的潜在暗示，将这种模糊性转变为施虐受虐的暴力行为。这部影片在英国作为"色情"片上映，其女主人公是一位"性饥渴的老处女"，但收效甚微。温纳的改编作品是在超级暴力的《稻草狗》（*Straw Dogs*，1971 年）之后不久上映的，虽然它同样反映了 70 年代审查制度解禁后人们对扩大电影范围的渴望，但是它缺乏《稻草狗》这样的电影所呈现的危险气氛和心理特征，因而在很多人看来它仍是一部纯粹反映偷窥心理的电影。丹·柯蒂斯（Dan Curtis），肥皂剧《黑暗阴影》的创作者，在 1974 年接着导演了《螺丝在拧紧》的电视电影改编作品；和温纳的《夜行人》一样，这部作品也利用了该叙事的性模糊性，同年上映的一部法国作品 [由雷蒙·鲁洛（Raymond Rouleau）导演的《螺丝在拧紧》（*Le Tour d'ecrou*）] 同样如此。后来的荧幕改编作品不断放大这些模糊性。在谢莉·杜瓦尔（Shelley Duvall）1989 年的电视改编作品，即《噩梦经典》系列剧的一部分中，恐怖元素被强化，但是其中许多性爱场景的露骨性暗示了 70 年代对于故事中的性暗示的关注会一直持续到 80 年代及以后。到了 90 年代，将这部叙事改编为荧幕作品的兴趣再度高涨，1994 年至 1999 年间共有两部电影和两部电视作品上映。鲁斯蒂·莱蒙兰德（Rusty Lemorande）1994 年的电影改编作品做了时间上的转变；影片将故事设定在 60 年代的一家精神病院里，这为其不安的女主人公构建了一个在童年时期遭受性虐待的背景故事，从而将小说中微妙影射的童年时期的性行为变成了荧幕上的现实。

其他 90 年代的改编作品则回归了更加传统的古装剧改编：电视电影《海伦·沃克的鬼魂》（The Haunting of Helen Walker，1995 年）以及本·博尔特（Ben Bolt）的《螺丝在拧紧》（1999 年）侧重于时代细节，而西班牙电影作品《镇定》（Presence of Mind，1999 年）则同样夸大了文本的哥特式恐怖元素。和莱蒙兰德的电影一样，最新的荧幕改编作品，一部由蒂姆·费威尔（Tim Fywell，2009 年）执导英国广播公司制作的电视作品，将该叙事的时间提前了，并自一开始就暗示家庭女教师的精神不稳定：此处，故事始于"一战"后的英国，家庭女教师被关在精神病院的病房里，虽然影片中爱德华时期的时代细节是其风格的一个重要部分，但是费威尔挑战了我们对古装电视剧的期望，他采用了一种超现实的电影风格，这再次呼应了莱蒙兰德在其 1994 年的电影中对该叙事所做的处理。

还有许多电影，它们虽然没有完全借鉴《螺丝在拧紧》，但也挪用了该故事的某些元素。一些以母亲为题材的恐怖电影，例如《小岛惊魂》（The Others，2001 年）、《黑暗之地》（In a Dark Place，2006 年）和《孤堡惊情》（The Orphanage，2007 年），挪用了其对女性偏执狂的处理方式及其对过度保护的母亲式人物的探究，从而与詹姆斯的叙事形成了微妙的联系。它们成了其从 19 世纪末的鬼故事到当代恐怖电影的叙事演变的一部分。如果我们认为《螺丝在拧紧》是一种"文化文本"——即，随着改编而演变的文本，"允许对引发焦虑的问题重新定义"——那么其与这类电影便共同存在于一个连续体中，它们之间不是权威文本或者主文本的关系，这种关系超越了老生常谈的忠实性问题：相反，它强调跨越时间、体裁和媒介平台的叙事起源。由马塞洛·阿瓦隆（Marcello Avallone）执导的意大利 3D 恐怖电影改编作品，于 2010 年首次提出，目前尚处在拍摄准备阶段，但值得注意的是，詹姆斯散文的微妙性可能会被视为转化成这种图形化电影处理方式的素材，这再一次显示了它作为一种"文化文本"的功能，即重新定义和回应了当代时刻。

《螺丝在拧紧》还被改编为与所谓的詹姆斯的"（高雅文化）的象征"定位更符合的"高雅艺术"形式。从 50 年代末至今，有关该故事的荧幕改编作品有很多，但在此之前，本杰明·布里顿（Benjamin Britten，1954 年）曾成功将其改编为一部歌剧，后来彼得·韦格尔（Peter Weigl，1989 年）将这部歌剧的德语改编版搬上了荧幕。最近，威廉·塔克特（William Tuckett）将这部中篇小说改编为独幕芭蕾，并在沙德勒之井剧院（Sadler's Wells，1999 年）上演。在这三部改编作品中，改编者都对文本进行了具有挑战性的阐释。布里顿的歌剧及其改编电影突出了充满魅力的琨特和迈尔斯（Miles）之间的关系，而塔克特的芭蕾则通过创造一个幽灵般的异装癖者泽茜，探讨了这部小说中潜在的性越轨行为的本质。值得注意的是，将这部小说改编为这些高雅艺术形式，即使是在 50 年代，也没有受到将其改编为荧幕作品所受到的同样的审查制度的约束。这部小说还经常被改编成舞台剧和广播剧；最著名的舞台改编作品是威廉姆·阿奇博尔德（William Archibald）的《无辜的人》，它于 1950 年首次上演，是 1961 年杰克·克莱顿电影的改编模板，不过阿奇博尔德的剧本在叙事方式上要明确得多：此处，鬼魂的存在是毋庸置疑的，而家庭女教师心理状态的微妙变化则变成次要的了。该故事经常被改编为舞台剧；由丽贝卡·伦科维茨（Rebecca Lenkiewicz）和汉默恐怖剧院（Hammer Theatre Horror）联合制作，并于 2012 年在伦敦阿尔梅达剧院（Almeida Theatre）上演的舞台剧夸大了故事的恐怖性，以致人们将其视为一部代表着著名的汉默恐怖片复兴的改编作品。

当代小说家继续以多种方法重写该故事。漫画小说家吉多·克里帕克斯（Guido Crepax）在他的作品《螺丝在拧紧》（*Giro Di Vite*，1989 年）中集中探讨了该文本的色情本质。一些作家，例如托比·利特（Toby Litt）[《鬼灵故事》（"Ghost Story"，2004 年）]和斯蒂芬·比奇（Stephen Beachy）[《幻影》（"Some Phantom"，2006 年）]保留了这部小说的形式，只挪用了它的叙事元素，而乔伊斯·卡罗尔·欧茨（Joyce Carol Oates）的短篇小说《伯莱庄园被诅咒的居民》（"The Accursed Inhabitants of the House at Bly"，1994 年），则是一部与詹姆斯的《螺丝在拧紧》有着密切关系的前传，它从琨特和泽茜的角度对这个故事进行了详细、生动的重新构思。阿黛勒·格里芬（Adele Griffin）的《更紧》（*Tighter*，2011 年）被归类为青少年小说，它将故事发生的地点设在了小伯莱（Little Bly），一个充满田园风光的新英格兰小岛上，在那里女主人公揭开了"去年夏天"所发生的事情之谜，从而赋予了该叙事更像主流惊悚片的特点。约翰·哈丁（John Harding）的小说《弗洛伦斯和贾尔斯》（*Florence & Giles*，2010 年）将叙事交予了詹姆斯故事中不那么起眼的弗罗拉（Flora），赋予了她我们在詹姆斯的家庭女教师身上联想到的精神不稳定和复杂性。哈丁巧妙地利用了小说中关于天真的/邪恶的孩子的概念，在詹姆斯的故事模板上描绘出弗洛伦斯的叙事，但是与21世纪早期以母亲为题材的恐怖电影一样，他的文本超越了传统鬼故事的范围，进入了完全不同的心理领域。

詹姆斯的《螺丝在拧紧》给改编者呈现了无数的可能性；它是一个不确定的、模糊的文本，这使得它适合于各种阐释。然而，与19世纪的现实主义小说不同，对其内容的直截了当的转化是最不可取的选择。这些鬼魂是真实的，还是幻想的？家庭女教师是道德的捍卫者，还是精神错乱的癔病患者？孩子们是无辜的，还是魔鬼？詹姆斯提出了这一难题，却没有给出答案，如此一来就可以使他的读者和日后的改编者以他们认为合适的方式自由地阐释其神秘的故事。这部小说具有一个普通而又持久的特征：即无论在维多利亚时代还是在当代文化背景下，它都具有干扰和破坏的能力，而改写、重构和修正这部小说的过程正是不断揭示这条主线的过程。

《螺丝在拧紧》:"经典"处理(《无辜的人》和《螺丝在拧紧》,
2009 年)

　　该文本的很多荧幕改编作品都将叙事限定在其创作的历史时刻,侧重其时代细节和鬼故事模板。然而,在改编《远大前程》和《简·爱》等现实主义小说时如此突出的忠实性问题却并不是改编者们在处理《螺丝在拧紧》时最关注的问题。改编者应该"忠实"于什么呢?詹姆斯的文本并没有以完全相同的方式呈现一个可提取的"本质"。文本中虽然有一个可提取的故事情节,但是没有明确的解读其文本模糊性和心理复杂性的方法。对它的诠释是开放式的:这正是詹姆斯的意图。《简·爱》和《远大前程》的荧幕改编作品总是通过保留经典文本的标题来与其保持一致,而《螺丝在拧紧》的荧幕改编作品则往往始于有意识的"不忠实"的行为,它们从一开始就为该叙事重新命名:从《小岛惊魂》(1957 年)、《夜行人》、《拧开螺丝》(*Otra Vuelta de Tuerca*,1985 年)、《海伦·沃克的鬼魂》、《镇定》,到詹姆斯故事最受推崇的改编电影《无辜的人》,所有这些改编作品都选择建立一个独立的特质,不管而后他们选择

　　　　文学改编指南:改编电影、电视、小说和流行文化中的经典

在多大程度上与这部小说的可塑性主旨和叙事线索发生关系。

那么，什么是《螺丝在拧紧》这类文本的"经典处理"呢？如果我们的评定是针对它的经典电影文本，那么就像大卫·里恩的《远大前程》一样，杰克·克莱顿的《无辜的人》毫无疑问是对这个故事的"经典"演绎。然而，克莱顿的电影既改编自詹姆斯的中篇小说，也改编自威廉姆·阿奇博尔德的舞台剧，影片的片名正是借用了该舞台剧的标题。它与两个文本都有关联，但是通过使用另一种故事表现形式来折射文化焦虑而非"忠实地"改编某一特定作家的叙事，它保留了自己的创作特质。此外，克莱顿对其叙事中所蕴含的文化焦虑的探讨是通过电影这一完全不同的媒介来实现的，而正是他对荧幕空间的操控将我们带入了扩展故事而非复制故事的领域。里恩的《远大前程》的经典荧幕改编作品突出了其与狄更斯小说的关系；而在这部影片的片头字幕里，克莱顿的制片人身份出现在这是"依据亨利·詹姆斯创作的《螺丝在拧紧》的故事"这一公告之前，且这些开场部分的最后一幕也是"导演兼制片人：克莱顿"的字幕。这部电影作品起源的协作性从一开始就是其自身的一部分，詹姆斯只是其中一个撰稿人而非最初的创作者。阿奇博尔德和杜鲁门·卡波特（Truman Capote）都被视为该影片剧本的作者，但此处并没有提及以前的舞台剧，也没有承认该剧本主要是卡波特的功劳，（因为）他对阿奇博尔德的（舞台）剧本做了重要的修改。更重要的是，影片一开始就依赖电影强大的视觉和听觉符号，而没有试图通过它与任何文学"源"文本的关系来赋予自身文化的分量。然而，克莱顿确实选择了再现詹姆斯文本中的模糊性；他有意识地利用它的不确定性以便让观众来"运用自己的智慧";和詹姆斯一样，他让读者/观众自己去诠释家庭女教师复杂的心理状态，去判断其中的鬼魂是"真实的"还是幻想的，去思索（或不思索）故事中更令人不安的方面。

克莱顿既是导演，同时也是编剧：从他最早期的电影短片，《定制的外套》(*The Bespoke Overcoat*, 1955)，到他最著名的对乔·奥顿（Joe Orton）的《上流社会》(*Room at the Top*, 1959 年）的改编作品，其所有影片都改编自现有叙事，但是在所有这些电影的改编作品中，克莱顿都将自己标记为导演。《无辜的人》虽然由好莱坞大电影公司——20 世纪福克斯电影公司——发行和资助，但它是一部由克莱顿制作和导演的独立作品；由于是最后一次与该电影公司签约合作，克莱顿和电影明星黛博拉·蔻儿（Deborah Kerr）选择一起合作《无辜的人》，作为他们对电影公司最后的贡献。虽然克莱顿试图将这部影片与 20 世纪 50 年代和 60 年代初流行的恐怖电影区别开来，但是电影公司对该项目高达 100 万英镑的相对庞大的投资预算，加上由老牌影星来出演女主角，导致了一场可以预见的旨在利用恐怖片流行性的宣传活动。然而，这部电影的最初反响好坏参半：它不是很受恐怖电影粉丝的欢迎，票房成绩平平。重复着"他们会回来缠住活着的人吗？"这一口号的主流宣传活动，以及预告片中对哥特式恐怖比喻的强调，放大了该影片的恐怖片特质，但是这部影片虽然运用了某些传统的恐怖片手法，却呈现了比平常的好莱坞影片更模糊、更具有挑战性的观看体验。其奥秘并不是借助经典故事设计的优势，比起受主流观众喜欢的汉默恐怖片，其内容与那个年代其他令人不安的影片——那些带有令人不安的形象的电影，例如《坏种》（*The Bad Seed*，1956 年）、《魔童村》（*The Village of the Damned*，1960 年），以及后来的《洛丽塔》（*Lolita*，1962 年）——有更多的相似之处。影片制作时《海斯法案》的约束正在减弱，因此克莱顿可以对性进行更开放的探索；处理与家庭女教师潜在的性欲有关的问题是这部影片的核心，然而，和詹姆斯一样，克莱顿选择暗示各种可能性，而不是明确地解读她的心理和动机。如同《螺丝在拧紧》的读者一样，观众只能根据自己的理解来阐释该电影文本，看得到或者看不到其潜在的问题，看得到或者看不到其中的鬼魂。如果"经典改编"一词指的是改编作品与另一文本的潜在微妙性相关联的能力，那么克莱顿的《无辜的人》就是这一类别的"经典"范例。

不同于狄更斯和勃朗特所运用的那种复杂而缓慢展开的成长小说形式，詹姆斯的中篇小说就像基于任何一种叙事动力一样，基于没有发生和没有被看到的事情。鉴于电影的写实性，这部小说对叙述"空白"的强调以及叙事动力的缺乏都给改编者提出了明确的挑战。此外，詹姆斯的主人公是一位成年人，借助虚构的回忆录这一文学载体，回忆某一特定的时期；她的回忆没有遵循顺序的成年叙事轨迹，也没有自我实现的宣泄时刻。其结尾令人不安地没有定论：它不符合 19 世纪现实主义小说的经典故事设计，而要求读者对最后的结局做出自己的诠释。正如詹姆斯摒弃任何令人欣慰的结尾一样，克莱顿不顾 20 世纪福克斯电影公司的意愿，拒绝追随主流电影流派简单的经典故事设计。威廉姆·阿奇博尔德的三幕舞台剧，亦是《无辜的人》这部影片片名的来源，重构了这部中篇小说，它采用了经典的故事设计，让观众毫无疑问地相信故事中有鬼魂的存在；它以线性的方式来呈现事件，没有模糊性。然而，虽然阿奇博尔德仍被视为参与剧本写作的众多作家之一，但将该剧和该小说重新改写成我们在荧幕上看到的叙事的任务，实际上是落在了杜鲁门·卡波特的身上，他声称：

> 我很震惊。因为亨利·詹姆斯在这本书中耍了一个奇妙的花招：它根本站不住脚。它没有情节！……我不断增加更多的情节、更多的人物、更多的场景。在整本书中，只有两个场景是可以表演的。

尽管卡波特最初感到惊愕，但他还是妥善地处理了文本中那些看不见的和未知的时刻，通过反复出现的视觉主题——尤其是白玫瑰和雕像——以及添加的几个场景［这些场景在被克莱顿及其摄影师弗雷迪·弗朗西斯（Freddy Francis）搬上荧幕时，以同样模糊和矛盾的方式实现了小说核心的焦虑问题］，卡波特用电影的方式演绎了小说中充满性意味的潜台词。影片和舞台剧一样，限制了叙事的地域范围：除了吉登斯小姐（Miss Giddings）及其雇主之间的早期场景外，所有的行动都发生在伯莱庄园的场地内，其哥特式内景［专门在谢伯顿制片厂（Shepperton Studios）搭建的］创造了与舞台布景相同的紧张和幽闭的空间。

大多数改编者在将这个故事改编为荧幕作品时都会删掉詹姆斯

的匿名叙述者和道格拉斯所提供的结构叙事框架。其多重叙述在电影中是一种笨拙的故事讲述方法，只会使本来就很难搬上荧幕空间的第一人称叙述更加复杂。卡波特的剧本采用了环形结构，结尾又回到了故事的开头：它放大了小说结尾的模糊性，并在开头和结尾都将家庭女教师置于荧幕的中心，巧妙地暗示了整个叙事是一个连续的循环，反复出现在家庭女教师的脑海中，同时也暗示了我们所经历的一切完全是从她的视角看到的。正如詹姆斯小说的模糊性不断吸引着我们去思索它的神秘性一样，电影画面之外的东西——即荧幕上演员无法控制的东西——在不断吸引着克莱顿的观众。影片的沉默与其打破平衡的（destabilizing）对话一样具有说服力，而萦绕在画面外的各种可能性和画面中所构建的事情一样生动有力。影片开场时的黑屏令人迷惑不解：当我们等待着荧幕上出现点儿什么的时候，眼前出现的却是一片空白和一个不见其人、只闻其声的孩子在歌颂着爱情与死亡。这种反常的电影画面的缺失持续着，紧接着出现了更易让人联想到黎明的鸟鸣声，增加了声音和图像之间的不协调性。一双合十祈祷的手由下而上出现在空白的荧幕上，呜咽的哭泣声盘旋在画面四周。观众不知道在视野之外有什么人，发生了什么事，而当我们还停留在这一画面时，一阵刺耳的管弦乐开始了，加剧了紧张的气氛。直到影片开始几秒钟之后，荧幕上才出现了一张面孔，再一次试探性地进入静态的画面中。我们从一开始就和故事中不安的主人公一样，不知道自己身在何处，也不知道发生了什么。

画面之外的可能性仍然困扰着这部影片。艾伦·纳德尔（Alan

Nadel）指出，克莱顿的影片和詹姆斯的小说一样，呈现了同样"贴近詹姆斯的现实主义形式的自由和限制"，它通过电影的凝视，使观众在荧幕上只看到"一个本来就不完全的世界的碎片"——一个"暗示无限缺失"的世界，并将家庭女教师与这种破碎和缺失联系在一起。她的第一人称叙述是通过剪辑和摄影，而不是通过更明显和更突兀的倒叙手法来处理的。叙述只有一次转变为倒叙，即在不稳定的开场场景之后，而当叙述再回到那个开场场景时，并没有出现预期的结尾。早期的剧本草稿采用了更为传统的倒叙手法将观众与故事的主人公联系起来：一开始，受到排斥的吉登斯小姐在出席迈尔斯的葬礼，接着便是写信这一传统的倒叙提示，她在书信中回忆起导致这一时刻发生的事件，从而触发了对其故事的线性叙述。然而，这种开场和线性的故事讲述模式会从一个完全不同的叙事视角——缺少了克莱顿的开场场景中有意存在的叙事模糊性和固有的不稳定性——给观众呈现一种不同的故事。克莱顿将叙述视角交给了故事中的家庭女教师，但他也从一开始就通过这一时刻（即开场）的拍摄方式暗示了其叙述的不可靠性。尽管叙事随后以倒叙的方式回到了雇主面试她时的清晰场景，但是荧幕上所呈现的叙事的清晰性和可靠性不断被其开场时刻的不稳定性所破坏。安德鲁·席格森（Andrew Higson）认为，倒叙开始之后，叙述被交给了"客观、冷静的摄像机"，它没有停留在或者重回到吉登斯小姐的叙事视角。然而，这种说法既没有考虑到改编者的最终归宿不是相对稳妥的倒叙，而是影片通过吉登斯小姐的视角如此惊人地展开的、令人不安的开场场景，也没有考虑到影片不断将镜头与她所经历的有限的故事事件相结合。作为改编者，克莱顿成功地将小说的第一人称叙述搬上了荧幕空间，并通过影片的表达、拍摄和剪辑方式，保持了其固有的不可靠性。弗朗西斯的摄影放大了叙事的模糊性；影片在退化的胶片上采用黑白宽银幕的形式拍摄，滤镜只照亮镜头的中心，荧幕的边缘模糊不清，难以辨认。摄像机既不是"客观的"，也不是"冷静的"。当我们在不同场景间剪辑时，吉登斯小姐脑海中浮现的画面会与下一个镜头融合在一起，无缝地将她所构建和呈现的叙事片段连接在一起。

然而，虽然克莱顿公开表示要"忠实"于他所理解的小说中无法解释的模糊性，但黛博拉·蔻儿却坚持认为，"按照詹姆斯在原著中所写"，她应该将家庭女教师扮演得"就好像她的神志完全正常一样"。对作为小说读者的蔻儿来说，该故事所呈现的这个女人虽然"深感沮丧"，以致"在自己的想象中""孕育了"那些鬼魂，但她仍然是神志正常的，但是克莱顿对吉登斯小姐的电影塑造与其明星的表演相反，从而导致了对其心理的更加令人不安的探索。电影公司不可避免地反对将迈尔斯／吉登斯之吻等性矛盾的场景放进影片中，并以蔻儿的明星身份为主要理由要求删除它们，但在克莱顿的坚持下，这些令人不安的色情场景被保留了下来。同样，克莱顿的童星们的表现也与那些认为他们具有邪恶潜质的成见相反；他们的表演非常精彩。虽然由扮演《魔童村》（1960 年）中"被诅咒的"孩子之一的马丁·史蒂芬斯（Martin Stephens）来出演迈尔斯的确在最初影响了我们对这个人物的看法，但从表演的角度来看，他们仍然是相对"无辜的人"，在未知的叙事空间里表演，他们对故事情节的了解仅限于拍摄过程中出现的台词。和小说一样，这部改编电影从未清晰地勾勒出家庭女教师及其所照料的孩子之间关系的本质，或者琨特、泽茜和孩子们之间关系的本质。吉登斯小姐的开场白表达了她爱与保护孩子们的强烈愿望："拯救孩子们，而不是摧毁他们。"但是在影片不稳定的远景镜头背景下，她对于"爱"以及他们"需要""相互拥有的人"的声明暗示了一种不健康的、过度保护的关系，吉登斯小姐继而将这种关系与她的"幽灵"对手琨特和泽茜联系起来。劳伦斯·罗（Laurence Raw）指出，该影片明显"远离了叙事"，转而关注"人物及其反应"；它成了一部令人不安的心理惊悚片，而不是一个鬼故事片，它的叙事动力依赖于表演的力量，与导演意图相左的、迷人而有力的表演。

卡波特重申了詹姆斯小说中更令人不安的可能性：雕像是"色情的"，孩子们玩着"一些可怕的游戏……某种神秘的、发出低语的和不雅的东西"。我们和身处其中的演员们一样，无法确定吉登斯小姐与孩子们的关系，尤其是与迈尔斯的关系是否出于性动机，即使只是在潜意识层面上。影片中增加的场景，比如由迈尔斯发起的激情之吻，扰乱了叙事的平衡，而面部特写镜头则可以让观众自己思考其中的意义；吉登斯小姐和死去的迈尔斯之间的最后之吻（也是在原叙事的基础上添加的内容）一样容有不同的诠释。同样，梦境片段的插入，通过电影画面的融合，暗示了潜在的性欲望；埃利斯·汉森（Ellis Hanson）指出，"窃窃私语的孩子们"与"家庭女教师梦中呻吟的面孔"重叠在一起，他们"颤动的嘴唇似乎一直在用诡异的吻爱抚着一具扭动的身躯"。这种画面的融合成了该

文学改编指南：改编电影、电视、小说和流行文化中的经典

影片的一种剪辑策略——一种不断将荧幕上所显示的画面与家庭女教师的叙事视角相结合的策略，从而呈现出一种不断变化的现实。例如，泽茜探访教室的一幕在荧幕上表现为似乎是有形的鬼魂显现，因为吉登斯小姐在泽茜坐过的地方摸到了泪滴；然而，尽管荧幕上的这一刻是安静的，吉登斯小姐随后却向格罗斯太太（Mrs Grose）讲述了她与泽茜鬼魂的对质，她说，"她就在这儿。她在等我。她说话了"，从而使我们对她的叙事可靠性产生了怀疑。虽然知名资深演员蔻儿的出演确保了我们不太可能将这位家庭女教师视为詹姆斯故事中有可能不可靠、情绪不稳定的、天真而年轻的主人公，但是克莱顿的电影叙述还另有暗示；她同样天真、脆弱、易受影响。卡波特的剧本从一开始就在视觉上将她与白玫瑰联系在一起：它们象征着她的纯真和腐坏堕落的能力，从而从视觉上传达了詹姆斯故事中的女主人公固有的模糊性。白玫瑰是吉登斯小姐及其浪漫幻想的代名词，是伊甸园般的伯莱庄园的虚幻之美的代名词，但是克莱顿不断破坏着这种观念：玫瑰花瓣在她的触碰下飘落，而且正是她在花园里剪白玫瑰的时候，揭开了一幅令人不安的画面：一尊儿童石像，它的双手和断掉的成人的双手连在一起，一只甲壳虫从它的嘴里钻出来。克莱顿将镜头从这一富有性寓意的画面切换到吉登斯小姐惊恐的反应上，这一时刻是她初次看见琨特的前奏，当他在一片耀眼的阳光中站在阁楼上出现在她眼前时，他的出现与她早先对其雇主来访的浪漫幻想结合在一起，进而暗示了他是她凭空想象出来的。鬼魂在影片中显形的推论只局限于接近尾声的一个场景，此时我们在一瞬间看到琨特站在石像围成的圈里。

汉森认为，克莱顿对小说中的孤儿的塑造"在引发性猜想方面比小说中更大胆"：他声称，"爱孩子是这部影片的一大败笔"，影片对一系列问题的含蓄探索，分散了人们对其中有争议的问题的关注。然而，在《无辜的人》的影响下，"哥特式儿童"或者"现代具有性意识的儿童"（modern sexual child）已成为恐怖片中一个更加突出的主题。詹姆斯在他的小说中塑造了矛盾的童年意象：迈尔斯和弗罗拉被家庭女教师描述为"天使般美丽的人""小天使"，却有着"虚伪可爱的小眼睛"，以及"突然衰退……完全消失了"的"无与伦比的童真美"。在克莱顿的影片中，让我们不顾吉登斯小姐的声明，确信孩子们对鬼魂的事情一无所知的场景与可能暗示孩子们知情以及心怀恶意的场景并列在一起。家庭女教师对孩子们的不确定的判断评价是通过增添表现他们双重性的场景在荧幕上得以实现的。弗罗拉在熟睡的家庭女教师上方徘徊的镜头散发着紧张的气息，而她天真好奇地观看蜘蛛吞食蝴蝶的行为在影片中则带上了一抹更邪恶的意图。卡波特还引入了几个暗示迈尔斯性格中同样邪恶一面的场景：吉登斯小姐在迈尔斯的枕头下发现一只死鸟的场景最初被设定为展现他细腻的情感，但是这一印象很快就被破坏了：她发现了可能用来杀死这只鸟的弹弓。在一场开始时貌似天真的捉迷藏游戏中，迈尔斯粗暴地勒住家庭教师的脖子，就像在玩闹一样，这被构建为一个极度焦虑的时刻。这些行为是好奇而过度热情的孩子们的自然行为，还是被恶魔附身的征兆呢？尽管吉登斯小姐的不断盘问似乎是出于保护孩子们的愿望，但这也是一种威胁，我们不得不去思考她偏执的保护欲望。克莱顿故意制造这种模糊性，让观众自己做出判断。然而，不考虑这些模糊性，詹姆斯和克莱顿的孤儿也与《远大前程》和《简·爱》中的孤儿不同，他们缺乏希望：他们表达了各自社会的焦虑——一个腐败的大英帝国最后的挣扎，一个仍在从两次世界大战和无时不在的核毁灭的威胁中复苏的20世纪。

克莱顿并不反对使用传统的恐怖手法，而且在他的影片中，一些场景也采用了主流恐怖手法来制造必要的紧张气氛。我们能够感受到微妙的恐怖暗示，例如梦境片段和亲吻场景等令人不安的时刻，也可以看到一些刻意浓墨刻画的恐怖场景，它们描述了家庭女教师在日益肯定孩子们被琨特和泽茜的鬼魂附身时的精神分裂状态。在泽茜探访教室之后，她（家庭女教师）手持蜡烛，徘徊在哥特式的走廊里，寻找着窃窃私语的声音；滴水兽的特写镜头不时地被人物的面部特写打断，镜头逐渐变成高角度俯拍镜头，摄像机围绕着她旋转，在她转身面对一尊黑色的、眼睛闪闪发亮的雕像的特写镜头处停止，此时，霸道狂笑的声音占据了荧幕空间。影片中这种时刻并不多：克莱顿更喜欢令人不安的沉默，夜深人静时不协调的鸟鸣声，鸟儿拍打翅膀的扑扑声，苍蝇的嗡嗡声，或者是由孩子们传递的关于爱情与死亡的歌曲和诗朗诵，而不是恐怖片中运用的传统恐怖手段。显然，克莱顿所采用的为数不多的传统恐怖场景是为了直观地表达吉登斯小姐日益不稳定的精神状态，再一次将观众带入她的叙事视角。尽管《无辜的人》巧妙地利用了鬼故事和恐怖电影的技巧，但它仍是一部主要探究詹姆斯小说中所蕴含的性心理模糊性的影片。

2009 年 12 月 30 日播出的英国广播公司的改编电视剧《螺丝在拧紧》，从一开始就表明了其与詹姆斯的经典文本的关系。这部电视剧保留了小说的标题，并被宣传为英国广播公司 2009 年著名的圣诞节目：英国广播公司戏剧总监本·斯蒂芬森（Ben Stephenson）声称："如果没有成年人在炉火前观看鬼故事片，圣诞节就不是圣诞节了。"他首先把它看作是一个鬼故事，旨在引起观众的恐惧，虽然就像在詹姆斯的故事中一样，这种恐惧来自相对安全的家园；斯蒂芬森为潜在的观众呈现了一种陈旧的意象，让人回想起维多利亚时代的"家庭"观念，但是詹姆斯以此为出发点来破坏这种舒适的意象，而英国广播公司的改编作品则将其作为一种手段，进一步拉开观众与叙事潜台词的距离，向他们展示一个旨在通过其恐怖性，而非任何一种对现代家庭的间接批判来激发情感的故事。影片上映前的宣传策略并没有利用小说中潜在的令人不安的信息。然而，尽管这部改编作品明确强调了超自然邪恶的存在，但是导演蒂姆·费威尔和编剧桑迪·韦尔奇的确试图保留小说解决弥漫在社会中的隐秘恐惧和焦虑的能力，无论是维多利亚时代的、爱德华七世时，还是当代社会的。通过将时间由 19 世纪 90 年代晚期转变为第一次世界大战后，这部作品将詹姆斯文本中所蕴含的恐惧和焦虑——对性越轨行为和帝国衰亡的恐惧——与社会对战争的恐惧和焦虑联系起来。詹姆斯的小说及克莱顿的电影中所暗示的内容成了韦尔奇的电视改编作品中一种固定的地理和时间背景。同样，这部作品中对真实的鬼魂和孩子们之间关系的处理方式，也暗示了我们现代社会的不安及恐惧，但此处并没有以小说或者《无辜的人》中

文学改编指南：改编电影、电视、小说和流行文化中的经典

模糊和令人不安的方式来探讨微妙的性行为和复杂的成人欲望。文本的心理层面是以一种更加直接的方式来处理的：电视剧开始时，家庭女教师被安置在 20 世纪初一家退伍军人医院的精神科病房里，从而帮助引入一位弗洛伊德式精神科医生，他对家庭女教师的观察，作为叙事的一部分，对她的心理提供了一种更为公开的临床评估。她纷乱的思绪，在荧幕上经常是通过大量的画面、快速剪辑和手持式摄影方法来实现的，我们不断从现在转回到过去。

虽然编剧韦尔奇之前对 19 世纪经典文学作品的电视改编作品 [《我们共同的朋友》(*Our Mutual Friend*, 1998 年),《南方与北方》(*North and South*, 2004 年),《简·爱》(2006 年),《艾玛》(*Emma*, 2009 年)] 皆受到好评，但是这部改编自詹姆斯的世纪末故事的作品却招致了批评。汤姆·萨特克里夫（Tom Sutcliffe）在英国《独立报》(*The Independent*) 上写，它变成了一种"对精神病学的斥责"，这"彻底破坏了"该文本，而批评家阿德里安·沃伦（Adrian Warren）则坚称，导演蒂姆·费威尔如此渴望"创造一种'阴森恐怖'的视觉效果"，以致这部作品变得"出乎意料的浮夸，充满了假象和噪音"。克莱顿的影片中轻描淡写的地方，在这部作品中则浓墨重彩。但是，值得赞扬的是，这部作品的确尝试了一定的视觉复杂性，这使得这部经典文本的该电视改编超越了古装剧的可预测范围。其后现代主义美学与某些 90 年代后的电视文本特有的叙事形成了卡德维尔所说的"视觉上更复杂的、互文的、同时代的、表演的、戏谑的和内在反射性的"关系，而且，这部作品虽然以传统的鬼故事为主线，但在荧幕上是通过非传统的拍摄方式来实现的。

在某种程度上，它实现了与 19 世纪经典文本的经典电视改编的分离——这种分离反映了詹姆斯摆脱了现实主义散文和维多利亚时代现实主义结构的限制。这部改编作品还与莱蒙兰德 1994 年的改编作品建立了一种有趣的互文性：其时间位移、对一位正在接受精神病治疗的年轻家庭女教师的塑造以及近似超现实主义摄影手法的使用都表明它挪用了莱蒙兰德电影中的一些元素。尽管如此，两位家庭女教师的塑造方式有着巨大的差异。我们通过倒叙了解到，她们同样在童年受到虐待，但是莱蒙兰德的家庭女教师仍然是脆弱的受害者，被过去的性侵犯所困扰，而费威尔的安（Ann）则是一位坚强、理性、勇敢的女性，她相信邪恶和鬼魂的存在，且决心打败它们以拯救孩子们的灵魂。鬼魂是真实存在的，孩子们也被鬼魂附身了；克莱顿的《无辜的人》与其他令人不安的影片如《魔童村》有着不确定的联系，而这部作品则与 20 世纪 70 年代的《驱魔人》（The Exorcist，1973 年）和《凶兆》（The Omen，1976 年）等不那么微妙的恐怖电影存在着互文关系。以母亲为题材的恐怖电影例如《小岛惊魂》和《孤堡惊情》中，充斥着鬼魂和过度保护的母亲形象，它们同样也出现在这部改编作品中。然而，詹姆斯的故事讲述了文化上的焦虑，改写了同一个故事的千变万化的排列，而虽然这部英国广播公司的改编作品拥有一些爱德华七世时代的古装剧元素，这使其在某种意义上符合我们认为的"经典改编"，但是其电影模糊性及其与其他改编作品和其他恐怖电影的互文性，使其产生了意想不到的效果，颠覆了我们对保守的古装剧改编作品的预期。

与《螺丝在拧紧》的大部分改编作品不同，这部改编剧保留了小说的多重叙事结构。通过引入费希尔医生（Dr Fisher）和他的同事，韦尔奇设计了一种能够定期对故事事件和家庭女教师的心理状态进行评论的结构。这为詹姆斯文本中存在的心理模糊性提供了临床背景，并使家庭女教师从一开始就处于相对依赖的地位。女性的能动性被削弱了：叙事掌握在男性手中，费希尔医生的探究性问题激发并影响了她的叙述。还有些时候叙事被移交给了她的故事世界中的其他人：卡拉（Carla）和格罗斯太太以及安的倒叙提供了故事背景，解释了小说中通过模糊性和推断来探讨的问题。在詹姆斯的小说中，一旦家庭女教师的叙述开始，我们就站在了她的叙述视角，但是在这部作品中，添加的场景使我们能够从男性的角度来思考她的心理状态，同时在新结尾中，那位医生由信仰科学的人转变为能够看见她鬼魂的人，这将他置于了该剧的中心，而此时家庭女教师已然作为孩子的谋杀者被带走处决。尽管如此，故事结尾还是短暂地提及了伯莱庄园以及下一位家庭女教师的到来，暗示了同样的事件还将会发生，这一次钥匙的保管员不同了，但同样是位天真的女性。就像阿曼巴（Amenábar）的《小岛惊魂》一样，故事又将重新开始。观众与家庭女教师的亲密关系由于其他叙事声音的加入而被削弱，即使卡拉和格罗斯太太的叙事是通过安的回忆展开的。费威尔的伯莱庄园里只有女性，她们似乎都与围绕着这个地方的邪恶有牵连，不管是通过卡拉的抵抗，还是通过暗示沉默寡言的司机和这部改编作品中的女管家有勾结。此处与我们在《小岛惊魂》里看到的幽灵仆人相似：我们并不是很确定莎拉·格罗斯（Sarah Grose）及伯莱庄园里的仆人们的身份，费威尔的作品正是利用了这种幽灵的模糊性——一种在这部作品的很多方面都缺失的模糊性。安在第一次见到格罗斯太太时声称"我以为你是鬼魂"，尽管这位管家让她放心"这里没有鬼魂"，但是她知晓所有与琨特和泽茜相关的事情至少暗示了他们有一定的勾结。卡拉对琨特以及伯莱庄园主人的暴力和淫秽活动的倒叙阐明了在小说和克莱顿的《无辜的人》中所暗示的真正的邪恶。莎拉的倒叙同样阐明了泽茜的背景：她身怀六甲，是一位莎士比亚笔下的奥菲利亚似的自杀者，将自己溺死在伯莱庄园边上的湖中。虽然这个故事的后两个版本都是以含蓄的方式表达的，让观众去体会留白之处，去倾听沉默之声，但在导演费威尔的手中大部分的问题都被挑到了明处。

尽管道克瑞（Docherty）出演的年轻主人公最初表现为一个心理紊乱且被监禁的精神病人，但是这位家庭女教师是一个非常坚强、自信的个体，她已"拿定主意（由她来）掌管一切"；她是遭受第一次世界大战的恐怖之后"漂泊的女性世界"里的"船长"，"看守和等待"以及"保护孩子们"是她的责任。她没有詹姆斯的女主人公那种自我戏剧化的特质，也没有黛博拉·蔻儿扮演的家庭女教师那种自我怀疑的特征。即便被监禁，以及如我们后来所得知的，在这部改编作品中她被指控谋杀迈尔斯而被判死刑，她仍坚信存在纯粹的邪恶，坚信她是道德的仲裁者，是唯一的拯救者。她和她的故事都违背了科学的法令，她公开挑战对她性格的传统的弗洛伊德式解读，告诉代表男性权力和冷静及理性思维的费希尔医生，"（她）不是那种只会想到男人的歇斯底里的女人"。她对他无法承认存在"邪恶——那生生不息的邪恶"表示质疑，她的最后警告——"如果你不相信有邪恶，不相信邪恶一直存在，如果你不相信琨特的存在，他会不断回来找你的"——证明是对的，琨特的鬼魂侵入了费希尔医生的世界，开始是幽灵般的低语，而后出现在伯莱庄园的照片上，最后他变成其中一个监狱警卫的样子将安带走处决。这部改编作品中的鬼魂是可以被他人看到的，且某些叙事点是直接通过他们的视角来展示的。它们实实在在地出现在荧幕和照片上，这破坏了这两种媒介的现实主义色彩，并对爱德华七世背景下的科学的确定性提出了质疑。在韦尔奇的叙事结尾，安的世界观占据了主导地位：虽然 20 世纪早期人们信仰科学，但是邪恶依然盛行。从这个意义上讲，比起《无辜的人》，这部作品与威廉·弗莱德金（William Friedkin）的《驱魔人》有更多相似之处，这也暗示了当代观众仍然在宗教信仰和科学的确定性之间犹豫不决，左右为难。

然而，这位家庭女教师的可信度有时会被作品中过多的视觉和听觉效果所削弱。定场镜头（establishing shot）将安置于单调的牢房般的屋子里，她的脸有一半在阴影中，视觉上与克莱顿的家庭女教师的开场镜头相似；然而，此处的焦点更清晰，光线更自然。与克莱顿的影片开场时漫长而令人不安的拖沓形成鲜明对比的是，费威尔快速将镜头剪辑到明亮翠绿的乡村，并采用手持视角拍摄，摄影机沿着一条林荫大道移动，由快变慢，观众可以听到鸟儿拍打翅膀的声音以及伴着孩子们歌声的钟声，从而让观众迷茫。接下来又是一系列混乱的对各种物体的快速剪辑，这些物体后来都出现在伯莱庄园发生的事件中——迈尔斯送给弗罗拉的玩偶、阁楼里的摇摆木马、玻璃罩中的标本、墓地——以及对扭曲的天空镜头或一个金发男孩的斜向特写镜头的快速剪辑，此时摄影机再度加速，最终镜头停留在一块布满蛆虫的腐肉上。虽然这种忙乱的剪辑和不稳定的摄影传达了安的心理困扰，但是这种过多的高速转接的蒙太奇画面也会让人感到混乱，而不能制造紧张的气氛。克莱顿让我们思考的不仅是画面中的内容，还包括画面外的内容，而费威尔的场景调度是如此凌乱，他的摄影技术是如此强大，以致我们几乎没有时间去领会每个画面中已经存在的内容，更别提画面外的内容了。这部作品的确沉湎于爱德华七世时代的时代细节，但是它也运用了一些传统的恐怖手法，这些恐怖手法削弱了在一座庄严的乡村别墅里划船和野餐的壮丽场景，尽管这座别墅的大部分镜头是在温暖、明亮的日光下，而非哥特式阴影里拍摄的。迈尔斯到达车站时，大雾笼罩，这种传统的恐怖处理方式与自然拍摄的大部分白天场景极不协调；故事接近尾声时，被鬼魂附身的孩子们的驱魔者般的声音也同样无法令人信服。此处，弗罗拉和迈尔斯身上没有了《无辜的人》里面的儿童演员身上的那种矛盾性和复杂性，这在某种程度上是由于韦尔奇塑造的家庭女教师更加自信，她在最后与琨特的对峙中冷静地宣称，"我会留下来……不惜一切代价"。他们是詹姆斯小说中天使般的孩子，但是他们与家庭女教师的关系不那么复杂。迈尔斯和家庭女教师之间没有了性方面的联系，而孩子们似乎也更能够接受被"拯救"的想法。和小说中的许多开放式的故事线索一样，迈尔斯被学校开除的原因被做出了解释：我们听到男孩们的画外音说到"他是邪恶的"。

本节中所考虑的《螺丝在拧紧》的"经典"荧幕改编作品不同

于普通的遗产剧。费威尔的电视改编作品不可避免地会被人拿来与克莱顿的《无辜的人》做比较——后者，像里恩的《远大前程》一样，如今也被视为日益增长的经典荧幕改编作品的一部分——但是这两部改编作品都是通过具体的媒介来对文本做出回应的：通过利用所选媒介特有的视觉和听觉符号做出回应。克莱顿的改编作品已经成了"高雅艺术"电影的代名词，而费威尔的电视改编作品却很难定位。它的电视作品定位会立即将它归为"主流"古装剧，虽然它的实验电影拍摄技巧挑战了传统的期望，并推动了这一体裁的发展。每一个文本都存在于一个连续统一体上，其以詹姆斯叙事核心的焦虑为基础；每一个文本都在循环往复，并与这一叙事的各种排列产生互文性，永无止境。然而，只有克莱顿的"经典"改编作品在荧幕上表现出了与小说《螺丝在拧紧》中所蕴含的同样程度的道德失范。

《螺丝在拧紧》：重写文本（《弗洛伦斯和贾尔斯》《伯莱庄园被诅咒的居民》及布里顿的《螺丝在拧紧》）

　　修正式的改编作品寻求重新定义源文本的主导话语。它们突出了迄今为止一直被搁置的问题，并为预期的读者／观众呈现了解读经典原著及其改编作品的不同方法。本节所关注的三部改编作品从处于文本边缘的人的视角探讨了《螺丝在拧紧》：在本杰明·布里顿的歌剧和乔伊斯·卡罗尔·欧茨的短篇小说中，琨特和泽茜的鬼魂占据了中心地位；在约翰·哈丁的《弗洛伦斯和贾尔斯》中，孩子弗洛伦斯掌控着叙事。在所有这些改编作品里，詹姆斯的哥特式故事中所蕴含的潜在模糊性都被做了直截了当的处理。其性越轨和道德越轨的行为被"正常化"，令人感到非常不安，而关于童真的预想也受到了挑战。这些故事中充斥着有魅力的鬼魂，以及谋杀或诱骗人的孩子：它们采用了新的、具有挑战性的方式来处理经典文本及其隐含信息。

　　在《弗洛伦斯和贾尔斯》里，约翰·哈丁基于詹姆斯对浪漫的维多利亚时代的童年意象的试探性解构，构建了一个复杂的、心理错乱的孩子，她缺乏能动性（agency），不受关注，这使她等同于《螺丝在拧紧》的叙述者。哈丁让其读者了解到一个有能力策划谋杀行为的孩子的不安的心理，突出了我们当代的文化焦虑，并暗示了维多利亚时代浪漫化的童真概念在后巴尔杰（post-Bulger）文化氛围中已不再流行了。迄今为止被我们当作鬼故事或者对一名陷入困境的女性的性心理研究来解读的叙事现在变成了另一种更令人不安的叙事。詹姆斯的故事中隐含的同性恋行为不再被视为一种越轨行为，但是就像小说的潜文本、《无辜的人》等电影或者本杰明·布里顿的歌剧中所暗示的概念本质上仍让人感到不安，其不仅呈现了迄今为止从未有过的无名的恐惧，而且重塑了我们对经典文本中的弗罗拉和迈尔斯的看法。

我们是通过该小说中的弗洛伦斯的第一人称叙述进入故事的。虽然这位第一人称叙述者以一个24岁的成年人的视角来记录发生在她十一二岁时的事件，但是她并没有模仿《远大前程》或《简·爱》等其他经典文本中的成人第一人称叙述者自我批评和自我反省的声音。哈丁建立了一种类似成长小说的结构——在此结构中，主人公回忆她的过去，但是并没有迹象表明弗洛伦斯经历了代表经典成长小说叙事动力的那种道德成长或成熟，也没有迹象表明她有能力权衡她的不当行为造成的后果。小说中没有任何启发性的宣泄时刻。相反，其对某一特定时期的关注暗示了其模仿了詹姆斯小说的回忆录结构，而且我们可以感觉到弗洛伦斯的叙述，像回忆录一样，充满了错误的信息和曲解。与家庭女教师不同的是，弗洛伦斯是她自己故事的唯一叙述者，然而这是一个通过两种不同语言系统讲述的故事——一种是公共语言系统，另一种是私人语言系统。她的私人声音充满了迷人的新词（neologism），这些新词在读者和叙述者之间建立了一条纽带。我们可以进入她的私人世界，而她的语言中特有的这些新词的创造性则表明了她的聪慧。它们能够降低她的思想和行为的异常性。此外，她的私人语言系统给予了她作为女性孤儿所没有的能动性和控制权。和《钢琴课》中的埃达（Ada）一样，她对父权制语言的拒绝在某种程度上是对父权制控制的拒绝，而且和埃达一样，尽管她是小说的第一人称叙述者，但依然是个谜。

弗洛伦斯指出，"假如（她）按照自己的想法说话，那么就会清楚地表明（她）读过书"；隐藏她的私人语言系统不仅是一种控制方式，也是一种生存方式，因为在哈丁的故事中，知识和教育被认为是危险的，是女性的禁区。对除了读者以外的所有人隐藏这种语言也增加了读者与弗洛伦斯之间关系的亲密性。然而，她还是一位不可信的叙述者，常常看不到读者和她故事中的其他人能够看到的事情，而且令人不安的是，她意识不到自己心理的不稳定性和自己行为的邪恶性。这些行为仅仅是被公布出来，而没有对此做任何思考；就像其他文学作品中的儿童叙述者一样，例如帕特里克·麦凯布（Patrick McCabe）的《屠夫男孩》（The Butcher Boy）或者伊恩·班克斯（Iain Banks）的《捕蜂器》（The Wasp Factory）中的弗兰克（Frank Cauldhame），她缺乏良知，缺乏道德标准。在叙事中的某些时候，她对读者来说就是詹姆斯小说中"几乎是丑陋的"弗罗拉，她的"出现会让（家庭女教师）感到恐惧"。了解了她的行为和她的思维过程不可避免会让读者与她保持一定的距离，无论她的第一人称叙述有多么亲密；作为无人关爱且精神失常的孤儿，她"像幽灵一样纠缠着整个家庭"以缓解她的孤独感，她唯一的身份认同感来自她作为脆弱的贾尔斯的姐姐的角色，她的这种情况虽然不会让读者感同身受，却可以引起读者的同情心。此外，弗洛伦斯的声音仍然是一个尚未达到预期成熟水平的孩子的声音；尽管她是从 24 岁的成人女性的视角展开回忆，但是她的声音依旧是十一二岁时候的声音，因而保留了一丝孩子气。

哈丁重置了叙事的文化框架，将故事从维多利亚时代的英国搬到了 19 世纪晚期的美国和位于纽约以北 100 英里处的一座乡村宅邸里。詹姆斯的家庭女教师起初将伯莱庄园视为充满阳光和希望的地方，而无忧山庄（Blithe House）则从一开始便是"一幢破破烂烂的宅邸……由于节俭弄得既不舒服又不体面，一个被忽视的地方，大门紧闭"，一个"鬼魂喜欢的地方"。哈丁的修正小说以原著中的童话故事和哥特式典故为基础，再次展示了改编作品以及具有相似叙事空间，探讨相似主题线索的姊妹篇是如何传递经典文本的。从表面上看，弗洛伦斯是对詹姆斯笔下的弗罗拉的重塑，此处她从一个不那么重要的儿童形象变成了这部小说中的主人公，但是我们可以推断出，她也与那个在书中寻求慰藉的聪明的孤儿简·爱是一致的。作为哥特式小说——《奥多芙的神秘》（*The Mysteries of Udolpho*）、《修道士》（*The Monk*）、《白衣女人》（*The Woman in White*），以及拉德克利夫（Radcliffe）和坡（Poe）的作品——的忠实读者，弗洛伦斯吸取了这些读物中的黑暗秘密，并开始将其编织进自己孤独而平凡的生活里，以此作为一种精神寄托的手段。她和詹姆斯的家庭女教师一样，将自我戏剧化，现实与被构建的幻想之间的界限日益模糊。孩子简走出了自己的想象世界而获得成长，而弗洛伦斯则越来越肯定地走进自己的幻想中。她不断提及的童话故事是基于詹姆斯小说中所蕴含的那些童话故事，从而再次表明弗洛伦斯在创造着她自己的小说。这种刻意的叙事策略提醒我们弗洛伦斯孩子般的心态：她的思想里充斥着哥特式的幽灵和童话故事中道德高尚的人物，但是她对二者的重塑导致了令人不安的善与恶的融合——这种融合提醒读者，她无法分辨二者。就像詹姆斯的家庭女教师一样，她的故事讲述变成了一种女性能动性的形式：我们感觉到，她在编造着自己的哥特式故事，自己的"大团圆结局"，这不是痴心的西奥（Theo）渴望的浪漫结局，而是（《格林童话》中）韩赛尔（Hansel）与葛雷特（Grettel）式的结局。虽然她曾试想过扮演落难的少女，"困在高塔里的公主"，把西奥当作"身穿闪亮铠甲，骑高头大马的骑士"，但最终她还是把自己塑造成了英勇的葛雷特，将韩赛尔从邪恶的女巫泰勒小姐（Miss Taylor）手中救了出来，她"像韩赛尔和葛雷特中的葛雷特一样重重地击打"着她的头部。在哈丁的这个扭曲的长发公主（Rapunzel）的故事中，西奥和为了拯救公主跳下高塔失去视力之后又恢复视力的王子不同，他最终因为看清楚而死去；他因为获得了"视力"——因而意识到弗洛伦斯精神错乱——最终失去了生命。

敏感的贾尔斯是其聪明而坚强的姐姐的对立面；与詹姆斯小说和克莱顿影片中复杂而潜在邪恶的迈尔斯不同，他象征着浪漫化的维多利亚时代的纯真儿童的形象，而弗洛伦斯则代表了被视为危险"他者"的孩子。维多利亚时代对诸如《简·爱》和《螺丝在拧紧》中没有固定身份、危险且精神不稳定的女性的性越轨行为的关注，在这部作品中被蓄意行凶的孩子的潜在危险性所替代。弗洛伦斯不是詹姆斯笔下天使般的弗罗拉，而更像他笔下自我戏剧化的家庭女教师，是将阁楼视为避难所的伪伯莎·梅森。她的阁楼是她的"秘密王国"，在那里她能够自学，不受其不在场却依然掌控一切的叔叔的干预，对他来说，女性接受教育是一种禁忌。和原著中的家庭女教师一样，她唯一的感情宣泄渠道是贾尔斯：她成了无忧山庄这个不正常的家庭结构中自封的、过度保护且专横的代理母亲，就像詹姆斯的家庭女教师和克莱顿的吉登斯小姐一样。在一个视她们为隐形的社会结构里，她们利用迈尔斯／贾尔斯来定义自己。三人都将自己置于自己设计的幻想故事的中心——这个故事将她们的努力保护定义为坚忍的勇敢行为。弗洛伦斯回忆说，她"没有让惠特克小姐（Miss Whitaker）在活着的时候把（她）推向绝望"，现在她也不会"屈服于"泰勒小姐；"如果（泰勒小姐）想要打架，她会奉陪，无论有什么样的黑暗力量任她驱使……"。她戏剧性地将她们最后的摊牌描述为她们"面对面，像两头殊死搏斗的野兽"。泰勒小姐本应是她的天然盟友，因为她也在寻求那些被认为不适合女性的知识，但是弗洛伦斯将她构建为原著中幽灵般的、掠夺性的琼特，旨在偷走她所照顾的无辜的孩子。传统上被认为是男性的《小红帽》（Little Red Riding Hood）中的狼的形象在这里变成了泰勒小姐，弗洛伦斯用险恶的字眼重新定义了她慈母般的哼唱，她（弗洛伦斯）形容她（泰勒小姐）"像秃鹰一样在（贾尔斯）上方盘旋，几乎在舔着她的嘴唇"。通过将泰勒小姐置于镜中——"她的影像困在玻璃里，头朝后，发出可怕而无声的笑"——哈丁和勃朗特一样，重申了哥特式二重性和第二自我的概念，但是此处成为和伯莎·梅森一样的黑暗"他者"的不是泰勒小姐，而是他的主人公。虽然弗洛伦斯费尽心力将泰勒小姐构建为像泽茜一样的"女巫，跨过水面"，"像寻求猎物的捕食者一样嗅探着空气"，但是读者和贾尔斯一样不相信她的说法，尽管她控制着叙事。相反，她的行为不是坚忍的自我牺牲行为，而是一种病态的痴迷，这种痴迷从心理上的转变为生理上的，最终导致她谋杀了那些试图篡夺她代理母亲角色的女性。

在哈丁的小说中，詹姆斯的小说和克莱顿的《无辜的人》中潜在的精神失常的家庭女教师变成了精神失常的孩子，但是弗洛伦斯及其故事里的家庭女教师们与这些先驱人物有着共同的特点，创造了一种令人困惑的角色组合。小说引用了克莱顿影片中的一些标志性内容：弗洛伦斯变成了疯狂的吉登斯小姐，迫使贾尔斯（而不是影片中反抗的弗罗拉）假装承认他看见了泰勒小姐的鬼魂站在湖里。然而，正如《无辜的人》中的白玫瑰象征着吉登斯小姐一样，芬芳的白百合则象征着泰勒小姐，在弗洛伦斯看来它们代表着她的死亡和腐朽。同样，"痴迷的"惠特克小姐和吉登斯小姐以及《螺丝在拧紧》中不知姓名的叙述者一样都抱有浪漫的幻想。不过，小说中有一点是直接改编自克莱顿的影片，即暗示了故事中孩子们的邪恶倾向的情节构筑。就像弗罗拉说她饶有兴趣地看着一只蜘蛛吃掉一只蝴蝶，而迈尔斯枕着一只死鸟睡觉——一只或许是他杀死的鸟——一样，弗洛伦斯谈及了一只"被冰锥刺穿的"老鼠和一条"挣扎着喘息直到断气的"鱼，延续了电影文本中所构筑的弗罗拉和迈尔斯的黑暗寓意。然而，此处最显著的区别在于，原著和影片中的孩子们的邪恶倾向是模糊的，而在《弗洛伦斯和贾尔斯》里，读者确信无疑贾尔斯才是无辜的人，而他的姐姐则是这个恐怖叙事中的邪恶孩子，这种恐怖不是通过哥特式比喻来实现的，而是通过复杂的心理研究来实现的。

和原著的许多电影改编作品一样，这部叙事也采用了环形结构。弗洛伦斯说道："我们是历史的重演，我们三人，格劳斯夫人（Mrs Grouse）、贾尔斯和我，列队欢迎新的家庭教师，就像似乎很久以前我们对可怜的惠特克小姐所做的一样。"她后来提到了两位已逝的家庭女教师，还有尚未上任的第三位家庭教师，暗示了她给我们讲述的故事将会反复上演，而每一位好奇的家庭女教师都会被蓝胡子般的弗洛伦斯处理掉。詹姆斯的小说以及许多电影和电视改编作品都把这个故事看成是一个鬼故事或者一种性心理研究，而哈丁的小说则把弗洛伦斯眼中的鬼魂定义为她精神错乱的一部分：尽管她讲述了它们的存在，但是我们可以清楚地看出，这只是她的妄想症症状，这一点可以从她认为镜子在执行着幽灵般可怕的监视行为中得到证明。这部小说仍然是一种心理研究，主要关注主人公自我诱导的鬼魂信仰，并巧妙地利用了詹姆斯小说中所蕴含的哥特式比喻；然而，它也采用了民粹主义悬疑惊悚片的策略，将叙事视角重新聚焦于道德上不一定模糊，但结构上令人费解的事情上。

其模糊性是通过情节点而非通过散文或者摄影技巧来实现的。哈丁让我们思考泰勒小姐到底是谁——贾尔斯的母亲和弗洛伦斯的继母？他们父亲的第二任妻子？或者他们叔叔不光彩的未婚妻？——以及为什么泰勒小姐离开了贾尔斯，却又在故事中的这个时间回来找他？通过查看隐藏的家庭照片，弗洛伦斯意识到了家族史上的差异，但她未能像置身事外会意一切的读者一样建立起其中的联系。有迹象表明，哈德利（Hadleigh）（和读者）怀疑她至少对前家庭教师惠特克小姐的死负有责任，尽管叙述者弗洛伦斯巧妙地通过遁词和真真假假的陈述规避了关于自己罪行的问题。这部小说可能没有涉及阿黛勒·格里芬的青少年小说《更紧》（它本身就是一部《螺丝在拧紧》的改编作品，以当代美国新英格兰为背景）中所探讨的那种主流悬疑修辞手法，但是它以具体的方式借鉴了其悬疑性，表明了它以不同于经典文本和《无辜的人》等荧幕改编作品的方法来处理该故事的体裁特征。弗洛伦斯指出，这个故事"更像一个童话故事，而非一部真正的悬疑小说"，但即便如此，这也是一个令人毛骨悚然的童话故事，带有令人不安的含意。《螺丝在拧紧》的读者和《无辜的人》的观众需要自己去判断弗罗拉和迈尔斯是邪恶的还是无辜的，及其程度，而在《弗洛伦斯和贾尔斯》中，弗洛伦斯犯下邪恶的罪行。但是，哈丁通过让读者了解她孩子般不辨是非的思维方式，鼓励读者去思考是什么使她无法区分善恶。他的小说，无论在叙事发生的时代还是在当代，都是对社会的一种更直接的控诉，随着弗洛伦斯呈现出非常真实的儿童谋杀者的形象，詹姆斯小说中隐含的文化焦虑被赋予了另一种令人不安的解释。

乔伊斯·卡罗尔·欧茨认为，维多利亚时代的鬼故事过于"淑女"，而詹姆斯的散文则"太绅士"。《伯莱庄园被诅咒的居民》是对詹姆斯的《螺丝在拧紧》的后现代哥特式改编，收录在一本名为《闹鬼：怪诞的故事》（*Haunted: Tales of the Grotesque*）的作品集中，这是一部前传，和布里顿的歌剧一样，它以一种更加开放和更加令人不安的方式来处理经典文本中对受压抑的性欲的隐晦探究。她大胆断言"邪恶并不总是令人反感的，相反往往很吸引人"，以此为出发点，她处理了那些"难以言喻的禁忌"，这些禁忌使她的幽灵般的主人公们以及他们所照顾的人变成了"积极的帮凶"而非"受害者"。就像简·里斯的《藻海无边》一样，故事时间和叙述的转变改变了叙事视角：琨特和泽茜的鬼魂成了故事的主人公，在原著中的家庭教师——在这部改编作品中其功能被简化为情节机制——到达之前，事件从他们的视角展开。欧茨基于原著的模糊性，通过承认令人不安的"审美情趣"以及解构维多利亚时代天真儿童的浪漫形象，充实了其对道德败坏的维多利亚社会的间接批判。

这个故事的标题为已经熟悉詹姆斯的原著以及传播这一经典文本的众多改编作品的读者们提供了线索，但即便对于不熟悉这些的人来说，它被收录在恐怖鬼故事集中及其对"被诅咒的居民"的引用，都证明了它是一部恐怖体裁的叙事。然而，该短篇小说不同于《螺丝在拧紧》的其他改编作品，它不仅仅是一个鬼故事，也不是对原著主人公的性心理研究。相反，它是对原著中失恋鬼魂的性心理倾向的一种令人信服的研究。欧茨的散文没有了她所说的詹姆斯的鬼故事的文雅：它直白、血腥、充满色情，还有其他层次的体裁复杂性在发挥作用，这使得该故事超越了恐怖小说的范畴。最初，我们进入这个故事的时候，琨特和泽茜已经"穿越"到了冥界，正等待着他们心爱的弗罗拉和迈尔斯的到来，但是故事随后回过头来讲述导致他们当前处境的事件，且随着争夺孩子的战争的结束，故事也模棱两可地结尾了。欧茨采用了原著中的一些情节要点：目击鬼魂、家庭教师对这些目击事件的反应以及她"保护"孩子们的决心都构成了该叙事的一部分动力，随着虔诚的家庭教师和情欲化的鬼魂之间的最后摊牌，故事渐近尾声。欧茨也引用了其他的改编作品：例如，克莱顿的《无辜的人》中所采用的泽茜和家庭女教师在教室的场景也成了欧茨叙事的一部分。然而，詹姆斯的家庭女教师并不是欧茨故事的核心人物，鬼魂亦不是她精神不稳定的表现。迈尔斯也不是因为最后的灵魂之战而死去。

这个故事围绕着一个相似的特定时期展开，但是原著中运用的复杂的第一人称叙述转变被舍弃，取而代之的是一个全知全能的第三人称叙述者，其对事件的讲述与泽茜和琨特一致。不同于迄今为止我们所探讨的那些经典文本，该文本既不是回忆录，也不是成长小说。相反，它在主要的叙述之外，存在着一些不连贯的内容；这些内容使用斜体字来做区分，它们让读者从故事边缘人物的角度来思考事件：

孩子们在从房子里观望吗？他们苍白、渴望的小脸是紧贴在玻璃上吗？小弗罗拉和小迈尔斯看见了哪些那对被诅咒的恋人自己看不见的东西呢？

欧茨有时也会改用琨特和泽茜的杂乱无章的第一人称叙述，（这些叙述）同样是用斜体的形式表示，使我们对他们不安的心态有了深刻的理解。尤其是泽茜的思想贯穿整个叙事，描绘出她意识到某种不知善恶的力量在引导着他们的行动，"（他们）看不见它的脸，（他们）听不见它的声音，除非当它在（他们的）思想中回响时"。她的台词毫无警告地劫持了叙事，萦绕着其散文，提醒我们即使她在思考自己的行动后果时，她也一直在场。一个难以捉摸的声音给出了一个结束性的哲学评论——"我们一定会想象得到，如果邪恶能够存在，那么善良理所当然也可能存在"——但是这个说话者的身份仍被刻意保持模糊。在欧茨的后哥特世界里，善恶之间的界限一直都是模糊的，她的叙述策略会使读者感到困惑，有时也会让读者联想到叙事中鬼魂的令人不安的反常行为。

　　虽然这个故事被定位为改编自《螺丝在拧紧》的后哥特式恐怖前传，但是它不仅与传播该经典文本的其他改编作品，例如《无辜的人》，尤其是布里顿的歌剧，具有互文关系，还与其他19世纪的经典文本具有互文关系。和詹姆斯的中篇小说一样，《简·爱》中探讨的主旨也成了《伯莱庄园被诅咒的居民》的结构的一部分，但是欧茨对哥特式爱情的探究不止如此，还涉及了艾米莉·勃朗特的《呼啸山庄》（Wuthering Heights）中所暗示的那种黑暗而可怕的占有-强迫式爱情。泽茜和琨特成了化名的凯瑟琳（Cathy）和希斯克利夫（Heathcliff），他们徘徊在伯莱庄园内而非荒野上，却有着同样的强迫性欲望；然而，在这个故事中，爱情的欲望违背了"规范"，弗罗拉和迈尔斯在此处被构建为同样性欲的对象，而恋人琨特和泽茜在等待着他们的穿越。它成了一个探讨性越轨行为等禁忌领域的情色化的爱情故事，突出了詹姆斯的中篇小说中模糊暗示的危险欲望。欧茨将琨特和泽茜的行为正常化，动摇了维多利亚时代和当代社会公认的道德规范。

和詹姆斯的家庭女教师一样，泽茜起初被构建为一个理性而谦虚的年轻女性，但是前者的精神不稳定性是慢慢显露出来的，而泽茜从一个"纯洁、虔诚、一害怕就傻笑的基督徒女孩"转变为令人恐惧的对象却是很快的，故事还详细讲述了她的性忧郁。两位女性都怀有与雇主私通的不切实际的浪漫幻想；"和英国其他的年轻家庭女教师一样，泽茜小姐曾如饥似渴地阅读着她的《简·爱》"。同样，和其他家庭女教师一样，这两位女性也都处于不稳定的阶级地位，她们既不是"家中天使"也不是妓女，尽管她们提供有偿服务，且扮演了维多利亚时代家庭里的代理"母亲"这一有问题的角色。但是在欧茨的故事里，泽茜的爱情欲望被实现了；与詹姆斯的家庭女教师搭讪的那个可怕的幽灵此处被呈现为有血有肉的人，活着的琨特和泽茜之间相互的性欲望是一种自然结果。他们早期的关系"充满了阳光！"，"就连空气也洋溢着他们爱情的味道"：泽茜的性欲萌动起初让人觉得充满活力。但是，欧茨很快就破坏了对这些时刻的怀旧情绪，在泽茜心中，性等同于精神失常和失去自我，这使得她既像詹姆斯笔下精神不稳定的家庭女教师，又与经典文本中的泽茜一致。她的性经历也使她不像勃朗特的《简·爱》中的女主人公，而更像简·爱的第二自我伯莎·梅森。她，像伯莎一样，变成了"一头野兽"，感觉"自己脖子上紧紧拴着项圈的链子在用

文学改编指南：改编电影、电视、小说和流行文化中的经典

力拉扯"。欧茨对泽茜的描述类似于勃朗特对野兽般的伯莎的描述；但是，在文本的潜台词层面上，它也与用来描述简·爱因为婚礼之前罗切斯特施予她的礼物而感觉受缚于他的苦恼的情感反应时所使用的语言相呼应，从而反映了《简·爱》文本的哥特式二重性的概念。此处，和《简·爱》中一样，性和父权统治等同于失去自我，陷入疯狂。地下墓穴成了泽茜的"阁楼"，在那里她像吸血鬼一样"嗜血"存活，她的嘴像是"一道伤口"，对琨特来说就等同于性刺激。她是一个"被毁掉的女人、一个被蹂躏的女人、一个被羞辱的女人、一个堕落的女人、一个（通过性交行为）使之毫无疑问成为女人的女人"——维多利亚时代的"妓女"，其死亡是其婚外孕的必然结果。她与她的替代者，清教徒似的家庭女教师，完全不同，后者"身着暗褐色的衣服，如此简朴！"。她"娇小、苍白、朴实的脸"与勃朗特的简·爱惊人的相似，却"厌恶和恐惧生活……厌恶和恐惧快乐、激情、爱情。一切（泽茜）和（琨特）所拥有的"以及简·爱所寻求的东西。

　　欧茨起初塑造了一个迷人而性感的琨特形象，让读者设身处地地感受这对受困情侣的苦境，他们想和孩子们团聚的愿望是由亲情驱使的。她构建了一个魅力超凡的琨特，其性能力最初与开放和自由是一致的：他是不可抗拒的诱惑者，伯莱庄园的许多女仆都抵挡不住他的诱惑，包括它的管家。然而，他与泽茜的关系似乎是一种相互的爱和欲望；对泽茜的去世他"感到了一个丈夫的失落：他的一半灵魂被撕裂了"，并声称他们"都被爱情诅咒了"。泽茜暗示，他的死不是意外，而是和她的一样，是一个预谋策划的行为，旨在使他们像他们的幽灵前身凯瑟琳和希斯克利夫一样团聚，但是此处这对情侣潜藏得"一点也不浪漫，他们避难的地方是这个丑陋的伯莱庄园的地窖里的……一个角落"而不是勃朗特故事里开阔的荒野。自由奔放的琨特最初也被刻画成一个道德高尚的人，他对弗罗拉和迈尔斯的爱是由于渴望为他们提供一个他们的监护人所不能提供的家庭而引起的；他把自己对泽茜和孩子们的依恋看作"一个因为爱家庭而受到祝福的（有人可能会说是受到诅咒的）男人的依恋"。然而，随着故事的发展，欧茨对这个"家庭"的概念进行了具有讽刺意味的转折，温馨家庭的幻想被削弱了，因为令人不安的暗示表明，琨特所说的"被诅咒的爱"指的是他对迈尔斯的爱而不是他对堕落的泽茜的爱。

欧茨通过描述仆人泽茜和琨特与伯莱庄园的受监护人之间的关系，以及通过对伯莱庄园缺席的家长的同样令人不安的研究，发展了詹姆斯对维多利亚时代不正常的家庭的探究，使阶级问题成为其众多主题之一。"家庭"与违背道德准则的观念缠结在一起：琨特和泽茜都无法认清自己对所照顾的孩子的迷恋和自己想要与他们作为家人团聚的愿望之间的界限。随着故事的展开，这种爱的黑暗性变得越发明显，然而欧茨并没有给我们提供明确的道德立场。她对赋予琨特的性自由的更直接的探索发展了詹姆斯对压抑性且受阶级束缚的维多利亚时代的道德观的模糊批判。表面上，伯莱庄园象征着基督教的道德规范，但是欧茨削弱了伯莱庄园主人的基督教立场，将他表现为一个压抑性欲，但利用其上层社会的地位作为其偷窥和憎恶别人理由的男人。在他对随从的下流指令中——"'琨特，伙计，你必须为我而活，嗯？'"——他容许了那些纵欲行为，并间接从中获得快感。

工人阶级的琨特认为其主人的行为是"野蛮的"，继而推断所有富裕的上层阶级的行为皆如此，因此，对其主人和新家庭女教师的基督教信仰不屑一顾。相反，他是一个有着原始冲动的人，对迈尔斯在他内心激起的情感的本质感到惊讶——对"(他)过去觉得如此吸引人——现在依然觉得吸引人的那种惊心动魄"感到惊讶。他起初对迈尔斯的深情挑逗甚为"震惊"，且"出于紧张本能地将他推开"。然而，在琨特与迈尔斯的关系得到证实之前，他保留性能动性的愿望就已经影响了我们对他的看法：为了保有自己的性能力，他变成了可怕的强奸犯，"悄悄溜到……家庭女教师的床上，不顾她微弱的挣扎反抗进入了她的身体"。他陶醉在自己引起的恐惧中，并回忆着在"一片金色情欲的光辉"里她"赤裸的恐惧"。欧茨探索了违背道德准则的性欲的复杂心理——琨特作为强奸犯——但是这种表现形式传统上所特有的疏离感在此处故意缺失，因此读者的反应也相应地受到了制约。此外，那些道德上受谴责的人物不是别有用心，就是维持着二元性。庄园主人的不可告人的意图削弱了他的道德立场，而在叙事后期出现的新家庭女教师虽然站在传统的禁欲主义的立场上反对所谓邪恶的东西，但也只能起到情节手段的作用。

欧茨对琨特和迈尔斯对彼此的爱的评论让读者不能确定他们之间关系的真实性质，但是随着故事接近尾声，最初被理解为无辜的行为呈现出明显的性色彩。在卡波特为叙事增添的梦境里，克莱顿的吉登斯小姐下意识地对她照顾的孩子产生了性欲，而欧茨则把原著中暗含的寓意描绘得更加生动。琨特最后"动情地回忆着，可怜的迈尔斯抱着他的膝盖，用他那炙热的脸庞摩擦着他"，但是欧茨用一个挑衅性的反问句有效地结束了这一段，他问道，"给予爱的抚慰，就像接收爱的抚慰一样，怎么会是邪恶的呢？"，从而迫使读者去思考另一种令人不安的观点。同样作为前传，迈克尔·温纳的《夜行人》对《螺丝在拧紧》中体现的性越轨行为进行了耸人听闻的处理，而欧茨则探索了与原著中含糊不清的那种性越轨行为相关的复杂的道德困境。此外，欧茨与该故事的其他改编者不同，她将迈尔斯表现为具有性意识的引诱者：他既不是"善良"的代名词，也不是"邪恶"的代名词；相反，他意识到并控制着自己的性欲。然而，弗罗拉和泽茜之间的关系并不是以同样明显的性行为来解释的。泽茜热切地渴望成为弗罗拉的代理母亲。这使她与詹姆斯笔下的家庭女教师及其不同的改编化身相一致，但是欧茨也为泽茜对活着的弗罗拉的痴迷提供了心理学依据：弗罗拉成了泽茜"自己的小女孩，那个被残忍溺死在自己子宫里的婴儿，她和琨特的孩子，就在这个池塘里"，她经常出没在伯莱庄园里，是一个"在为自己失去的孩子而哀叹的女人"。泽茜与弗罗拉之间的关系是否存在性的因素尚无法定论；迪亚娜·赫费勒（Diane Hoeveler）认为，迈尔斯和弗罗拉"以及他们父母的替代者们都是性行为的积极参与者"，她引用了故事中的以下段落：

到这种幽会的地方去寻找琨特和泽茜小姐这对情侣已

经成了迈尔斯的习惯，令人陶醉、动人、也许还有一点可
怜，在那里他总能找到他们；接下来，他柔滑的头发会变
得散乱，他的眼睛会如同吸食了鸦片一般睁得大大的，他
会拥抱着、依偎着、扭曲着、渴望和喜悦地呻吟着——谁
能抗拒他，谁能把他送走呢？小弗罗拉也是如此。

迈尔斯"散乱的"头发和"睁大的"眼睛暗示了他的性冲动，
我们可以推论弗罗拉也参与了这种性幽会，即使到目前为止还鲜有
评论表明弗罗拉和泽茜之间的关系具有性因素。但是，此处的性暗
示甚至更令人不安。

詹姆斯的故事贯穿着微妙的潜台词和模糊性：作为读者，我们
永远无法确定他对故事中孩子的邪恶或无辜所持的态度，就像我们
永远无法确定故事中的鬼魂是真实的还是虚构的，以及故事中家庭
女教师的心理状态。欧茨采取了不那么模糊的方法来处理该故事：
她挑战了读者的道德立场以及维多利亚时代和当代社会的道德准
则。她笔下的鬼魂是真实的，成年人和孩子们是有罪的，而原著中
"难以言喻的禁忌"则被令人不安地"正常化"了。在乔伊斯·卡
罗尔·欧茨和本杰明·布里顿的修正主义改编作品中，詹姆斯的
《螺丝在拧紧》成了一部没有道德绝对性的叙事，其中突出了小说
原文本中所蕴含的隐晦的违背道德准则的性欲。虽然它们的改编模
式不同—— 一个是散文，另一个是表演作品——但是它们同样都
关注原著中的性模糊性，都渴望给原著中被边缘化的鬼魂以表达的
机会。然而，原著内容的微妙性使之更适合于欧茨所采用的短篇小

说的写作形式，而将它改编为歌剧的形式则会牵扯更多的问题。亨利·詹姆斯是一位与"高雅艺术"美学相关的作家，他专注于人物的心理；歌剧虽然被视为"高雅艺术"，但与情节剧有关，因此一般来说，它不涉及詹姆斯式的微妙性。

然而，马丁·哈利韦尔（Martin Halliwell）却认为，在《螺丝在拧紧》中，詹姆斯"将情节剧和心理模糊性结合起来"，这确保了它"适合歌剧的形式"。露西尔·德布拉什（Lucile Desblache）则将其固有的模糊性、其"表达沉默和其他非语言因素的技巧"视为一种"强大的媒介"，能够被运用来将他的散文改编为歌剧。但是无论布里顿是否将这部中篇小说视为一个可以轻松搬上歌剧舞台的故事，他探讨其文本模糊性的决心都导致了一部歌剧的诞生，它像詹姆斯的故事一样，不断被重新审视和表演。布里顿的这部室内歌剧，包括他的音乐乐谱和由默万威·派珀（Myfanwy Piper）撰写的歌词剧本，是受威尼斯双年展（Venice Biennial）的委托而创作的，它于1954年9月14日在凤凰歌剧院首演，并获得了评论界的好评。这部歌剧频繁地在世界各地上演和重演，每一场演出都有自己的特色。作为一部演员不多、由一个合奏乐团伴奏的室内剧，布里顿的歌剧实现了哈利韦尔所说的"文本和音乐的复杂结合"，这"与詹姆斯使用意识中心的方式类似"：布里顿对音乐的选择受其改编意图的限制。他使用了音域有限的男高音、女高音和童声高音，并且将传统上作为主角的男高音角色分给了琨特，他的反英雄式主人公，从而改变了音乐期望。这部歌剧的幕间音乐插曲提供了叙事的二重性，充当了"全能全知的或者隐含的叙述者"，抑或"介

　　　　文学改编指南：改编电影、电视、小说和流行文化中的经典

入人物的行动以赋予其不同的认识"。

歌剧，和电影以及其他戏剧舞台作品一样，使用一系列符号系统来讲述故事。其视觉意义来自灯光、布景设计、服装、舞台表演者的动作和手势，及其听觉意义。歌剧虽然表面上依赖于听觉——作曲家创作的器乐乐谱和声部、歌剧词作者所写的歌词——但是它与其他的表演形式一样，采用协同工作的方法，依靠来自不同领域的集体创意。在歌剧舞台表演中，音乐乐谱及其歌词是最重要的代码和符号，但是许多其他的视觉和听觉要素对每一部作品的最终实现也非常重要。派珀的歌词和布里顿的音符写在页面上，形成了表演的重点，然而乐谱和歌词本质上并不是固定或稳定的：这部歌剧不断被改善，依据每位导演的意图做调整——通过表演来实现的意图。即使在同一部作品中，使用同样的乐队和指挥、同样的演员、制作人员和设计团队，不同场次的演出之间的差异也是不可避免的。例如，近几年来，这部歌剧曾以 50 年代（格莱德堡歌剧院 2006 年和 2014 年的重演）和 20 年代（北方歌剧公司，2010 年）为背景。它与改编文本（adaptive text）的关系发生着变化，这与荧幕或散文改编作品不同；和所有的舞台表演一样，它不断被改编，根据导演的意图以及所有参与者的协作能量来变化和转换。

瓦伦丁·坎宁安（Valentine Cunningham）认为布里顿受到这一特定叙事的吸引，是因为他渴望了解那些具有挑战性的道德困境；他认为，这个"奇怪的"故事激起了他（布里顿）的兴趣，他的改编意图源自他拒绝接受制度化的道德准则。通过赋予叙事中沉默的鬼魂以发言权，布里顿探讨了那些不仅仅被他们的无形性更被他们的阶级所边缘化的人物的处境。虽然没有像欧茨的前传中那样的背景故事，但是该故事中的鬼魂之间的关系，就如同其男主角的欲望一样，是布里顿改编作品的核心。对违背道德规范的性行为的探索构成了这部歌剧一种隐晦的潜台词，但是其神一般的琨特要比欧茨笔下魅力超凡的鬼魂更加令人不安。布里顿对一般性道德准则的质疑不可避免地受到其歌剧创作时代——50年代背景——的限制。欧茨创作于当代，可以泰然自若地探讨，引导读者去思考被视为违背道德规范的性行为的"正常性"，但是其他的文化焦虑仍在流传，表现这些行为仍具有挑战性，无论是以散文的形式还是在舞台和荧幕上。

德布拉什指出，派珀的剧本将詹姆斯的四万两千字的中篇小说浓缩成非常简洁的七千字。其两幕16场的结构遵循了詹姆斯小说的叙事关键点，并采用了一系列简写的场景标题来突出经典源文本中特定的戏剧性时刻——"信""阁楼""窗户"等等。在这方面，布里顿的歌剧是忠实性的典范。派珀的歌词剧本从一开始就是诗歌简洁性的典范，其开场台词："这是一个奇特的故事"，后来在约翰·哈丁的《弗洛伦斯和贾尔斯》中也得到了呼应。它以一个故事外叙述者（此人或许是，亦或许不是经典文本中的道格拉斯）的开场白开始，其结尾和原著一样并没有回到开头的叙述。然而，事件随后由几个叙述者来讲述——家庭女教师、格罗斯太太、孩子们、泽茜和琨特——这增加了其内容的不稳定性，也使这部改编作品远离了其故事设计中所遵循的结构忠实性。与家庭女教师或者格罗斯太太不同，布里顿的鬼魂用富有诗意的韵文说话，加上他们在舞台上的真实存在，赋予了他们一种不同的特质。琨特在源文本中是沉默的，但此处他的声音无论在歌词上还是在音乐上都成了最主要的声音。他第一次被家庭教师看见发生在第一幕第五场，这一出现被推迟了，但是自第一幕第八场开始他彻底占据了主导地位，在这一点上，尽管布里顿的歌剧与詹姆斯的故事在结构上有相似之处，但是它也做了一个大胆的新尝试。

在布里顿的改编作品中，所有人都能够看到鬼魂，听到他们的声音；虽然琨特直到第一幕第五场才出现，也不享有欧茨的叙事中所写的那种背景故事，但他是整部作品的核心人物，能够被所有人看到和听到。家庭女教师和格罗斯太太评价他"英俊／但是恐怖！"，是一个"与每个人——小主人迈尔斯、可爱的泽茜小姐都能自由相处"的引诱者，尽管她是地位"比他高得多的女士"。尽管如此，在这部改编作品中，琨特构建了一个完全不同的自我形象：他是叛逆的"英雄强盗"，一个迈尔斯崇拜的、神一般的、神话里"点石成金的迈达斯国王"，无论在音乐上，还是从第一幕第八场开始的舞台表演中，他都占据了主导地位，即便是以鬼魂的形式。与欧茨的改编作品相比，在这部改编作品中他与泽茜的关系在叙事上并没有那么重要：由于琨特关注的不是泽茜而是迈尔斯，因此欧茨的短篇小说中所强调的哥特式爱情在这里被弱化了。布里顿的故事明显以男性为焦点，其他改编作品中所探索的女性哥特式的细微差别并不在他的修正意图之中。琨特提到"秘密和半成不全的欲望"，"苏醒的隐秘生命／当蜡烛熄灭时……那不为人知的姿势，和那温柔、持久的话语，／那夜鹰的长叹飞行"，这些句子含蓄且充满了性暗示，但这并不是指他和泽茜的关系，而是指他和迈尔斯的关系。他拒绝了泽茜的异性恋，相反却声称他在寻找"一个朋友／服从他的指挥"并会"满足／（他）不断增加的力量"。对布里顿的歌剧中潜在的违背道德规范的性的演绎在表演上也各不相同：有一些作品，例如 2014 年英国格莱德堡歌剧院重演的《螺丝在拧紧》，将琨特与迈尔斯之间的关系又定义了一次：此处，琨特在将赤裸的迈尔斯从浴缸里拎出来时，说出了令人不安且充满暗示的台词"我是点石成金的迈达斯国王"。

泽茜——"被鄙视、背叛、不受欢迎"——是琨特的帮凶，一个"自欺欺人的人"，她的"那颗因为（她）自己的激情而跳跃的心在撒谎"，虽然在这部改编作品中她也被赋予了声音和舞台存在，但是她并不是一个那么招人喜欢的人物，其悲剧很快被转变为一种复仇追求。她一连串的童话故事和神话故事被用作他们猎捕孩子的诱饵；在第二幕开场时，在表达他们想要将孩子从"小心看护的目光"下偷走这一共同追求时，他们的声音重叠在了一起。尽管琨特被塑造为一个有魅力的反英雄，但是当他们一起合作偷走孩子们的灵魂时，他们的关系就有了一种令人不安的辛德利 - 布雷迪（Hindley-Brady）式的特征。在第二幕第一场的结尾处，当琨特和泽茜发誓要"打破"将迈尔斯和弗罗拉束缚在肉体里的"爱情"，并确保"纯真的仪式被溺亡"时，诗歌的优美以及他们共同吟诵的诗句的音乐能量奠定了叙事的恐怖轨迹。詹姆斯笔下复杂的家庭女教师在这部改编作品里变成了一个同样天真、浪漫轻信和勇敢的人物，她性格中的性心理层面却被牺牲了。虽然她不仅仅是一个情节

　　文学改编指南：改编电影、电视、小说和流行文化中的经典

机制，然而，尽管她在第一幕中占据了主导地位，但是她拯救孩子们的努力相比鬼魂们试图夺回他们的努力还是次要的。她可能最终会把孩子们从鬼魂们的魔爪中"拯救"出来，但是就像詹姆斯小说里的一样，这是以弗罗拉的流亡和迈尔斯的死亡为代价而实现的。在结尾场景中，当她叫喊着"你们将属于我"的时候，她对拥有孩子们的执着渴望与琨特不相上下；剧本结尾处，她承认，对迈尔斯的死她也难辞其咎，令人不安。

  在布里顿的改编作品中，童年之"纯真"与"邪恶"的概念是模糊的，观众无法确定迈尔斯是欣然接受有魅力的琨特的爱，还是成了被他操纵的受害者。对家庭女教师来说，伯莱庄园的美以及迈尔斯和弗罗拉容易激动的行为很快被重新定义了：这座"房子中毒了，孩子们疯了"，他们"虚伪可爱的小眼睛"是一种欺骗。虽然最初孩子们的游戏和他们经常唱的童谣使他们与童真的形象保持一致，但是他们对泽茜和琨特的拥戴影响了我们对他们以及他们的行为的看法。正如在经典文本以及受它启发而来的大部分改编作品中一样，弗罗拉和泽茜的关系相比迈尔斯和琨特的关系是次要的。坎宁安认为，后者象征着布里顿对"以家庭女教师、学校和教堂为代表的制定规则的异性恋世界"的挑战。在布里顿的坚持下，迈尔斯与家庭女教师的课上插入了一段他充满性暗示的拉丁文背诵，这只是他恐吓和秘密反抗的手段，还是有更多的启示，还未有定论。这或许仅仅被视为一个小男生的恶作剧，但是这样的插话赋予了迈尔斯一定程度的性知识——这一知识让我们质疑他是否是无辜的孩子。然而，在叙事的早期阶段，迈尔斯反省的口吻——"你瞧，我是坏人，我是坏人，不是吗？"——表明了他的不确定性和他的脆弱性。琨特神一般的地位，以及在第二幕第四、第五和第八场里，他施加在迈尔斯身上的无情的压力进一步表明了迈尔斯是一个被胁迫的、受虐待的受害者，而不是欧茨的修正主义改编作品中具有性意识的引诱者。随着琨特警告迈尔斯"不要泄露（他们的）秘密"，他们之间的性张力加剧了，但是在这部改编作品中，迈尔斯参与共谋的程度仍是未知的。就连他的结束语也是含糊其词：他似乎在称琨特是他不得不与之抗争的"魔鬼"，但他也可能是在说他高压的家庭女教师。

在本节所讨论的每一部修正主义的改编作品中，观众都被要求正视詹姆斯在《螺丝在拧紧》中仅仅是暗示的内容。欧茨的短篇小说和布里顿的歌剧都突出了我们持续的文化焦虑，且这两部改编作品对童真的令人不安的解构也在不断影响着我们与经典文本的关系。詹姆斯在创作他的哥特式故事的时候，关于童真的浪漫观念正日渐淡薄，但是围绕这类问题的道德恐慌一直持续到 21 世纪，这使得詹姆斯的故事及其道德困境对今天的观众来说，就像对维多利亚时代的读者来说一样新颖。

《螺丝在拧紧》: 激进的反思(《小岛惊魂》和《孤堡惊情》)

　　不同于经典改编作品或修正主义改编作品,前者清楚地表明其与先辈文本的关系,后者则试图重新定义源文本的主导话语,《小岛惊魂》和《孤堡惊情》等作品与亨利·詹姆斯的《螺丝在拧紧》的关系更为牵强。这些影片是无意识的"挪用"而非肯定的"改编",它们与詹姆斯的中篇小说的关系让我们了解了所谓改编的极限。和桑德拉·戈尔德拜彻(《家庭女教师》)一样,《小岛惊魂》的编剧兼导演亚历桑德罗·阿曼巴(Alejandro Amenábar)以及《孤堡惊情》的导演胡安·安东尼奥·巴亚纳(J. A. Bayona)都没有明确声明他们的改编意图。尽管如此,这些影片和哈丁、欧茨以及布里顿的修正主义改编作品一样,向观众呈现了诠释《螺丝在拧紧》的不同方法,折射和复制了其哥特式比喻,并再一次探讨了其中所蕴含的文化焦虑。此处,关注的焦点由原著中所暗示的,并在欧茨的故事和布里顿的歌剧中得以充实的性越轨行为转变为母亲的越轨行为:詹姆斯笔下扮演着代理母亲角色的精神异常的家庭女教师以及这些影片中的女主人公们都向我们展示了忧虑的(且吓人难忘的)

母亲形象，使我们进一步了解了杀婴和自杀这一令人不安的题材，同时也加大了对"纯真"儿童的批判。每个文本中的母亲形象都在"拯救"孩子的可疑过程中，历经了相似的遭遇，且每个文本都解开了她们受困扰的线索。最重要的是，它们探讨了我们对孩子难以言喻的原始恐惧，这种恐惧不是源自我们认为孩子是魔鬼，而是源自他们是极度脆弱的个体，照顾他们带来的负担会引起父母的焦虑，对失去的恐惧、不称职和负罪之感。这些主人公们都做了不可思议的事情，颠覆了母亲的抚育形象，反而（直接或间接地）造成了自己孩子的死亡。虽然此处的共同叙事联系并不是确定的，但是观点和立场是相互协同的：与詹姆斯的神秘故事的很多改编作品相比，这两部电影文本与詹姆斯的联系并不是那么明显，却同样能引起人们的共鸣。

《螺丝在拧紧》是作用于这两部影片中的众多互文指涉之一。导演阿曼巴和巴亚纳并没有直接宣称他们的电影与詹姆斯的故事有关系，虽然他们都提及了其影响力。巴亚纳称它是一个激发他想要制作一部充满模糊性的叙事的文本，这个叙事既可以被"解读"为幻想，也可以在现实主义模式下被解读为"对一个失去理智的女人的描述"，而阿曼巴则承认他的电影受益于克莱顿的《无辜的人》，从而可以推断出他的电影也受益于詹姆斯的中篇小说。虽然自50年代开始，詹姆斯故事中的哥特式文学隐喻就被转化为电影中的恐怖体裁，出现在许多古装改编剧中，但是阿曼巴和巴亚纳与克莱顿一样，采用了一种极为微妙的方法来处理这种恐怖体裁。《小岛惊魂》和《孤堡惊情》虽然在影院预告片中被当作主流恐怖片进行宣传，但它们无疑是低调、慢热型的心理恐怖片，借鉴了好莱坞黄金时代的经典影片，而非当代电影中的低俗恐怖片的风格。阿曼巴对其恐怖剧本的电影处理融入了一种哥特式的黑色氛围，同时也受到了40年代雷电华电影公司系列B级恐怖片的影响，而巴亚纳的目标则是打造一种更加现实、更加"经典的"风格，让人联想到60年代的恐怖片《无辜的人》和罗伯特·怀斯（Robert Wise）的《邪屋》（The Haunting，1963年）。然而，这两部影片在处理问题女性方面，都与40年代的雷电华电影公司的影片有关。雷电华电影公司的影片使我们感受到巴里·兰福德（Barry Langford）所说的"令人不安的接近这个理性'文明的'世界驾驭和控制非理性事物的能力的极限"，而《螺丝在拧紧》与《孤堡惊情》和《小岛惊魂》的结合点也正在于此：二者都是"令人不安的"恐怖叙事，通过其精神失常的主人公，探讨了我们"驾驭和控制非理性事物"的无力感，包括性越轨行为、杀婴、自杀或者"目击"鬼魂的幻想等。

哥特式文学幻想往往被用来探索那些无法明言的事物——"禁忌、压抑、想象和欲望"，女性哥特文学则特别关注女性对陷入"家庭"小圈子的恐惧以及对自己身体的恐惧。恐怖电影和哥特式文学一样，探索被压抑的欲望，尤其是在"核心家庭"的父权制下。它总是占用家庭空间，并将"家"定义为一个恐怖的地方，那里充满了各种威胁，这些威胁不仅来自"家庭"制度，也来自那些受其约束的人的心理。如果恐怖电影是对"理智与疯狂、意识与无意识之间的界限"以及"生与死"之间的"界限"的探究，那么在《小岛惊魂》和《孤堡惊情》中，主人公格蕾丝（Grace）和劳拉（Laura）

则濒于三者的边缘。格蕾丝代表了充斥在 19 世纪女性哥特式小说中的那些女性。她被置于一个不正常的家庭的中心，受困于她的家庭状况，被困在一个伯莱庄园大小的乡村别墅里，孩子们无法在日光下生活，而丈夫则因英勇参战而抛弃了她。在影片的结尾揭晓中，我们了解到她被压抑的逃脱欲望表现为杀婴和自杀的行为，但这个故事里颇具讽刺意味的转折（或者"螺丝的拧紧"）是格蕾丝仍然被困在自己无形的身体里。正如伯莱庄园成了维多利亚时代道德沦丧的场所，代表了不正常的家庭，在那里幽灵可能会缠扰着活着的人，也可能不会，位于这些影片叙事中心的不正常的家则成了恐怖电影的凄惨空间，充满了危险的不确定性。在《小岛惊魂》里，我们后来得知，环绕着这个空间的哥特式大雾是格蕾丝精神错乱的一种表现，是保护她免于得知自己现在已死这一真相的盾牌，直至影片的最终揭晓。然而，虽然这个伯莱庄园式的"家"对格蕾丝来说是一个陷阱，但对劳拉来说这个她重返的"家"是与她的过去相联系的，是她选择继续居住的地方。在《孤堡惊情》里，"家"的概念是复杂而多层次的；巴亚纳断言，"家"代表着过去"分离的创伤"和"即将分离的威胁"。尽管她最初的恐惧使她与女性哥特小说中陷入困境的主人公无二，但是对彼得·潘、梦幻岛以及她是叙事中"盼望着她的迷失少年的温迪"的童话故事影射都将她最终定位成田园诗般的、永恒的母亲和"家"的形象，从而颠覆了人们的期望，并带我们超越了恐怖片的界限，进入了母性情节剧的领域。

这两位母亲在某种程度上都被塑造成哥特式文学中"占有欲极强的母亲"，她们"没有受困，反而是在诱捕"。然而，虽然她们的热情造成了严重的后果，她们的"保护"有些过度，且她们对孩子们的死亡也承担一定的责任，但她们并不是完完全全"可怕的"母亲。她们不惜一切代价保护自己所照顾的孩子的愿望将她们塑造成精心抚育孩子的"家中天使"。格蕾丝是一个占有欲极强的母亲，她符合芭芭拉·克里德（Barbara Creed）关于恐怖体裁中不幸的"可怕的女性"的观念，但是她的行为，以及劳拉的行为，也可以被定义为规范的。她们被描绘成能够引起观众共鸣的富有爱心的母亲。与《真爱》（Beloved，1998年）等其他以母亲为题材的恐怖电影一样，这两部影片中也没有对母亲形象的"妖魔化"；相反，为了不再像以往一样将鬼魂表现为恐惧的对象，她们被塑造为我们应该为之"悲伤"的女性。劳拉强烈的爱导致了她精神上的不稳定，并最终导致了她的自杀行为，但是这种行为被构建为一种赋予她力量的行为，在她看来，自杀使得她与自己的儿子，与自己过去的孤儿们得以团聚。格蕾丝在最终的荧幕文本中变成一个不那么严厉的母亲；原剧本中她无情殴打自己不听话的女儿的场景被剪掉了，安妮（Anne）因为任性而被惩罚独自背诵《圣经》的时间也从一个月缩短为几天（尽管此处与简·爱在洛伍德时被虚伪的布鲁克赫斯特惩罚时的场景极其相似）。此处，就像在《真爱》中一样，与克里德的可怕的女性相关的那种身体恐怖被投射在了孩子而非母亲的形象上：安妮的身体发生了变化，她变成了一个满脸皱纹却用孩子的声音讲话的老妇人，这一转变是这部影片中唯一令人生畏的恐怖时刻，而在《孤堡惊情》里，引起恐惧的则是带着令人不安的麻布面罩的一个叫托马斯的孩子的鬼魂。

对他人的监视以及每位主人公对可见性的寻求构成了《小岛惊魂》《孤堡惊情》和《螺丝在拧紧》之间另一个重要的结合点。阿曼巴的电影片名呼应了原著中对"他者"的指射，并涉及了故事中刚去世的人、过去的逝者以及活着的入侵者，他们都参与了监视行动。仆人吕迪亚（Lydia）、塔特尔先生（Mr Tuttle）以及伯莎·米尔斯（Bertha Mills）（她住在阁楼上，她的名字会让人联想到伯莎·梅森的名字）成了具有矛盾意图的观察者，直到后来影片才揭晓他们是仁慈的鬼魂，被派来帮助格蕾丝认识自我；入侵者们通过催眠术和降神会等行为从远处观望，这又将该电影文本与19世纪对招魂术的痴迷联系了起来；格蕾丝没有意识到自己刚刚去世，她过分谨慎地照看着自己的孩子，就好像她和他们的存在都依赖于此，这让女儿安妮感到非常懊恼。然而，她的可见性只能通过她的鬼魂来体现：和詹姆斯笔下的琨特和泽茜一样，她也是一个鬼魂，自身就是被监视的对象，叙事里的生者们渴望将其驱除。在《孤堡惊情》里，劳拉对患有艾滋病的养子西蒙（Simon）同样进行了过度的监视，而她自己也成了被监视的对象，受到影片开始时她重返的那个家中所居住的鬼魂们的监视，但是格蕾丝抗拒她的阈限可见性，而劳拉则欣然接受并将其作为与她的儿子和她曾经离开的那些孤儿们团聚的一种方式。她开始主动与出没在房子里的鬼魂们接触，学习如何玩他们的游戏，以此作为找到她的儿子、弥合与他的分离以及与自己的过去分离的一种手段，同时，根据灵媒的建议，她知道了她必须要"相信"鬼魂的存在，才能够"看见"他们。

巴亚纳的影片首先讲述了劳拉认识到自己的儿子已经死了的过

程，然后是她寻求与儿子团聚的过程。阿曼巴的影片则是关于"格蕾丝及其孩子们迈向代表着一种知识形态的光明的旅程"，而正是这个前提主导着叙事的发展。迈向光明的旅程成了一种视觉上的、隐喻性的构思，而《小岛惊魂》正是围绕着这一点来设计的。这部影片讲述的不是"发生了什么，而是故事是如何发生的"：故事一开始，格蕾丝不仅承认了自己早期的杀婴和自杀行为，还承认了他们才是萦绕在这个故事里的幽灵这一事实。从表面上看，这两部影片呈现的是格蕾丝和劳拉所经历的现实，但就像詹姆斯的小说一样，文本中充斥着表明这些女主人公的不可靠性的各种线索。和家庭女教师一样，格蕾丝和劳拉也遵循了"追求真相的女主人公"（quest heroine）的模式：她们都有一种"负担"，都受到"考验"，并被迫与邪恶的势力做"斗争"；她们都面临着"胜利的失败和失败的胜利"。然而，格蕾丝和劳拉的追求间接地集中在对意义的探索上。虽然她们都是幻想家，但是在《小岛惊魂》和《孤堡惊情》中，每部叙事的谜语都被解开了，而答案则成了每个故事设计的一部分。尽管最初好战、任性、淘气的安妮可能被认为是这部叙事中"邪恶的"孩子——与原著中迈尔斯而非弗罗拉的邪恶潜质相一致——但最终她的"真相"得到了肯定。我们对处于故事中心的成年人的诚实性的信任在故事令人不安的高潮揭晓时刻被破坏了。阿曼巴在叙事的过程中设置了一系列的谜题和意味深长的暗示，让观众扮演侦探的角色，尤其是当他们再一次观看这部影片时。在这个意义上，他模仿了詹姆斯所偏爱的模糊性。我们在这部影片中所发现的模糊性远比在阿曼巴最初的剧本中所发现的模糊性要明显的多：许多场景被剪掉了，大量的对话被删除，背景故事和注释也被取消了。就像詹姆斯的中篇小说一样，最终的影片利用了这些空白和沉默，让观众去思考其叙事可能性。同样，在《孤堡惊情》里，我们站在了劳拉的立场上，她的回归过去的心理其实是一种矛盾的逃避现实的表现，因为她创造了一个幻想的世界，在那里她与西蒙以及她从前的玩伴们重逢，并扮演着永恒的母亲式的角色，从此过着幸福的生活。我们看到的是她的心理"真相"，而不是由侦探、卡洛斯（Carlos），或者她意识到西蒙的死在一定程度上是由于她自己没有留意他的故事而导致的所呈现的"现实"。巴亚纳对劳拉自杀的场景是这样处理的：劳拉面带微笑，身边围着一群孩子，场面柔和。这是一种愿望实现的幻想，而不是一个恐怖故事的结局。

镜头直接将我们与格蕾丝置于同一视角，从一开始就暗示，该叙事将会通过她的经历慢慢展开。我们听到她轻柔舒缓的声音环绕在泛黄的素描画上方；她的开场白——"好，孩子们，坐好了吗？我要开始了……"——引用了英国广播公司的经典儿童故事广播节目《和妈妈一起听》（Listen with Mother）[由此推断还有《和妈妈一起看》（Watch with Mother）]的开场白，是对一切充满母爱和令人安心的东西的一种意味深长的文化象征。然而，她所讲述的不是预期的童话故事，而是《圣经》的创世神话，而叙述和画面之间的明显不符——画面中既包括了我们将会在荧幕上看到的故事中的一些片段，也包括了创世纪故事中的一些片段——立即引发了有关真实和幻想的问题。虽然这一开场将格蕾丝与一切充满母爱的事物联系在了一起，但这也使她与虚幻，以及我们后来看到的被格蕾丝奉为《圣经》真理的《圣经》幻想联系在了一起。她被塑造为一个虔诚的教徒，但此处她将"一个美丽的故事"当成了自己的《圣经》真理，而这些画面则以韩赛尔和葛雷特故事的方式将她的孩子们记录在这个故事里，他们手牵着手穿过树林。基于事实的叙事和基于幻想的叙事之间的区别成了这部影片以及《孤堡惊情》关注的重点。后来，当故事讲述的能动性交给安妮的时候，她的关于"入侵者"的素描画讲述了一个与她母亲所讲述的不同的故事，由此观众们逐渐意识到格蕾丝是一个有瑕疵的故事讲述者。在这一点上，她与詹姆斯的家庭女教师类似：家庭女教师讲述故事时所使用的回忆录的权威性，以及与电影中的第一人称叙述有关的许多问题都成了一种谜团。然而，此处我们所进入的故事已然处在发展之中，新到来的仆人以及女儿安妮的干预积极地推动了它的叙事动力。在《小岛惊魂》中有三种不同的现实共同作用："生者、死者、刚去世的人"，虽然故事主要是通过格蕾丝来讲述的，但故事中的其他死者在推动故事的发展中也起到了重要的作用。与欧茨的短篇小说和布里顿的歌剧一样，在这个故事中我们一直与故事里的鬼魂站在同一立场上，即使是不经意间如此，直到故事的最终揭晓。

《小岛惊魂》在舒缓的开场之后迅速切换到对格蕾丝脸部的倾斜特写，此时她发出一声凄厉的尖叫，从噩梦中醒来，回到我们所认为的"现实"里。直至影片结尾我们才知道，这其实是她回归到她杀死自己的孩子、自杀以及进入死后生活的那一刻。从这里开始，格蕾丝重新开启了迈向代表着自我认识和真理的隐喻之光的旅程。随着仆人们坚定地引导着不愿接受现实的格蕾丝去认识自我，观众们能够收集到一些散落在叙事中的线索。雾气笼罩的伯莱庄园式的房子及其花园里是不透光的，因为孩子们对光敏感。格蕾丝声称，"这里唯一能移动的就是光，但它改变了一切"，这一视觉上的比喻贯穿了整个叙事，光线真实又象征性地入侵了这个空间。着了魔似的遮挡光线成了她的某种追求，而当光线开始真正进入房子时，格蕾丝、她的孩子和观众们逐渐意识到了她所做的事情。剧本中对所发生的事情有更明显的暗示；例如，安妮直接问她的母亲是否有杀死他们的想法，以及格蕾丝强迫安妮熟记亚伯拉罕弑婴的《圣经》故事，但是这些意味深长的内容在影片中都被剪掉了，而将大部分的故事讲述交给了光线真正进入荧幕空间的情节点。

合上的窗帘、上锁的房门以及弥漫在房子里的黑色氛围都给这个精心保护的环境营造了一种堡垒般的感觉——这一环境最终受到了生者的挑战，他们拆下窗帘，真正让阳光照进来，但更重要的是，它受到了叙事中那些逐渐揭示格蕾丝的过去的心理时刻的挑战。例如，我们不确定孩子们对光线的敏感是真实的，还是对格蕾丝的心理状态的一种隐喻：随着格蕾丝逐渐接近真相，米尔斯夫人暗示孩子们可能不再会受到光线的影响，这或者是因为他们已经死了，或者是因为他们的"状况"一直就是他们母亲妄想的症状。影片中还有一些令人悲伤的场景，暗指格蕾丝的杀婴行为；格蕾丝和安妮在不同的场合都再现了"停止呼吸"的命令，预示了影片接近尾声时的降神会的启示。格蕾丝不愿意面对自己所犯下的罪行，但是此时，贯穿在该故事的整个讲述过程中被用作一种概念的隐喻之光渗入了她的内心。在生者与死者的最后对峙中，隐喻的曙光变成了实实在在的光，我们随之看到一种无形的力量将纸张撕碎，抛向空中，几秒之后我们看到了格蕾丝。詹姆斯的故事结尾具有模糊性，而《小岛惊魂》所呈现的结局则是故事设计的一部分。

《螺丝在拧紧》以迈尔斯令人不安的死亡结尾，而阿曼巴和巴亚纳则在他们电影的结尾，将其结构和体裁由哥特式恐怖片转变为以母亲为题材的情节剧——再次让人想起了《真爱》的风格。在《小岛惊魂》里，雾气消散了，荧幕上充满了色彩和自然光，意味着格蕾丝的旅程的结束——这一结局与她公开宣称的保护她的孩子的追求相矛盾，却有助于以一种无疑是情节剧的方式重申他们重新融入了"家庭"（虽然是一个幽灵般的家庭）。对格蕾丝和她的孩子们来说这是解脱的时刻，而电影结尾的咒语——"这所房子是我们的。这所房子是我们的。"——重新演绎了作为我们进入这个故事的切入点的令人欣慰的"和妈妈一起听"的场景。电影最后的镜头中格蕾丝和孩子们站在窗前，还有一张"待售"的招牌，暗示了他们将无限期地留在这里，"入侵者"也将会不断到来，这赋予了该叙事《螺丝在拧紧》的改编作品中经常采用的那种循环性。《孤堡惊情》的结尾与《小岛惊魂》的开幕序曲相似，劳拉作为像温迪一样的故事讲述者，被她的梦幻岛上的孩子们围绕着。

阿曼巴的《小岛惊魂》和巴亚纳的《孤堡惊情》中幽灵般的母亲们受到詹姆斯的哥特式恐怖故事的影响，反过来又影响着詹姆斯的哥特式恐怖故事，通过创造性的改编来折射和修正它的主旨。正如桑德拉·戈尔德拜彻的《家庭女教师》（1998 年）与夏洛蒂·勃朗特小说的微妙关系是由于它探究了女性的身份和阶级问题，而非由于它是一部"改编"自《简·爱》的电影文本，这些电影叙事巧妙地利用了该故事的恐怖比喻，探讨了我们对孩子无法言喻的原始恐惧，这种恐惧不是源自我们把孩子视为魔鬼，而是源自他们是极度脆弱的依赖者，带给人一种无法承受的照顾责任，以及对失去的极度恐惧。

总结文本间的共性：与《螺丝在拧紧》《远大前程》《简·爱》，以及这些经典著作的改编作品相关的练习

串联线索

第一部分

本章的练习侧重于文本（"源"文本和改编作品）如何在更广泛的文化背景下相互作用，在一系列作品中编织出意义之网。

步骤一

科拉·卡普兰认为，某些维多利亚时代的文本在当代社会中获得了神话般的地位：据说，这类文本为进一步探讨与性、身份、科学进步、宗教信仰、城市发展等有关的持续的文化焦虑提供了肥沃的土壤。

请思考如下问题：

- 我们在多大程度上可以将《简·爱》《远大前程》和《螺

丝在拧紧》界定为具有"神话般地位"的维多利亚时代文本？

- 这些文本探讨了哪些"持续的文化焦虑"？

步骤二

那些随着改编而演变的文本"允许重新定义引发焦虑的问题"，包括阶级、种族、性、性别认同、社会正义／不公等问题。在我们所研究的这三部经典"源"文本及其改编作品中，都存在着性质类似的"引发焦虑的问题"：这三部作品都是布赖恩·A.罗斯所说的"文化文本"——随着改编而演变的文本，且它们都同样具有某些主旨、某些人物类型以及我们可以视为"哥特式"的比喻。

- 试着找出《简·爱》《远大前程》和《螺丝在拧紧》之间至少三个共同特征（例如："疯"女人、哥特式房子、阶级）。
- 选择其中一个特征，并描绘出这一特征在每部经典文本的至少一部改编作品中的转化方式（例如：《藻海无边》、阿方索·卡隆的《远大前程》以及《伯莱庄园被诅咒的居民》《小岛惊魂》或者《弗洛伦斯和贾尔斯》中的"疯"女人）。

步骤三

苏珊娜·奥涅加和克里斯蒂安·古特莱本认为，维多利亚时代的经典文本及其改编作品都参与了一种被称为"折射"的双向过程（或对话）。他们假定，经典文本及其"激发"的改编作品之间存在着"一种辩证的关系"；"先前文本的映像"会出现在改编作品中，但改编作品也有会"通过重写对原著做出新的阐释"。通过敦促我们将重点放在每一个文本"阐释另一个文本"的方式上，奥涅加和古特莱本要求我们不要将二者中的任何一个视为"源"文本。

现在请回到步骤二以及你所选的经典文本／改编作品／共同特征，并思考如下问题：

• 在改编的时候，这一共同特征的处理方式有何不同？其处理方式在哪些方面保持不变？

• 它被改编成的媒介在此处是否产生影响？

• 叙事的文化／时间／地理定位对这一共同特征的处理方式有影响吗？

• 其在改编作品中的处理方式是如何"折射"和"阐释""源"文本的？

最后，试着对下列问题所提出的问题做出实质性的回答：

• 你在多大程度上同意奥涅加和古特莱本的改编作品会对"对原著做出新的阐释"的说法？

• 改编作品在多大程度上可以作为"允许重新定义引发焦虑的问题"的"文化文本"？

第二部分

在这部分的练习中，我们会拓宽我们的研究领域以探讨这些共同特征在一系列作品中（换言之，我们的三部经典文本及其大量的改编作品）是如何被改编的。

步骤一

我们已经在第一部分中指出了我们正在研究的这三部经典文本之间的一些关联方式，你可能已经找到了以下一个或多个结合点，但请重点关注你尚未仔细考虑的那些：

- 孤儿
- 忧郁的男性浪漫形象
- 父权傀儡
- 管家们
- "疯"女人
- 性压抑的女性
- 哥特式乡村别墅
- 性越轨行为
- 在场／缺失的父亲形象
- 哥特式房子里的阁楼
- 阶级和社会流动性
- 童话故事比喻

选择上述特征之一（确保你所选的特征与你在第一部分所使用的特征不同）；这一次，请找出这一特征在每个经典文本的一系列改编作品中的存在方式。（试着研究每部经典文本的至少三部改编作品。）

文学改编指南：改编电影、电视、小说和流行文化中的经典

步骤二

请思考这一特征及其在你所选的这些改编作品中的处理方式：

- 这些作品对这一特征的处理方式有哪些相同之处？
- 在改编时，这些作品对这一共同特征的处理方式有何不同？
- 叙事的文化／时间／地理定位对这一共同特征的处理方式有影响吗？
- 它被改编成的媒介在此处是否产生影响？
- 它的新观众对它的处理方式有影响吗？
- 它在此处的处理方式是否会让我们以不同的方式重新审视经典文本？

步骤三

在完成这些练习的过程中，你会收集到很多的想法和示例，这将有助于你着手写作一篇关于改编研究的论文。要理解论文题目的内容，最好方法之一就是参与设计这些题目的过程。

根据以上内容和你对改编研究理论的更加广泛的知识：

- 至少设计出三个论文题目，侧重你一直在研究的那个共同特征。
- 构思回答其中一个论文题目。

第三部分

当我们研究一系列文本及其改编作品时，某些共性的东西就会出现，如第一部分和第二部分所示。哥特式 / 伪哥特式的房子是迄今为止我们所研究的文本中运用最持久的主题之一。

步骤一

你可能已经找到了以下内容中的一些，但请重点关注你尚未考虑的那些：

- 萨提斯庄园（在《远大前程》以及 1946 年、1999 年、2011 年、2012 年的荧幕改编作品中）
- 失乐园
- 桑菲尔德庄园（在《简·爱》以及 1944 年、2006 年、2011 年的荧幕改编作品中）
- 曼德利庄园
- 霍兰德的种植园大屋
- 威尔金森的斯凯岛上的宅邸
- 伯莱庄园（在《螺丝在拧紧》、欧茨的短篇小说、布里顿的歌剧、《无辜的人》、2009 年的电视电影改编作品中）
- 无忧山庄（《弗洛伦斯和贾尔斯》）
- 斯图尔特宅邸（Stewart mansion）（《小岛惊魂》）
- 孤儿院（《孤堡惊情》）

　　　　文学改编指南：改编电影、电视、小说和流行文化中的经典

就其建筑而言，这些文本还有什么共同之处吗？（请想一想其象征意义和表面意义。）

步骤二

如果我们仔细研究这些哥特式房子里的哥特式空间，（我们会发现）很多（作品）都运用了让我们很容易联想到勃朗特的《简·爱》的哥特式阁楼。而且，很多（作品）都将叙事的女主人公与这一阁楼联系起来，尽管它的象征意义因文本而异。在一些文本中，它依然象征着字面上 / 隐喻层面 / 心理层面的监禁；而在另一些文本中，它成了一个避风港、一个避难所、一个挑战规范的地方，并开启了其他的可能性。

在以下情况中，女性与哥特式阁楼之间的关系是如何构建的？

- 《蝴蝶梦》（小说及 40 年代的电影）中吕蓓卡在曼德利庄园里所住的西厢（West Wing）
- 《家庭女教师》中卡文蒂森家的阁楼
- 《与僵尸同行》中杰西卡的阁楼
- 《无辜的人》中的吉登斯小姐和伯莱庄园里的阁楼
- 《弗洛伦斯和贾尔斯》中弗洛伦斯的秘密阁楼
- 萨提斯庄园里郝薇香小姐的房间（1946 年、1999 年、2011 年、2012 年的荧幕改编作品）

请思考：

- 每一组阁楼和女性在多大程度上运用了哥特式体裁？
- 每一组阁楼和女性在多大程度上处理了性与性别的政治问题？
- 在这些作品中，有哪些文化焦虑在不断地被重新审视和修正？

步骤三

根据上述练习和 / 或第一、二部分所做的练习中你所记录的笔记，构思并写出一篇 3000 字的论文，来回答下列问题：

> 通过研究一系列作品而非单个"源"文本及其不同改编作品，我们开辟了新的途径来探索支撑改编实践的各种复杂关系。你在多大程度上同意这种说法？

确保你的讨论：

- 结合一系列支持和 / 或反驳上述观点的理论；
- 阐明你对这一系列作品以及你归在一起的那些文本之间的联系的认识与理解；
- 使用具体的示例来支持你的论点。

参考文献

Amenábar, Alejandro. Draft Screenplay of *The Others*. Trans. Walter Leonard. Sept. 1998. *Screenplay Explorer*. 2 Nov. 2010. Web. 15 May 2012. 3–118.

Archibald, William and Truman Capote. Draft Screenplay of *The Innocents*. London: Achilles Film Productions, 1961. Print.

BBC Press Office. "Press Release: The Turn on the Screw on BBC One". *BBC*. 17 Aug. 2009. Web. 10 Jan. 2010.

Botting, Fred. *Gothic*.London and New York: Routledge, 1996.Print.

Brown, Monika. "Film Music as Sister Art: Adaptations of 'The Turn of the Screw'". *Mosaic: A Journal of Interdisciplinary Study* 31.1 (1998): 61–81. Print.

Bruce, Susan. "Sympathy for the Dead: [G] hosts, Hostilities and Mediums in Alejandro Amenábar's *The Others* and Postmortem Photography". Discourse 27.2/3 (2005): 23–40. Print.

Burkeholder-Mosco, Nicole and Wendy Carse. "'Wondrous

Material to Play On': Children as Sites of Gothic Liminality in 'The Turn of the Screw', *The Innocents*, and *The Others"*. *Studies in Humanities* 32.2（2005）: 201–220. Print.

Cardwell, Sarah. *Adaptation Revisited: Television and the Classic Novel.* Manchester: Manchester University Press, 2002. Print.

Creed, Barbara. *The Monstrous Feminine: Film, Feminism, Psychoanalysis.* London and New York: Routledge, 1993. Print.

Cunningham, Valerie. "Filthy Britten". *The Guardian.* 5 Jan. 2002: Culture. Print.

Desblache, Lucile. "The Turn of the Text? Opera Libretto and Translation: Appropriation, Adaptation and Transcoding in Benjamin Britten's *The Turn of the Screw* and *Owen Wingrave"*. *Quaderns de Filologia, Estudis Literaris* 13（2008）: 105–123. Print.

England, Marcia. "Breached Bodies and Home Invasions: Horrific Representations of the Feminized Body and Home". *Gender, Place and Culture: A Journal of Feminist Geography* 13.4（2006）: 353–363. Print.

femail.com.au. "Juan Antono Batona *The Orphanage* Interview". *femail.com.au.* 2008. Web. 8 Jul. 2012.

Fuchs, Cynthia. "Interview with Alejandro Amenábar, Director of *The Others"*. *PopMatters.* Web. 20 Jun. 2012.

Grant, Barry Keith. *The Dread of Difference: Gender and the Horror Film.* Austin, TX: University of Texas Press. 1996. Print.

Halliwell, M. "The Master's Voice: Henry James and Opera".

Henry James on Stage and Screen. Ed. John R Bradley. New York: Palgrave, 2000. 23–34. Print.

Hanson, Ellis. "Screwing with Children in Henry James". *GLQ* 9.3 (2003): 367–391. Print.

Harding, John. *Florence & Giles.* London: Blue Door, 2010. Print.

Higson, Andrew. "Gothic Fantasy as Art Cinema: The Secret of Female Desire in The Innocents". *Gothick Origins and Innovations.* Eds. Allan Lloyd Smith and Victor Sage. Amsterdam: Rodopi, 1994. 204–216. Print.

Hoeveler, Diane. "Postgothic Fiction: Joyce Carol Oates Turns the Screw on Henry James". *Studies in Short Fiction* 35.4 (1998): 355–371. Print.

Horne, P., ed. *Henry James: A Life in Letters.* Harmondsworth: Penguin Press, 1999. Print.

IndieLONDON. Web. 28 Jun. 2012.

James, Henry. "The Art of Fiction". *Longman's Magazine* 4 (September 1884). Print.

James, Henry. *The Novels and Tales of Henry James.* Vol. 12. London: C. Scribner & Sons. 1908.

James, Henry. *The Turn of the Screw.* London: Penguin Books, 1994[1898]. Print.

Kaplan, Cora. *Victoriana: Histories, Fictions, Criticism.* Edinburgh: Edinburgh University Press, 2007. Print.

Langford, Barry. *Film Genre: Hollywood and Beyond*. Edinburgh: Edinburgh University Press, 2005. Print.

McCollum, Jenn. "The Romance of Henry James's Female Pedophile". *MP An Online Feminist Journal* 3.1 (2010): 39–56. Print.

Mitchell, Lee Clark. "Based on the Novel by Henry James". *Henry James Goes to the Movies*. Ed. Susan Griffin. Kentucky: University of Kentucky Press, 2002. 281–304. Print.

Nadel, Alan. "Ambassadors, from an Imaginary 'Elsewhere': Cinematic Convention and the Jamesian Sensibility". *Henry James Goes to the Movies*. Ed. Susan Griffin. Lexington, KY: University of Kentucky Press, 2002. 193–209. Print.

Namwali Serpell, C. "Mutual Exclusion, Oscillation, and Ethical Projection in The Crying Lot 49 and 'The Turn of the Screw': Uncertainty, Affordance, Modes". *Narrative* 16.3 (2008): 221–255. Print.

Newman, Beth. "Getting Fixed: Feminine Identity and Scopic Crisis in 'The Turn of the Screw' ". *Novel: A Forum on Fiction* 26.1 (1992): 43–63. Print.

Oates, Joyce Carol. *Haunted: Tales of the Grotesque*. New York and London: Plume, 1995. Print.

Onega, Susana and Christian Gutleben, eds. *Refracting the Canon in Contemporary British Literature and Film*. Amsterdam and New York: Rodopi, 2004. Print.

Petry, Alice Hall. "Jamesian Parody, *Jane Eyre* and 'The Turn of the Screw' ". *Modern Language Studies* 13.4 (1983): 61–78. Print.

Piper, Myfanwy. *The Turn of the Screw*: *Libretto*. London: Boosey and Hawkes, 1955. Print.

Raw, Laurence. "Hollywoodizing Henry James: Jack Clayton's *The Innocents*". *The Henry James Review* 25.1 (2004): 97–108. Print.

Raw, Laurence. *Adapting Henry James to the Screen*: *Gender, Fiction, and Film*. Lanham, MD, Toronto and Oxford: Scarecrow Press, 2006. Print.

Recchia, Edward. "An Eye for an Eye: Adapting Henry James's 'The Turn of the Screw' to the Screen". *Literature Film Quarterly* 5.1 (1987): 28–35. Print.

Rose, Brian A. *Jekyll and Hyde Adapted*: *Dramatizations of Cultural Anxiety*. Westport, CT: Greenwood, 1996. Print.

Rowe, John Carlos. "Henry James and Globalisation". *The Henry James Review* 24 (2003): 205–214. Print.

Smith, Andrew and Diana Wallace, "The Female Gothic: Then and Now". *Gothic Studies* 6.1 (2004): 1–7. Print.

Stafford, Jeff. "*The Innocents* (1961)". TCM (*Turner Classic Movies*). n.d. Web. 3 Jun. 2012.

Sutcliffe, Tom. "Last Night's TV". *The Independent*. 31 Dec. 2009. Web. 30 Jan. 2010.

Tobias, Scott. "Alejandro Amenábar Interview". *A.V. Club*. 8 Aug.

2001. Web. 21 Jun. 2010.

Warren, Adrian. "Things That Go Clunk in the Night". *PopMatters.* 28 Mar. 2010 Web. 20 Jun. 2010.

Wilson, Val. "Black and White and Shades of Grey: Ambiguity in *The Innocents*". *Henry James on Stage and Screen.* Ed. John R Bradley. Houndsmill: Palgrave, 2000. 103–118.

影片目录

The Haunting of Helen Walker. Dir. Tom McLoughlin. 1995. DVD.

The Innocents. Dir. Jack Clayton. 1961. DVD.

Le Tour D'Ecrou. Dir. Raymond Rouleau. 1974. DVD.

The Nightcomers. Dir. Michael Winner. 1971. DVD.

The Orphanage. Dir. J. A. Bayona. 2007. DVD.

The Others. Dir. Alejandro Amenábar. 2007. DVD.

Presence of Mind. Dir. Antoni Aloy. 1999. DVD.

The Turn of the Screw. Dir. Dan Curtis. 1974. DVD.

The Turn of the Screw. Dir. Rusty Lemorande. 1992. DVD.

The Turn of the Screw. Dir. Ben Bolt. 1999. DVD.

The Turn of the Screw. Dir. Katie Mitchell. 2004. DVD.

The Turn of the Screw. Dir. Tim Fywell. 2009. DVD.

改编《了不起的盖茨比》：
对分类的界限提出异议

和迄今我们所研究的 19 世纪现实主义文本一样，弗朗西斯·斯科特·菲茨杰拉德的《了不起的盖茨比》保留了与其作者同时代的时间。它概括了美国享乐主义的喧嚣的 20 年代（Roaring Twenties），其关注点由 19 世纪的帝国建造转变为在消费主义的大众文化、移民的社会流动性以及难以追求的美国梦的推动下而产生的 20 世纪的绝对感性。它也与我们一直集中讨论的现实主义文本一样，不仅拥有经典的地位，而且渴望探索那些跨越不可逾越的阶级鸿沟，看似注定要失败的爱情概念。然而，和自己的同胞亨利·詹姆斯一样，菲茨杰拉德的写作风格也从 19 世纪的现实主义及其作者们创作的大部头书籍转向了现代主义的叙事模式，充斥着支离破碎的形象和混乱的叙事轨迹。

　　尽管《了不起的盖茨比》现在被看作是一部"美学权威"和"经典的'现代主义'文本"，但是它晋升为美国文学经典作品并不是一蹴而就的。菲茨杰拉德的早期作品 [《天堂人间》（*This Side of Paradise*，1919 年）、《漂亮冤家》（*The Beautiful and the Damned*，

1921年）]被认为太过感伤。在文学同行的建议下，他采用了一种更克制、更疏离的方法来写作《了不起的盖茨比》。虽然这部作品最初没有取得商业上的成功，但是它被诗人 T. S. 艾略特称为"自亨利·詹姆斯以来美国小说向前迈出的第一步"。到了 40 年代中期，菲茨杰拉德去世后，这部小说不但获得了经典文学的地位，而且作为典型的美国小说获得了持久的声誉。就像赫尔曼·梅尔维尔（Herman Melville）的 19 世纪经典作品《大白鲸》（*Moby Dick*）一样，它在美国文学经典作品中被赋予了近乎神话般的地位，其主旨探索了与阶级、社会流动性以及身份问题相关的持续的文化焦虑。菲茨杰拉德和这一时代的现代主义作家们（欧内斯特·海明威、艾略特、艾兹拉·庞德、埃德蒙·威尔逊）都将流行文化视为对严肃的"高雅艺术"形式的一种威胁；然而，菲茨杰拉德的作品与 20 世纪初许多现代主义作家的作品不同，他的作品从"高雅艺术"过渡到民粹主义主流，并且像 19 世纪现实主义小说家的作品一样被不断改编。《了不起的盖茨比》出版于 1925 年，仍然是他最（追授）成功的小说，几十年来一直是美国教育体系中的指定读物。

这部小说现在依然为学者和主流读者所阅读，它抓住了美国历史上一个特定时代的精神——一个以现代性为特征、以消费主义为动力的过剩的时代，后者预示了 20 年代末的经济大萧条。菲茨杰拉德刻意使用具有象征意义的埃克尔堡大夫（Dr T. J. Eckleburg）广告牌，暗示了在黑色星期二和 1929 年 10 月 29 日的华尔街大崩盘之前美国社会核心的精神空虚和物质主义。它像上帝一样注视着灰烬谷，这里与西卵（West Egg）以及风度翩翩的东卵宅邸里所描绘的无忧无虑的上流社会生活的浮光魅影形成了鲜明的对比。通过叙述者对杰伊·盖茨比［亦称詹姆斯·盖兹（James Gatz）］的兴起和衰落的叙述，菲茨杰拉德思索了他所处的当代美国，并对美国梦中所蕴含的虚幻理想主义进行了批判。盖茨比白手起家的故事基于霍雷肖·阿尔杰神话（the Horatio Alger myth），向我们展示了一个扭曲的美国童话故事，它以悲剧而非传统的"大团圆结局"结尾。阿尔杰的平民男孩们自己的冒险故事都遵循一个既定的叙事模式：贫穷的农村农场男孩搬到了"城里"，在那里，他通过艰苦奋斗、不屈不挠、义人好运以及导师的帮助，获得了被视为美国梦——一个似乎人人都能实现的梦——的核心信条的财富和幸福。盖茨比的崛起以及他作为旨在展示他所累积的财富的盛大派对的策划人的角色，通过对另一个出身卑微白手起家的人——特里马乔的隐喻，被进一步赋予了神话的分量。这些步入上流社会的理想主义的故事表达了美国作为机遇和平等之地的观念；然而，在菲茨杰拉德的手中，它们为幻想破灭的故事提供了模板，在这里梦想只不过是个童话故事，它不是基于现实而是基于神话，最终他的阿尔杰式的"英雄"以悲剧结尾。通过颠覆这个神话，菲茨杰拉德对其进行了批判，显示了其固有的缺陷，并揭示了美国社会核心的阶级偏见。尽管盖茨比聚敛了大量的财富，但他最终还是无法超越自己卑微的出身，他再造自我的追求失败了。

在菲茨杰拉德所写的消费主义时代的精神下，盖茨比在进行着品牌的重塑，他的府邸"模仿诺曼底某市政厅"修建，他的衣橱由一个"在英国为（他）买衣服的人"置办——银色的衬衫、金色的领带、粉色的套装——这些衣服刻意使他与众不同，他拍摄了自己"像一个年轻的东方王公那样到欧洲各国的首都去当寓公"时站在异域风景里的照片。他的"名声"与"当时的各种传奇"都挂上了钩，他虚构了一个"十七岁的"杰伊·盖兹"很可能会虚构的"自我形象，"并始终不渝地忠于这个理想形象"，但是盖茨比与生俱来的、迷人的天真最终成了他垮台的原因。在他精心打造的"极乐生活"中，盖茨比摆脱了其卑微的出身，获得重生；虽然他似乎也遵循了阿尔杰的致富之路，但是他的"穷小孩功成名就"的形象被各种有关他的步步高升是因为他在禁酒令时期从事了不正当交易的暗示所玷污。此外，由于最终没能得到黛西·布坎南（Daisy Buchanan），他的最终目标依然没有实现。她成了他的"圣杯"，童话故事里的"金色女孩"，住在"白色宫殿"里的"国王的女儿"，她的爱，尤其是她的认可，是盖茨比成功地由盖兹转型为盖茨比的先决条件。黛西掌握了"那进入他对（她）的热恋之中的关于他自己的某种理念"的关键，接下来的一切都变成了一种回归过去的怀旧之旅，而这个过去就像他的形象一样虚幻。盖茨比实现其新塑造的自我的关键是获得上流社会的黛西，这是他完成自我重塑的战利品：尽管在叙事方面表现为一种爱情追求，但这种"爱情"是他身份探寻不可或缺的一部分——是他从一个移民而来的农场男孩成长为被接纳的美国社会成员的一个重要组成部分。

该故事的叙述方式进一步加深了其虚幻性。尽管小说被分为九个章节，并恰到好处地控制在三个月的时间内，但是其叙事轨迹仍然是零散的，从开始时富裕、神秘的盖茨比出现在西卵，到接下来他注定要与旧爱黛西重逢，这其中既有对盖茨比的过去的支离破碎的揭示，也有当下的事件。梅雷迪思·戈德史密斯（Meredith Goldsmith）把《了不起的盖茨比》比作哈莱姆文艺复兴（Harlem Renaissance）时期的成长小说文学，并且认为它同样关注了民族迁移的问题，但是，尽管这部小说同样受益于关于移民追求的故事，其叙述的角度却不同——（它）通过一个有身份的中西部男人的声音来讲述，其对盖茨比的兴衰的讲述能力受其阶级地位，可能还有其性别的影响。故事事件通过尼克·卡拉威（Nick Carraway）的第一人称叙述展开，但他的叙述由于不可避免地受到其自身的怀旧情绪的影响，因而并不可靠；卡拉威呈现给我们的是他自己"重塑"的盖茨比。有关卡拉威对盖茨比的迷恋的学术争论不胜枚举。一些学者认为，他是公正的旁观者，是自己所述故事的目击者而非参与者；而另一些学者则认为，他"在公众面前的矜持隐藏了（其带有同性恋本质的）私人欲望"。文本中充斥着暗示卡拉威对其研究对象的兴趣远不像是一个局外旁观者的字句：他说到，"（盖茨比）的迷人之处就在于，他对在生活中许下的一切承诺的那种高度在意"，当他"关上大门抵御逐渐变大的雨水"时，某种东西让"（他）自己的心大力地跳动着"。不同的改编作品以不同的方式来塑造这位叙述者，有些改编作品突出了他的存在和人物形象，另一些则保持了其旁观者的立场，但是无一例外，它们都将关注点集中在盖茨比——这个故事中神秘的传奇人物——身上，正是他的梦想推动了这些叙事的发展，尽管将这个"被毁灭的充满着浪漫梦想的骗子变成一个神话般的美国英雄"的是尼克·卡拉威的第一人称抒情叙事。

自 1925 年出版以来，这部小说一直吸引着改编者的注意。一些改编者在改编作品中坚持它对美国社会及其作为机会之地的虚假身份的批判；而另一些改编者则认为，小说中的爱情追求才是其核心；还有一些改编者则以不同的和意想不到的方式来突出菲茨杰拉德散文的抒情性。与许多文学小说作品一样，这部小说也是首先被改编成了舞台剧。在它出版一年以后，剧作家欧文·戴维斯（Owen Davis）编写了一部成功的百老汇版本，其在同一年中促成了该小说的无声电影改编作品；该影片由霍华德·布雷农（Howard Brennon）[1] 执导，伊丽莎白·梅汉（Elizabeth Meehan）和贝姬·加德纳（Becky Gardiner）担任编剧，但只有一分钟的样本场景片段保留了下来。最近出现的大量《盖茨比》改编作品表明，其主题思想继续反映了我们当代的文化焦虑，但是 2013 年对巴兹·鲁赫曼（Baz Luhrmann）执导的万众期待的 3D 电影盛宴的炒作推动了它被改编成不同的媒介形式。虽然菲茨杰拉德的散文具有意象派散文抒情和虚幻的特点，且其中一些奢华的关键场景在舞台上也很难表现出来，但是仍有好几种不同类型的舞台作品产生。其舞台剧改编也因菲茨杰拉德遗产所有权的行使而受阻：近年来，在美国只有一部舞台作品获得了制作权，它由大卫·埃斯比约恩松（David Esbjornson）执导，西蒙·利维（Simon Levy）担任编剧（在 2006 年首次上演，最近于 2012 年重新上演）。然而，规模较小的当代

1　此处疑有误，影片导演应为赫伯特·布雷农（Herbert Brennon）。——编者注

作品业已出现，包括一部名为《了不起的盖茨比》（2012 年）的音乐剧和一部时长八小时的创新、大胆的舞台剧［ERS 剧团（The Electric Repair Service）的《盖兹》］[1]，它将小说每个场景中的每个字都搬上了舞台。虽然这种时长的舞台剧似乎注定要失败，但是导演约翰·柯林斯（John Collins）对菲茨杰拉德的语言力量以及小说内容与我们当代社会的贴切度充满信心也是有根据的。《盖兹》于1999 年首次制作，最初由于菲茨杰拉德权利方禁止其在美国上演而被迫在国外巡回演出，但是 2010 年其在美国获得了全面的演出权，并于 2012 年在伦敦获得了评论界的好评。

将《了不起的盖茨比》改编为音乐剧听起来更有可能实现，因为爵士乐时代（the Jazz Age）是菲茨杰拉德笔下喧嚣的 20 年代不可或缺的一部分。事实证明，乔·埃文斯（Joe Evans）的音乐和歌词的确受到了评论界的好评，但是这部剧在伦敦国王头剧院（the King's Head Theater）的演出不可避免地受到预算以及这个小场地所提供的舞台空间的限制：或许通过歌舞来充分发挥音乐潜能的，规模更大、更奢华的舞台演出会取得更大的成功。盖茨比的故事也特别受舞蹈改编作品的青睐：就像舞台剧和音乐剧一样，该故事对舞蹈改编者来说也确实是一个挑战，因为其散文中充满了复杂的意象，但是其对爵士乐时代的音乐借鉴，其享乐主义的派对场景以及对服装、名人文化和爱情的强调也使其适宜于舞蹈表演的表达方式。从小说的这些方面入手，就如其舞台改编剧一样，近年来出现

1　此处疑有误，应为 The Elevator Repair Service。——译注

了许多《盖茨比》芭蕾舞剧［2010 年华盛顿芭蕾舞团（Washington Ballet）、2013 年英国北部芭蕾舞团（Northern Ballet）、2014 年萨克拉门托芭蕾舞团（Sacramento Ballet）和 2014 年丹尼斯·马特维延科（Denis Matvienko）的《了不起的盖茨比》］。2012 年英国广播公司第四频道播出了该小说，同年，约翰·哈比森（John Harbison）1999 年曾在大都会剧院（Met opera）演出的作品重新上演，这两件事不仅再一次突出了当下人们对所有盖茨比式事物的兴趣，还突显了其在同样受消费者驱动的 21 世纪保持相关性的能力。

对一些学者来说，《了不起的盖茨比》的荧幕改编是"一种徒劳无功之举"，因为菲茨杰拉德的散文所开启的"多种可能性"被电影的现实主义模式所关闭：萨拉·丘奇威尔（Sarah Churchwell）认为，电影只能给我们提供黑或白——"优雅的"的盖茨比或者"笨拙的"盖茨比，"迷人的"或者"讨人厌的"黛西，等等。对另外一些学者来说，菲茨杰拉德散文的电影特质则使其非常适宜于荧幕上的视觉化。他的场景排序具有节奏性，并带有几乎是摄影意图般的视觉直观性。黛西的初次露面发生在一个有意安排的"荡漾、飘摇的白色"空间里；镜头随后切换到黛西和乔丹（Jordan）身上，她们"在我们前面往外走上玫瑰色的阳台，阳台迎着落日，那里的餐桌上点着四只蜡烛，火苗儿在微弱的风中忽闪忽闪地跳动着"。菲茨杰拉德像主人公盖茨比一样，不仅精心策划了视觉内容，而且以导演的视角精心策划了场景之间的转换，注重细节。虽然菲茨杰拉德倾心于新兴的电影事业，并于 1937 年受雇为米高梅电影公司（Metro-Goldwyn Mayer）的编剧，但是他与好莱坞的亲密关系只持续了一年。尽管如此，他的作品经常被其他电影公司改编成荧幕作品——《漂亮冤家》（*The Beautiful and the Damned*，1922 年、2010 年），《夜色温柔》（*Tender is the Night*，1962 年），《本杰明·巴顿奇事》（*The Curious Case of Benjamin Button*，2008 年）——《了不起的盖茨比》又被改编了四次。1949 年的改编电影主要是为艾伦·拉德（Alan Ladd）量身制作的，突出了故事中隐含的黑帮性质。

在 1974 年的改编电影中，尽管营销材料和银幕偶像罗伯特·雷德福（Robert Redford）的出演都凸显了故事核心的爱情追求，导演杰克·克莱顿（Jack Clayton）和编剧弗朗西斯·福特·科波拉（Frances Ford Coppola）却力求忠实于经典文本及其对美国梦的批判。同样，2013 年巴兹·鲁赫曼的改编作品依然是将菲茨杰拉德的文本"忠实"地搬上了荧幕，尽管大量奢华至极的 3D 场景使其有可能丧失了文本的核心主旨。这两部电影文本都在荧幕上再现了 20 年代爵士乐时代的享乐主义的日子，对故事的时代细节给予了细致的关注。克莱顿对爵士乐时代音乐的深入研究使得这一历史时刻得以怀旧式地再现于荧幕之上，而鲁赫曼对这个时代的音乐采用了更加不拘一格，但又不失明智的做法，既带我们回顾了爵士乐时代的根源及其锡盘巷（Tin Pan Alley）起源，又影射了其日后的嘻哈文化。然而，总的来说，这部小说的所有荧幕改编作品都凸显了爱情追求的中心地位：美国有线 / 卫星电视频道（A & E）的电视电影《了不起的盖茨比》于 2000 年在美国有线电视台和英国的格拉纳达电视台（Granada television）播出，（它）塑造了一个更具有同情心的黛西，且黛西和盖茨比之间的爱情关系（在片中）占据了主导地位。就像莎士比亚笔下注定永诀的恋人罗密欧和朱丽叶的故事一样，它以一个序幕开场，突出了盖茨比被射杀在游泳池里这一高潮部分，让我们从一开始就可以感觉到该叙事的悲剧发展轨迹。

克里斯托弗·斯科特·谢罗（Christopher Scott Cherot）的电影《G》（2002 年）重置了小说中故事发生的时间和地理位置，探究了美国黑人嘻哈文化世界中的阶级和社会流动性问题，但是它并没有在一个完全不同的文化环境中对该故事进行深刻的质问，相反，它也打出了爱情牌，完全以肥皂剧的方式演绎了这部小说。或许对这部小说最具创造力的改编来自厄尔奈司托·奇诺奈茨（Ernesto Quiñonez），他的小说《博德加的梦想》（Bodega Dreams）从当代西班牙哈莱姆的拉丁裔移民的视角探究了美国梦。他笔下的盖茨比式英雄威利·博德加（Willie Bodega）试图实现这个虚幻的"梦想"，不仅是为了他自己，也是为了他的波多黎各移民社区。然而，他的利他主义动机和菲茨杰拉德的盖茨比的同样天真，这暗示了在美国无论是过去还是现在，自我创造是另一个虚幻的梦。就像亨利·詹姆斯的《螺丝在拧紧》一样，《了不起的盖茨比》也有许多散文改编作品，其中一些是针对更年轻的读者：萨拉·本宁卡萨（Sara Benincasa）的青少年小说《了不起的》（Great，2014 年）以同样富裕且有着阶级意识的汉普顿为背景，构建了一个当代女性青少年盖茨比的故事。同奇诺奈茨的小说《博德加的梦想》一样，它的叙事时间、地点和针对的读者也发生了变化。

该故事还吸引了从事图文媒介工作的改编者们的注意；尼基·格林伯格（Nicki Greenburg）富有诗情画意的图文小说改编以

及韩国的漫画书系列《了不起的盖茨比》以两种完全不同的方式将菲茨杰拉德的小说视觉化，将他笔下的人物塑造成野兽的形象。《了不起的盖茨比》漫画书系列在韩国人气颇高，目前已出版到第六卷。尽管它采用了漫画书的形式，但是它也和小说《了不起的盖茨比》一样使用了诗意的语言。循着年轻气盛、焦虑不安的盖茨比的生活轨迹，我们会发现该漫画书系列挪用了盖茨比小说中的某些元素：既有相关的情节点［他的女朋友佩尔苏（Persu）抛弃他，嫁给了一个比他年长、富有的男人］，也有零散的相似人物［忠实的好友洪都（Houndu）引导他度过生活的难关］。这部广受欢迎的漫画书最初在互联网上出版，现在也有了印刷版本，（它）吸引了自己的一批改编者的注意：迄今为止它被改编成了一部电视戏剧、一部音乐剧和一部动画片。《了不起的盖茨比》也被不可思议地改编成了电脑游戏；由查理·霍伊（Charlie Hoey）和彼得·马拉默德·史密斯（Peter Malamud Smith）设计的《了不起的盖茨比》NES 免费在线复古任天堂游戏仿效了《超级玛丽》（Super Mario），并开玩笑似地游历了小说中的标志性场景和情节点，（玩家）一路射击（游戏中的）服务生，躲进路线上的宴会场中，在游戏结束时还会出现一行"游戏结束了，老兄"这样的诙谐字眼儿。游戏的创造者承认其局限性：它是对 80 年代和 90 年代游戏的一种怀旧致敬，而非对小说的高尚的挪用，但就像伴随着鲁赫曼的 2013 年 3D 版改编电影上映时的炒作而出现的其他改编作品一样，它也吸引了新的粉丝加入自己的铁杆粉丝群。

　　菲茨杰拉德为他的小说斟酌了几个标题——包括他暂定的标

题《在红色之下》(*Under the Red*)、《白与蓝》(*White and Blue*)，以及《在去西卵的路上》(*On the Road to West Egg*)、《戴金帽的盖茨比》(*Gold-Hatted Gatsby*)、《蹦蹦跳跳的情人》(*The High Bouncing Lover*) 和《特里马乔》(*Trimalchio*) ——最终才选定他叙事中难以捉摸的核心人物的名字，并附加了"了不起的"(great) 作为一个多层次的、意味深长的能指 (signifier)，其意义随着故事的展开而被揭示。我们进入叙事时，盖茨比已经获得了他的帝国：他是西卵的特里马乔，是 19 世纪阿尔杰式英雄的现代化身，但是他的怀旧欲望胜过了任何个人成就感，这暗示了进入更高级的上层社会对他来说一直是遥不可及的。黛西是东卵的继承财富和盖茨比所渴望的阶级地位的代名词，对她来说，盖茨比的西卵产业只不过是一个"百老汇在长岛渔村上建立起来的地方"：她和她的同类人都"厌恶它的粗犷活力"。他的帝国由于她的不认可而坍塌——"因为她眼中的不以为然，这座大酒店……就像纸牌搭的房子一样整个坍掉了"—— 一起坍塌的还有他对虚幻的美国梦的追求。

《了不起的盖茨比》:"经典"处理(《了不起的盖茨比》的荧幕改编作品:1974年、2013年)

　　杰克·克莱顿,《了不起的盖茨比》1974年同名改编电影的导演,公开声称他本意是要忠实于菲茨杰拉德的小说。他大胆地宣称,"我们把原著拍成了电影"。影片的剧本最初由杜鲁门·卡波特撰写,但是后来弗朗西斯·福特·科波拉着手做了大量的修改,使其几乎成了一本誉写本,很多对话直接从小说搬到了剧本中,且对故事模板鲜有增减。克莱顿是一位知名的、具有自己独特风格的电影导演,也是一位富有包容性且敏感的文学作品电影改编者[《金屋泪》(*Room at the Top*,1959年)、《无辜的人》(*The Innocents*,1961年)、《爱撒谎的人》(*The Pumpkin Eaters*,1964年)、《苦海七难》(*Our Mother's House*,1967年)],他试图将菲茨杰拉德的散文中所体现的对美国社会的批判搬上荧幕。然而,他承认他对这部影片的构想从一开始就受到其制片公司派拉蒙电影公司的"大片"策略的影响:对克莱顿来说,它成了"一部被大肆宣传的影片,是一部与本意完全不同的影片"。其预映的成功直接破坏了克莱顿的思想意图,将它从最初设想的身份追求以及对美国梦和美国社会的复杂批判转变为一部突出其忠实于大众文化和风格问题的古装片。这部影片以爱情为主的海报标语及其预告片都掩饰了原著以及克莱顿希望制作的电影中所探究的复杂的主题思想。

　　该影片被作为一部浮夸的爱情片进行宣传，其海报标语"过去如此神圣的爱情一去不复返"源自欧文·柏林（Irving Berlin）的歌曲《我该怎么办？》（*What'll I do?*）中的伤感歌词，这首歌贯穿整部影片，成为盖茨比和黛西关系的怀旧象征；影片的预告片由聚焦于后者以及描绘迷人的爵士乐时代的场景组成。在当代评论家艾琳·卡恩·阿特金斯（Irene Kahn Atkins）看来，这是"电影记忆中最广为人知、气势最恢宏的翻拍电影"，不逊于《爱情故事》（*Love Story*，1970 年）和《教父》（*The Godfather*，1972 年）等其他派拉蒙影片。该影片斥资 650 万美元，预映时的利润就超过了1600 万美元，这些利润主要是通过派拉蒙影业的弗兰克·亚伯兰兹（Frank Yablans）所接收的植入式广告交易获得的，自此植入式广告也成了电影业的一个普遍现象。亚伯兰兹基于该叙事与魅力的密切关系，利用了"盖茨比的形象"，雷德福几乎充当了彼时刚刚起步的拉夫·劳伦时装公司的人体模特儿，而一系列与盖茨比相关的商品，如盖茨比特氟龙炊具的生产则利用了文本对消费主义和现代性的关注，尽管不是以菲茨杰拉德或者克莱顿所想的批评方式。乔斯·卢茨·马什（Joss Lutz Marsh）认为，好莱坞与魅力的联系，以及影迷们购买"电影时尚款"和"工作室风格"的欲望，使盖茨比成了"真正的好莱坞消费偶像"——一个营销者梦想的产品，一个被派拉蒙影业充分利用，却因为其愚蠢的营销策略而饱受当代克莱顿评论家们诟病的产品。

围绕这部影片预映成功展开的争论变成了批评性话语中的副文本，不利于对该影片更加客观的评价。其忠实性也被认为是一个弱点，因为它虽然遵循了源文本的叙事轨迹并再现了那个时代的魅力，但是，在许多当代评论家们看来，它并没有抓住菲茨杰拉德散文难以捉摸的本质。《纽约时报》评论家文森特·坎比（Vincent Canby）认为它"态度太虔诚"，而罗杰·埃伯特（Roger Ebert）则称它是"极度地忠实"，然而"与菲茨杰拉德小说的精神没有什么共同之处"。尽管任何文本的"精神"或"本质"都是不确定的，但这样的反应表明，虽然该影片的营销取得了成功且票房收入也相对较高，但是人们普遍缺乏对这部影片的热情。它首先被视为一部古装片，更多关注的是喧嚣的20年代爵士乐时代的"外表"和声音，而不是菲茨杰拉德小说的思想内容。该影片在1975年获奥斯卡最佳服装设计奖（西奥尼·阿尔德雷奇，Theoni Aldredge）和最佳配乐奖（内尔森·里德尔，Nelson Riddle），同年该影片还获得了英国电影与电视艺术学院颁发的最佳摄影奖（道格拉斯·斯洛科姆，Douglas Slocombe）、最佳艺术指导奖（约翰·博克斯，John Box），且再次获得最佳服装设计奖，这些都说明了该影片在其电影风格方面的成功。然而，对许多人来说，这种"风格"太强烈了：它劫持了克莱顿努力探索的主旨。虽然内尔森精心研究了电影的配乐，影片的布景和服装设计也创造了视觉上的美感，但是克莱顿只偶尔在影片中预期演绎了菲茨杰拉德散文的抒情和意象。

电影开场时，克莱顿避免了与菲茨杰拉德散文的直接接触，而是通过电影媒介创造了一种同样令人难以忘怀又支离破碎的表达方式。各种物体的镜头——从盖茨比的宅邸及其豪华内饰，到他的汽车和像神龛一样排列的黛西·布坎南的照片——伴随着悠远、回荡的配乐，造成一种无力、虚空和缺失的感觉。克莱顿让我们感受到了一种强调财产物品而非人物作为主焦点的叙事，其主人公们只能通过物体来体现他们的存在：盖茨比通过那些装饰其梳妆台的定制物品（monographed objects）和奖章来体现他的存在；黛西则通过各种照片和上流社会杂志的剪报来体现她的存在，这些剪报间接详述了她作为一个小有名气的人物的生活，甚至盖茨比也重新对她展开浪漫的追求。此处，克莱顿利用了小说对消费主义和大众文化的批判，重构了他们的爱情以及盖茨比的短暂财富的虚幻本质，揭露了二者的肤浅与短暂。当镜头掠过盖茨比豪宅的空旷空间时，画面边缘的笑声再次凸显了物质财富的冗余。这组镜头中的最后一个长镜头聚焦在一只令人不安的、不和谐的苍蝇身上，它盘旋在吃了一半的三明治上方，随后落在了盖茨比的梳妆台上，削弱了迄今为止所展示的各种关于财富的富丽堂皇的影像。直到影片结尾，我们重回这一画面时才发现，我们所目睹的是小说的结尾而非开头。影片开场时复杂的视觉画面充当了菲茨杰拉德叙事的序言（在某种程度上可以说是一种尾声）：它们展示了克莱顿改编该小说的所谓"本质"的能力，但随之而来的是，从总体上讲，一系列试图将其散文改编成电影形式的镜头，然而并不是很成功。

从此处开始，克莱顿以更加直接的方式恢复了源文本的叙事模

　　文学改编指南：改编电影、电视、小说和流行文化中的经典

板。尽管他公开反对这部影片的营销方式，但是对这一叙事模板的任何增减都是为了充实其爱情情节。菲茨杰拉德曾表达他对这部小说中爱情情节情缺失的担忧，认为这是其整体结构的一个缺陷，因此，克莱顿的决定或许是出于类似的对于叙事连贯性的渴望。然而，在一个置身这段关系之外的人的第一人称叙述中添加爱情场景本身就存在问题：除了偷窥狂，还有什么人能够目睹如此浪漫亲密的时刻？小说中那些近乎这种亲密的时刻已经考验了可信度的界限。电影媒介中没有第一人称叙述的直接对等物；其镜头可以自由地从多个视角来观看，而克莱顿充分利用了这一点，在影片中加入了黛西和盖茨比之间私密的"爱情"场景。例如，克莱顿在影片中增加了一长段跳舞的插曲，此时盖茨比身穿军装，而黛西则附在他耳边低声说："吻我。做我的情人。一直做我的情人。丈夫和情人。"这些场景重新定义了黛西和盖茨比之间的关系：此处突出了一段持久的爱情团聚的可能性，即使黛西后来的行为表明，对她来说，这仅仅只是一种危险的调情而已。黛西自己，而非乔丹，讲述了导致她与汤姆·布坎南（Tom Buchanan）结婚的事件，以"你用你不可能的爱伤透了我的心"这样的台词再一次强调了叙事中的爱情。比起菲茨杰拉德小说中优雅的散文，这更像是派拉蒙民粹主义的《爱情故事》中的对话。尽管影片的播放时间很长，但是其中删除了其他的爱情可能性：既没有探究尼克·卡拉威和乔丹·贝克（Jordan Baker）之间的关系，也没有关于尼克对盖茨比的同性恋欲望或者年轻的詹姆斯·盖兹与其年长的导师科迪（Cody）之间关系的潜在暗示。为了突出盖茨比和黛西之间的爱情，其他潜在的爱情角度都被放弃了。

使用画外音作为一种电影手段来替代《了不起的盖茨比》中的第一人称叙述，进一步加剧了电影文本与小说之间的矛盾关系。在某些重要的情节点上，尼克·卡拉威的画外音引导着我们的观影，但是画外音在电影中往往使用较少，仅作为一种回顾过去或者提供必要说明的手段，然而，此处它被用作荧幕叙事的一种补充，像菲茨杰拉德的叙述者一样对事件进行评论，并运用了文本的抒情文学散文。小说的开篇描写了尼克笨拙地穿过东、西卵之间的水域，他的小船与环绕着东卵海岸线的昂贵游艇形成了鲜明的对比。一方面，这种散文体的画外音是不合时宜的：它并不是自然的口语，且在一定程度上劫持了视觉媒介。但另一方面，正如"脚本医生"罗伯特·麦基指出的那样，如果谨慎使用的话，这种类型的画外音会与荧幕上展开的故事形成有价值的对比，提供任何其他手段所不能传递的见解。但是这部影片中的尼克·卡拉威扮演了什么样的角色呢？他是一个事不关己的观察者，自始至终都在提供这种坦率的、反思性的评论吗？抑或他是在叙事事件中有着既得利益的重要人物？克莱顿的卡拉威徘徊于这两种功能之间。由于这部影片的焦点是盖茨比和黛西之间的爱情，因此，在这部改编作品中我们对他的过去、现在或未来知之甚少，虽然克莱顿声称卡拉威"必须是这个故事中唯一一个真正成长为人类的角色"。他虽然是叙事动力的核心，也偶尔充当了反思性的评论员，但是他仍然是一个次要人物，在某些场景中，当菲茨杰拉德的抒情散文变成了荧幕上实实在在的台词的时候，他的存在就变得特别尴尬。例如，在广场酒店（The

文学改编指南：改编电影、电视、小说和流行文化中的经典

Plaza Hotel）的房间里，盖茨比和布坎南摊牌，此时尼克和乔丹的出现似乎就很奇怪：这个场景更像是舞台戏剧而非电影。同样，少了菲茨杰拉德的巧妙措辞，黛西和盖茨比在卡拉威家中重逢的那种人为性似乎也是不自然和勉强的，而卡拉威的在场则是不协调的。这部影片无法向观众传递现实与对黛西、盖茨比及其"梦想"的不同看法之间的差异，这意味着它无法重现构成该小说重要组成部分的"张力"。进一步的剪辑和结构变化加剧了这一问题。克莱顿选择不表现桃金娘（Myrtle）死的那一刻，也不表现汤姆和黛西在其死后密谋陷害，而盖茨比则在外面守卫，误以为黛西正处于危险之中，需要他的保护。

故事的大部分内容是通过卡拉威对人物，尤其是对盖茨比的主观感知来讲述的，电影和小说一样，直到叙事的四分之一，故事中的浪漫英雄才出现。马什将盖茨比视为这部小说中的"明星"，而卡拉威则是他"内在无意识的'粉丝'，同时也是一个内在有意识的批评家"，他"把盖茨比理想化了，即使当他意识到他的明星是捏造的冒牌货"。盖茨比这个明星精心策划了自己的生活，将自己的名字从詹姆斯·盖兹改成了更具有魅力的杰伊·盖茨比，故意编造了自己神秘的明星身份。这一明星身份被搬上荧幕相对更容易，尤其当扮演者是罗伯特·雷德福这样具有明星身份的演员。按照马什的说法，荧幕上的盖茨比在现代电影中应该相当于无声电影时代的鲁道夫·瓦伦蒂诺（Rudolph Valentino），同样都是"构筑明星魅力"，在这一点上，雷德福的出演确是一大妙举。然而，对许多人来说，也正是雷德福的明星身份使他不适合出演盖茨比。这个盖茨比温文尔雅、成熟、冷静，完全不具备经典文本中的盖茨比的天真和脆弱。他穿着拉夫·劳伦的西装，戴着金色的领带，正是丘奇威尔所不屑的那个"有品位的"盖茨比；与菲茨杰拉德笔下的盖茨比以及 1949 年和 2013 年的改编电影中的盖茨比不同，他是陌生的、遥不可及的。尽管 1949 年的影片是为最受电影制片厂喜爱的艾伦·拉德量身制作的，但是他"邻家男孩"的形象与雷福德的形象形成了鲜明的对比。在雷福德的表演中，我们感受不到那种"窘迫"，"他所充满的莫名的喜悦"，他"对（黛西的）出现的惊奇"；"一个 17 岁的男孩（绝不）可能会创造出杰伊·盖茨比"那样的人物。雷德福扮演的盖茨比对此太有自知之明了，因此，他缺乏菲茨杰拉德笔下白手起家的主人公所具有的那种"迷人的"脆弱性。在詹内蒂（Giannetti）看来，这个角色需要的"仅仅是一个凡人——一个'普通的演员'，而不是像罗伯特·雷德福这样的明星"，因为他没有意识到正是盖茨比的"浪漫的愚蠢"让他变得"如此悲惨凄凉又具有普遍的吸引力"。相反，他仅仅成了另一个浪漫的英雄，失宠是不可避免的。这本身并不消极：爱情片一直都是一种流行的电影叙事方式，但是对克莱顿来说，这部影片被当作爱情片来看待与他最初的改编意图并不一致。

对于熟悉菲茨杰拉德的经典文本的读者来说，克莱顿和巴兹·鲁赫曼提供的"电影画面"可能会"殖民"他们的阅读体验（Hutcheon）。就好像读过简·里斯的修正主义文本《藻海无边》会影响我们对《简·爱》的解读一样，我们对这部小说中神秘而脆弱的盖茨比的看法也受到了其在电影这一完全不同的媒介中的形象所影响。然而，正如哈琴指出的，我们对这部叙事的首次体验可能来自观看其改编电影，而非阅读其经典文本，因而有些人将小说定位为"次要的"作品。对许多当代的观众来说，无论他们是观看了克莱顿的 70 年代的《盖茨比》，还是鲁赫曼的 21 世纪的 3D 电影盛宴，盖茨比的故事或许首先作为电影被人们所知，然后才作为散文被阅读。正因为如此，我们对该故事及其主人公们的看法也随之发生了变化：尽管克莱顿和鲁赫曼都公开表明要"忠实"于所谓的"源"文本，尽管他们都采用了忠实于故事情节及其时代细节的改编方法，但是他们制作的影片还是"殖民"了这个故事。它首先成了一种爱情追求，其改编电影专注于风格，并着迷于通过电影来表现喧嚣的 20 年代禁酒令时代所带来的魅力。但这并不一定就是消极的结果。在电影领域，爱情片是一种民粹主义的、有利可图的体裁，而由当红明星出演盖茨比的角色则是在这个昂贵的、受成本驱动的企业中最大化其经济收益的一种手段。此外，没有读过这本小说的观众预先对盖茨比可能或者应该是什么样的人也并没有概念（一种不可避免要受到个人经历影响的概念）。例如，雷福德的世故老成的盖茨比和明星莱昂纳多·迪卡普里奥（Leonardo DiCaprio）扮演的同样英俊但更可爱的盖茨比一样，在爱情片的范围内都是行得通的。这两部影片虽然都有些许增减，但它们都遵循了菲茨杰拉德小说的叙事轨迹："故事"的"内容"仍保持相同，但是在被改编为电影时，其"发生方式"（或者"论述"）发生了变化，从而导致了截然不同的文本关注点和两种完全不同的电影，虽然两部影片都采用了忠实于经典文本的处理方法。

作为《了不起的盖茨比》的改编者，克莱顿和鲁赫曼除了都渴望忠实于源文本之外，还具有更多的共同点。他们都是著名的非美国裔导演，都是在美国以外的地方拍摄这部电影，尽管这部小说被誉为典型的美国小说。克莱顿在伦敦的埃尔斯特里制片厂（Elstree Studios）拍摄了他的影片；澳大利亚籍的鲁赫曼则在悉尼的不同地方进行拍摄。盖茨比的宅邸是曼利（Manly）的圣·帕特里克神学院，悉尼世纪公园充当了它的庭院，而巴尔曼地区（Balmain）和白湾电站（Whitebay Power Station）则为鲁赫曼的灰烬谷提供了背景。然而，两位导演都在努力维持经济大萧条之前受消费者驱动的文化背景下的虚幻的美国景象。两部影片都吸引了巨大的制作预算，并获得了丰厚的经济收益。鲁赫曼的《盖茨比》，制作预算为1.05亿美元，后来在美国的票房收入为1.44亿，国外收益2.06亿，全球共计收益3.51亿美元（Mojo）。通过精明的战略决策，鲁赫曼的制作也以减税的形式获得了澳大利亚银幕组织（Screen Australia）的大量资金赞助；虽然《盖茨比》是一个美国故事，由美国华纳兄弟公司出资制作，但是它也可以说是一部澳大利亚作品，因为其主要是由澳大利亚摄制组在澳大利亚拍摄的，由众多澳大利亚演员[乔尔·埃哲顿（Joel Egerton）、艾拉·菲舍尔（Isla Fisher）]出演。克莱顿担心他的制作预算规模会最终将其影片归类为他所憎恶的那种大片风格的电影，而鲁赫曼则追求大片地位，以实现他对该故事的昂贵的3D视觉效果。同样，克莱顿反对硬性推销和品牌化其影片，而鲁赫曼对此则欣然接受。

有关这两部影片的市场营销和预映成功的争论已经成为围绕它

　　　　文学改编指南：改编电影、电视、小说和流行文化中的经典

们的批评话语的一部分，既有人质疑由澳大利亚来资助一部以美国历史上某一特定时期为背景且改编自美国经典文学作品的电影的合理性，也有对两部影片上映之后带来的时尚文化（flapper fashions）和装饰艺术风格的复兴的争论。2012年1月版的《时尚》（*Vogue*）杂志刊登了一篇关于"盖茨比的魅力"（"Gatsby Glamour"）的文章，指出了最初定于当年12月份上映的这部影片中领先出现的大量时装系列，2013年5月，当这部影片最终上映时，凯瑞·穆丽根（Carey Mulligan）——鲁赫曼的黛西·布坎南——身着20年代的服装成了当月《时尚》杂志的封面人物。与蒂芙尼以及美国知名男装品牌布克兄弟（值得注意的是，这是20年代最受菲茨杰拉德青睐的服装）的合作，以及服装设计师凯瑟琳·马丁（Catherine Martin）和普拉达（Prada）的设计师缪西娅·普拉达（Miuccia Prada）之间的合作确保了这部影片的高端时尚地位。其兼收并蓄的音乐风格，将菲茨杰拉德时代的传统爵士乐与当代流行音乐和嘻哈音乐融合在一起，并由一批当代音乐明星出演，这是这部影片另一个成功的营销手段和赚钱的动力。杰伊-Z（Jay-Z）作为音乐制作人的参与进一步证实了鲁赫曼在改编这部影片的过程中将其从经典的高雅艺术变成了主流的民粹主义作品。它与克莱顿的《盖茨比》同样取得了令人羡慕的商业成功，但也收到了同样负面的评论。《纽约时报》评论员A. O. 斯科特（A. O. Scott）认为，鲁赫曼的电影只不过是一部"华丽的、无聊的歌剧，是对菲茨杰拉德以迷人的矛盾性所审视的情感放荡和物质放纵的一种任性、奢华的电影颂扬"；李·马歇尔（Lee Marshall）则认为，它是"一个没有了讽刺话语的奥斯卡·王尔德（Oscar Wilde）茶话会"。

由此，我们可以得出这样的推论，鲁赫曼虽然抓住了菲茨杰拉德对喧嚣的 20 年代的看法，即这是一个"情感放荡和物质放纵"的时代，但他无法使其电影文本带有同样的"矛盾性"或者马什所指的那种智慧。鲁赫曼将一本薄薄的中篇小说创造成了一部"史诗般的情节剧"，"融合了老式电影的表演艺术和主观的电影制作"：在一些人看来，这可能仍然是一个对菲茨杰拉德的故事的夸张的、肥皂剧式的"拙劣仿造"，但是在其他人看来——就像它在 2013 年获得的奥斯卡最佳服装设计奖和英国电影与电视艺术学院最佳布景设计奖所证明的那样——正是这部影片丰富的视觉和听觉效果使其成了一部有趣且富有创意的改编作品。由于克莱顿的改编电影也凭借其对菲茨杰拉德笔下的爵士乐时代的时尚演绎而获奖（最佳服装设计和最佳配乐），因此，我们有理由认为，正是那个年代的迷人魅力不断吸引着导演和观众。此外，评论家们对这些改编者们为创造出如此辉煌华丽的影片而付出的能力与精力不屑一顾，这其中也存在着一种内在的矛盾：对他们只关注故事里的物质"表象"的不满和抗议忽略了这样一个事实，即物质放纵也是菲茨杰拉德的主题构架的一部分。我们必须看到这一点，承认其强大的吸引力，如果我们自己都相信了，那么电影作为一种媒介更是何乐而不为。克莱顿和鲁赫曼的镜头都徘徊在美丽的物质画面上：从盖茨比标志性的黄色小汽车到令人惊叹的具有装饰艺术风格的内饰，以及那些盛装打扮的西卵新富"不速之客们"和东卵的根基稳固的"旧贵"阶级。然而，和菲茨杰拉德一样，两位导演也都通过对灰烬谷的描绘，向我们展示了社会的另一面，尽管他们都没有充分意识到，其相对力量削弱了从一开始就占据主导地位的上流社会生活的魅力。残破的埃克尔堡大夫广告牌不祥地笼罩着相对阴暗而又破败的灰烬谷——在鲁赫曼的影片中，这个几乎是复制的标志成了对 1974 年版影片的一种刻意的视觉致敬——但是克莱顿或者鲁赫曼对这个象征着东卵和西卵存在的物体只是一笔带过地提及，并没有尝试涉及更多的内容；在鲁赫曼的电影中，他对创作高度程式化的戏剧形象的偏爱，把灰烬谷变成了另一个美学上令人心动的场景，天际线巧妙地映衬出其中的工人们的轮廓。

在一定程度上，鲁赫曼的《了不起的盖茨比》可以被视为翻拍而不是改编。就像克莱顿的《盖茨比》一样，它首先关注的是小说的爱情追求，且有些时候鲁赫曼的电影文本中也渗透着克莱顿电影的视觉风格。例如，在克莱顿的电影开场场景中，装饰盖茨比的梳妆台的物品上印有几何图案，鲁赫曼的电影宣传预告片中则采用了相同的几何图案，且盖茨比的豪华游泳池也铺满了具有同样"J. G."几何标记的地砖，这些都在不断暗示其受之前影片的影响。更直言不讳地说，鲁赫曼的整个电影文本里都充满着对克莱顿的影片的零星的暗示和影射：镜头中途突然切换到盖茨比豪宅的空荡的房间里，这几乎是复制了克莱顿影片的开场片段，此时摄像机镜头扫过空无一人的空间，只有窗帘被风吹得鼓起来。鲁赫曼的影片里黛西的出场场景也与克莱顿的处理相似，但是它的安排更为精心：色调还是鲜亮的白色和高度的程式化，但是此处的场景更加豪华，在每个门口都有仆人待命，随时侍候，这一精心编排更加准确地表现了不义之财和过度放纵。此外，鲁赫曼电影文本中的一些补充内容还基于科波拉和克莱顿对叙事结构的增补。两部影片中的盖茨比都表现出对黛西的名流身份的痴迷，他们收集并完好地保存着记录了黛西的形象和故事的剪报，在鲁赫曼的影片中，当摄像机镜头扫过盖茨比的裹着皮封面，记录着黛西的日常琐事的卷册时，几乎出现了喜剧的效果。此外，两位导演都认为亲密的爱情场景，例如2013年版电影改编中的性爱场景，是对这个爱情故事的十分必要的补充——对当代观众来说，是浪漫爱情的必要前提。

然而，如果仅仅把克莱顿的影片看作一个鲁赫曼对之表达了诚挚敬意的互文文本则是低估了《了不起的盖茨比》的这两部电影改编作品之间的差异。这两位导演独具特色的改编风格确保了它们是截然不同的。克莱顿电影的营销预告片将其宣传为一部爱情片，这令他非常沮丧，而鲁赫曼的《了不起的盖茨比》的影院预告片则首先将其宣传为一部巴兹·鲁赫曼风格的影片。鲁赫曼是一位"企业家演艺家"（the entrepreneur showman），他（像菲茨杰拉德笔下的盖茨比一样）"管理着我们的体验"，他的"视听风格"不断打破着高雅文化和低俗文化之间的界限。我们对鲁赫曼导演风格的认识，与他所说的他的"红幕三部曲"（Red Curtain Trilogy）有着不可磨灭的联系。如果比较其《盖茨比》与"红幕三部曲"——《舞国英雄》（*Strictly Ballroom*，1992年）、《罗密欧与朱丽叶后现代激情篇》（*Romeo + Juliet*，1996年）和《红磨坊》（*Moulin Rouge*，2001年）——我们会找到它与这一系列电影作品在风格、主题和叙述上的很多相似之处。它成了第四部红幕电影。鲁赫曼的红幕电影具有三个基本规则：它们都由一个简单的故事组成，以一个已知结果的可识别的神话为基础；它们都以一个既遥远又熟悉的"高度创造性的世界"为背景；且每部影片都采用了非自然主义的叙述手法，既使用了舞蹈（《舞国英雄》），又运用了莎士比亚的诗文（《罗密欧与朱丽叶后现代激情篇》），还创作了歌曲（《红磨坊》）。《了不起的盖茨比》探讨了美国梦和"真爱"的原初阿尔杰式神话。此外，其天真的主人公还设计了他自己的"高级世界"，这是一个观众们所熟悉和了解的世界，是美国历史上一个特定的时期（享乐主义的喧嚣的20年代），从日后的历史发展来看，这是一个遥远的时代，但其"异域情调"足以引人入胜。在所有这些爱情故事中，除了一个，他们的爱情注定要失败：就像罗密欧和朱丽叶、克里斯蒂安和萨汀一样，盖茨比和黛西也不能维持他们作为恋人的关系。《了不起的盖茨比》的营销预告片承认了其爱情故事的意义，但同时也展示了鲁赫曼独特的电影叙事方法。鲁赫曼突出了他所呈现的"现实"的建构性，强调了其视听创作过程，让我们不断意识到，我们正在观看的是一部电影，而不是主流好莱坞那种无缝连续剪辑的现实主义电影。红幕电影具有拍摄手法自觉、疯狂、剪辑快速、色彩饱满绚丽以及荧幕影像和文字富有层次感等特点；《了不起的盖茨比》运用了所有这些技术，同时还加入了3D成像和绿屏（Green Screen）拍摄的技术手段。鲁赫曼希望他的观众时刻意识到他们是在观看一部电影。

鲁赫曼导演风格的另一个标志是对景观的强调，这种强调非常适合菲茨杰拉德小说的某些方面。他的红幕电影都是高度戏剧化的；它们围绕着戏剧化的母题——舞厅、维罗纳海滩舞台、红磨坊俱乐部——展开，呈现出一种视觉和音乐混乱的狂欢化气氛。鲁赫曼的盖茨比中的派对场景也同样戏剧化：盖茨比的西卵豪宅成了核心的戏剧化母题，一个由盖茨比像齐格勒式的幕后司仪一样监督着的舞台。就像克莱顿 1974 年的电影一样，享乐主义的派对成了这部影片的核心景观，但是，虽然每一部影片的时代细节都经过了仔细的研究，并被搬上了荧幕，但是鲁赫曼加入了一些不合时宜的繁复元素，以流行文化来装饰电影文本，使之与其早期的电影形成了互文化的关系。这些派对场景在视觉上是混乱的，让人想起《红磨坊》里由哈罗德·齐格勒（Harold Zigler）精心策划的那些派对，或是《罗密欧与朱丽叶后现代激情篇》中凯普莱特一家的化装舞会。鲁赫曼还擅长在桃金娘的公寓里营造一种看似自发的、更喧闹的派对场景；随着镜头切换至坐在屋外消防梯上演奏小号的爵士乐乐师身上，这个派对场景就像盛大的盖茨比派对场景一样程式化、精心制作，处理手法也一样华丽。

这三部红幕电影的编舞和配乐都融合了音乐和舞蹈：它们成了每部电影的叙述模式的一部分。帕姆·库克（Pam Cook）称，鲁赫曼的电影"具有一种文化混杂的全球美学特征"：它们在全球流行的部分原因是，它们能够将文化上不协调的因素——流行音乐和嘻哈音乐、嘻哈音乐和爵士乐、20 年代的舞步和 20 世纪末及 21 世纪的舞蹈文化——结合在一起。鲁赫曼利用了小说的怀旧潜力和禁酒令时期的急躁，创造出一种大胆的后现代拼贴式的音乐风格，将传统爵士乐与嘻哈音乐和锡盘巷爵士乐的早期旋律、当代艺术家的歌曲翻唱和专为影片创作的歌曲融合在一起。克莱顿努力再现20 年代的音乐，而鲁赫曼则试图再现那种音乐的"裂边"，就像 20 年代人们所接受的那样，他以锡盘巷的音乐和嘻哈音乐的粗犷而非如今已经成为"安全"节目的那个时代的爵士乐来代表那一时期。鲁赫曼称："菲茨杰拉德把非裔美国人的音乐写进他的书里，因为他希望它是危险的。我把非裔美国人的街头音乐放进电影里——碰巧是嘻哈音乐，是因为爵士乐现在已经过时了。"同样，克莱顿采用了 20 年代的民粹主义歌曲《我该怎么办？》(*What'll I do?*) 作为一种爱情音乐线索，而鲁赫曼则使用当代艺术家拉娜·德雷 (Lana Del Ray)[1] 创作并演唱的一首歌曲来发挥同样的作用。音乐和舞蹈也成了鲁赫曼自我指涉意图的一部分：影片中，当盖茨比和卡拉威开车驶过皇后区大桥时，影片再现了菲茨杰拉德的小说和鲁赫曼的《罗密欧与朱丽叶后现代激情篇》中的某一刻。当他们经过一辆敞篷汽车时，车上坐满了随着嘻哈节奏旋转的人，熟悉茂丘西奥 (Mercutio) 和同伴到达凯普莱特家派对时情景的观众又被带回到了《罗密欧与朱丽叶后现代激情篇》中那同样奢华、壮观的视听感受中。

鲁赫曼的红幕电影还向我们展示了同样奢华、夸张的角色阵容，从《舞国英雄》的舞蹈巡回演出中的典型人物，到《罗密欧与朱丽叶后现代激情篇》中极其夸张的茂丘西奥和《红磨坊》中喜剧化的图卢兹－劳特累克 (Toulouse-Lautrec)。菲茨杰拉德笔下人物

1　此处疑有误，应为 Lana Del Rey。——编者注

塑造的复杂性似乎与这种处理方式格格不入。然而，鲁赫曼在其改编的《了不起的盖茨比》中并没有明显地运用夸张的角色类型。他对参加派对的人群的描绘夸张但得体，也有一些视觉上的效果与菲茨杰拉德的小说保持一致——例如，身着黄色裙子的女孩们，就像小说中提到的各种电影工业类型一样，转瞬即逝——且他利用了克利普斯普林格（Klipspringer）等角色的喜剧潜力。夸夸其谈的汤姆·布坎南有时候会被戏剧性地夸大：他成了影片中典型的反派人物。桃金娘公寓里的场景正好说明了这一点。一开场我们就看到尴尬的尼克，被迫听着荧幕外汤姆和桃金娘性爱的声音，这一声音被戏谑地安排与她的宠物狗进食时的声音同步；同样，这一场景最终以汤姆挥手打了桃金娘一巴掌而结束，但是这一刻的暴力是以卡通般的慢动作传达出来的，让我们远离了汤姆恐怖的攻击性行为。然而，鲁赫曼还添加了更加微妙的视觉效果，突显了汤姆性格中一些令人不安的方面：在这部改编作品中，当他当着一位被他呼来喝去的黑人仆人的面抨击某些现象时，紧张的气氛以一种戏剧化的方式加剧了。就像在克莱顿的影片中一样，汤姆煽动威尔逊杀死盖茨比为桃金娘报仇，从而将他变成了故事中的反派人物。

　　鲁赫曼在其"红幕三部曲"中有效运用的间离化（distanciation）技巧（舞蹈、诗文、歌曲），在《了不起的盖茨比》中得以重现；尼克·卡拉威的第一人称叙述作为一种手法，旨在让我们高度且不断意识到我们正在观看的是一种构想（construct）。我们总是意识到他故意插入的画外音，在电影画面的边缘引导着我们。卡拉威不仅仅是这个故事的叙述者：就像《红磨坊》里的克里斯蒂安一样，他成了一位记录过去事件的作家；尽管我们随他一起回到了那些记忆中的情节点，但是我们自始至终都受到卡拉威作为故事的叙述者/创造者的控制。鲁赫曼利用了菲茨杰拉德和卡拉威之间有着传记式联系这一概念。影片一开始就对叙事进行了补充：故事始于1929年，黑色星期二和预示着大萧条的臭名昭著的股市崩盘之后两天，地点在帕金斯疗养院（Perkins Sanatorium），卡拉威因"病态酗酒"在此接受治疗。这些开场片段中对菲茨杰拉德酗酒的影射，以及将卡拉威（来自中西部常春藤联盟的毕业生）塑造为作者，记录下这个故事作为其治疗的一部分，都意在提醒我们这个故事的虚构本质。除了影片华丽壮观的视觉效果外，鲁赫曼还对经典文本表达了敬意，通过将卡拉威的回忆变成页面上和荧幕上的文字让经典文本出现在了荧幕上。影片开场时，镜头从卡拉威的空白笔记本和笔剪接到精心塑造的灰烬谷中的工人身上，然后又回到他的写作上，他的文字出现在屏幕左侧，叠加在他的脸上。通过让卡拉威成为叙事的作者，鲁赫曼让人们相信了那个一字不差地使用菲茨杰拉德的抒情散文的画外音，而克莱顿的卡拉威的画外音则仍显得生硬，有时不合时宜。卡拉威成了一个伪菲茨杰拉德，他塑造人物，操纵事件，以达到自己的叙事目的。在影片的结尾，鲁赫曼巧妙地将作者菲茨杰拉德和叙述者卡拉威合而为一：当镜头近距离聚焦在一本名为"盖茨比"的书的封面上时，卡拉威说出了菲茨杰拉德的结束语，并手写上了"了不起的"这一词，暗示他就是这本经典文本的作者。进一步暗示了，鲁赫曼作为改编者，也在重新创作着菲茨杰拉德的故事。

鲁赫曼的叙述者虽然体现了一种疏离的手法，但他并不是克莱顿影片中那个旁观的、尴尬的偷窥者，因为鲁赫曼通过使盖茨比和卡拉威之间的关系成为故事的中心，证明了卡拉威作为作家的画外音和他的存在是合理的。在这部改编作品中，尽管尼克的形象很孩子气，但他衬托出了天真、脆弱的盖茨比。通过对对话的简单补充，鲁赫曼构建了一个更加讨人喜欢的盖茨比，并使两人之间日益增长的友谊更加可信。例如，当尼克向盖茨比保证，真的没有必要因为安排他与黛西的见面而奖励他时，盖茨比感到很惊讶；盖茨比的喜悦是可爱的，而他是如此习惯于讨好别人则突出了他在情感和文化上的孤独。盖茨比试图留下一个好印象，以及尼克讨喜地向他保证，他没有必要这么做，都栩栩如生地表达了这两位东卵和西卵的局外人之间日益增长的友谊。同样，在盖茨比和黛西之间那次非常尴尬的重逢中，尼克的存在也具有克莱顿的影片中不存在的戏剧相关性。当盖茨比带着他的随从仆人们，抱着一大堆温室花卉塞满了尼克的小屋时，这一场景夸张的喜剧处理方式凸显了他情感上的脆弱，同时既揭示了尼克和盖茨比之间从根本上演变的关系，因为尼克随后鼓励非常紧张的盖茨比留下来，又揭示了盖茨比高雅时髦的外表之下的弱点。当盖茨比撞掉了壁炉架上的座钟时，他的笨拙可能会让我们对他的神秘感和沉稳的感觉消失，但是影片融入了菲茨杰拉德小说中的这一刻可以突出盖茨比的焦虑、不安全感，使他成为一个更容易被人接受和熟悉的人物，其缺点引起了观众的共鸣。

科伊尔（Coyle）认为，鲁赫曼对景观（spectacle）的强调旨在"让电影观众关注普世主题，而不是复杂的人物塑造"：这不是仅仅为了获得服装和布景设计的奖项而设计的"景观",也不是影评人批评的那种空洞的视觉盛宴。注定失败的爱情、无法实现的美国梦,以及受消费者驱动的文化的空虚这些主题既是菲茨杰拉德小说的核心,也是鲁赫曼的改编电影的核心。这位神秘的盖茨比在某种程度上仍是未知和不可知的,他的形象以一种高度程式化的方式呈现在荧幕上,但是鲁赫曼尝试着在其主人公的内在天真中增加些许人性的弱点,这使得他对人物的研究超越了克莱顿的世故老练的男主人公,并与菲茨杰拉德笔下的盖茨比的某些复杂性产生了联系。他是一个伪哈罗德·齐格勒,一个杰出的司仪,精心策划着派对,编织着自己的故事,但他也是一个天真的恋人,尽管已经成为百万富翁,却依旧缺乏自信。马丁的布景设计放大了盖茨比——这位"弄巧成拙者"(overreacher)——的表演性(staged nature):被选作代表盖茨比的西卵豪宅的神学院恰如其分地彰显了新哥特式的复兴,暗示了过度的浮华,并在视觉上再次体现了这一理念,即虽然盖茨比拥有优越的物质财富,但他永远无法获得与其高雅的东卵邻居一样的社会地位。在这部改编作品中,我们看到的盖茨比是一个徘徊在局外的孤独的身影。他戏剧性的登场被推迟到影片开场第 28 分钟的时候,而他第一次出现在镜头前,就把自己塑造成了加里·格兰特(Cary Grant)式的电影明星,充满魅力,自信满满。在燃放烟花的反射背景下,他转向镜头,举起香槟,向着电影观众和卡拉威致敬,"这是那种不多见的使你忐忑不安的情绪能很快地平静下来的笑,这种笑容人的一生中顶多能碰上四五次"。

埃伯特指出,他是在"扮演他希望成为的那个人"。然而,雷德福自始至终都保持着他成熟的明星形象，而我们对迪卡普里奥饰演的盖茨比的认知则在一定程度上归因于他与卡拉威的关系，这让我们意识到"真实的"盖茨比，而不是那个精心打造的明星形象。叙事中还穿插了盖茨比于第一次世界大战期间在战壕中度过的时光，进一步增加了其性格的可信度：他可能会随身带着勋章，以"证明"他在战争时期的英勇，但是影片倒序了战争的残酷现实，我们可以看到盖茨比在战壕中的焦虑反应，这些都削弱了盖茨比的说法是虚假的可能性。与克莱顿的盖茨比相比，他还是一个更具有实质内容和可信度的人。鲁赫曼并没有忽视他与黑帮的关系：沃尔夫希姆（Wolfsheim）在叙事中是一个更加显眼的角色，影片中增加了一个可能为沃尔夫希姆和盖茨比所拥有的一家隐秘的赌博俱乐部的场景，这既让盖茨比积累的财富更加可信，又没有将影片变成1949年改编的那种黑帮电影。影片还倒叙了年轻的盖兹与科迪之间的关系，这为他从盖兹到盖茨比的合理演变提供了必要的背景故事，不过鲁赫曼并没有提及老盖兹，而是删掉了他在盖茨比葬礼上的露面。这位改头换面的盖茨比被塑造成一个孤独的、失败的人物，仅仅被其故事的叙述者所哀悼。

同样，对盖茨比和黛西之间所绽放的浪漫的回顾也让他们的爱情更加可信，虽然这可能与菲茨杰拉德的意图背道而驰，但是鲁赫曼影片中更加可爱的黛西符合爱情影片的一般惯例。在一定程度上，迪卡普里奥在重新扮演着鲁赫曼的《罗密欧与朱丽叶后现代激情篇》中命中注定的、坠入爱河的罗密欧，他把盖茨比演得同样天真烂漫，而对他与黛西充满青春活力的前一段恋情的怀旧回忆则把

　　　　文学改编指南：改编电影、电视、小说和流行文化中的经典

黛西塑造成了一个伪朱丽叶。通过选角，鲁赫曼赋予了他的影片莎士比亚悠久的爱情故事的文化分量，把他的盖茨比和黛西塑造成了"不幸的恋人"，他们的关系从一开始就注定要走到尽头。这部影片还通过影射他自己的一部红幕电影，向他的个人导演风格致敬。凯瑞·穆丽根饰演的黛西在这部改编电影中要可信得多，也更讨人喜欢。她不是菲茨杰拉德笔下的黛西，有着"冷冷淡淡的双眸"，她对西卵的蔑视导致盖茨比放弃了他作为大型派对策划者的角色。在克莱顿的影片中，当她拿着盖茨比的"漂亮衬衫"时变得情绪化的场景是出了名的尴尬，鲁赫曼却将这一场景塑造为在酒精的作用下对盖茨比的房子进行探索的一部分，充满了乐趣，盖茨比开玩笑地把他的衬衫扔向空中，而黛西则被这一刻征服了。此处，卡拉威的作者旁白为黛西的奇怪反应提供了一个背景，他指出，"五年"逝去的光阴在黛西的嘴边挣扎着，但她却只能说出"它们是如此漂亮的衬衫"。然而，就像菲茨杰拉德的小说一样，盖茨比的控制欲吞噬了这个爱情故事。这个黛西可能更加脆弱，更有亲切感，而她对盖茨比的爱也更真诚，但是作为高潮的广场酒店场景突出了男性的自我而非爱情。汤姆·布坎南和盖茨比为了争夺黛西的所有权，展开了一场口头和身体上的斗争，从这个意义上说，鲁赫曼的影片忠实于经典文本所关注的盖茨比把自己重新塑造成一个闯入上层社会的人物，他对黛西的占有是他的身份追求的一部分，而非他的爱情追求。对迪卡普里奥来说，他饰演的盖茨比正在进行一场"无尽的旅程"——这场旅程"不再是一个爱情故事，而是一个失去自我意识的男人的巨大悲剧"。

公众对本节所讨论的《了不起的盖茨比》的"经典"荧幕改编作品的看法有好有坏。里恩 1946 年的《远大前程》和克莱顿的《无辜的人》都获得了经典电影的地位，而同样经典的《了不起的盖茨比》的改编作品还尚未在银幕上实现。克莱顿和鲁赫曼对这部作品的电影处理是令人难忘的，但这首先是因为其华丽的视觉效果，以及与遗产电影相一致的对历史上某个特定时刻的银幕描述。对一些人来说，这些电影成了一种风格超越了实质内容的演练，否定了所谓的源文本的意识形态关注点，也没有引入任何进一步的见解。然而，不管影评的负面反应如何，这两部影片都获得了票房的成功，且每一部影片都成功地利用了电影这一不同媒介的视觉和听觉特性作为探索美国梦神话的另一种方式。

《了不起的盖茨比》：重写文本（《博德加的梦想》和《了不起的》）

与迄今为止我们所研究的其他修正性的改编作品一样，改编作家厄尔奈司托·奇诺奈茨和萨拉·本宁卡萨试图重新定义源文本的主导话语，但他们的方式截然不同。本宁卡萨对当代东卵和西卵（汉普顿）的白人的富裕进行了类似的探索，但是她的关注点转移到了她现在的女性叙述者身上，并巧妙地运用了与她的 21 世纪社交网络青少年读者直接相关的主题。奇诺奈茨则将叙事重置于当代西班牙哈莱姆区（Spanish Harlem）这一截然不同的文化、社会政治空间；与本宁卡萨一样，他创造了一个叙述者，这个叙述者不仅仅是一个故事讲述的工具，尽管他的叙述描绘了一个完全不同的群体对难以捉摸的"美国梦"的追求。

奇诺奈茨借鉴了美国文学经典中的小说，引用了菲茨杰拉德的《了不起的盖茨比》、J. D. 塞林格（J. D. Salinger）的《麦田里的守望者》（*The Catcher in the Rye*）以及他的写作导师沃尔特·莫斯利（Walter Mosley）的作品。在叙事层面上，《了不起的盖茨比》为他的《博德加的梦想》提供了一个文学框架，为他构筑当代拉丁美洲版的美国梦提供了一个熟悉的构架。然而，他不仅仅借鉴了菲茨杰拉德小说的故事：奇诺奈茨试图通过从美国文学经典中选取一部作品，使拉丁美洲文学可被接受，并重新得到肯定。他对于什么可以和应该被视为经典的等级定义提出了挑战，并强调民族艺术、民族文学和民族经验的重要意义：

> 当富人看到盖茨比，他们认为他属于富人，但是盖茨比并不属于富人。盖茨比属于穷人。他是个流氓（hoodlum）。

通过对《了不起的盖茨比》提出自己的主张，奇诺奈茨强调了它作为典型的移民故事所具有的普遍意义。就像简·里斯和彼得·凯里在各自改编的《简·爱》和《远大前程》中一样，他把经典文本融入自己的目的，"从一个新的批评角度进入（该）旧文本"，殖民化其叙事和政治，并将盖茨比变成一个追求梦想的拉丁裔美国人，他不是为自己，而是为他所在的社区寻求社会流动性。菲茨杰拉德向我们呈现了一个"经典的现代主义者"，一个文化上被孤立的人物，对他来说，"失去是无法弥补的，欲望是不可能实现的"，而奇诺奈茨则塑造了一个后现代的盖茨比，其身份与其过去及其文化根源有着内在的联系，对他来说，个人成了政治。他的写作遵循"'贫民区小说'的传统"，即"颂扬一个人的种族根源、隶属关系和文化习俗"，为拉美裔的自我创造创造了空间，呼应了盖茨比的自我创造，但又把过去和现在的文化认同作为其中的一个重要部分。"现代精英主义"不再盛行：像《了不起的盖茨比》这样的现代主义文本中被异化的英雄已经被威利·博德加（Willie Bodega）这样的"民族英雄"所取代，像奇诺奈茨这样的"民族作家"正逐渐进入美国正典。

奇诺奈茨将菲茨杰拉德故事的背景——受资本主义驱动的20世纪20年代与《博德加的梦想》中探索的"20世纪90年代的金融资本主义"做了比较。菲茨杰拉德创造了一种20世纪20年代东卵和西卵的财富、特权和无忧无虑的过度放纵的景象，而奇诺奈茨则创造了一种植根于当代西班牙哈莱姆区的严酷现实中的城市"田园"，描绘了拉丁裔美国人的生活，他们"住在公房区，电梯是坏的，楼梯上有瘾君子，墙上贴着每月强奸犯的海报"，在那里，"枪战、抢劫、婴儿从窗户掉下来是你生活的一部分"。关注点转移到了一个当代少数民族的身上，它相当于菲茨杰拉德的灰烬谷及其工人阶级居民，从而为该叙事提供了一个完全不同的社会和文化背景，然而保留了更广阔的纽约地区——这里"为政治化的波多黎各移民撰写关于民族主义、身份认同和怀旧之情的文章提供了一个完善的文学场所"。通过运用波多黎各文学的各种比喻——"家园、旅程和重新定居的主题"，奇诺奈茨强调的并非是《了不起的盖茨比》中所描述的"财富和财产的诗歌"，而是他的拉丁裔社区，尤其是波多黎各社区中所蕴含的民族文化的诗歌。奇诺奈茨以自己波多黎各裔的历史和文学为基础，描写了卖酒的小杂货店和西班牙语居民聚居区，以及东哈莱姆区，那里"充满了破灭的、对美好生活的承诺，这可以追溯到几十年前，那时许多波多黎各人和拉丁美洲人收拾起行囊，背上梦想，来到上帝的国度——美国"。奇诺奈茨对菲茨杰拉德在其抒情散文中实现的美国梦进行了同样的批判，但是此处，通过故事的"叙述者"奇诺（Chino）渗透的社会评论更明显地带有批评性和政治性。奇诺指出，新来的、乐观得无可救药的少数族裔移民"永远见不到上帝的脸"，因为"和所有的贫民窟地主一样，上帝住在郊区"。奇诺奈茨在叙述拉美裔移民的处境时，几乎都带有狄更斯式的社会评论：住房、教育、社会福利和机会等问题凸显出来，而他对拉美裔的描绘则远非浪漫主义的。萨波（Sapo）和尼格拉（Negra）这样的人物的出现确保了对奇诺奈茨所关注的社区的真实而非理想化的描述；但是，他也反对刻板地表现城市帮派及其成员，并为其主人公威利·博德加当前的地位提供了历史依据，因为他努力在同城西班牙语居民中重新树立一种文化自豪感和自尊感。博德加是一个无私的盖茨比，他谈及了他的"伟大的社会"和他希望"照顾这个社区"的愿望；他变成了公正的"地主"，一个摩西式的人物，他的努力旨在带领他的人民进入美国梦的应许之地。这并不是菲茨杰拉德笔下的盖茨比所代表的的阿尔杰式英雄的个人主义梦想：这是一个共同梦想的一部分，在这个梦想中，博德加"为波多黎各移民同胞们，而不是为他自己，创造了希望的绿光"。

博德加的社会主义议程的一个主要部分就是对一个被体制所引导相信自己"没有文化、没有聪明的人……没有拉美裔历史"的民族进行再教育。文本中随处可见对波多黎各艺术家和作家的自觉提及，其中包括波多黎各作家朱莉娅·德·布尔戈斯（Julia de Burgos），拉丁裔区的这所学校就是以她的名字命名的，然而她备受尊崇的诗歌却从未在课堂上被讨论过；这部小说的书名，它取自新波多黎各诗人米格尔·皮涅罗（Miguel Piñero）的一本诗集；每本书开头运用的引文，摘自皮涅罗和同属新波多黎各诗人的佩德罗·皮纳里（Pedro Pinari）的作品。除了传统的美国经典文学以及他刻意殖民化的这部经典文本，奇诺奈茨还突出了新波多黎各文学，并通过博德加将其表现为民族自豪感和文化认同的源泉。他笔下的英雄与新波多黎各文学的人物形象以及受人尊崇的经典文本的虚构结构相一致。博德加是一位艺术赞助商：他资助了巴里奥博物馆（El Museo del Barrio）、萨尔萨舞曲博物馆（the Salsa Museum）——它"象征着过去的荣耀、早期的移民美国，以及人们连同音乐一起带来的梦想"——他还为附近的画家建立了一个画廊，他们都住在他提供的房子里。奇诺奈茨为博德加及其搭档纳扎里奥（Nazario）现在所采取的不那么理想化、更倾向于资本主义的方法来确保他们通过获得财产，为拉丁裔社区创造更美好未来的愿景提供依据。和盖茨比一样，他的名字由年轻的威廉·伊利扎里勋爵（Young Lord William Irizary）变为犯罪大佬威利·博德加，标志着他的社会地位发生了变化。这些名字的改变被认为是西班牙哈莱姆区文化领域的一部分——它们是对文化认同的重申，而非试图摆脱这种文化认同。博德加通过社会变迁的机制重塑了自我；他对自己的民族认同（以及移民出身）的自豪感从未动摇过。

《博德加的梦想》分为三卷，包含一系列章节，或者"回合"；

故事的高潮出现在"第12回合：淘汰赛"中，之后是篇幅短得多的第三卷（《一种新语言正在诞生》），这是一篇颂词（eulogy）。奇诺奈茨用这个拳击比喻来营造一种感觉，即对他的拉丁裔社区来说，生活就是一场持续的战斗—— 一场他们将继续参与的战斗——而第三卷令人振奋的颂词则提供了一个结尾，它与奇诺奈茨自始至终所挪用的经典文本的结尾完全不同。和《了不起的盖茨比》一样，这部书也是围绕着三个月内发生的事件展开的，并通过回顾过去的事件来提供背景故事，但此处，对过去的探索不仅涉及主人公过去的生活，还涉及整个拉丁裔社区过去的生活，尤其是小说的叙述者奇诺，这让我们对生活在90年代哈莱姆区的人们的生活有了一种不那么难以捉摸但更加全面的感觉。奇诺奈茨引入了许多次要情节和张力，提供了西班牙语社区更多的生活细节，例如奇诺的嫂子尼格拉和她的丈夫之间的关系，或者来自布兰卡的教堂（Blanca's church）的年轻的"弥赛亚"和他的绿卡女友之间的关系，而存在于拉丁裔社区内部不同移民群体之间的紧张关系——例如波多黎各人和古巴人之间的对抗构成了文本结构的一部分，古巴侦探德金丝（DeJesus）说到，"如果由我决定，我会把你们都送回你们的猴子岛上"。

　　奇诺奈茨运用了菲茨杰拉德小说中的叙事关键点，确保了《盖茨比》和《博德加的梦想》之间的联系显而易见，但是他在更大程度上关注了叙述者奇诺的生活。与博德加欣然接受自己的过去，并主张在现有文化和社区框架内流动不同，奇诺和盖茨比一样，都有一种超越自己的出身阶级和文化的最初愿望。奇诺和他的妻子布兰

　　　　文学改编指南：改编电影、电视、小说和流行文化中的经典

卡都将教育视为他们走出东哈莱姆区的途径，但在这个文本中，奇诺逐渐意识到"无论你学了多少……读过多少书……拿过多少学位，最终你还是来自东哈莱姆，他的这种意识和博德加的故事同样都是叙事的中心。如果说卡拉威是一个孤独的旁观者，那么奇诺则是叙事和社区中的积极参与者：他的婚姻纠纷，他与萨波的持续友谊，以及他在东哈莱姆区长大的童年回忆，都为美国梦的神话增添了另一层叙事，透过移民经历表现出来。叙事动力仍然围绕着注定要失败的爱情追求展开，博德加和盖茨比一样，寻求第三方（奇诺）的帮助来与失去的心上人维罗妮卡（Veronica）重聚，而她最终背叛了他，让他为自己的罪行承担责任。文本中充满了主人公天真、怀旧的相似感觉；然而，博德加与维罗妮卡的相聚并没有被塑造成他追求身份认同的重要组成部分，博德加也不能被解读为美国童话爱情故事中的富有英雄。奇诺奈茨还解构了对美国梦的先入之见，即认为它是关于个人进步的故事。博德加不是阿尔杰神话中的传统英雄。他也不是那种在"大城市"里寻求财富的贫穷的农场男孩；相反，他是一个自始至终居住在城市里的城市移民，并且他从"穷到富"的发迹并不牵涉财富的积累或者确保个人重塑的那种向上的流动性。在这个故事中，盖茨比进行的那种自我"重塑"被表达为一种负面的事情，而实现这一点的正是经典文本中的黛西这一形象：维罗妮卡变成了维拉，她搬去了迈阿密，改变了自己的口音，摆脱了自己的文化，通过婚姻获得了财富和社会地位。她明明是一个拉丁裔，却试图"冒充"拥有"第五大道购物品位"的"盎格鲁女性"；她和黛西一样，对那些她现在认为比自己地位低的人们表现出同样的蔑视，而且表现得同样肤浅和善于操控。

　　博德加的过去是他的一部分。他所追求的不是个人的身份认同：他已经是一个自信的人物了。他的追求围绕着如何通过支持艺术和提供住房，通过精神和身体上的干预，将自尊灌输给拉丁裔社区。德怀尔（Dwyer）认为博德加对集体进步的关注是一种"独特的后现代"立场，"动摇了被异化的奋斗英雄的现代主义形象"。他仍然是一个难以捉摸、神秘莫测的人物，他的身份因为他的犯罪活动而得到保护，但他并不是一个孤独的人。在这个叙事里，他与纳扎里奥（Nazario）分享了自己的愿景，而纳扎里奥则是博德加利他主义的合法代言人。纳扎里奥最终背叛了博德加和他们的共同愿景，使博德加成了一个更加悲惨、更加谦逊的英雄。在最后一本名为"一种新的语言正在诞生"，并被称为"颂词"的书中，奇诺奈茨颠覆了菲茨杰拉德小说的结尾。尽管盖茨比和博德加有着相似的命运，他们的梦想都"像薄片一样融化在水中"，盖茨比在等待着黛西的电话，而博德加的大楼则"被城市收回"，但是他们的去世形成了鲜明的对比。盖茨比是一个孤独的悲剧英雄，他的去世和葬礼几乎成了该叙事的附言，与他不同的是，博德加则受到了"整个西班牙语社区"的哀悼。为他举办的三天守夜就像是为"国家元首"举办的一样，他的送葬队伍，就像"为一位垂死的君主举行的庆典"，"被称作彩虹民族的拉丁裔们……在中央公园边缘炫耀着他们五颜六色的肤色"，游行经过美国的地标性建筑，从标志性的古根海姆（Gugenheim）博物馆到巴里奥博物馆，确保具有拉丁美洲意义的地点也被呈现为纽约景观的一部分。随着博德加的拉丁裔哀悼者们在美国领土上宣示着他们的诉求，卡拉威在故事结尾时候提到的"当年为荷兰水手的眼睛放出异彩的这个古岛——新世界的一片清新碧绿之地"被转变成一只彩色"鹦鹉"的第五大道所取代。在《博德加的梦想》的结尾部分，奇诺奈茨对经典文本的最后几行进行了细致的修改，将美国拉丁裔移民社区的故事写入了美国经典文学：盖茨比信奉的"那盏绿灯，是年复一年在我们眼前渐渐消失的极乐未来"，却承诺"明天我们会跑得更快，把手伸得更长……"被奇诺奈茨转变为"希望的绿光照耀着每个人"，让"明天的西班牙哈莱姆""跑得更快，飞得更高，把手伸得更长"，以便于"有一天，这些梦想（能够）把人们带到新的起点"。博德加打扮成一位年轻贵族的模样，在梦中出现在奇诺面前，对多元文化的启蒙做出了乐观的预言，预见将会有"一种美丽的新语言"——"西班牙式英语"——"诞生于两种文化相互碰撞的灰烬中"。他使他们的母语合法化，并且当他们在社区听到一位女性讲话时将标准英语和拉丁语词汇融合在一起，创造出新的节奏、新的韵律、新的共同语言时，他引导奇诺注意其抒情之美："听着，朱尼托，去买一份地图、一罐牛奶，告诉酒保我下周五付钱给他。另外，我不想看见你顶着一头金黄色的卷毛！"（Mira, Junito, go buy un mapo, un conten de leche, and tell el bodeguero yo le pago next Friday. And I don't want to see you in el rufo！）像其他当代拉丁裔作家例如多米尼加裔美国作家朱诺·迪亚斯（Junot Diaz）和墨西哥裔美国作家约翰·雷奇（John Rechy）一样，奇诺奈茨不时地使用西班牙式英语——"街头术语的混合体"，一种日益流行的"地下交流工具"——使他的母语合法化，并确保保留他的文化遗产、身份认同和历史的表达方式，即便是在他致力于改编用标准英语写成的经典叙事的时候。与《了不起的盖茨比》中沉默的主人公形成鲜明对比的是，博德加的梦想仍不断出现在当代新波多黎各文学中。

博德加成了社区的救世主：在整个街区的壁画中，他被描绘成"带着光环的耶稣"，象征着拉美裔社区有能力实现一个包含移民文化的美国梦。这是对这一梦想的一种较为温和的实现，其动力不是来自对个人进步的传统愿望，而是来自对在一片新开垦的土地上实现更美好生活的集体愿望。对一些人来说，《博德加的梦想》结尾时刻令人振奋、理想化的乐观情绪削弱了迄今为止贯穿于奇诺奈茨改编作品中的更为激进的政治主张。然而，奇诺奈茨作为改编者旨在重写和修正这部经典作品以突出新波多黎各文学的价值，对许多读者来说，《博德加的梦想》和《藻海无边》以及《杰克·马格斯》一样，是一部实现了其创造者政治意图的修正主义文本。他成功地劫持了经典作品，把"流氓"盖茨比塑造成了他自己的人物，并将其变成了探索拉美裔美国梦的工具。

作为一部青少年小说，萨拉·本宁卡萨的《了不起的》与《博德加的梦想》或《了不起的盖茨比》有着不同的叙事风格，但是和奇诺奈茨一样，本宁卡萨也是在不同的时间和文化层面上改写了盖茨比的故事，以全新的与特定的当代读者相关的方式来探索其普世主题。作者指出，这部小说是"一部少女爱情剧"——一部"受盖茨比启发的关于爱情和欲望的故事"，"以女孩为主角重新展开"。瞬间，我们进入了一个截然不同却有趣的叙事空间，它将少女的体验置于中心位置。这种为了青少年读者而将经典作品现代化并以女孩为中心的修正主义方法正在成为作家兼喜剧演员本宁卡萨的标记：她的下一部小说，《信徒》（*Believers*），灵感来自威廉·戈尔丁（William Golding）的《蝇王》（*Lords of the Flies*），在这部小说中她将经典文本中所有的男性角色替换成了一个来自得克萨斯州（Texas）痴迷于耶稣和泰勒·斯威夫特（Taylor Swift）的基督教少女表演合唱团的成员（Benincasa qtd in Winter）。然而，作为改编者，本宁卡萨的意图并不是向教育者们展示如何使经典文学作品更容易受到那些被要求在英语学习中阅读它们的青少年们的欢迎和接受。本宁卡萨巧妙地运用了这些经典文本的神话性和普世性，旨在让当代的青少年读者对它们感到熟悉和相关；她的改编作品远不只是"教师友好型"习作。《了不起的》被《青少年时尚》（*Teen Vogue*）评选为 2012 年最令人兴奋的 15 部青少年小说之一，它本身就是一部成功的青少年小说，对许多青少年读者来说，这是他们对叙事的最初体验。它"重新展开"了《了不起的盖茨比》，虽然对于熟悉该文本的读者来说，二者之间存在着重要的共鸣，但是它属于青少年小说体裁的范畴，是一部面向青少年读者，没有一丝说教意味的独立文本。

　　本宁卡萨是一位对心理问题，尤其是对那些从青少年时期到成年时期一直困扰着年轻女性的不稳定因素感兴趣的作家。她的回忆录，《绝妙的广场！从我卧室发出的消息》（*Agorafabulous*！*Dispatches from My Bedroom*，2012 年）主要关注了她自己的心理健康问题，在《了不起的》一书中，她则涉及了当代社会中困扰着青少年读者的一些问题。青少年小说作家大卫·贝尔宾（David Belbin）声称，这类青少年小说为青少年读者提供了"通向彼岸的桥梁"，但并不是像人们所认为的可能是对《了不起的》的功能的一种恰当的评论那样，让他们更加欣赏经典作品，而是帮助他们从阅读儿童小说过渡到成人小说。更重要的是，在本宁卡萨的小说中，这座"桥梁"通过小说中展现的共同经历，主要通过第一人称叙述者的渗透，提供了从青少年时期到成年，从自我质疑到自我认识的过渡点。青少年小说反映了其产出时代的社会规范，然而它也探索了熟悉性和新颖性之间的紧张关系，在为读者介绍新的体验的同时，也让他们轻松愉悦地沉浸在故事世界中——通过这些体验，他们能够了解自己已知世界之外的情境和情感。贝尔宾指出，青少年小说作家们敏锐地意识到"他们是在为一群想要消失，想要继续前行的读者写作"。就像 J.D. 塞林格的少年叙述者，《麦田里的守望者》中的霍顿·考尔菲德（Holden Caulfield）一样，《了不起的》的叙述者，娜奥米·拉伊（Naomi Rye，我们可以假设她的名字部分来源于那本书）成了青少年共同经历的讲述者，以多种形式表达了当代青少年在面对他们向成年过渡时不得不去应对的复杂压力时的焦虑。反乌托邦式青少年小说当下的流行取决于其简化青少年读者生活的能力：尽管存在一些浪漫的象征主义，但是生存才是诸如《饥饿游戏》(The Hunger Games) 三部曲和《移动迷宫》(The Maze Runner) 这样的叙事的全部内容，生死攸关的问题在这个社交网络时代要比对付日常复杂的人际关系更加重要。《饥饿游戏》和《移动迷宫》否定了消费主义意识形态的意义，而本宁卡萨的《了不起的》则反映了菲茨杰拉德对此的批判。她以当代汉普顿为背景，探索了自我重塑的阴暗面，以及美国梦的阶级局限性，呈现了一个现代版的富裕的东卵和西卵。然而，此处，文化上的参照被有意识地安排为 20 世纪末、21 世纪初的流行文化——《独领风骚》(*Clueless*，1995 年)、《律政俏佳人》(*Legally Blond*，2001 年)和《绯闻女孩》(*Gossip Girl*，2007 年—2012 年)，时尚博客和脸书、铂金包、马克·雅各布名牌女装以及菲拉格慕的鞋子等产品。它们赋予了本宁卡萨的青少年读者可以体会到的熟悉感，使他们能够与其主人公产生共鸣，并与《了不起的盖茨比》的核心内容——对消费者驱动的批判保持联系。小说的汉普顿背景不仅恰如其分地再现了菲茨杰拉德笔下的喧嚣的 20 年代，而且提供了一个故事世界，迎合了少女对时尚、社交网络和浪漫等方面的兴趣。

小说的叙述者娜奥米让青少年读者得以接触汉普顿的社交圈，她从一开始就向读者表明，这是一个充斥着"骗子和说谎者"的地方，他们"通过微妙的诡计"保持着自己的阶级地位。和《博德加的梦想》中的奇诺一样，她在故事中扮演的角色要比尼克·卡拉威活跃得多，她使用着自己所在社会群体的语言而非更加遥远的文学声音。"我要失去我的直升机 V 卡了"，她在故事的开头这样告诉我们；娜奥米和她最好的朋友斯卡格斯（Skags）之间许多机智、坦率的对话建立了一个贯穿始终的青少年特有的参照点。娜奥米以慈父般忠告的睿智话语——类似于卡拉威所讲的那些话，开启了她的叙事，在这短暂而重要的三个月里，每一位叙述者所学到的人生经验都成了故事不可或缺的一部分。尽管如此，《了不起的》更多的是关于娜奥米的故事，而不是这部小说中的盖茨比式人物雅辛塔·特里马尔乔（Jacinta Trimalchio）的故事，虽然在那个特定的夏天她出现在汉普郡这件事塑造了叙事，但是她的经历相对于叙述者的经历来说是次要的。其最显著的修改是对成长小说或者当代"成年"故事结构的重新定义。尽管这部小说除了结尾部分，都采用了菲茨杰拉德经典文本的叙事关键点，但它成了一个关于娜奥米的夏天的故事——在这个夏天里，她开始了一段自我发现的情感之旅，从那时起，她——就像她将自己比作的《绿野仙踪》（The Wizard of Oz）中的桃乐茜（Dorothy）一样——意识到没有任何地方比得上她在芝加哥的家。她以一个"彻头彻尾的芝加哥人"的身份开始了叙事，但在汉普顿的那段时间里，她经历了重大的变化，之后才回到起点，成为一个更有见识、更明智的人。斯卡格斯，作为青少年性行为和娜奥米逐渐受到诱惑的汉普顿思维模式陷阱的冷静的观察者和评论家，成了一个重要的补充叙事。她对故事事件提供了更加客观的评价，并充当了娜奥米的良知——一种故事外叙述成分——再次表明了这部小说的第一人称叙述者及其自我认知之旅的重要意义。

本宁卡萨在其叙述者和女性青少年读者之间建立了一种亲密的关系：娜奥米是那种可爱的、有道德理性的角色，青少年读者很容易就能够与她产生共鸣，并随之而行。叙事描述了她从一个"彻头彻尾的芝加哥人"转变为一个在不知不觉中逐渐成为她最初所鄙视的汉普顿社交圈一员的女孩。她可能永远不会完全丧失她的"芝加哥人"的观念——斯卡格斯的叙事插入语确保了这一点——但就像狄更斯的匹普，或者勃朗特的简·爱一样，在某些重要的时刻，读者和叙述者都能够意识到这种态度的转变。她一开始就意识到，自己慢慢开始适应了：

> "'所以你不常在汉普顿过夏天？'我说。这是我第一次把夏天用作动词。只有富人才这样做。"

娜奥米越来越愿意参与其中，她的价值观也随之妥协，直到叙事中写到她"不再想家"。许多旁白都详细描述了她自己的感受，而不是按照她政治上正确的好朋友斯卡格斯的命令所应有的感受，这些旁白巧妙地说明了这个十几岁的女孩所面对的复杂选择，她在自己想做／感觉什么和她应该做／感觉什么之间左右为难。例如，她指出，当黛利拉和雅辛塔，她的"塑料朋友"，把她当作她们"最得意的作品"，对她进行时尚转型时，斯卡格斯会责备她"可悲地串通一气，屈从"于"传统狭隘的女性观念"。但是，和一般的少女一样，娜奥米选择参与她自己的灰姑娘式的改头换面。这一改头换面的观念与本宁卡萨的当代青少年读者尤其相关：我们最初看到的娜奥米是叛逆的，她穿着一件"治疗乐队"的T恤，脚上蹬着马丁靴，但是她愿意遵从母亲的要求，换上马克·雅各布名牌女装，这表明她不是默许了母亲的愿望，而是默许了她自己的愿望，尽管只是暂时的。同样，当她未能质疑杰夫（Jeff）政治上日益不正确的行为时，她可能会意识到，斯卡格斯会因为她没有处理好他的异性恋霸权的富二代立场而对她感到失望，不过，在这个时刻她愿意妥协自己的价值观，因为杰夫"是（她）找到一个沙滩男友的最好机会，是（她）一直偷偷想要的东西"。斯卡格斯的批判性评论被无缝地融入叙事中，作者没有任何的说教意图，也没有疏远读者，因为这些评论是通过娜奥米天真的少女声音来传递的——一种青少年读者更容易认同的声音。无须诉诸道德说教，娜奥米和斯卡格斯之间的关系促成了这种评论。

在叙事的结尾，娜奥米又回归了自己芝加哥人的根和价值观，"重新穿上了（她）真实的皮肤，而不是整个夏天（她）一直穿着的塑料仿品"，但是在整部小说中，她经历了一次有价值的自我认知之旅，这段旅程帮助本宁卡萨的青少年读者在青春期和成年之间架起了桥梁。尽管娜奥米对肤浅的、道德上冗余的汉普顿社会的敏锐评论是有根据的，但是她——与斯卡格斯不同——直到小说的结尾才发现，她也正在成为这个社会的一员。汉普顿的社交名媛兼博主奥利维亚（Olivia）称，娜奥米自愿成为她声称所鄙视的"极好的人"之一。她与她沉迷于社交的母亲之间的关系构成了娜奥米叙事经历的一部分：从青少年小说中经常出现的母女冲突开始，她开始勉强接受自己的母亲，结果却在结尾安妮·拉伊（Anne Rye）的不道德行为曝光时经历了失败。同样，我们也见证了娜奥米与杰夫的感情发展，从第一次接吻的那一刻开始到白色派对之后，她再也不能无视杰夫的道德缺陷而拒绝了他。然而，在她意识到这一点之前，拥有一个男朋友的诱惑、归属感的诱惑、拥有一个像黛利拉那样的"少女般的女性朋友"的诱惑使她不再给父亲和斯卡格斯打电话，"不再想家"。尽管有父亲的忠告和斯卡格斯的不断批评，娜奥米还是愿意和喝醉酒的特迪·巴林顿（Teddy Barrington）一起上了一辆车，但是在目睹了车祸的后果，以及特迪和杰夫等人的冷漠反应之后，在自己良知的驱使下，她最终开始退出。

爱情追求构成了《了不起的》的叙事结构的一部分，但是不同于由爱情驱动的改编电影，它对"爱情"的探索由于意识到"爱"可以有多种形式而有所缓和，而且此处它与自我的概念有着内在的联系——尤其是雅辛塔和娜奥米的自我。本宁卡萨并没有以另外一个异性恋爱情追求来取代黛西/盖茨比之间的关系，而是呈现了"一个更多的是关于痴迷和欲望而不是真爱的爱情故事"。这是一种女性之间的关系，雅辛塔的痴迷，如同盖茨比的一样，源于对过去自我某些失落方面的怀旧渴望。对于本宁卡萨来说，盖茨比和黛西之间的关系让她想到了"女孩们有时在初中或者高中痴迷于彼此的方式"；她们"看到自己想要表达的东西，并爱上彼此，这与爱情无关"，也与"真爱"无关，却与少女的经历有关。她质疑雅辛塔和黛利拉是否会"自我认同"，并让读者以他们认为合适的方式来解读她们之间关系的本质。具有讽刺意味的是，女性的性行为，在这本青少年小说中被如此公开地提及，因为在70年代，对于电影观众来说，使用经典文本中提到的尼克和乔丹（Jordan）之间的潜台词被认为太过冒进了。杜鲁门·卡波特在1974年的电影改编剧本中就包含了这样的引用，结果遭到了电影公司的拒绝，直到2000年，才在马科维茨（Markowitz）的电视电影中被重新提及。尽管有出版商、教育工作者、父母等人负责把关，但成功的青少年小说并不回避那些可能被视为具有性本质的晦涩内容。

除了探索青少年的性意识，这部小说还审视了其他容易与青少年小说联系在一起的比喻：对父母与青少年子女之间的关系（经常涉及冲突）、朋友与友谊团体之间的关系的描绘构成了这类文学结构的一部分。虽然追求美国梦是《了不起的盖茨比》的中心前提，但在这里，它成了叙事的众多部分之一，并通过几个人物来探索。娜奥米的母亲安妮·拉伊实现了自己的美国梦，她曾是女招待安妮·格里兹科夫斯基（Anne Gryzkowski），现在成了成功的企业家和著名的面包师，注册了同名品牌。而来自移民面包师家庭的孩子——米斯提（Misti）和戈凡尼（Goivanni）——却没有实现他们的美国梦。像安妮·拉伊这样的烘焙品牌的兴起和即将衰败构成了小说的次要情节，它探讨了娜奥米与其母亲之间的关系，并在娜奥米拒绝她时达到高潮，尽管在小说的发展过程中，她们之间的对立情绪有所缓和。它也暴露了这个美国梦依赖于欺骗和对他人的剥削。对于菲茨杰拉德笔下的阿尔杰式英雄来说，财富的获得，无论通过何种方式，其本身就是一个强大的推动力；如果没有财富，盖茨比重建与上层社会的黛西的关系的梦想就不堪一击，而没有黛西，他则仍然是不完整的。然而，本宁卡萨的当代盖茨比式梦想家已经体验了享有特权的汉普顿社交圈的生活；对雅辛塔来说，财富纯粹是一种达到预期目的的临时手段，当她在叙事中出现时，她的社会地位不是通过财富，而是通过名人崇拜获得的——这个名人是经典文本的自我重塑主旨的一个恰如其分的现代翻版。她

文学改编指南：改编电影、电视、小说和流行文化中的经典

作为时尚博主的梦想，基于高中天才时尚博主泰薇·盖文森（Tavi Gevinson）的事迹，是小说中所采用的众多童话比喻之一。这使她成了名人，同样被谣言所煽动并建立在捏造的事实之上，确保她被汉普顿社会所接纳。安妮·拉伊指出，"她的品牌塑造非常棒。高端与 DIY 的结合。让人梦寐以求，却又触手可及"，这再次表明了雅辛塔和盖茨比一样，在她自己的重塑中发挥了重要作用。正如博主奥利维亚所指出的，雅辛塔从未参加过她博客中提到的那些派对：她的博客不过是另一种虚构，当她在博客中贴出自己身穿"免费的"维维安·韦斯特伍德裙子的无头照片时，她的自我重塑只是一幅画报式的幻想。她依然是一个独来独往的人，认为博客的匿名性是它最吸引人的方面之一，但是，盖茨比努力争取任何形式的认可，而她所构建的身份不仅让她在汉普顿的青少年社交圈中享有崇高的地位，因为他们对她的每一个时尚词汇都了如指掌，同时也成为她接近黛利拉的手段。然而，雅辛塔是一个灰姑娘式的人物，随着信托基金的减少，她的时间在滴答滴答地流逝，除了她自己，所有人都认为她对和黛利拉在布朗克斯（Bronx）过上独立生活这一不可能实现的梦想的投资纯粹是童话故事。就像天真的盖茨比一样，她无法想象身无分文的自己和享有特权的黛利拉之间的结合是多么不可思议。

正如本宁卡萨更新了经典文本中的消费主义元素，例如，将标志性的埃克尔堡大夫的眼镜广告牌变成了扎兹医生（Dr Zazzle）的整形手术广告牌一样，她利用雅辛塔的死亡来解决另一个与当代青少年相关的问题。将她的死亡表现为一种青少年的自杀行为会引起人们对青少年所持有和感受到的绝望和孤独感的关注。雅辛塔，"总是如此充满希望——非理性的、令人惊讶的，有时甚至是令人恼火的希望"，最终却演变为一种故意的自杀行为。在即将被公开为"阿德里亚娜·德斯蒂法诺"（Adriana DeStefano）的时候——她的姓在汉普顿社交圈就"像咒骂的话"——她恢复了自己的另一个身份：工人阶级的迈阿密女孩，吃着垃圾食品，穿着那种在小说开头时娜奥米穿着的象征着她的青春期叛逆而非阶级身份的衣服。正是在叙事的这一时刻，娜奥米承担起了迄今为止斯卡格斯一直扮演的更加成熟的角色，她警告一向乐观的雅辛塔不要依赖黛利拉来做正确的事情，并敦促她报警。这是她成长过程最后的步骤之一；"删除"她的母亲则是另外一步。然而，虽然菲茨杰拉德笔下的盖茨比之死无人问津，但雅辛塔之死成了一件比威利·博德加之死更为重大的全球性事件，尽管原因不那么光彩。雅辛塔利用自己生前的网络名人身份，留下了一段视频录音让娜奥米上传到其脸书（Facebook）和推特（Twitter）账户；不出所料，她对事件的报道在几秒钟内迅速传播开来。此处，针对精通互联网的青少年读者，本宁卡萨巧妙地利用了其叙事的社交网络方面，以满足读者正义愿望的方式结束了雅辛塔的故事。然而，在小说的最后一幕，我们又回到了作为故事主人公的叙述者那里。本着所有优秀成长小说的精神，这位叙述者在这个过程中变得成熟了，在她的陪伴下，我们又回到了她在芝加哥的正常生活，回到了她与斯卡格斯的长期关系中。

《了不起的盖茨比》:激进的反思(《G》和《了不起的盖茨比》,
一部图文改编作品)

经典改编作品会清楚地表明它们与先辈文本的关系,由克莱顿和鲁赫曼改编的电影《了不起的盖茨比》从一开始就表明了它们与菲茨杰拉德的《了不起的盖茨比》的关系。他们致力于建立和保持与经典文本之间的关系,即使将其转变为电影这种完全不同的媒介。本章所研究的修正主义改编作品重新定义了源文本的主导话语,但是它们也承认与《了不起的盖茨比》文本中某些持续受到关注的普世主题有着直接的关系。尽管如此,在某些情况下,分类系统也不可避免地无法明确表明改编作品的类型。例如,《南方公园》的"匹普"虽然"忠实"于狄更斯《远大前程》的基本叙事框架,但其表现方式是激进的;鲁东的《与僵尸同行》将《简·爱》和《蝴蝶梦》中的元素重新定位为最出人意料的电影体裁——僵尸电影,但它仍然接近于这两部源文本的某些主题和叙事元素;《小岛惊魂》这部影片则与亨利·詹姆斯的《螺丝在拧紧》的关系更加暧昧。就像桑德拉·戈尔德拜彻(《家庭女教师》)和亚历桑德罗·阿曼巴

（《小岛惊魂》）一样，《G》的制作者们也没有明确声明他们的改编意图，但是《G》和《了不起的盖茨比》的故事情节之间的相似之处确实证明了它是对这部经典文本的细读，即使只在情节层面上。这是否意味着尽管处理方式截然不同，但它仍是对菲茨杰拉德小说的经典改编呢？它是否可能是一种没有任何公升的改编意图或者没能完全改写其文本政治的修正主义改编作品呢？抑或它对《了不起的盖茨比》的肥皂剧式演绎标志着更激进的离题？同样，尼基·格林伯格的图文小说（graphic novel）将叙事重置于一个完全不同的媒介中，并包含了比《南方公园》对《远大前程》的改编中所实现的更加激进的重塑（从虚构的人类到超现实的动物形态），同时保留了源文本的叙事模板、人物塑造和主旨。在这种情况下，改编的意图不再是问题，且格林伯格的抒情散文与菲茨杰拉德的相似。在很多方面，《G》和格林伯格的图文小说《了不起的盖茨比》都可以被解读为经典改编作品，这让我们开始质疑，正如我们从一开始对改编作为一种过程和一种文本分析模式进行广泛研究时所预期的那样，分类系统是开启讨论的一种手段，而不是对改编意图的明确表述。

　　和厄尔奈司托·奇诺奈茨一样，《G》的制作者们本可能通过对当代嘻哈文化的社会政治图景进行深刻的探索来重塑"流氓"盖茨比的形象。对于被媒体包围、痴迷于流行文化和名人崇拜的21世纪观众来说，将《了不起的盖茨比》中白手起家的主人公重塑为自食其力的嘻哈大亨，居住在90年代末同样富裕的汉普顿而非20年代的西卵，这是对菲茨杰拉德神话故事的一种有趣而可信的延伸。威利·博德加象征着拉丁裔社区实现包含移民文化的美国梦的集体愿望和潜力，而在这部改编作品中，主人公萨默·G（Summer G）被塑造成一个远离了自己城市贫民区根源的盖茨比式人物，尽管他成为嘻哈艺术家的能力仍与他的文化渊源有着内在的联系。它将 90 年代的嘻哈明星进行了有趣的对比，他们都通过音乐超越了自己的工人阶级出身，成了自我重塑以及那种我们很容易联想到神秘的盖茨比的奢侈富足的代名词，虽然菲茨杰拉德笔下的移民阿尔杰式英雄能够超越他以前的工人阶级身份（博德加并不想这么做），但对于与其对应的嘻哈歌手来说，这种可能性不大。这就是该影片的一个无法克服的缺陷：将嘻哈艺术家从贯穿于他们音乐的文化中分离出来就是否定他们作为嘻哈艺术家的身份。影片的片名表明了它与《了不起的盖茨比》的改编关系，它运用了这部小说的许多叙事关键点，却很少涉及菲茨杰拉德的意识形态问题，也没有在影片的字幕中提到他的小说。菲茨杰拉德的文本中至关重要的普世主题在这部改编作品中被改写的时机已然成熟：种族、阶级、消费主义和美国梦的追求问题具有同等的相关性，但是此处，它们要么被有意识地剔除，要么被边缘化，要么被以一种肤浅的方式处理。谢罗的电影没有像奇诺奈茨的《博德加的梦想》那样对美国梦进行同样有力的批判，而是将经典文本改写成了关于美国梦的肥皂剧，淡化了故事的政治色彩，代之以一种将人物重塑为可预见的刻板形象，并突出其不顾一切的爱情追求的叙事。

在电影产业和财政的限制下，改编为爱情片这样商业上可行的体裁，并不一定是件坏事。更早期和后期的电影改编作品都打出爱情片的牌以获得票房成功。然而，这部改编电影既没获得评论上的好评，也没取得票房上的成功：它更像是一部 B 级片，充其量也只是一部电视电影，鉴于其肥皂剧风格，它更适合于小屏幕改编。协同工作在电影行业中也是一种既定的做法，然而在这种情况下，这种协作会导致缺乏改编方向和创造性控制。《G》是一部由安德鲁·劳伦（Andrew Lauren，拉夫·劳伦的儿子，拉夫·劳伦自己的移民成功的故事可能贯穿于这部由盖茨比叙事改写的作品中，且在 1974 年由克莱顿改编的电影中，他为男演员们提供了服装）构思并资助的为满足其虚荣心的影片；他与小查尔斯·E. 德鲁（Charles E. Drew Jr）合作构思和制作，小德鲁与导演谢罗共同撰写了剧本。虽然克莱顿和鲁赫曼在根据《了不起的盖茨比》改编电影时，都曾是各自成功的协作团队中的一员，但是他们的导演领导力影响着决策过程，每部影片都有着明确的定位、清晰的作者/改编意图。然而，据谢罗本人承认，在这个项目中，他只不过是一名"雇用导演"——一个场面调度者（metteur-en-scène），而非拥有克莱顿或者鲁赫曼那样地位的电影作者（auteur），虽然这并不妨碍影片《G》在评论界或者商业上的成功或失败，但它确实凸显出其缺乏明确的改编动机。尽管谢罗具有导演的潜力，并且其早期自筹资金独立制作的怪诞爱情喜剧《浪漫之约》（ *Hav Plenty*，1997 年）也获得了成功，但是他在影片《G》上的艺术投入是有限的，最终的作品，由于拍摄的预算紧张，时间紧迫，在后期制作中被劳伦做了很大的改动。

在《浪漫之约》里，谢罗试图超越黑人电影的类型：其人物的

　　　　文学改编指南：改编电影、电视、小说和流行文化中的经典

"黑色"对叙事毫无意义。谢罗谈到，他希望塑造一种不同的、非刻板印象的黑人男女形象；他的目标是用"负责任的黑人父亲和母亲的形象"来取代"黑人皮条客"和"黑人小丑"的形象，使"荧幕上有文化的黑人男性……不只是个例外，而成为常态"。这种方法在某种程度上在影片《G》中也是显而易见的：其演员阵容以黑人为主，包含了来自汉普顿的各种各样的人，有富裕的暴发户萨默·G一族以及众多成功的职业人士，也有富有的继承人奇普·海托华（Chip Hightower），以及由他的情妇和斯凯（Sky）的表兄特里（Trey）所代表的弱势社会群体。但是由于缺乏创造性探索，谢罗试图超越陈腐的刻板印象的尝试变成了象征性的，影片中的人物（包括主人公在内）表面上都是由他们在肥皂剧中的角色来界定的：被抛弃的情人、不忠的丈夫、矛盾的妻子 / 情人、滑稽的小伙伴等等。尽管这部作品渴望超越，但它无法超越其在荧幕上的肥皂剧品质。它变成了一个仍然从白人中产阶级到上层阶级的视角（劳伦的视角）来拍摄的净化版的《了不起的盖茨比》，然而它本可以从嘻哈的布朗克斯（Bronx）社区的视角来探索美国梦，以奇诺奈茨的《博德加的梦想》站在拉丁文化的角度来谈论拉丁文化这种方式来处理黑人文化。相反，我们看到的是，这部影片坚决拒绝承认萨默·G的成功依赖于源自城市贫民区的嘻哈音乐。

为了达成发行协议，这部影片于 2002 年首次在电影节上放映，2005 年仅在有限的国内影院上映，票房收入刚刚超过 300 万美元。1974 年和 2013 年的改编电影拥有庞大的制作预算，这使它们得以将《盖茨比》的叙事以非常华丽的视觉和听觉形式呈现在荧幕上，而这部改版的《盖茨比》从一开始就受到预算的限制。其汉普顿的派对场景缺乏必要的视觉魅力和奢华，虽然它与嘻哈音乐的关系应该决定了音乐，尤其是嘻哈音乐的重要性，但其音乐特质几乎不存在。除了偶尔出现在汽车收音机里以及派对场景期间的画内音，音乐在这部影片中几乎没有出现。只有一首歌——一首民谣而非嘻哈曲目——在影片中斯凯的葬礼上被演唱。音乐总监比尔·康堤（Bill Conti）是一位中年白人男子，凭借为影片《洛奇》（Rocky, 1976 年）及其系列谱曲而出名，但是感伤的管弦乐配乐与嘻哈音乐的节奏或歌词毫无关联。康堤的配乐更适合于电视肥皂剧《家族王朝》（Dynasty），而非以一位嘻哈艺术家的崛起和音乐产业为基础的电影叙事。虽然这是一个关于嘻哈盖茨比的故事，但是相比鲁赫曼2013 年的"忠实的"改编电影，影片《G》中的嘻哈氛围要少得多。其音乐是次要和保守的，而不像当代嘻哈音乐场面那样前卫和令人兴奋，它没有其他嘻哈电影，例如《8 英里》（Eight Mile, 2002 年）或《川流熙攘》（Hustle & Flow, 2005 年）中预期的音乐时刻，在这些影片中音乐成了讲述故事的工具和实现个人救赎的手段。

按照影评人罗杰·埃伯特（Roger Ebert）的说法，影片《G》是"尚恩·科姆斯（Sean Combs）又名吹牛老爹（P Diddy）故事的虚构翻版"，至少在"生活方式"层面上是如此；白手起家的嘻哈百万富翁科姆斯是菲茨杰拉德在其小说中描述的那种消费文化的代名词，他现今闻名的年度汉普顿白衣派对出现在影片结尾的派对场景中。科姆斯等嘻哈艺术家的生活故事被互文化于这部改编作品中，在后来的电影，例如由 50 美分 [50 Cent, 原名柯蒂斯·詹姆斯·杰克逊三世（Curtis James Jackson III）]主演的半自传性影片《要钱不要命》（*Get Rich or Die Tryin'*，2005年）或者讲述说唱歌手声名狼藉先生（B.I.G.）发家故事的《绑匪说唱传奇》（*Notorious*，2009年）中也有体现。但是如果更仔细地参照这些嘻哈艺术家白手起家的经历，或许就能从他们的视角，对美国梦的神话进行更有说服力的探索。如此肯定会涉及更详细的背景故事，比影片《G》中所提供的背景故事更能说明从城市贫民区到汉普顿富人区的过渡。这也会促使影片加入与我们当代对名人文化的痴迷相关的叙事线索。相反，我们看到的却是本有"可能"模仿我们当代对名人文化的痴迷，但变成了模式化喜剧的影片。当新兴的嘻哈歌手波（Bo）和黛西（Daisy）走近一位富裕的汉普顿男子，问他最近的麦当劳在哪里时，他们立即被认为是吸毒的堕落者，而恰恰是他的白人同伴夸张地表现出撞见明星的热情。故事中继承财富的代表人物奇普·海托华也是一名与嘻哈音乐的城市根源毫无关联的人。这种对经典文本中的汤姆·布坎南的反转可能会提供一个有趣的比较点，但是奇普富有深意的肥皂剧名字，他与白人邻居的亲密关系，以及从他的外套口袋中取出情妇的内衣等粗俗的时刻，使人们相信他只是一个肥皂剧的刻板形象。此外，在一次令人敬佩的转折中，当G和他的"帮派成员"拿着棒球棒，愚蠢地计划着攻击情敌时，唯一引人注目的白人角色——由安德鲁·劳伦饰演的G的私人助理——以理性的口吻出现了。同样，在G的教导下，其他嘻哈艺术家也很少能超越他们的刻板形象，尽管影片中并没有提到他们以前的城市身份。波可能会说，"书写贫民区的旧时代已经过去了"，因为年轻的黑人说唱歌手现在有了社会流动性，但是不提及任何关于嘻哈音乐从何而来，或者像萨默·G这样的人物在"崛起"之前所过的生活，这种崛起的意义和走向它的历程就被否定了。

詹姆斯·盖兹的生活只有部分为人所知，但是在卡拉威的叙述过程中，他的过去被慢慢揭开。在《盖茨比》叙事的这部改写作品中，并没有提到萨默·G的童年或者任何的黑帮史：只有一次回顾，那时他还是一名受人尊敬的商科学生，与情人斯凯住在一起，努力开创自己的唱片公司。为了确保"实现超越"，我们看到了一个净化版的 G——一个无私的企业家，他与自己贫民区根源的唯一联系来自汉普顿的一个派对场景，他在其中招待了来自哈莱姆区的弱势儿童。在叙事开始的 20 分钟里，所有有限的背景故事——关于 G 的，关于他和斯凯关系的——都被揭示了出来。按照真正的肥皂剧风格，这一叙事关注的是故事在荧幕上播放的过程中所发生的事情，不是导致我们走至这一步的原因，而正是故事中心的爱情支配着荧幕时间。然而，盖茨比的爱情追求有着像圣杯一样的特质，G和斯凯的重逢则被塑造为一个肥皂剧观众可以很容易认同的、更加普通的爱情故事。男主人公 G 的出场时间没有被推迟，而前恋人G 和斯凯之间的第一次重逢发生在影片的开头，确立了他们之间的关系作为主要的叙事线索。斯凯最初是肥皂剧中更受欢迎、更传统的女主角，在当代汉普顿场景中，她与富有的奇普·海托华的联姻是一种后女性主义的白手起家的叙事。经典文本中的关键情节点帮助塑造了叙事，但是也有一些迂回、遗漏和补充的地方，让这部影片成了一部肥皂剧。尽管该故事的大部分内容是在讲述 G 和斯凯

文学改编指南：改编电影、电视、小说和流行文化中的经典

之间重新点燃的关系，直到她决定继续和奇普在一起，但是我们开始看到的场景设定在未来，浑身是血的 G 跌跌撞撞地沿着海边行走，对于熟悉《了不起的盖茨比》的观众来说，这重述了小说的结尾和盖茨比的死亡。随后，我们切换到一个葬礼现场，这个场景同样适用于我们的假设：盖茨比已经死了，但颠覆了人们对孤独英雄的期望，因为出席葬礼的人很多。此时，我们又回到了故事中，直到影片结束，尽管这部影片遵循了同样有限的时间框架，却并没有尝试运用小说的第一人称叙述。特雷西（Tracy，又名特尔），被派去采访萨默·G 的音乐记者，只是其中的一个角色。特尔提供了某种保守的道德评论，但他扮演的并不是社会观察员的角色：他的作用是作为情节设计，而不是作为他自己或者 G 的人物发展的手段。总的来说，人物的发展是粗略的，故事是由一些事件驱动的：奇普的外遇、斯凯和 G 之间爱情的重燃、G 虽然通过但依然失去了那个女孩的一项"爱情测试"的设置，等等，当这些事件被搬上荧幕时，它们显得那么肤浅。任何对情节的补充，例如奇普持枪到 G 家，以及斯凯威胁要用枪射杀奇普时同样疯狂的时刻，或者在 G 与斯凯之间，以及斯凯和奇普之间添加爱情场景，都放大了其情节剧潜质。此处故事也有迂回曲折，因为次要情节引入了更多的情节剧的故事情节。妮可（Nicole）和克雷格（Craig）的平行故事以及他们的宿命爱情在影片结尾时刻以一场暴力对决达到高潮；此时，我们得知影片开始时我们目睹的是斯凯的葬礼——当 G 沿着海边蹒跚而行时，她的血，而不是 G 自己的血，染满了他白色的西装——这为观众提供了我们在肥皂剧中所预期的那种揭示。邪恶的奇普也被赋予了一个次要情节，加剧了最后一幕的紧张气氛，此时警察监视着 G 的房子，一旦发现 G 像预期那样攻击奇普就将逮捕他。值得注意的是，《G》中斯凯决定和奇普在一起，尽管 G 愿意为她离开音乐行业，尽管奇普对她不忠。为满足情节剧更加色情的需求，影片放弃了爱情剧预期的浪漫结尾，但这是对《了不起的盖茨比》的结构致敬，还是一种以真正的肥皂剧风格来提升剧情的手段还是有争议的。

影片最后，我们又回到了葬礼现场，回到了 G 和特尔之间的告别，此时特尔道出了影片的宣传语："嘻哈有同情心吗？"与奇诺奈茨在《博德加的梦想》中对拉丁裔移民的美国梦所做的深刻描述不同，塑造 G 的改编作家们将美国梦构筑为已经被非洲裔美国人实现了的梦想。从一个可信的非洲裔美国人的视角来重塑美国梦的神话这种可能性被舍弃了，取而代之的是它努力将这个叙事改写为一个种族超越的故事，在这个故事中，移民的身份以及通往这一难以捉摸的梦想的旅程不再重要。尚恩·科姆斯（又名吹牛老爹）可能会认为自己是一个自封的盖茨比式人物，但是几乎没有任何迹象表明他与萨默·G 和这部以汉普顿为背景，改编自《了不起的盖茨比》的肥皂剧之间有任何关联。

改编作家尼基·格林伯格突出了她的图文小说和她正在改编的这部经典文学作品之间的联系：她在书的开篇写道，接下来的内容是"根据 1925 年弗朗西斯·斯科特·菲茨杰拉德的小说《了不起的盖茨比》改编而成"，她保留了小说的书名，并以一种更容易让人联想到经典改编的方式，利用了这部图画文本与经典文本之间的联系。然而，就像《南方公园》的插曲"匹普"，以及劳埃德·琼斯的小说《匹普先生》（它们同样通过名字表明自己与狄更斯的《远大前程》的关系）一样，它也违背了我们对一个如此命名的故事可能涉及的内容的预期。格林伯格对她所选的经典文本进行了比卡通系列《南方公园》更为激进的重新想象，将菲茨杰拉德的虚构人类变成了超现实的野兽形态，同时保留了《了不起的盖茨比》的叙事模板、人物塑造和主题关注。通过将这个典型的美国故事改编成图文小说的形式，格林伯格"影响"了"远离信息源的决定性过程"。其叙事通过一种与漫画书相关的媒介来传达，从而将这部"高雅艺术"作品重新定位在了主流流行文化的范围内，从这个意义上说，它挑战了我们对经典的认识。

漫画书和图文小说仅仅在最近 20 年才成为学术辩论的有效领域；书迷网站和商业杂志继续以印刷形式并在互联网上主导着对此类文本的讨论，而学术批评则仍然是"新兴、对立和隐秘的"。尽管如此，现在有越来越多的批评试图区分图文小说及其漫画书根源——"刻画一系列关于雄心壮志、'严肃性'和质量的假设"之根源。格林伯格决定将经典文本改编成图文小说的形式，表明她相信这种媒介有能力进行一种超越我们对漫画书的先入之见的宏大严肃的叙事。她的出版商"艾伦与昂温"（Allen&Unwin）试图将这部文学图文小说与漫画书区分开来，但对一些新的替代术语——"连环画"、图文叙事、"副文学"——仍持抵制态度，而是选择"图文小说"一词应用于她的小说作为"一种营销术语"，来"推广一种新的形式，从而摆脱对漫画书的限制"。但是，格林伯格并没有明确表明这种意图。她把自己的图文小说的故事内容与文学作品结合起来——目前她正在创作一部改编于莎士比亚的《哈姆雷特》的图文小说——但是它们的插图和空间设计强调了它们与漫画书的密切关系。一些评论家认为，试图将这部图文小说与其漫画书起源区分开的做法会适得其反：在查尔斯·哈特费尔德（Charles Hatfield）看来，"建立一种'正典'，一种权威的共识，在漫画领域再现长期以来一直被拿来对抗这整个领域的相同的统治和排斥行动，这是毫无意义的，实际上也是极具讽刺意味的"。我们是否应该开始区分漫画书和图文小说，尤其是在这种情况下：即经典文本的改编作品，直接与"高雅艺术"作品相关？或者，这种做法是否创造了几十年来一直困扰着改编研究的那种基于等级价值的标准？围绕漫画书展开的评价性辩论所提出的那些问题——漫画书的形式、内容、读者及其在低级艺术／高级艺术统一体中的位置——在人们考虑改编自经典文学的作品时，会呈现出有趣的探究线索。

　　格林伯格的《了不起的盖茨比》并不是那种在 40 年代作为"鼓励健康阅读习惯"的一种手段而流行的精编经典著作：她的目标并不是要"简化"或者创造一种"易于阅读"的图文小说，即教育者们一直在利用的，以便为那些不愿意阅读的学生架起通往经典文学之桥梁的那种小说。就像本宁卡萨的《了不起的》，或者波西·西蒙兹（Posy Simmonds）的图文小说《新包法利夫人》（*Gemma Bovery*）一样，这部小说也没有教育目的；相反，格林伯格和她的出版商把这本书定位为成人读物，而不是菲茨杰拉德小说的改编本。就像最成功的图文小说一样，它也是印刷文学：它"复杂、在学术上具有挑战性，并且有着丰富的文学元素和技巧"。对格林伯格来说，改编是一个"创作过程"，在这个过程中，"改编者的冲动必须由原文本的意义、语气和形式来引导"：她提倡"敏感地倾听（被改编的）书中的内容"，并敦促改编者保持克制。她花了六年的时间来完成《盖茨比》，目标是"捧起"先辈文本，"轻轻地把它交到（她的）手中，让不同的灯光照射在上面，这样读者就能看到新的意义闪现"。格林伯格的小说在处理经典文本的主题关注点、故事内容，甚至抒情散文方面，可以再次被视为"经典改编"；正是它以图画形式进行的重新想象，使它成了对盖茨比叙事的一种更为激进的重构。格林伯格感兴趣的是，图文小说的叙事技巧如何为我们呈现其他接收"故事"的方式。

虽然在图文小说中"意义是由口头语言、图像语言以及二者之间不同的互动方式产生的"，但是其意义也通过其框格的建构顺序来传达。此外，也正是框格之间的沉默（或空间），通常在漫画书中称为"天沟"，促使读者／观众"在基于（文本或视觉）前提的序列中建构意义"。斯科特·麦克劳德（Scott McCloud）将这些瞬间称为"看得见的和看不见的无声舞蹈"，"每一页都有几次"让读者"像高空秋千的表演者一样……进入想象的开放空间"。一个序列中的"沉默的修辞功能"创造了一种"省略——框格之间的意象和文本，一个要求读者／观察者重建意义的空间"。我们与改编后的图文小说的关系变得更加积极主动；当我们绕过文本上的缄默和页面上刻意放置的框格时，我们参与了创造意义的过程。构思良好的图文小说不会简化叙事，而会通过在页面上组织"故事"的方式来构筑叙事的复杂性。格林伯格对此表示赞同，她认为，虽然每一页框格内的画面和对话都是重要的叙事元素，但是故事的氛围也通过其布局、空间和时间的移动（同时）以及其多重对话得以表达。甚至框格周围的黑色空间也成了这种媒介叙事的一部分；它可以延长时间，从而为读者／观众提供进一步思考的机会。这里，我们对文本的处理并不依赖于从左到右（或者像在某些阅读文化中那样从右到左）的阅读运动；相反，我们使用其视觉和语言提示来阅读整个页面，阐释每一个框格间的空白。阿德勒（Adler）还指出，图文小说家们会运用无声的瞬间；通过"关闭（叙述者提供的）声音通道"，作者再次鼓励读者／观众积极参与创造意义的过程，"通过观察和推理"，以及通过"解读叙述者的意图"来获得理解。读者／观众不再仅仅依靠叙述者对事件的解释，而是可以用自己的方式来处理故事。例如，在盖茨比第一次露面之后，格林伯格截取了他的两幅画面，在第一幅画面上他的手臂伸向遥远的东卵海岸，指向布满繁星、月光照耀的天空，而在第二幅画面上的盖茨比最终以同样的姿势指向冉冉升起的太阳，正如叙述者所言"我敢发誓他当时在发抖"。读者／观众在这里可以做几个推论：即当我们从夜晚场景转移到日出时，时间有了无声的延长；盖茨比是如此的执着，他始终没有改变自己的立场；以及我们的叙述者在这段时间里一直是一个旁观者。我们可以推断出盖茨比对这片水域对岸的事物如此痴迷的本质，以及盖茨比和叙述者之间的关系。诉说叙事的不仅仅是月光下的天空和日出这两幅画面，还有页面上围绕着它们的黑色缄默。

格林伯格通过其页面构架来孤立一个特定的角色，这样的例子

文学改编指南：改编电影、电视、小说和流行文化中的经典

不胜枚举；叙述者尼克·卡拉威就常常被呈现为其周围所发生的事件的一部分，然而又与这些事件保持一定的距离，尽管他的孤立感主要通过图画的方式——他的面部表情代表着他的情绪——来实现，但是他在画面中的定位也加剧了他的孤立感。在汤姆·布坎南和桃金娘·威尔逊发生激烈的争吵之后，尼克被置于一个绘有两扇窗户的画面中，在其中的一扇窗户里尼克闷闷不乐地望着窗外，另一扇则是单独的窗户，窗户里是血迹斑斑的桃金娘和她的随从；尼克既与他们在同一个画框内，又是被孤立的，被置于一个单独"构架的"窗户内；随后，我们从尼克的视角看到了他周围的建筑物；最终，映入我们眼帘的是公寓大楼的窗户，画面展示了其中所有的居民，并描绘了其中发生的各种戏剧事件。我们的眼睛不得不去搜索尼克的身影，因为它被嵌在这幅更大的图像中，就像菲茨杰拉德在其小说那样暗示着，我们只是人类大众中微不足道的一部分。

关于格林伯格叙事的空间维度的一个同样生动的例子发生在第 170页，此时黛西和汤姆·布坎南被置于同一个主导画面的中心位置，四周环绕着醉酒狂欢者的画面：布坎南夫妇的面部表情显示了他们的沮丧，但是他们与这些狂欢者之间的社会疏离感，却因为页面构架以及伴随而来的缄默而增强。我们在浏览这些画像的时候，会意识到对布坎南夫妇的不同定位；此处，不仅是黛西对西卵及其"原始活力"感到震惊，汤姆亦是如此，这表明布坎南夫妇之间的忠诚比菲茨杰拉德的小说在这一叙事阶段所传达的更紧密。正如我们所料，格林伯格的盖茨比在故事情节的发展过程中同样被孤立，其中最有意义的一个例子是描绘盖茨比在派对结束后，独自站在空荡荡的豪宅的台阶上，向狂欢者告别；格林伯格运用了菲茨杰拉德的散文——"……此刻一股突然的空虚好像从那些窗户和巨大的门里流出来，使主人的形象处于完全的孤立之中，他这时站在阳台上，举起一只手做出正式的告别姿势"——且视觉画面也复制了这段散文，可是承载着这一辛酸时刻情感能量的是画面周围的空白黑色空间，就像麦克劳德的高空秋千表演者一样，我们被"推入想象的开放空间"，随后"被下一块秋千板上始终伸出的双臂抓住"。我们只能以"对未表达出来的东西的强烈的、情感的、理智的和／或批判性的反应"来填补缺失的细节。已经熟知先辈文本的读者／观众的解释性反应，将会因事先知道后来发生的事而进一步复杂化。

这部图文小说所特有的缄默意味深长，它提供了一种无法在散文中复制的有意义的叙事手段。但是，图文小说与视觉叙事的联系，才提供了主导的叙述模式——一种超越了描述故事事件机制的叙述。格林伯格在这部改编作品中采取了超现实主义的风格。在对灰烬谷的描述中，她通过创造一幅可怕的荒凉景象，放大了菲茨杰拉德对一个由消费者驱动的社会的暗淡观照——"一个离奇古怪的农场，在那里灰沙堆成麦垄状，形成怪里怪气的花园"，在那里"经过超绝的努力……那些灰蒙蒙的人……扬起一片尘土，让你看不到他们隐秘的活动"，就像标志性的埃克尔堡大夫广告牌上那双始终保持警惕的眼睛，像上帝一样，注视着他们。格林伯格在整部小说中引入了超现实的复杂意象。例如，在盖茨比和黛西的浪漫重逢之后，格林伯格描绘了一幅从东卵到西卵的水面上落日余晖的画面，并在这幅画面上叠加了一个虚幻的黛西的铅笔轮廓。我们跟随着这些画面会看到，黛西的身影投射在充满希望的夕阳上，与盖茨比怀旧的绿光融为一体，在结尾画面里黛西被大雨淋湿的场景出现之前，她的形象消失在了一片灰色的水域中。这些视觉画面补充了叙述者的连续评论，增加了另一个维度，通过这一维度，格林伯格在叙事的这一更早阶段就推断出黛西和盖茨比之间的爱情已经注定要失败，因为她无法实现他对她和他们爱情的怀旧重建。

从结构上讲，这部小说以经典文本为主导：它同样遵循了九章格式，并运用了并行模式来驱动叙事动力。漫画小说强调的是简洁流畅，而格林伯格的图文小说则反映了源文本的破碎结构，通过相似的第一人称叙述声音来重建记忆。格林伯格采用图画的方式来讲述故事不仅仅具有具象意义。故事内容在每一章的开头都以一系列艺术装饰式肖像画为铺垫；例如，一张汤姆·布坎南和桃金娘·威尔逊的照片将我们引入第二章及其对他们之间风流韵事的叙述。当改编作家借助视觉媒介进行改编时，要反映出散文中那种第一人称叙述的反思过程便是一项挑战，但是格林伯格成功地利用了其媒介与摄影的视觉联系，从叙述者尼克·卡拉威的主观、反思性视角来呈现这个故事。尼克对相册的构建成了这部小说的主要叙事手段。格林伯格说，这本相册是"观察（卡拉威的）思维过程、他的叙事过程的一种方式"。这是一种巧妙的图画构思，同时也增加了叙事的怀旧情绪，尤其当考虑到格林伯格自始至终所采用的深褐色色彩模式时。卡拉威从一开始就在筛选照片，寻找有助于他构建对事件的叙事叙述的记忆碎片，而这个叙事的焦点围绕着一张撕碎的盖茨比的照片展开——一张我们被引导假设叙述者要重新组合起来的照片。格林伯格将卡拉威想象成故事的建构者，这立刻巧妙地暗示了其故事的不可靠性，因为它显然是由一个人的选择性记忆拼凑起来的。通过突出故事构建的机制，她要我们参与到这个构建中来，质疑照片的选择，在我们的脑海中寻找其他可能性，其他未被讲述的故事等等。小说中的某些地方，以及结尾处我们看到他将自己和盖茨比破碎的照片粘在一起时，就会想起卡拉威在故事构建中的角色。第 299 页的最后一幅画面将我们的注意力吸引到他的双手上，它们将照片拼合在一起，这再一次突出了他在这个叙事构建中的角色，因为他试图重申自己对已故盖茨比的忠诚。

在对叙事的可视化描述中，格林伯格偶尔会使用漫画书中的比喻：当汤姆打桃金娘时，"啪！"这个字在画面中占主导地位，而在描述大都会酒店外罗西·罗森塔尔（Rosie Rosenthal）被枪击死亡时的"砰！砰！砰！"也是如此，这同样创造出一种与现实的疏离感，也缓和了未成年人漫画书中的暴力。她使用野兽的形式来表现《了不起的盖茨比》中的各种人物，这再次体现了漫画书的传统——这一传统将动物的刻板形象作为一种有效的视觉速记。野蛮、粗鲁的汤姆·布坎南被描绘为巨大的半裸野兽，这说明了他的形象，而非阶级；桃金娘也以同样怪诞的形式出现，她被表现为一只袒胸露乳的独眼生物。工人阶级，无论是为富人服务，还是在灰烬谷中挖掘，都同样长着多只手——这种外形代表了他们的功能，并在视觉上突出了菲茨杰拉德小说核心的阶级问题。盖茨比派对上的狂欢者们被塑造为各种狂野的类型，生动地表现为一系列人们可以自由打量和评估的快照式照片。有趣的是，小说中的"罪犯"沃尔夫希姆，并没有被描绘得像狼一样；他是一个毛茸茸的、可爱的家伙，与半裸的汤姆不同，他以文明的方式戴着帽子、领子、领带和袖扣。社交女黛西（一只轻浮的小鸟）和乔丹（一只滑溜溜的章鱼）被塑造成悲观、老练的人，她们平衡了盖茨比的乐观主义和卡拉威作为局外人的现实主义。格林伯格选择将盖茨比表现为一只海马，这赋予了他的角色一种异想天开的魅力，与野兽般的布坎南形成了鲜明的对比：他是一种拥有罕见美貌的生物，根据一个普遍持有的神话误解，这种生物一生只有一位伴侣。尼克·卡拉威蜥蜴般的外表上更引人注目的是他头上的触须，这表明他是一个乐于接受的角色——就像尼克·卡拉威本人一样善于倾听。

　　此处，就像在菲茨杰拉德的小说里一样，爱情追求构成了叙事动力的一部分，但它并没有像大多数荧幕改编作品那样为其所消耗，格林伯格也没有要颂扬这种追求。她那轻浮、自私、假装悲观的黛西永远无法满足这个乐观的盖茨比幻想中充满怀旧情绪的期望。书中对主导源文本的阿尔杰式白手起家的过程进行了细致的探究，格林伯格把叙事的空间和时间都用于揭示盖茨比的崛起及其自我重塑。我们从年轻的杰伊·盖兹的丰功伟绩和他看似遥不可及的野心开始——后者通过描绘一个奇幻的梦境来叙述——直至同样以图画细节来叙述的他与科迪的关系的出现。第157—158页上的图片概述了年轻的杰伊·盖兹的乐观主义，他划向充满阳光的未来，成为"长岛西卵的杰伊·盖茨比"、一个"柏拉图式的自我理念"，像"上帝之子"一样，戴着皇冠，手持权杖。通过引用他的"柏拉图式的自我理念"，以及尼克把科迪说成盖茨比的"情人"，这种可能性也使格林伯格处理盖茨比的方式更加合理。其他改编作品往往会放大他的神秘性，而格林伯格则致力于揭开他的神秘面纱，即使在她利用图文复述其故事的幻想性时也是如此。他的梦想和抱负在书中被认为是年轻人的异想天开，它基于这样一个现实：升迁是需要付出代价的，即把科迪当作自己的"情人"，随后走上犯罪的道路。他与沃尔夫希姆的犯罪关系在这部改编作品中表现得尤为明显，而他作为遥远的谜团的形象在这里则被解构了。尼克称他是"隔壁一家豪华的郊外饭店的老板"，在一些场景中，他们被描绘成隔着后院的篱笆，像邻居一样聊天。他作为海马的超现实主义形象，以及这种形象在读者 / 观众和盖茨比之间所创造的必然距离，被格林伯格赋予盖茨比的普通行为所中和。尽管如此，她还是无情地带领我们走向了同样悲观的结局，而那一刻的辛酸则由于这个盖茨比更容易引起共鸣的性格特征——这些特征通过卡拉威作为叙事创造者的偏见呈现给我们——与另一个层面相连，但是无论他如何重建记忆的碎片，盖茨比最终都死了，除了叙述者以及与他关系疏远的父亲，没有人关心哀悼他的去世。

文学图文小说"对高雅艺术与通俗文化、文字与图像之间的界限（提出了）挑战"。然而，格林伯格能够在高雅艺术领域和通俗文化领域之间找到一条途径，创造出一部在这两方面都具有影响力的作品，并且是通过利用而非谴责它对漫画书的忠诚来实现的。她将漫画书 / 图文小说媒介的视觉和空间优势与经典文本伤感、怀旧的魅力及其散文的抒情之美结合在一起，同时也解决了其令人不安的普世主题要素。它是一部具有典范性的，且在很多方面都很"激进的"《了不起的盖茨比》的改编作品，并且与其先辈文本建立了有意义的对话。但是，影片《G》只探究了菲茨杰拉德小说的叙事模板，无意中将其转变成了更适合电视媒介而非电影媒介的肥皂剧形式。和《南方公园》根据《远大前程》改编的卡通片以及格林伯格根据《了不起的盖茨比》改编的图文小说一样，它也"忠实"于叙事的梗概，但是既没有前者的讽刺意图，也不具备后者探讨源文本意识形态关注点的能力。《G》并不符合哈琴将改编定义为"重复，但不复制的重复"的标准；它"复制"，但没有在叙事结构中添加任何新的东西，尽管它有可能"从新的批判方向进入旧文本"，以便通过"全新的视角"来呈现美国梦的神话。

对分类的界限提出异议：与《了不起的盖茨比》《螺丝在拧紧》《远大前程》《简·爱》，以及这些经典著作的改编作品相关的练习

改编作品和"电影作者"（第一部分）

回想一下第一章（改编研究及经典著作导论：理论概述）开篇的一个讨论点，当时我们考虑了作者身份、创造性"天才"等有问题的概念，以及关于叙事，尤其是与文学经典和改编作品相关的叙事的所有权问题。

步骤一

现在想想"作者身份"的概念在电影、戏剧和电视的合作领域是如何发挥作用的，并问问自己以下问题：

- 在一种涉及这么多人的创造性投入的媒介中工作时，我们怎么能将"作者身份"归属于一个人呢？

- 谁通常被视为"作者"/创造性"领导者"?（例如，编剧？
导演？场景/服装设计师？）

例如，《哈姆雷特》的舞台剧是其导演的创造性作品，还是我们总是把《哈姆雷特》的作品视为莎士比亚的作品，不管导演对源文本的处理是多么激进和创新？

例如，我们应该把希区柯克看作《蝴蝶梦》（1940 年）的改编电影的"作者"，还是说它是一部大卫·O. 塞尔兹尼克的电影/他工作室品牌的一部分？还是由达夫妮·杜穆里埃保留作者身份？

我们把 2006 年英国广播公司改编的《简·爱》的作者身份归功于导演苏珊娜·怀特、编剧桑迪·韦尔奇还是经典文本的作者？

为什么制片人瓦尔·鲁东，而非导演雅克·特纳（Jacques Tourneur）被认为是《与僵尸同行》的创造者？

步骤二

回答这些问题并不简单，尽管在 50 年代后的电影世界中，作者身份的概念传统上被归为某种类型的导演，被称为"电影作者"。但并不是所有的导演都被贴上这样的标签：电影理论家们区分了像工匠一样精心制作电影的导演 [即"场面调度者"（metteur）] 和与作者具有相同艺术特征的导演 [即"电影作者"（auteur）]。

"电影作者"在一系列作品中展现出独特的风格，并被认为具有独特的、创造性视野。无论媒介的合作性质如何，通常都是导演被赋予作者的身份。

虽然有很多实践者和理论家对电影作者论及电影等合作性媒介中的所有权问题持有异议，但不可否认的是，某些导演的电影中确实存在着一些独有的特征。

*电影作者论出现于 50 年代，是为电影媒介增加艺术可信度的一种手段。你也许希望对这个理论包含的内容进行进一步的研究。

在第二章至第五章中，你认为下列哪部改编电影是出自电影作者之手？

- 1940 年《蝴蝶梦》
- 1943 年《与僵尸同行》
- 1944 年《简·爱》
- 1946 年《远大前程》
- 1961 年《无辜的人》
- 1974 年《了不起的盖茨比》
- 1998 年《远大前程》
- 1998 年《家庭女教师》
- 2001 年《小岛惊魂》
- 2001 年《G》
- 2007 年《孤堡惊情》
- 2011 年《简·爱》
- 2013 年《了不起的盖茨比》

现在请选择一个你认为是电影作者的作品的文本和一个你认为

是场面调度者的作品的文本。给出你做出决定的具体理由。你所选择的导演（或其他"创意人员"）在电影行业中的形象如何？他们还拍过什么电影？你能在一系列作品中看出一贯特征吗？

改编作品和"电影作者"（第二部分）

导演巴兹·鲁赫曼被认为是电影作者。他的电影具有一种独特的风格——这种风格很容易让人联想到他作为电影导演的工作。

步骤一

看看下面鲁赫曼电影的集锦，统称为"红幕三部曲"（《舞国英雄》/《罗密欧与朱丽叶后现代激情篇》/《红磨坊》）：

现在想想鲁赫曼的"红幕三部曲"中采用的风格在其 2013 年改编的《了不起的盖茨比》中是如何体现的？想一想：

- 颜色的运用
- 配乐
- 角色分配 / 表演
- 摄影
- 服装
- 布景设计
- 各种不同的电影文本之间的共鸣

例如，对派对场景的处理

例如，对爱情的处理

步骤二

我们可以 / 我们应该把鲁赫曼的《了不起的盖茨比》作为他的"红幕三部曲"中第四部迟来的影片来"解读"吗？

这部改编电影能否支撑电影作者的一般概念，尤其是鲁赫曼作为电影作者的概念？为什么？

运用成长小说的故事结构

步骤一

我们研究过的许多经典文本 / 改编作品都是成长小说或者"成年"叙事，其中所有 / 大部分都采用了以下体裁特征：

- 一个人（主人公）的成长故事，从童年 / 青年到成人认知 / 成熟

- 一件诱发事件让主人公踏上了他 / 她的"旅程"

- 主人公在她 / 他的"旅程"过程中进行自我反思 / 反省，最后获得自我认知

- 关注心理 / 道德成长及"教育"

- 通常在散文中运用第一人称叙述

　　　　　　文学改编指南：改编电影、电视、小说和流行文化中的经典

- 通常关注"身份"的问题
- 通常关注主人公在社会中找到自己的位置

想一想《简·爱》《远大前程》《螺丝在拧紧》和《了不起的盖茨比》的故事结构/内容：

- 这些经典文本中哪些没有采用成长小说的模式？证明你的答案是正确的。
- 哪些改编作品采用了相似的成长小说模式？列出所有这样做的改编作品。
- 它们都是效法经典文本的"成长小说"模式，还是其中一些引入了这一元素？

步骤二

当我们探讨《简·爱》的改编作品时，成长小说的结构发生了什么变化？

- 关注点是否从个人成长（儿童到成人）转移到对其哥特式爱情小说的定位/浪漫夫妇，而非主人公的关注上？
- 例如，为什么2011年的改编电影会以心烦意乱的简·爱离开桑菲尔德庄园开篇？
- 关注点是否只在成人简/伪简的身上？

例如，为什么《家庭女教师》总是提到主人公的性格形成时期？同样，为什么《蝴蝶梦》（小说和电影）或者《与僵尸同行》以一位成年主人公开篇？

- 关注点是否转移到了一个不同的人物／一段不同的由童年纯真到成年认知的旅程上呢？

例如，我们是否追随里斯的主人公安托瓦内特踏上预期的重新融入社会的征途？为什么？

现在将同样的思维过程应用到《远大前程》及其改编作品中去。以上述问题为例，列出你自己的问题，但是要在辩论中加入你自己的论点。

步骤三

《螺丝在拧紧》和《了不起的盖茨比》等文本没有呈现传统的成年故事。列出理由（支持／反对），为什么我们应该／不应该把这两个文本看作成长小说叙事。

现在想一想它们的各种改编作品。不管经典文本是否采用了成长小说的形式，这些文本的改编作品中是否有将其叙事表现为成年故事的？

例如，我们能否把哈丁的《弗洛伦斯和贾尔斯》解读为一部将叙事视角重新聚焦于弗洛伦斯的旅程上的成长小说呢？把弗洛伦斯看作一个成长小说的主人公有什么优点／局限性？（想一想她的人生轨迹，她的自我反思能力、她重新融入社会，等等。）

步骤四

最后，想一想本宁卡萨的改编作品《了不起的》。此处，本宁卡萨将菲茨杰拉德的小说改编成一部青少年成长的故事。

- 她是如何做到的？至少找出五种使该叙事成为成长小说的方式。

现在，想想如何将另一本经典文本改编成一个成功的青少年小说叙事，讲述其主人公以外的某个人物的故事。你可以从以下列表中选择：

- 艾丝黛拉
- 郝伯特·朴凯特
- 毕蒂
- 阿黛尔·瓦伦斯（Adele Varens）
- 布兰奇·格拉姆
- 罗切斯特
- 迈尔斯
- 泽茜小姐
- 昆丁
- 黛西·布坎南

- 乔丹

想一想：

- 目标受众的这种变化会如何影响你塑造改编作品的方式；
- 从哪里开始 / 结束你的叙事；
- 你的叙事背景在何时 / 何地；
- 你会选择关注 / 淡化的主题关注点；
- 你会选择关注 / 淡化的人物特征；
- 你会选择突出的人物关系。

步骤五

最后，想象一下你被要求向一位青少年小说出版商推销你选定并改编的文本的想法。写一份令人信服的、简短的三分钟的介绍，用来说服出版商给你一份合同！

文学改编指南：改编电影、电视、小说和流行文化中的经典

参考文献

Adler, Silvia. "Silence in the Graphic Novel". *The Journal of Pragmatics* 43 (2011): 2278-2285. Print.

Atkins, Irene Kahn. "In Search of the Greatest Gatsby". *Literature Film Quarterly* 2.3 (1974): 216-228. Print.

Bahrenberg, Bruce. *Filming the Great Gatsby.* New York: Berkley Publishing, 1974. Print.

Belbin, David. "What Is Young Adult Fiction?" *English in Education* 45.2 (2011): 132-143. Print.

Benincasa, Sara. *Great.* New York: HarperTeen, 2014. Print.

Bey, Amir. "Christopher Scott Cherot, Director/Actor Revisited: Interview". *The New Times Holler*! 2009. Web. 1 May 2013.

Canby, Vincent. "A Lavish Gatsby Loses Book's Spirit: The Cast". *The New York Times* 28 Mar. 1974: Movie Review. Print.

Cook, P. "Transnational Utopias: Baz Luhrmann and Australian Cinema".*Transnational Cinemas* 1.1 (2010): 23-26. Print.

Coyle, R. "Love Is a Many Splendored Thing. Love Lifts Us Up Where We Belong. All You Need Is Love: Baz Luhrmann's Eclectic Musical Signature in the Red Curtain Trilogy". *Screen Sound* 4 (2013): 9–30. Print.

Dallacqua, Ashley. "Exploring Literary Devices in Graphic Novels". *Language Arts* 89.6 (2012): 365–378. Print.

Dunford, George. "The Written Image". *Meanjin* 68.1 (2009): 20–28. Print.

Dwyer, June. "When Willie Met Gatsby: The Critical Implications of Ernesto Quiñonez' *Bodega Dreams*". *LIT: Literature Interpretation Theory* 14.2 (2003): 165–178. Print.

Ebert, Roger. "*The Great Gatsby*". *RogerEbert.com*. 1 Jan. 1974. Web. 12 Jun. 2012.

Ebert, Roger. "*G.*" *RogerEbert.com*. 27 Oct. 2005. Web. 21 Jul. 2013.

Ebert, Roger. "*The Great Gatsby*". *RogerEbert.com*. 8 May 2013. Web. 21 Jun. 2013.

Elliott, Kamilla. *Rethinking the Novel/Film Debate*. Cambridge: Cambridge University Press, 2003. Print.

Empire Magazine. "Baz Luhrmann Interview: *The Great Gatsby*". *YouTube*. YouTube, LCC, 4 Jun. 2103. Web. 3 Oct. 2013.

Fitzgerald, F. Scott. *The Great Gatsby*. Hertfordshire: Wordsworth Classics, 1993[1925].

Frank, Jason. "Baz Luhrmann Interview". *GamesFirst* ! 16 Apr.

2002. Web. 10 Jan. 2004.

Freedman, Ariela. "Comics, Graphic Novels, Graphic Narrative: A Review". *Literature Compass* 8.1(2011): 28–46. Print.

Giannetti, Louis. "The Gatsby Flap". *Literature Film Quarterly* 3.1 (1975): 13–22. Print.

Giltrow, Janet and David Stouk. "Style as Politics in *The Great Gatsby*". *Studies in the Novel* 29.4(1997): 476–489. Print.

Goldsmith, Meredith. "White Skin, White Mask: Passing, Posing and Performing in *The Great Gatsby*". *Modern Fiction Studies* 49.3 (2003): 443–468. Print.

Greenberg, Nicki. *The Great Gatsby*. Crows Nest NSW: Allen & Unwin. 2009[2007].

Greenberg, Nicki. "Nicki Greenberg Talks About Her Gatsby". *The Wheeler Centre: Books Ideas, Writing.* YouTube, LCC, 24 Apr. 2010. Web. 10 May 2013.

Greenberg, Nicki. "Picturing Gatsby". *Readings.* 14 May 2013. Web. 4 Jul. 2013.

Hatfield, Charles. *Alternative Comics: An Emerging Literature.* Jackson: University of Mississippi. 1996. Print.

Hill, Rebecca A. "GLBT Young Adult Fiction: Notes from the Field". *School Library Monthly* 27.8(2011): 20–21. Print.

Hogan, Mike. "Baz Luhrmann, *Great Gatsby* Director, Explains the 3D, the Hip Hop, the Sanitarium and More". *Huffington Post.* 13

May 2013. Web. 28 Jun. 2013.

Hutcheon, Linda. "In Defence of Literary Adaptation as Cultural Production". *M/C Journal* 10.2 (2007) n. pag. Web. 12 Jan. 2008.

Kerr, Frances. "Feeling 'Half Feminine': Modernism and the Politics of Emotion in *The Great Gatsby*". *American Literature* 68.2 (1996): 405–431. Print.

Klein, Michael and Gillian Parker. *The English Novel and the Movies.* New York: Ungar, 1981. Print.

Marsh, Joss Lutz. "Fitzgerald, Gatsby, and the Last Tycoon: The 'American Dream' and the Hollywood Dream Factory". *Literature Film Quarterly* 20.1 (1992): 3–13. Print.

Marsh, Joss Lutz. "Fitzgerald, Gatsby, and the Last Tycoon: The 'American Dream' and the Hollywood Dream Factory". (Part 2). *Literature Film Quarterly* 20.1 (1992): 102–108. Print.

Marshall, Lee. "GATSBY Forever". *Queens Quarterly* 120.2 (2013): 194–204. Print.

McKee, Robert. *Story: Substance, Structure, Style, and the Principles of Screenwriting.* London: Methuen, 1999[1998] .

Moiles, Sean. "The Politics of Gentrification in Ernesto Quiñonez's Novels". *Critique: Studies in Contemporary Fiction* 52.1 (2010): 114–133. Print.

Mojo. "Box Office: *The Great Gatsby* 2013". Web. 9 Dec. 2013.

Morales, Wilson. "The Return of *Hav Plenty*'s Scott Cherot".

Blackfilm.com. 13 Mar. 2011. Web. 20 May 2014.

Needham, Alex. "Gatz to Deliver Every Word of *The Great Gatsby* on West End Stage". *The Guardian.* 9 Feb. 2012: Culture. Print.

Otero, Solimar. "Barrio, Bodega, and Botanica Aesthetics". *Atlantic Global Studies: Global Currents* 4.2 (2007): 173-194. Print.

Porter, Greg. "Against Melancholia: Contemporary Mourning Theory, Fitzgerald's Great Gatsby and the Politics of Unfinished Grief ". *Differences: A Journal of Feminist Cultural Studies* 14.2 (2003): 134-170. Print.

Quiñonez, Ernesto. *Bodega Dreams.* New York: Vintage Books, 2000. Print.

Rich, Adrienne. "When We Dead Awaken: Writing as Re-Vision". *College English* 34.1 (1972) 18-30. Print.

Rosen, Marjorie. " 'I' m Proud of That Film': Jack Clayton Interview". *Film Comment* 10.4 (1974): 49-51. Print.

Sanders, Julie. *Adaptation and Appropriation.* Abingdon: Routledge, 2006. Print.

Scott, A. O. "Shimmying Off the Literary Mantle". *The New York Times: Movie Review.* 11 May 2013. Web. 10 Jun. 2013.

Stavans, Ilán. "Spanglish: Tickling the Tongue". *World Literature Today* 74.3 (2000): 555-558. Print.

Wagner, Geoffrey. *The Novel and the Cinema.* Rutherford, NJ: Fairleigh Dickinson University Press, 1975. Print.

Wiegand, Scott. "Ernesto Quiñonez: *Bodega Dreams*: Spanglish Stories". *Spike Magazine: Books, Music, Art, Ideas.* 1 Feb. 2001. Web. 3 Mar. 2012.

Winter, Emily. "Y A Author Sara Benincasa Revamps *The Great Gatsby* with a Same Sex Relationship: Interview". *Sparknotes: Sparklife.* 8 Apr. 2014. Web. 10 Jun. 2014.

Yang, Gene Luen. "Graphic Flair Beguiles the Mainstream". *Australian Comics Journal.com.* 11 Mar. 2012. Web. 10 May 2013.

影片目录

G. Dir. Christopher Scott Cherot. 2002. DVD.

The Great Gatsby. Dir. Herbert Brenon. 1926. DVD.

The Great Gatsby. Dir. Elliot Nugent. 1949. DVD.

The Great Gatsby. Dir. Jack Clayton. 1974. DVD.

The Great Gatsby. Dir. Robert Markowitz. 2000. DVD.

The Great Gatsby. Dir. Baz Luhrmann. 2013. DVD.

结　　论

研究一系列被改编的文本，以及与之对话的不同类型的改编作品，为探究改编的本质提供了新的途径。当我们的研究接近尾声时，我们会发现，我们一直在评判的故事在整体上是相互联系，相互演变的。

　　虽然本研究和以案例研究为中心的大多数研究一样，采用特定的分类系统作为可行的讨论框架，但是这些系统的有效性还有待商榷。分类之间的界限总是被打破：叙事既不容易被包含，也不容易被约束。改编不是一幅靠大量练习得来的简单图画；相反，它是一个复杂的过程，涉及文化和意识形态的复杂转变，以应对不断变化的叙事模式和改编意图。同样明显的是，这不仅产生了丰富多样的改编作品，而且所有这些文本——无论是经典先驱还是修正主义重写、荧幕改编或者小说改编为小说——都具有某种互联性。我们一直在探究的这些文本虽然有着非常不同的文化、时间、空间、媒介特性，但是它们在某种基本层面上是相互联系的，每一种文本都以自己的方式推进着一种持续的关注，这种关注对跨越改编的划分仍具有重要意义，无论这种划分是什么（是与体裁、文学时代、高雅/低级艺术地位、媒介，还是与改编的"类型"相关）。这些故事相互渗透，跨越人工构造的分类划分，这本该如此。改编作品和它们改编的经典文本一样可以被阐释。

　　当我们细想我们一直在研究的所有那些文本之间的联系时，这些共同的关注点就出现了：以"命中注定的爱情"和"孤儿"身份这些概念为中心的叙事比比皆是。下层社会的孤儿简·爱和匹普最终可能会实现浪漫的结局和社会流动，但是罗切斯特一家却在芬丁而非桑菲尔德庄园过着自我封闭的生活，而匹普和艾丝黛拉的结合在某种程度上是一种强加的幸福结局，破坏了狄更斯故事的预期叙事轨迹。同样，杰伊·盖茨比和詹姆斯的家庭女教师也怀抱着对社会上层的难以企及的爱情的浪漫幻想，雅辛塔·特里马尔乔、威利·博德加以及《螺丝在拧紧》的那些改编作品中的一众家庭女教师们亦是如此。所有这些浪漫的幻想都以失败告终。盖茨比（以及这一人物的各种改编化身）也诉诸一种自我强加的孤儿身份，它将菲茨杰拉德的叙事与《简·爱》《远大前程》以及《螺丝在拧紧》中探讨的那种支离破碎的身份问题联系起来；从凯里的《杰克·马格斯》、里斯的《藻海无边》、琼斯的《匹普先生》、哈丁的《弗洛伦斯和贾尔斯》、戈尔德拜彻的《家庭女教师》到巴亚纳的《孤堡惊情》，与身份有关的问题在各种改编作品中一再被涉及。改编织锦是丰富而复杂的，它可以被视为一件具有互文联系的作品，其形状会随着一系列影响因素的变化而变化。

理论思考

分类法：优势和局限性

分类法（或者经常提到的分类系统）为讨论文本提供了一个框架，但是它们的有效性如何，以及它们的局限性是什么呢？

步骤一

想一想我们研究过的经典文本（从第二章至第五章），以及我们在整个过程中所使用过的，以便将与那些经典文本相关的不同类型的改编作品归拢在一起的各种分类系统。

现在，请从每一章里选择一部具有代表性的改编作品，并根据我们研究中所采用的分类，决定你会把这些改编作品归为哪一类：

- "经典"处理

- 重写文本

- 激进的反思

问自己以下的问题：

- 你如何定义这些分类的含义？
- 你的定义有可能与我的 / 你的同学 / 一般读者 / 观众的定义完全一样吗？为什么？
- 每一种分类所使用的语言是否会影响我们对改编和经典文本之间关系的看法？
- 你可以把你所选的改编作品归入其他类别吗？给出合理的理由。

步骤二

我们已经考虑过杰弗里·瓦格纳早在 70 年代提出的分类系统（移植式 / 注释式 / 近似式，出自《小说和电影》，费尔里·狄金生大学出版社，1975 年），但是改编作品研究者们不断在设计着他们自己的替代分类法。

现在，就下列至少两位理论家提出的各种分类系统进行一些独立研究：

- 达德利·安德鲁：参见《借用、贯穿和改造》，出自《电影理论概念》（*Concepts in Film Theory*），伦敦：牛津大学出版社，1984 年。
- 迈克尔·克莱因和吉莉恩·帕克：参见《英语小说和电影》[*The English Novel and the Movies*，纽约：昂加尔（Ungar）出版社，1981 年] 的导论中关于忠实、重新阐释和来源作为原著原材料的分类。

- 卡米拉·埃利奥特：参见《对小说／电影辩论的再思考》（*Rethinking the Novel/Film Debate*，剑桥：剑桥大学出版社，2003 年）中关于六种分类类型的章节 [心理概念／口技表演者、概念／基因、概念／分解（重组）、概念／化身、概念／胜出、概念]。

利用你的研究以及你在我们的研究中学到的知识，用两到三句话总结你对以下问题的回答：

- 那些分类系统如何有效？
- 我们是否能够／应该将这些分类应用到具有不同媒介／内容／受众／叙事处理的文本中？
- 这些分类是否暗示了任何类型的价值判断／等级划分？

步骤三

在反思改编理论家们采用的各种分类法之后，设计出你自己的分类系统。它可以是一个三层系统，像上述大部分系统一样，也可以是一个进一步分类类型的系统，就像在埃利奥特的六层分类系统中一样。你应该仔细考虑：

- 你为你的分类所采用的语言（即你所选择的词汇的含义是什么？）。
- 你如何定义每个类别以及你认为适合该类别的改编类型？

- 你设计这种系统的理论依据。

现在，请回到你为步骤一所选的改编作品。你会把这些改编作品置于你自己的分类系统的何处，为什么？

四种模型：探究关系

现在你已经有了大量的理论知识可以借鉴，想想我们到目前为止研究过的所有改编作品，以及它们与它们所改编的散文文本之间的关系。我们已经考虑了几种根据类型对这些改编作品进行分类的方法——例如，移植式、注释式、近似式等等——但是我们还没有考虑（通过应用）改编／改编文本和困扰改编研究的等级辩论之间的关系——即优越性观念和推测的价值判断，这些价值判断随后会根据这些改编作品在某种任意的"等级排序"中的位置而与他们联系在一起。（例如，想想莎士比亚戏剧的经典和崇高的艺术地位，以及改编作品是如何总被认为不如这些"原"著，即使莎士比亚的故事借用和改编自一系列文本！）

步骤一

理论家托马斯·利奇提出了四种模型，用以探讨改编作品及其改编的文本之间的关系。

想一想我们一直在研究的与以下四种模型相关的被改编文本／改编作品。

"旭日形"模型

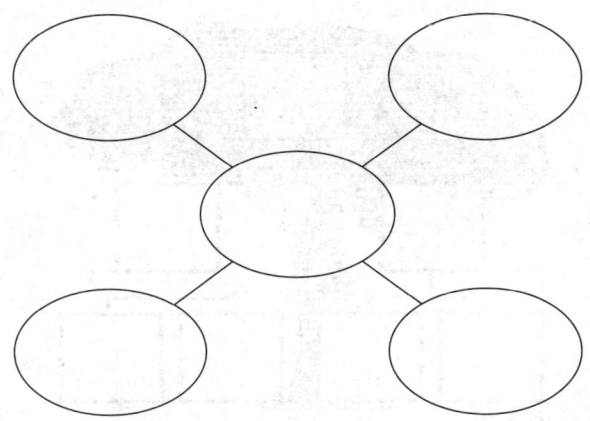

• 要被改编的文本将放在这个模型的哪个位置，为什么?

• 与该文本相关的改编作品会放在这个模型的哪个位置，为什么?

• 此模型中的被改编文本和改编作品的位置说明了什么?

利奇认为这个模型有问题，因为:

• 它"确认了通常所说的源文本或者原著的至上地位，并暗示改编作品的价值是从派生它们的原著中借用来的"。

• "很难建立一个单一的中心，其中所有改编作品都有其来源"。

"系谱"模型

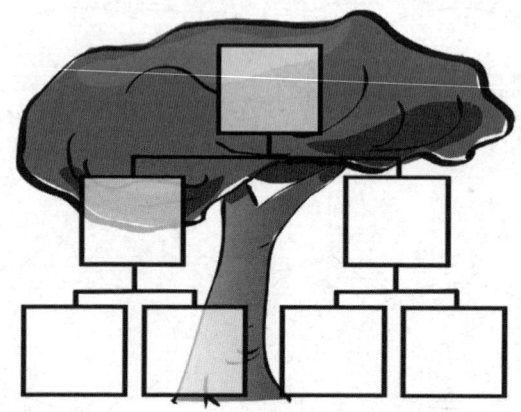

- 要被改编的文本将放在这个模型的哪个位置，为什么？
- 与该文本相关的改编作品会放在这个模型的哪个位置，为什么？
- 此模型中的被改编文本和改编作品的位置说明了什么？

利奇更喜欢这个模型，因为：

- 它"不仅承认了不同世代之间可能存在的不同关系，而且承认了他们所承担的许多不同类型的职责"。
- 尽管该模型暗示了要将被改编文本置于树的顶端，但是其中仍有空间让事物分支并形成其他的"家庭"。

"菊花链"模型

- 要被改编的文本将放在这个模型的哪个位置，为什么？
- 与该文本相关的改编作品会放在这个模型的哪个位置，为什么？
- 此模型中的被改编文本和改编作品的位置说明了什么？

利奇看到了这种模型的优点，但也看到了它的弱点，因为：

- 它避免了至上地位这一缺点，但承认有联系（优点！）。
- 在这个模型中，我们"没有开始，没有终点，没有边界"（缺点！）。

"示踪"模型

在这个模型中，故事或叙事被看作"示踪文本"——也就是说，这个故事的主旨/主题/意象具有原型意义和普遍重要性，它们反复处理无法解决的文化焦虑。例如，我们可以把命中注定的爱情看作是一种持续的文化焦虑，这种焦虑在不同时代、地点、文化、媒介、体裁等的故事中都有体现。

以下面的例子为例；它列出了一些我们已经研究过的改编作品，同时也指出了探讨命中注定的爱情这一概念的其他叙事。

鲁赫曼的《罗密欧与朱丽叶后现代激情篇》

《西区故事》（*West Side Story*）

泽菲雷里（Zeffireli）的《罗密欧与朱丽叶》

莎士比亚的《罗密欧与朱丽叶》

菲茨杰拉德的《了不起的盖茨比》

克莱顿的《了不起的盖茨比》

鲁赫曼的《了不起的盖茨比》

《G》

乔叟（Chaucer）的《特洛伊罗斯与克瑞西达》（*Troilus and Criseyde*）

莎士比亚的《特洛伊罗斯与克瑞西达》（*Troilus and Cressida*）

本宁卡萨的《了不起的》

奇诺奈茨的《博德加的梦想》

格林伯格的《了不起的盖茨比》

乔·赖特（Joe Wright）的《赎罪》（*Atonement*）

伊恩·麦克尤恩（Ian McEwan）的《赎罪》

- 此模型中文本的位置会发生什么变化？
- 此模型中的被改编文本和改编作品的位置说明了什么？

利奇喜欢这个模型，因为：

- 它"提供了避免"旭日模型中固有的那种"不加批评的……特权""的可能性"。
- 它避免了系谱模型中未被承认的父权主义。
- 它避免了菊花链模型中不可控制的互文性。
- 相反，它探讨的是"反复戏剧化的无法解决的文化焦虑"，它们将不同时代／文化／地点的一系列文本联系在一起，而不把任何一个放在首位。
- 与"原"（或者源？）不同，"示踪"一词避免了"在文本宇宙的中心"只有一个文本的概念，而是暗示有许多文本。

步骤二

现在回到与命中注定的爱情相关的文本列表。

- 你能补充一下我们研究过的其他被改编文本／改编作品吗？
- 你认为利奇的四个模型中哪一个最有效，为什么？

结　论

参考文献

Leitch, Thomas. "Jekyll, Hyde, Jekyll, Hyde, Jekyll Hyde, Jekyll, Hyde: Four Models of Intertextuality". *Victorian Literature & Film Adaptation*. Ed. Abigail Burnham Bloom and Mary Sanders Pollock. New York: Cambria, 2011. 28–50. Print.

术语表

挪用（appropriation） 在目前的改编研究中，这一术语（由朱莉·桑德斯创造）适用于与源文本关系不那么明确的改编文本。

原型（archetype） 其他类似事物仿效的原型。在叙事中，原型代表典型的人物、叙事或动作。

电影作者（auteur） 主要指在一系列作品中具有独特的、可识别风格的电影导演（虽然这个词可以适用于从事荧幕产品的其他创意者）；电影作者被视为创造性"艺术家"，让我们想起了"作者身份"的概念，这在合作性的电影和电视行业中尤其难以确定。

成长小说（bildungsroman） 也被称为"成年"故事，指的是将情节设定为在一个特定的社会环境中主人公的道德成长的故事。

叙事（diegesis） 指的是在故事发生的虚构的荧幕世界中存在的一切。

剧情声（diegetic sound） 属于／发生在荧幕世界里的声音（例如，呼啸的风、收音机里播放的音乐、尖叫的海鸥），尽管它们可以被添加和／或放大以达到拍摄后的戏剧效果。

间离化（distanciation） 通过迫使观众反思电影世界的建构性，故意打破观众对电影世界的传统认同的效果。这是通过突出电影制作设备（使用跳跃剪辑、对屏幕讲话、不连续性编辑等）来实现的。

典型人（Everyman） 观众很容易就能够认出的原型人物，且在电影叙事中，观众应该跟随其行为。

法布拉（fabula） 指构成一个故事的事件的时间顺序。

黑色电影（film noir） 首先，它是一种电影制作风格，而不是一种流派；这个词最早起源于 40 年代制作的，有着某些共同的电影／叙事传统（昏暗的高反差布光、城市背景、荡妇……）的影片。

体裁（genre） 指的是被讲述的故事的类型，以及与特定故事类型相关的预期的传统风格。

前文本／超文本（hypotext/hypertext） 文学理论家热拉尔·热奈特首先使用这两个术语来探讨改编作品和源文本的关系；"前文本"与源文本相关，而"超文本"则与改编作品相关。

互文性（intertextuality） 指的是通过典故、借用、引证、模仿等方式，在文本之间建立起的一种复杂持续的关系／相互依存的关系［该术语由朱丽娅·克里斯特娃（Julia Kristeva）首次提出］。

元小说（metafiction） 是指作者自觉地、有系统地关注写作过程，突出其建构性的文学。

场面调度者（metteur-en-scène） 从字面意义上讲，它指的是把东西放到一个场景（舞台或荧幕）中的人，但是现在它指的是那些被认为是有技术能力的实践者，而不是在一系列作品中具有独特个人风格的创意者的电影导演（不同于电影作者）。

场面调度（mise-en-scène） 指的是给定荧幕画面中的一切事物（道具、服装、灯光、摄像机移动、拍摄类型、声音、物体 / 表演者的定位），它提供一种建构意义的视觉 / 听觉模式。

新词（neologism） 指的是新创造的词 / 短语，通常只有创造者才能理解，有时被视为心理不稳定的症状。

新维多利亚式（neo-Victorian） 这是一个最近出现的术语，用来描述有意识地与维多利亚时期的艺术、历史和文学相关的当代创作。

非剧情音（non-diegetic sound） 指的是不属于 / 发生在荧幕世界中的声音（配乐、旁白、音效），而是为了拍摄后的戏剧效果而添加的声音。

后殖民主义（postcolonialism） 是一种通过分析以前处于欧洲殖民者控制下的国家 / 文化的文学来探索被殖民者和殖民者之间关系的文化批评模式。

后女性主义（postfeminism） 指的是继第二波女性主义政治运动之后出现的一种女性主义思潮，它是一个有争议的术语，暗示了一种更广泛的、个人主义的女性"政治"模式。

后现代主义（postmodernism） 在这里指的是一种有意引用 / 复制 / 模仿现有物体 / 叙事 / 概念片段的艺术风格。

休热特（sjuzhet） 指故事事件的呈现（呈现顺序、呈现方式）。

经典（the canon） 传统上指的是艺术上被广泛视为创造性天才作品的文本。在改编研究中，这个词可以适用于文学作品和影视作品。

凝视（the gaze） 也被称为"注视"，这个词起源于电影理论；它以精神分析为基础，涉及观众的欲望和快感，以及凝视（或注视）的对象被感知的方式。